时间的秘密

焦冲 著

广西师范大学出版社
·桂林·

时间的秘密
SHIJIAN DE MIMI

图书在版编目（CIP）数据

时间的秘密 / 焦冲著. -- 桂林：广西师范大学出版社，2024.5

ISBN 978-7-5598-6859-6

Ⅰ. ①时… Ⅱ. ①焦… Ⅲ. ①中篇小说－小说集－中国－当代②短篇小说－小说集－中国－当代 Ⅳ. ①I247.7

中国国家版本馆 CIP 数据核字（2024）第 066668 号

广西师范大学出版社出版发行

（广西桂林市五里店路 9 号　邮政编码：541004）

（网址：http://www.bbtpress.com）

出版人：黄轩庄

全国新华书店经销

广西广大印务有限责任公司印刷

（桂林市临桂区秧塘工业园西城大道北侧广西师范大学出版社集团有限公司创意产业园内　邮政编码：541199）

开本：880 mm × 1 240 mm　1/32

印张：12.125　　字数：260 千

2024 年 5 月第 1 版　　2024 年 5 月第 1 次印刷

定价：49.00 元

如发现印装质量问题，影响阅读，请与出版社发行部门联系调换。

目 录

1　密友
43　道德困境
95　梦的解析
143　安妮与周艳
189　独立日
235　夜间飞行
277　天灯
335　吴焦氏

密友

1

陆歆语要开乔迁派对的消息是唐糖从胡莺莺那儿得知的，这让她很是诧异、费解、心痛、气恼，一时间甚至难以接受，仿佛被无比信任的人从背后捅了一刀。

胡莺莺的眼睛在她脸上溜溜乱转，像要窥探什么秘密，旋即补刀，怎么？她没邀请你们？唐糖马上收起窘迫，佯装若无其事，早告诉了，你要不提我倒差点儿忘了，礼物还没准备呢。胡莺莺露出她那招牌性的假笑道，我就说嘛，你们俩好得像一个人似的，肯定比我们早知道，没关系，你只要人到她就挑不出什么来。唐糖连忙笑道，现在离得远，不像以前经常见。胡莺莺道，距离产生美。也许对方的话没别的意思，但唐糖总觉得听出了弦外之音，她没再吭声，目光越过胡莺莺那张曾被她和陆歆语私下里记不清撑过多少回的大圆脸盘子，若有所失地望向窗外。一朵闲云在蓝天飘着，苍白、突兀，仿佛十多年前她和陆歆语认识那天留下来的。

是北京开奥运会那一年的初夏,空气少有的好,唐糖坐在公园的长椅上,看云。公园就在小区附近,每天上午和晚上都有人遛弯、跑步或是牵着狗走来走去。两年前,她和孙文虎结了婚,在此按揭买了一套三居室,有了自己的房子,加上孙文虎的工作趋于稳定,她开始备孕,很快便怀上了。再有几天就是预产期,但她还没住进医院,每天下午都来公园散步,想要生产时容易些。下午三点多,公园里的人不多,她走累了,骨盆被胎儿的重量压得生疼,于是赶紧坐下。休息片刻,感觉好多了。她看了一会儿云,才要起身,却有一股暖热从腹部汹涌而起,紧接着一阵剧烈地收缩,疼得她直不起腰身,只能狠狠地喘息。这时,一双手扶住她,并问她,哪里不舒服?唐糖没工夫细看,只记得那个女人的身上散发着淡淡的花香,轻柔得如同一袭薄纱笼罩了她,她身边还跟着一个两三岁的小女孩。尽管唐糖没有经验,但她了解自己的身体,忍痛道,我可能快生了。女人道,你老公呢?唐糖道,还在上班。女人没有多想,说,你坐这儿别动,我去开车,送你上医院。

顶多也就一刻钟,对唐糖而言却如同两三个小时,但她始终没动地方,不仅因为动不了,还因为相信那个女人会来找她,她能从对方的目光中看出信任——那种人生若只如初见的笃定和美妙。

陆歆语来了之后将唐糖搀扶到车上,而后又去唐糖家里拿了她的包,那里面有证件、手机和银行卡等。唐糖怀孕时的建档医院离她住的地方算不上近，孙文虎的公司离家更远，事后回想，多亏了陆歆语伸出援手，否则孙敬轩很可能在出租车上或是野外降生，饶是这样，唐糖的羊水还是将陆歆语那辆宝马的后座弄湿了一大片，这让她很长一段时间里都过意不去，想起来更觉难堪。等孙文虎来到医院时，唐糖已在产房用力，检验自己身体的承受极限，一如她的妈妈、奶奶、姥姥等女性亲戚们劫难般的经历。

生产过程还算顺利，在医院观察了三天才回家。到家第二天，陆歆语带着女儿来看唐糖，之前在医院时她已探望过两次，每次都带了果篮和营养品，其为人处世连来伺候月子的婆婆都感到满意，背地里不乏溢美之词，这让唐糖醋意十足。挑剔的婆婆其实对自己并不满意，总觉得唐糖高攀了孙文虎，可事实上两家的差距算不上太大，只不过孙文虎家挨着县城边，赶上了拆迁，成了城里人，加之他爸是交通局的会计，这便让婆婆对唐糖及其家庭颇有微词，因为唐糖的父母都是农民，且一直住在县城最西边的小镇上。唐糖和孙文虎在市里上同一所大专，毕业后都来了北京，在这几年的相处中，唐糖并未觉得他和自己在成长背景、消费观、价值观等方面有什么差别。论家底，婆婆家相对来说更为殷实，买这套三居室时，唐糖的父母只出了两万块，婆婆家出了一半首付款，剩下的以及月供则由孙文虎和唐糖负担，孙文虎又比唐糖赚得多，更使得婆婆认为唐糖占了便宜，有时甚至嫌她花钱大手大脚。唐糖因此促狭地想，婆婆就是个傻瓜，鼠目寸光，如果孙文虎娶的是陆歆语，早把家败光啦!

陆歆语身上的那套行头，唐糖几乎都认得，但认识陆歆语那会儿她还从未买过这些高档货，只是在商场里看了又看，试了又试，因此才记得门清。她脖子上的一条围巾便将近两千块，比唐糖身上的衣服和鞋子加起来还要贵，这在唐糖看来属于奢侈品，可对陆歆语而言不过是生活必需品。那么多大牌穿在她身上，怎么能不贵气呢？很多时候，品位就是钱堆出来的，唐糖想。那些年里，唐糖的日子过得委实紧巴，月薪不过万余，之前的积蓄全花在了房子上，要养孩子不说，还准备买辆属于自己的车，为此，她不得不在服饰、护肤品等方面暂时委屈一下，至于旅行更不敢想，顶多也就在国内转转。可人家陆歆语就不一样了，想出去玩就出去玩，想去哪里就去哪里，据她自己说去过三十多个国家，自从两家人认识后，每次旅行回来，她都会给唐糖、孙敬轩带伴手礼，有时甚至连孙文虎都有份。每当收到礼物，唐糖在感激的同时会有淡淡的嫉妒和懊恼，很想告诉她不要再带礼物给他们，可见到儿子满足的笑脸，她始终没有说出这句话。

两家人住同一个社区，距离不过百米左右，唐糖家这边是动辄二十层以上的高层，而陆歆语家那边则为联排别墅。别墅区处于社区的核心地带，被爬满植物的栏杆包围着，四面皆有门通向外界，每至深秋，叶子色如火烧。在陆歆语一家搬走之前，唐糖几乎每周都会带着孙敬轩过去做客，且多是陆歆语邀请，不是让她过去喝茶尝尝新鲜少见的零食，就是看看电影或是纯聊天，尤其是孙敬轩上了幼儿园以后，两个女人更是经常见面，因为两个孩子似乎比大人还投缘，亲热得好像同胞姐弟一般。有一次，陆歆语甚至开玩笑说要给宋果果和孙敬轩定下娃娃亲，事后唐糖和孙文虎说起，他道，那不行，现在小呢，等儿子有了审美意识，他就看不上宋果果了。唐糖道，你当真干吗？她就那么一说，再说，女大十八变，宋果果也许会变好看呢。孙文虎道，她爸她妈那样，她能变多好看？唐糖一笑了之，确实，陆歆语和老宋都算不上好看，老宋是陆歆语的叫法，至于她老公真名叫什么，唐糖一直不清楚。

老宋开广告公司，手下有三百多名员工，陆歆语开着连锁面包房，好几个城市都有分店，收入颇丰，买一套别墅对他们来说根本不算什么。而房子里的装修以及家居用品的风格则充分显示着陆歆语和老宋的消费原则，正像陆歆语对唐糖声称的，他们在购买和使用物品时，总是自觉怀着高度的责任感，不仅对自己负责，即一定要最好的、最有效的、经久耐用的、诚信良善的商品，而且这同时是对社会负责。彼时，唐糖尚不能理解这种心态，如果她坐拥那么多财富，一定挥霍无度，不假思索，随心所欲。当然，即便在陆歆语所谓的原则之内，她的家也足以令唐糖瞠目，比如衣帽间，就比唐糖家的卫生间还要大得多，这不仅令唐糖艳羡，就连孙敬轩去过几次之后也有些乐不思蜀，有一次吃饭时甚至问孙文虎，爸爸，咱们家什么时候买别墅？我也想住那么大的房子，专门用一个房间来放玩具。孙文虎的脸色瞬间变得难看，停下咀嚼道，喜欢住别墅，长大了自己买,你爸没本事,别指望了。他的语气酸溜溜的,唐糖听着不爽,遂道,童言无忌,干吗生孩子的气?接着又对儿子道,不是人人都像宋果果他爸妈那么有钱的,好多人还租房子住呢,你就知足吧。孙文虎道,难道你这话小孩子能明白?我看你以后还是少去。唐糖嘴上没言语,但觉得老公说得有道理,后来陆歆语再邀请,她果然找借口推脱。对方却像没感觉到异样,仍旧不断邀请。

有个周末,唐糖谎称脚崴了,不想走,陆歆语充满关切地毫不见外道,那我去找你们。唐糖不知如何应对,只得答应,为了圆谎,不得不往脚腕抹了红药水,同时嘱咐孙敬轩不要说漏嘴。过了两个多小时,陆歆语才到,并带了一罐骨头汤给唐糖。站在客厅的阳台上,陆歆语愉快地说,哇,好久没从这么高的地方看京城了,连西山都可以看得那么清楚。唐糖道,高层也就视野好这一个优点。陆歆语道,我喜欢高层,当初我想买顶层复式来着,可老宋不喜欢,非要住别墅,那么大的地方三个人住,空荡荡的,其实不如小点儿好,热闹。这话叫唐糖不知如何接,低头俯视手中那杯对方带过来的黑咖啡,犹如俯视一口深井,很多时候,她猜不透陆歆语的心思,也不知道她的话是真是假,也许有钱人就爱这样。突然,她福至心灵般,开玩笑道,那咱们换着住几天。陆歆语道,我还真想,不过老宋肯定不同意,他受不了别人住过的房子,东西也一样,不管什么都要新的。唐糖恭维道,人家有这个资本。陆歆语道,我跟他好的时候,还有个女人在追他,他对那人也有意思,后来你猜怎么着？唐糖摇头，表示猜不到，实则不感兴趣。陆歆语带着胜利者的几分得意道，那个女人离过婚，老宋虽然也结过婚，可他很在意这种事，最后还是选了我。唐糖笑道，老宋很有眼光。

2

初识陆歆语的那两年里，唐糖认为她有一颗热爱社交且仿佛不知疲倦的心，除了每周都邀请她小聚，每一年的诸多节日（比如元旦、端午节等）还要邀请三五好友（经过挑选的）及其家人举办茶话会、自助烧烤活动、家庭聚餐，乃至庞大的宴会，甚至在孙敬轩百天时她还张罗了一次聚会，在她看来，生活中的每一个小变化都值得庆祝。陆歆语曾跟唐糖说，我就喜欢一大群人在一起吃喝玩乐，得是年纪相仿的，谈得来的，我骨子里还挺怕寂寞的，人生苦短，得及时行乐才对。也难怪，赚了钱总要花，反正家里地方那么大，有那么多东西和感觉可以炫耀，不和人交流、不享受别人的眼红怎么受得了呢？这世上没几个人愿意锦衣夜行的，唐糖想。参加陆歆语宴会的客人并非一成不变，隔上两年差不多就要换一批，但唐糖始终是常客。那些比她晚几年搬到社区的主妇得知唐糖和陆歆语的友情保持了这么多年时都认为两人一定有很多共同点，只有她们自己明白彼此之间有多少不同，无论是性格脾气、长相气质还是身家背景，皆大相径庭。

两人是同乡，这一点儿都不稀奇，毕竟混在北京的河北人太多了，简直比北京人还要多。尽管她们的老家都在唐山，但这一点儿都不是她们成为朋友的必要条件，关于老家，她们几乎没有共同的记忆。陆歆语从小就在城里长大，父亲是教育局主任，母亲是校长，唐糖直到上大学才接触真正的城市，此前一直混在乡下和县城，父母到现在还是白丁；唐糖吃得最多的是五谷杂粮，肯德基、必胜客、麦当劳、北京烤鸭、南翔小笼包基本没听说过，各个城市的特产美食在陆歆语那如数家珍，但她分不清韭菜和麦苗，不知道大米和水稻的关系；陆歆语从小接受良好的教育，家里基本往来无白丁，业余时间去图书馆、电影院、科技馆等，寒暑假可以去外地玩，高中毕业了有毕业旅行，唐糖则一路从乡村小学走来，经常围着她的除了村人、小商贩就是地痞流氓，不上学时要到地里干农活，实在闲了也只能到集市上转转，直到大学毕业她才第一次去了北京。如果不是因为来到北京，在这个小区买了房子，这辈子，唐糖和陆歆语恐怕都不会有任何交集，就像淡水鱼和海里的鱼不可能相遇一样。在陆歆语面前，唐糖大多数时候是自卑的，她觉得自己比陆歆语强的地方屈指可数，也就是比她年轻了几岁，长得好看，还有就是，老公比她的好。

陆歆语比唐糖大六岁，因其定期美容，注射除皱针、水光针等，使得她看上去比唐糖还要年轻两三岁，唐糖日子过得紧巴巴没钱也没时间顾得上保养的那几年里更是如此。但最近两年，陆歆语终究难以抵挡岁月的痕迹，即便科技手段再先进也无法阻止皱纹在她脸上蔓延，于细微之处暴露了真实年纪；而唐糖苦尽甘来，日子暂时舒心，有了闲钱花在脸面上，才使得她比陆歆语看上去水润、白皙、清透，两个人的年龄差通过一张脸便清晰可见。另外，心情舒畅使得睡眠安好，内分泌不至于失调，人自然比较年轻态，不像陆歆语那般消瘦、疲倦、没精打采。而让一个中年女人精力充沛的除了工作顺心，主要还在于有个男人对她好，这种好表现在两方面，一是心理上的，男人的关心与呵护会让女人觉得被重视，在外面底气十足，即便生活再不顺，也有个避风港让她依靠；其二就是身体上，对女人而言，和谐规律的性生活比任何保养品都要强。

在两个女人亲密关系的影响下，有段时期老宋和孙文虎之间走得也很近，老宋以介绍客户的名义经常带着孙文虎出去，或是饭局，或是球局。所谓球局就是打高尔夫球，次数一多，唐糖逐渐从孙文虎那儿得知了老宋和陆歆语之间的一些问题。老宋比陆歆语大了七八岁，算下来他比唐糖和孙文虎大了十几岁，体力自然比不上孙文虎，饶是这样，他还经常出入娱乐场所，花天酒地，拈花惹草。有一次，孙文虎喝得醉醺醺地回来，幸灾乐祸地说老宋和KTV里的一个小姐开房，给了那女人三千多，结果什么都没做成。唐糖问为什么，她还以为老宋是因为对陆歆语有所顾忌，但孙文虎说，他硬不起来，最后他只能放弃。唐糖警觉地问，那你呢？做了吗？孙文虎的酒醒了一半，攥住老婆的手说，我什么都没做，一直在包厢里等着他们。唐糖道，信你才怪！他道，我可以对天发誓，我要做了对不起你的事，出门就让车撞死。她连忙道，行了，我信，起那么毒的誓干什么！近墨者黑，怕孙文虎跟着老宋那群人学坏，唐糖不准他再跟那些老男人出去，尽管他们在事业上能帮助孙文虎，可一旦老公搞出什么风流韵事那就得不偿失了。

其实，陆歆语在唐糖跟前抱怨过不少老宋的不如意之处，暗示过老宋在那方面不行，不能满足她的性需求，转而在其他方面进行弥补，比如物质等，不停给她买东西。她懊恼而又习惯性地带着几分自豪叹气道，买这些顶什么用？我自己也能买。唐糖道，老公给买的和自己买的，感觉不一样，被宠着多好啊，孙文虎就很少送我东西，情人节、结婚纪念日从来没送过花和礼物。陆歆语道，嗐，那些其实没意思，都是表面功夫，床上不和谐，其他好处几乎都能一笔勾销，当初觉得年纪大一些的懂得照顾人，就没想到这方面，这才是最重要的啊，难怪现在流行姐弟恋，女人就得找比自己小的或是差不多的，比如你和孙文虎，肯定很好吧。唐糖略尴尬地笑笑，她明白对方的意思，可她羞于在任何人面前提起性事，她没有陆歆语那么开放，她觉得女人保守点儿没什么坏处。陆歆语并不追问，反而问起唐糖和孙文虎怎么认识的。再不分享点儿自己的秘密，恐怕不太好，唐糖只得简要地回顾了一下她和孙文虎走到一起的过程。陆歆语道，这么说，他是你初恋？我猜你这么乖的女孩，高中时肯定没恋爱过。唐糖点头，对方道，那真好，我就没这个福气，我的初恋早不知去哪儿了。

转过身，陆歆语从书架上拿出一本相册，翻到某张合影叫唐糖来看。时光久远，加之毕业照上的人脸本来就小，使得她指给唐糖的那张少年的脸根本看不出她所谓的阳光帅气，倒是能看出一点儿痞气。陆歆语说，我喜欢带点儿少年感的男人，还有点儿坏坏的，就像……说到这儿，她歪着头想象，做作得如同青春校园剧的女主。唐糖提醒道，像哪个明星或演员？陆歆语道，我不追星，再说，每个人都有他的特质，不该拿谁谁谁来做参考。说到这，她灵机一动，拿出手机打了个电话，听内容，应该是打给水站，叫人送两桶水。唐糖看了一眼饮水机上的半桶水道，不是还有吗？陆歆语道，等会儿你就明白了，先帮我把水接出来浇花。说完，她手脚麻利地找来两只大号杯子，接水，浇花，欢脱得如同少女，唐糖还从来没见过她这样，心里纳闷。等到两人把该浇的花都浇完了，对讲机响起，陆歆语开了门，片刻之后，一个小伙子扛着水进了房间。小伙子只穿着跨栏背心和短裤，汗珠从他的胸口往下淌，流向若隐若现的腹肌，他稍显腼腆，但轻车熟路，换好水之后又将另一桶搬了进来。转身要走时，陆歆语从茶几上抓了两颗山竹给他道，看你热的，这个解暑的。小伙子说，谢谢陆姐。陆歆语问，最近回老家了吗？他答，没有，国庆再说，来回一趟不仅耽误赚钱，路费都要一千多块。陆歆语道，有空让你老婆孩子来北京玩玩呗。他道，以后自己租房了再说。陆歆语边和送水工聊天，边斜眼笑着看唐糖。唐糖如同在看一场不感兴趣的电影，只冷眼观望。

　　送水工走后，陆歆语关了门，一脸神秘道，怎么样？唐糖问,什么怎么样?陆歆语道,你眼神都直了,当我没看见吗?恨不得扒下人家的背心。唐糖被说得羞红了脸,连忙掩饰道,别瞎说,他根本不是我喜欢的类型。陆歆语道,嗯,你就喜欢孙文虎那种白白净净斯斯文文的眼镜男。唐糖寻思道,也不全是,又不能光看外表。陆歆语若有所指,那你还想看哪儿?唐糖心领神会,假装嫌弃道,呸,女流氓。陆歆语道,说真的,你不喜欢这样的吗?不仅长得标致,身材好,人还呆萌,憨憨的,一看就没什么心眼,比跟那些世故油滑的老东西在一起省心多了。唐糖道,相貌是不错,但有点儿土土的。陆歆语道,别着急啊,你得给他成长的机会,他刚来北京没多久,话说回来,一个男人魅力四射而不自知才最具诱惑力,当他开始收拾打扮,将外在当作资本,那就没意思了,也许是年纪大了,我越来越喜欢这种单纯的小狼狗。唐糖充满遗憾地道,可惜他养不起你。陆歆语道,我不用他养,不过我也不想养男人。顿了顿,她又道,你不喜欢那我就下手啦,你要是喜欢就让给你,你比我好看,年轻,肯定更容易得手。唐糖啐道,越说越没边了,德性!

其实,这个送水工唐糖早就见过,他工作的那个店她也知道,但家里一直订着另外一家水站的水,才没机会接触。唐糖并非多么喜欢文质彬彬的男人,只是当年孙文虎追她时她对男人对爱情懂得都不多,尚来不及看清整个森林便吊在了孙文虎这棵树上,有个男人对她那么好,她便稀里糊涂地从一而终了。对于好看的事物,人类的审美具有趋同性,谁不喜欢年轻的、充满力量感的肉体呢？可唐糖天生守旧，又非常在乎他人的看法，并不好意思以貌取人，怕被别人误认为她是个耽于声色的肤浅之徒，在她印象中，要么潘金莲，要么鱼玄机，要么武则天，这几类女人才能放浪不羁，玩弄男人，而她只能做温驯的小绵羊，依附着男人。

3

没有被陆歆语邀请，唐糖尽管气愤、难过，但并不觉得多么意外。两个多月前，她已察觉到前者对自己的疏远，刻意而明显，两个人待在一起都觉得发窘。在两个人的相处中，唐糖基本处于被动，占主导地位的始终是陆歆语，唐糖很少说话，只当一个称职的倾听者。即便发觉异样，她亦没勇气质问，作为已然如此熟悉的朋友，脸面上她已不在乎，就算挨撅也没关系，她不想问只是认为一切总会有答案，不过是时间早晚而已。或者陆歆语有什么难言之隐吧，唐糖习惯站在别人的角度想问题。两人虽然算得上闺密，可也并非无话不谈，成年人的世界里根本不存在绝对的亲密无间，活了这么多年，任谁都会有一些羞于启齿的隐私。

距离乔迁派对举行的日子还有半个多月，也许陆歆语正在考虑何时告诉她呢，唐糖对此还抱着一线希望。可孙文虎认为陆歆语应该不会邀请他们了，他觉得对方如果想邀请他们肯定会第一时间通知，这样思来想去说明就是不想让他们去，假如对方真的在派对举行前几天才告知，那他肯定找借口推掉，他才不会给他们脸，反正对那种聚会他本来就兴趣不大。表明态度后，他又对唐糖道，我看你也不用去，给她点儿颜色看看，干吗总是顺着她，让她自个琢磨去。唐糖模棱两可道，再说吧，其实我想去看看，想知道她有什么心事。

能有什么心事？明摆着不想跟咱们这种人来往了呗！孙文虎酸溜溜地说，我可听说了，你不会还蒙在鼓里吧？人家有了更好的新朋友，不管是生活还是生意上都比咱们有用。

听说什么？上次和胡莺莺喝咖啡，唐糖也没打听到什么有价值的信息。

这个房子他们卖了，新家在郊区，还是别墅，独栋的，均价一套三千多万。孙文虎言之凿凿道，那里面住的都是明星、商业巨头、大腕，真正的有钱人，上流社会，人家有了新的圈子，咱们现在的日子虽然比以前好过了，可也买不起那种房子，照人家差了不是一星半点儿，热脸贴冷屁股干吗？识相点儿，自动断了对谁都好，跟咱说话人家都觉得掉价，也许以后在大街上遇见连招呼都不打呢！

不可能，陆歆语不是那种人。这么多年，都是人家送咱们东西，得人家好处。说到这儿，唐糖想起了陆歆语对她的好几乎是上赶着，都有点儿盛情难却了，可越是这样，唐糖越不想接受，那次她给自己买车时差了五六万，本来第一个想到的人就是陆歆语，她坚信只要她开口，对方二话不说就会借钱给她，而且不会要利息，会让她不用着急还，反正那点钱对陆歆语而言不过是一年的美容卡会员费。但她不想跟陆歆语借，孙文虎也不同意，两人想了不少办法，找了好几个人，最后还是没能借到。陆歆语反而从其他人那儿得知了，主动找上唐糖，把钱借给了她，如唐糖想的一样，她声明不要利息，不用着急还，如果不是唐糖坚持，连借条都不想要。唐糖道，你知道她送我的东西有多少吗？比你买给我的都多。

哼，一点儿小恩小惠就把你收买，让你感激不尽啦？孙文虎道，那点儿钱对她来说不过是九牛一毛，她送你东西本质上和施舍一个乞丐没什么区别，不过是居高临下的同情，你们之间终究是不平等的，骨子里她一直都看不起你。

她要看不上我，应该早就跟我断了，何必等到现在，我又不是狗皮膏药。

以前可能觉得磨不开面吧，离得那么近，低头不见抬头见，再说，你对她也有用处。

什么用处？

最佳倾听者，一个伴儿，她老公不带她玩，她寂寞得慌，说白了，你就是个解闷的。

切，才不是。唐糖不喜欢别人把她和陆歆语之间的关系说得那么直白、廉价、不堪，女人之间的友谊，男人根本不懂，就和这世上根本没有真正懂女人的男人一样是一个道理。难道是自己做错了什么，无意中得罪了陆歆语？大多数时候，人们都无法完全把握正在经历的事，只有事后回忆才能找出其中的美好与不完美。唐糖仔细回忆前两次见面的情形，在外人看来，她们还是和以前一样亲密，见面时陆歆语一如既往，给她来了一个拥抱外加贴面吻——很早以前她便以西方礼仪问候唐糖，起初唐糖不太能接受，尤其是脸上那一小块沾了她口红或是口水的皮肤总是不舒服，可后来渐渐习惯了，但不曾以这种方式回敬。接下来，她们聊天，说着各自的事，偶尔也会开玩笑，或是拍打对方的肩膀，这一切看起来和从前一样，可唐糖能感觉到对方的眼神始终在躲避着她的追逐，不肯和她对视，就像怕被她发现秘密似的。从这个举动推及其他，在聚会结束后，唐糖终于确认刚才陆歆语在逢场作戏，她的分享并非真正的分享，总是一惊一乍，要不就是笑得太过头，其实这都是在掩饰心虚。

不大可能是自己出了问题，那两次的表现和以前差不多。难道陆歆语听信了谁的谗言？比如胡莺莺在挑拨离间，这也是有可能的。扪心自问，唐糖自知她们的分享并不对等，她不像陆歆语那般敞开心扉，这一方面缘于唐糖的性格，另外还在于她不想让人看到她的不如意，交换伤痕和脆弱是深交的黄金法则，让对方觉得你也过得不好才显得诚意十足，不能总是用别人的伤痛平衡自己的心，自己却不承认受过伤，假装坚强，这是犯了大忌的。症结或许就在于此，唐糖回想，她不仅不说她和孙文虎的感情，不说他们之间发生的龃龉，甚至轻描淡写粉饰一番，次数一多肯定会让陆歆语产生心理落差，加上胡莺莺架桥拨火，再坚实的友谊之墙也可能出现裂缝。如果陆歆语再给她一次机会，她一定奋力补救，将自己的秘密和伤疤展示给她看，让她明白她过得并非如她表现得那般顺意，她和老公之间并没有多么情浓意洽，而且，随着年龄的增加，陆歆语之前遇到过的那些问题唐糖或多或少也在遭遇着，比如她和孙文虎亲密的次数逐年递减，每次皆敷衍了事，他开始搭讪年轻异性，有一次她甚至在他的外套上发现了黄色长发，闻到了来历不明的香水味等。到了一定年纪，女人们面对的问题其实都差不多，比如夫妻之间没了激情，丈夫有了外遇，或者自己有外遇。唐糖审视着自己的生活，没什么不好，也体会不出有什么好；有时候，她觉得有必要改变，更多的时候，她觉得还是维持现状吧。因此，她不想和别人说，毕竟，说了也没什么用。

距离乔迁派对举行的日子越来越近，唐糖愈发心绪不宁，每次手机响起，她都满怀希望地查看，结果一次又一次失望，都不是陆歆语发来的微信或是打来的电话，就连平常的问候都没有，若是以前隔三岔五对方就会跟她联系，顶无聊时还会给她发好玩的表情。现在的情况就好像陆歆语已彻底把唐糖给忘了，犹如一个人在某个时间段或年纪痴迷某种事物，等到热情烧完，灯火阑珊之处只剩一把灰烬和意犹未尽百思不得其解的唐糖。好几次，唐糖都想主动问候陆歆语，随后直接道出她已知道乔迁派对的事，看看对方怎么说。是否认呢，还是假装忘了请她而不情愿地发出邀请？可唐糖终究按捺住了，有一次甚至在微信的输入框里打下了字斟句酌的措辞，却还是删了，强扭的瓜不甜，而且她不想将对方置于尴尬的境地。

三天后就是了，唐糖几乎已不抱任何希望，一旦心灰意冷，整个人倒变得沉静、决绝。傍晚，孙文虎尚未归家，吃过饭，儿子正在玩游戏，唐糖站在窗前，天边只剩一抹残红，远处的中国尊尚未完工，一眨一眨闪着光，楼顶的两只吊臂宛如触角伸向天空，在索求，还是在质问？一股莫名的惆怅袭上心头，收回目光，唐糖望见了别墅区，陆歆语家以前住的那套房还没卖出去，窗户幽深漆黑，仿佛洞口。这时，孙敬轩走过来，喊她，妈妈，有人来电话了。唐糖问，谁？儿子道，你自己看。接过电话，唐糖一瞬间简直不敢相信自己的眼睛，屏幕上闪烁的"陆姐"两个字竟让她激动不已，但旋即冷静，没再多想，滑向绿色标志，犹如为等待已久的人亲自打开了大门。陆歆语的口吻和以前如出一辙，仿佛这么久没联系唐糖并无不妥，但在几句后，她还是做了解释，说这段时间北京太热，他们一家人趁着果果放暑假去了一趟新西兰，就当避暑了。唐糖问，那边凉快吗？陆歆语道，对啊，南半球国家现在冬季，我们滑雪来着，还有很多好玩的，买了很多好东西，等你过来我再跟你细说，我这次给你打电话是告诉你周六我家开派对，庆祝搬新家，叫了一些朋友，你们一家人一定要来，之前一直在国外玩，没来得及告诉你。唐糖道，好的。顿了顿，她又道，我早想参观一下你们的新家了。话一出口，她不免飞快地审视了自己，原来她根本没想过要拒绝陆歆语，都已经到了最后关头，而且对方的理由明显是借口，可她还是没能像孙文虎说的那样硬气一回，陆歆语才向她伸出手，她就恨不得扎进人家的怀里了。真没骨气！她在心里骂自己，可又能怎么办？这就是真实的她啊！陆歆语又道，一会儿我在微信上给你分享位置，那天你早点儿来，别等到大家都来了，那时咱俩就没空说体己话了。唐糖连声答应着，那种"小确幸"让她想起上高中时第一次被心仪的男生约出去看电影——是的，她没说实话，孙文虎才不是她的初恋呢，而且她的初恋并不比小区里那个送水工长得差。

4

从唐糖住的欢乐谷附近到陆歆语的新家大概需要四十六分钟。即将进入二伏，昨晚一场大雨，今天得以凉爽，空中依然浮着厚厚的云层。上午十点多，唐糖带着儿子驱车前往，孙文虎说到做到，坚决不去，他让唐糖随便找个理由搪塞。不去就不去吧，可以想见，参加聚会的一定以女人和孩子为主，对孙文虎而言无聊得很，即便有几个男人，比如老宋及其狐朋狗友，孙文虎也很难融入其中，之前和他们吃饭喝酒打球那段时间已让他看清他们根本不属于同一类人，"圈子不同，何必强融"？唐糖其实也认同孙文虎的看法，但这种差异在她和陆歆语之间并不那么明显和强烈，可能因为孙文虎骨子里比她还要敏感，加之老宋比孙文虎大了好多，除了圈子、性格不同，两个人还存在着严重的代沟。

出五环，按照导航，唐糖将车子开上了一条林荫大道，两边皆为粗壮的白杨树，遮天蔽日，左手边是温榆河，其颜色和形状像极了唐糖老家的兰泉河,只是河岸要比兰泉河的平坦宽阔,种满了庄稼,仔细看应该是玉米苗,有农人提着红色的塑料桶,不断抓着肥料撒向禾苗根部。这个场景太熟悉了,唐糖小时候就干过这活儿,有时候玉米都半人多高了还要施肥,玉米地里密不透风,叶子边缘划破她的皮肤,汗水流过,如同往伤口上撒盐。母亲见到她难受,便语重心长地说,当农民又穷又累,你要好好读书,可不能落在庄稼地呀!可能这种实地教育真的起了作用,她才会努力学习,考上大学(虽然只是专科),毕业后又到了北京工作和生活。农门倒是跳出了,不用再干体力活,可生活并没有想象中那么美好,甚至还不如小时候那般无忧无虑,如果可以,她真想永远以小女孩的身份活着。

一刻钟后,车子拐了个弯,路变得窄了,行道树是移栽没几年的泡桐,才扎了根便铆足劲头生长,树冠宛如一只只朝天张开的手,合力托举着漫天的云。又拐了两个弯之后,提示距离目的地只剩两百多米,道路忽然变得开阔,唐糖开了窗户,周遭极静,只偶尔传来几声幽深的鸟鸣,细听甚觉耳熟,四个抑扬顿挫的音节"啾啾啾啾",在老家常被人谐音成"家家发愁"。行至尽头,方看清大门口,唐糖和门卫说明来意,随之被放行。她开得很慢,以便一边寻找陆歆语家的门牌号,一边观察。别墅之间皆以花草树木隔开,每栋别墅都是独立的隐秘世界,那些炫目的设计风格让唐糖恍若置身梦境。终于抵达陆歆语家的门口,及至进了门,唐糖才如梦初醒,尽管她之前想象过房子内的陈设和装潢，但她不得不承认贫穷限制了她的想象力，眼前的一切，甚至每个扑入眼帘的角落都令她玩味，看得出来，在家居审美上，陆歆语不仅花足了心思，更是较之前上了一个档次。

许久不见，陆歆语较之前更加清瘦，抹了亮橙色的唇膏，搭配亮闪闪的眼影，黑发柔顺地垂在肩头，似乎剪短了，一袭淡紫色的长裙，露出半个白皙但稍显贫瘠的胸脯，锁骨优雅地突出，端庄淡然的微笑，坦率直视的目光，仿佛在努力向外界证明"我很好"。两个人抱了抱，陆歆语打趣孙敬轩道，这才多久没见，又长高了吧？他叫了一声陆阿姨。她说，果果在楼上，去找她吧，念叨你好几次了。老宋站在陆歆语身后，和唐糖淡淡地打了招呼，拍了一把孙敬轩的肩膀道，这小子将来肯定比他爸壮实，个子高。陆歆语问，他爸怎么没来？唐糖道，前天就去青岛出差了，下周才回。已走到楼上的孙敬轩道，我爸说给我带帝王蟹回来。唐糖心里一惊，生怕儿子露馅，殊不知他已被训练成撒谎小能手。老宋道，那你别等了，今天就有帝王蟹，还有波士顿龙虾。孙敬轩露出嘴馋的表情，连声叫好。

陆歆语拉着唐糖在宽敞的客厅坐下，茶几上摆满了各种水果、干果和小点心，她让唐糖随便吃。尝了几种，喝了两口水后，唐糖道，我还不饿。陆歆语道，那我带你转转，别人还都没来。起身，跟随陆歆语从一楼的客厅、卫生间、厨房、阳光泳池等处转到二楼的卧室、健身室、衣帽间，接着又上到四面全是落地窗的三楼，这一层的摆设比较简单，只有沙发、桌子、椅子和床，空荡荡的，说话都有回音。陆歆语拉开窗户，一阵风扑面而来，空气清新，她闭上眼睛尽情呼吸，仿佛一个濒死的人在享受着大自然对她最后的馈赠。大概得有半分钟，陆歆语才睁开眼道，舒服，这几天我都在这儿睡觉，晴天的话打开天窗就能看见星星，有时月光洒满房间，美得叫人心疼。唐糖问，这房子多少钱？陆歆语道，管它呢，赚钱不就是为了享受吗？接着，陆歆语带唐糖看了她从新西兰带回来的特产，主要有葡萄酒、羊毛围巾和绵羊油等，储物室里堆满了礼品袋，每只袋子里皆装着礼物，看起来内容差不多，但袋子外面还是写了姓名。唐糖一晃眼，便看见了胡莺莺等人的名字，这让她收到礼物的喜悦之情顿失大半，原来不只送了她，而且几乎无差别对待。说完绵羊油的好处和用途，陆歆语挑出另外一只袋子，从中拿出两件衣服道，这件外套是我从机场免税店买的，本来我想要，但老宋和果果都说更适合你，你看看，喜欢吗？唐糖看了看商标，确是名牌，面料摸着也舒适，但她说，这颜色不太适合我，我皮肤没你白，还是你穿更好看，我想要可以去买。

为什么要买呢？陆歆语以她温和的顽固态度继续说，这两件我没穿过。唐糖道，我自己买的更合适。说完，她立即意识到语气不该如此冷酷，然而她还是继续道，前几天我刚买了两件，也是普拉达的，再说，我外套挺多的。这种她已不是穷人的暗示，让陆歆语的脸上出现了责难和遗憾的神色，她悻悻地收起衣服,笑道,那我留着自己穿。很快,她收起短暂的失落,拉着唐糖去看照片。有一些是他们一家三口的全家照,更多的是她和老宋或是与其女儿的合影,每一张上都有陆歆语,照片被洗出来,用夹子夹着,挂满了一面墙壁,除了这次旅行的,还有去其他地方玩时拍的,也有少量居家照,甚至有两张出现了唐糖和孙敬轩。照片是记录时光的手段,多数是欢乐时刻的见证,可连在一起看,时光的流逝不免令人怅然,尤其是两个人沉默着,各怀心事地欣赏时,一种渐行渐远的感觉让唐糖转了身。

陆歆语忽然想起了什么,拉着唐糖来到一楼厨房,从三开门的冰箱冷冻室里取出一个类似冰激凌的盒子,揭开盖子,让她看。只见里面一片白,冒着寒气,她不确定道,这是雪吗?陆歆语道,对啊,但不是一般的雪,是我从皇后镇带来的,我们在那里滑雪,住了好几天,从没玩得那么疯,临走时带了一杯,幸亏当地气温低,还用干冰保存着,上了飞机又找空姐放进冰柜,这才一直没化,真不容易啊!你闻闻,舔舔也可以,很干净的。唐糖舔了舔,和其他雪没什么区别。陆歆语深深地嗅了嗅,就好像她是个第一次置身冰天雪地的南方人,脸上显出对自然的敬畏和对生命的眷恋之情,看上去虽然做作,不知为何却有点儿动人。唐糖道,我也喜欢雪,还是上小学时,一天早起,整个世界都白了,而且还在飘着大雪花,根本分不清哪儿是哪儿,我就在雪地里深一脚浅一脚地走,结果迷路了,你能想象吗?从我们家到邻村的学校不过一里多地,但我竟然绕了好几圈才走到，就跟遭遇了鬼打墙一样。陆歆语哈哈笑着，拿手指点了一下她的脑门道，笨蛋。

老婆，来客人喽！只听老宋在外面亲昵地呼唤。唐糖随着陆歆语走出厨房，到客厅，只见胡莺莺和另外两个人进了门。胡莺莺的一双眼睛滴溜溜乱转，随即夸张地叫道，我的妈呀，太豪华了，今儿我不走了，非要住几天享受享受。陆歆语笑道，随你，你就长住下去我也不管，只要老宋没意见。老宋道，我欢迎还来不及，哪儿有什么意见？胡莺莺笑道，你们可都听见了，到时他们要是赶我走，都来帮我做证。几个人笑着，一一落座。

当初陆歆语邀请了胡莺莺，唐糖便觉得蹊跷，因之前的很多次聚会她都不属于候选之列，其实她们两人之间并无过节儿，只是不投缘罢了，可跟在胡莺莺后面的两个人却叫唐糖实在想不通今天她们为什么会出现在这里。这两个人都和陆歆语发生过龃龉，其中一个还曾大打出手，就是在多年前的一次聚会上，唐糖甚至还记得当时的情景，自那次后，陆歆语和这个女人就再也没有过交集，而且经常跟唐糖嚼她的舌根，一副老死不相往来的架势，今天怎么把她也请来了呢？难道已经冰释前嫌？唐糖按捺住疑问，上楼看了看儿子，见他和宋果果在打游戏，便嘱咐注意休息，当心眼睛。儿子头也没抬地答应了她一声，她便出了门。

楼下正聊得热烈，只听胡莺莺惊呼道，头等舱？从北京到新西兰得十二三个小时吧？三个人往返再加上在那边的几趟，光是机票就得我好几年的工资了吧?

没那么夸张,两年足够了。陆歆语微笑地望着老宋道,那是我四十四岁的生日礼物,一辈子就奢侈这么一回,主要是来去时间太久,不躺着真不舒服。

那可不一定,说不定会变成可怕的习惯。老宋骄傲地嗔怪。

怕什么,就算每次都坐头等舱也坐得起,别以为我不知道你的面包房卖了多少钱。和陆歆语打过架的女人道,我觉得挺可惜的,再过几年,可以上市吧?那时出手可不止两个亿。

累了,不想再做了。陆歆语道,人要懂得适可而止,追求财富永远没够,我只想好好享受生活,陪陪老公和孩子,做回称职的家庭主妇。

这倒不像陆歆语的作风,她野心大得很呢,曾说过要上市,甚至垄断国内的烘焙业,怎么忽然就把辛辛苦苦做大的企业卖了呢?唐糖正暗自疑惑,几下敲门声打断了她,抬眼望去,只见一个身着黑西裤白衬衫的年轻男人赫然出现在门口,几乎吸引了所有人的目光。唐糖差点儿惊掉下巴,这不是那个送水工吗?他怎么来了?这身打扮明显是来做客,而非送水的,莫非陆歆语还邀请了他?

5

客人全部到齐时已近下午一点,在开饭之前,老宋和陆歆语站在人群中间发表了简短的致辞。大概意思就是感谢大家多年来的不离不弃，尽管和某些人之间产生过摩擦与不愉快，但他们相信经过时间的洗礼，一切都将成为笑谈和过眼烟云。陆歆语依傍在老宋身旁，尽显人妻的贤惠与娇媚，与先前的她判若两人。唐糖发现，在这次聚会中，陆歆语和老宋之间表现得无比亲密，既像蜜月期，却又多了老夫老妻之间才有的体贴与关怀，老宋几乎时刻不离老婆身边，时不时低声耳语，给她端茶递水，殷勤得有些过分。陆歆语呢，也不像往日那般独立、落寞、郁郁寡欢，仿佛过了许多年不再相信爱情的日子，忽然又陷进了爱情之中无法自拔，脸上洋溢着幸福和满足。一个欲望得到满足的人很容易与人为善，这大概就是陆歆语为什么把几乎所有和她有过关系的朋友（或仇人）都请来的原因吧，她就像一个虔诚的教徒，要向世人宣告她的博爱与仁慈，从此与大家和平相处，更像一个洗尽铅华看透沧桑的女明星从此退出娱乐圈，深居简出，不问世事。

宴会地点在别墅后院的草坪上，半自助形式，主要是烧烤，也有主人家请来的厨师早已准备好的佛跳墙等名菜，香味和烟气弥漫了整个院子，端着饮料、鸡尾酒和甜点的服务生在人群中穿梭，人们边吃边聊，笑逐颜开，几个孩子边吃边和三只狗追逐嬉戏。阳光穿透云层，洒下光芒，两棵高大的悬铃木形成的阴影从三楼看下去就像是一汪池塘，而人们就在这池塘里游来游去，但不包括唐糖。吃了点儿东西后，她回到别墅中，上到三楼，俯瞰着众人。仔细寻找，却未发现陆歆语，于是下楼。经过二楼时,她发现卧室的旁边有个小隔间,好奇之下走过去,原来里面安置着佛台,供奉着观世音像,地上还有个蒲团。难道陆欹语信佛了?唐糖从没听她跟自己提过有关佛的话题,也许是不想说,更大的可能是近期才发生的改变。隔间旁边的那扇窗户正对着别墅的侧面,唐糖站在窗前眺望,只见一片郁郁葱葱,似乎全是枝叶,可是看得久了,便能透过缝隙见到树下的情景,比如此刻,就有两个人在树下依偎着。细看之下,唐糖辨清了,女的正是陆欹语,男的不是老宋,而是唯一穿了西裤和白衬衫来做客的送水工,两个人抱在一起。她只觉得脸红心跳,仿佛有电流穿过身体,混杂着性的嫉妒与渴望,既想多看几眼,又觉得无地自容,倒像自己偷了人似的,心里骂着"不要脸",依依不舍地转身匆匆下楼,结果一不注意多走了几道楼梯,进了陆欹语家的车库。有两辆车静静地趴在那儿,一辆保时捷,一辆宾利。看见保时捷,那件往事像条大黑鱼似的一跃而起,搅乱平静的水面,细算之下已过去七年多,却依然历历在目。

那是唐糖尚未买车时,陆欹语还开着曾被唐糖弄脏的那辆宝马。逢小长假或周末,陆欹语会叫上唐糖和孙敬轩陪她和宋果果(那时候老宋和陆欹语就像一对形婚夫妻,很少在一起活动,因此唐糖母子经常被邀请)到周边游玩。春天赏花踏青,夏天游山玩水,秋天摘果子,冬天泡温泉,对衣食无忧的有钱人而言,每一分钟都是人间好时节。九月中旬的一个晴朗的周六上午,两个大人和两个孩子从小区出发,目的地是坝上草原。草原这地方她们以前来过，算得上轻车熟路，游玩项目没多大意思，这次来主要是为了让孩子接触大自然，顺便骑骑马。经过三个多小时的跋涉，抵达了提前订好的旅馆。旅馆的条件很差，和网上的宣传照相比就像实物和卖家秀的差距。这还不算，服务态度也奇差，陆歆语不过抱怨了两句房间不干净，那老板娘便针锋相对，你们城里人干净，那还来这里干吗？不想住就走，有的是人想住。陆歆语气不过道，你这什么态度？别忘了你干的是服务行业！老板娘哼了一声道，服务行业怎么了？就得低声下气伺候你们？上这儿当大爷来了？没门！陆歆语还想多说，唐糖连忙劝住她，让她忍一忍，等到老板娘走了，她给陆歆语分析，她巴不得咱们走呢，现在是旺季，不愁没人住，咱们在网上订的价格低，她不高兴。陆歆语气道，那就退了，另找其他家。唐糖道，算了，这是人家的地盘，有地住就不错了，就算退了房，钱也退不回来，再找一家也好不到哪儿去。陆歆语愤愤的，但没再说什么。

接下来的行程皆有不顺之处。午饭也是提前订好并付了钱的，就在旅馆内，菜量倒不小，却齁咸，像打死了卖盐的，四个人只得出门找了一家饭馆，也算不上好吃，好歹能下咽，但比北京的还要贵。下午休息片刻，来到一片白桦林旁骑马，结果再次被宰，两个多小时的停车费就要了一百块；明明没有超时，骑马前付的五十块押金说什么都不给退，理由是马儿太累了。那个牵马的女人说，你们看看，马背上湿漉漉的，被大雨浇了一样，可不能叫它这么累啊！陆歆语气得无语，半天才反驳道，你心疼它还叫人骑干吗？干脆供在家里算了。那女人连声"咦咦"，鄙视道，要不得，要不得，我们穷人还要靠着它赚钱，五十块对你们来说连顿饭钱都不够，那么计较干吗？陆歆语大嚷，强盗逻辑。才说完，就有几个男人围过来，问道，谁闹事？见这架势，唐糖连忙道，没事儿，没事儿。说着，拉着陆歆语上了车。

开出老远，陆歆语道，真该给他们曝光，大不了报警，我就不信治不了他们。唐糖道，好汉不吃眼前亏，报警也没用，以后别来就是了。陆歆语道，民风怎么变得这么差，不是该淳朴才对吗？唐糖道，以前就这样，不过那时是公司组织来的，人多，被坑也是公司花钱，自己感觉不到，有一次我们去野三坡，同事在楼下的小卖部买东西就被掌柜的讹了一百块，愣说那张假钞是他的，出门在外，还是忍气吞声吧，咱俩都是女的，还带着孩子，就算咱们不怕事情闹大，孩子万一有个好歹就得不偿失了。陆歆语道，你说他们这么做就不会良心不安吗？唐糖觉得芳邻真够单纯，不由得笑道，他们哪还有什么良心。陆歆语摇头道，我相信他们的本质并不坏，只是被金钱冲昏了脑子，加上没多少文化，受教育程度不高，被社会风气带坏了。唐糖道，环境是一方面，人本身也有问题。陆歆语道，看来你并不认可人之初性本善喽？唐糖道，分人，就跟长相一样，有一部分由基因决定，反正不管什么时候，别对人性抱什么奢望就对了，鲁迅都说过他不惮以最坏的恶意揣测国人，这是劣根性，很难改变。陆歆语道，想不到你还挺悲观的。唐糖道,那当然,在人性上,我绝对比你更有发言权,我碰到过非常好的人,就是很无私的那种,也遇见过很坏的人,就是完全毫无理由地发泄对世界的恶意,经历过人和人之间不需要语言就能分享的温暖瞬间,也见识过只因为一点点小事或是几块钱就杀人或是从此堕落的。你从小顺风顺水,长在没有"病毒和细菌"的环境里,自然觉得人人都是好的,其实也不见得,只不过在你身边的那些人全都因为有钱而披上了文明的外衣,很多黑暗面没机会展示。陆歆语不以为然道,看你说的,我可没那么傻白甜,商界的钩心斗角尔虞我诈也厉害得很呢!唐糖道,再怎样那也是个文明世界,有规则制约着,不像这里的人那么坏,脸都不要。陆歆语道,我不信。唐糖道,等着瞧。果不其然,到了晚上的篝火晚会,因为烤全羊,两人又被诈了一笔。

　　本打算周日午饭后回京,但一连串的添堵让陆歆语没了游玩的兴致,周日草草吃过早饭便决定返程。一般来游玩的多数在下午回京,上午多有安排,因此路上的车比较少,不像周六上午过来时还时不时堵车。唐糖早已拿到驾照,见到这样的路况便手痒,于是由她来驾驶,陆歆语坐在副驾驶,两个孩子坐在后座。草原这一带广阔敞亮,虽有山头却都不高,一眼望去能看出老远。车子大概行驶了半个钟头后,只见前方路边停着一辆皮卡,有三四个人站在车旁。快开到跟前时,两个大人站在那儿伸手拦车,陆歆语道,可能车子抛锚了,停下看看有什么能帮忙的。唐糖没有熄火,犹豫着放慢车速,隔着窗子,她便已认出拦车的那个女人是昨天牵马的那个,身边的男人可能是她的老公,两人皆一副焦灼的表情,身后还站着一个男人,神色悲戚。陆歆语摁下车窗,那女人凑过来,连连作揖道,求求好心人救救我儿子吧,他发了急病,车又坏了,能让我和他挤挤你们的车吗?陆歆语问,孩子在哪儿,什么病?女人道,在车里昏迷着,心脏病,从小就有。陆歆语的手放到把手上,却推不开,原来是唐糖锁住了。唐糖对那女人道,我们的车放不下你们,尽快打120吧!陆歆语道,让我下去看看。她的口吻里带着一丝不易察觉的命令,潜台词好像在说"这是我的车,你无权做决定",这让唐糖觉得很不舒服,她不管那女人可怜兮兮地央求,狠踩油门,车子猛地蹿了出去,从后视镜里只见那女人和男人追出很远,男人还从路边捡了石块朝着车子用力投掷。

陆歆语往后看了好几眼,面露关切,实在无法,才将车窗关好。两人沉默着,用余光观察着彼此,就像观察一个陌生人。半晌,陆歆语才开口,你就让我下去看看也没事吧?那么小心干吗?唐糖道,你看不出来吗?明显骗人的,你真要下不讹你几百块你就上不来了。陆歆语道,万一是真的呢,耽误了孩子的病,咱们也有责任。唐糖道,跟咱们有什么关系?就算是真的,我也有权利选择不帮,甭道德绑架。陆歆语道,何必那么冷漠?难道你就万事不求人?唐糖气得反问,我冷漠?我这是为了咱们好,难道你没认出那个女人?刚才你没看见那个男人还用石头砸咱们?陆歆语道,我当然看出来了,那男人只是气急败坏,太愤怒,太绝望了吧。唐糖觉得自己的好心被当成了驴肝肺,猛踩刹车道,那依你呢?咱们返回?被骗了钱,被人打了我可不管。陆歆语道,骗就骗吧,损失的是钱,还有可能救回一条人命呢。唐糖不屑道,对,你有的是钱,当然可以做好人,我没有善良的资本。说着,唐糖就要掉头。陆歆语抓住她的手道,这不是钱不钱的问题,没钱一样可以选择做个好人。唐糖没再说什么,打开车门,绕到副驾驶那一侧,将位置让给陆歆语。陆歆语抓着方向盘,犹豫半晌,最终没有掉头,而是向前开去。又开出去大约半个小时,迎面驶来一辆救护车,嗷嗷叫着。两个人都看见了,却都像没看见没听见一样,不置一词。

唐糖感觉有人在身后,转身,只见陆歆语站在不远处似笑非笑地望着她,送水工则拉着她的手,见到唐糖亦不避讳。三个人皆往前走了几步,透过陆歆语那心照不宣的眼神,唐糖即刻明白陆歆语猜到自己刚才在想什么。在草原上的那趟旅行终结了她们一起出去游玩的习惯,也差一点儿终结了她们之间的友情,过后那件事两个人都没再提起,就像不约而同地将其封存于保险箱,而她们俩是唯二知道开箱密码的人。陆歆语问,想什么呢?唐糖不语,望着送水工,好像他是个碍事的人。陆歆语道,我忘了介绍,不过你们见过的,而且都在一个社区住着,这是苏明,这是我最好的朋友唐糖。苏明对唐糖说,你好。陆歆语转过那双略微松弛的眼睛,射出温柔的光对苏明说,你先出去转转。苏明放开她的手,抚摸她的肩,出了车库。陆歆语松了一口气道，黏人，小孩子似的。她的口吻中带着一种天真无邪、活力十足的自我炫耀。唐糖反感道，这不正你是想要的吗？陆歆语微微一笑，后来，我又去过草原，就在那次回来两周后吧，我总也放心不下，还做梦。这倒出乎唐糖的意料，说实话，对这件事她早已释然，甚或压根就没有过罪恶感，她耿耿于怀并非这件事本身，而是它造成了她们之间的信任危机。陆歆语接着说，我找到了那家人，他们也认出了我，他们的孩子据说没能抢救过来，他们不让我走，说我是杀人凶手，野蛮，冲动，毫不讲理，非要扣留我，我并不害怕，最后我把车给了他们，他们才肯放我走，回来之后我就买了这辆保时捷。即使在叙述一件被坑害被讹诈的事，陆歆语的语气间并无懊悔之意，更多的是享受着行善之举的道德优越感。唐糖不屑道，自始至终都没见过他们所谓的孩子，那救护车也未必就和他们有关。陆歆语道，假的更好，虽然那样我做了傻事，上门去被人家要挟，被骗，但总归好过因为我而让一个生命错失救治良机。唐糖哼了一声，不无讽刺地说，你真伟大。

6

下午四点整，唐糖决定回家。陆歆语没有多加挽留，其他人趁机也都表示再坐一会儿便回去。陆歆语说，本来还想让你们吃晚饭的，现在看来，省啦。送唐糖母子俩到门口，等他们上车后陆歆语和老宋才回身。

玩了那么久，还在院子里来回跑，孙敬轩有点儿累，有点儿困，上车就睡，进小区时才醒。唐糖停好车，拿上陆歆语从新西兰带给她的礼物，拉着儿子往家走。儿子问，妈妈，陆阿姨如果死了，果果姐是不是就成孤儿了？唐糖随口道，不会，她不是还有爸爸吗？过了几秒钟，她才反应过来儿子那句话的可疑之处，便问，谁说陆阿姨要死了？儿子道，果果姐说的，她妈妈得了肺癌，是绝症，就是治不好的意思，她说目前还没有特效药，还说长大了要研制这种药，说的时候她哭了，我抱了抱她，这不算占便宜吧？电梯门关了，唐糖忘记摁按钮，脑袋里一片空白，两片闪着寒光的电梯门像铡刀似的徐徐打开，一个牵着小狗的女人进来，摁下楼层，看了一眼失魂落魄的唐糖。孙敬轩攥了攥妈妈的手，踮脚摁下二十三层，出电梯时，他说，妈妈，我是不是做错了？唐糖道，不，你做得很好，比妈妈做得都好。唐糖问，果果姐还告诉其他孩子了吗？儿子道，没有，她只和我一个人说的，不让我告诉别人，这是属于我们俩的秘密，现在是我们三个人的秘密了。进家门，孙文虎正歪在沙发上看手机，唐糖放下东西，让他看着儿子，说还要出去一趟。孙文虎奚落道，刚回来就走？你还真够忙的。她来不及解释，很想马上见到陆歆语。孙文虎还在追问，干吗去？唐糖道，去陆歆语那儿，有很重要的事，回头再跟你说。

现在，唐糖明白了，陆歆语所有的反常表现都有了答案。在即将到来的死亡面前，没有谁能做到无动于衷，之前的世界观、价值观和人生观甚至会全盘颠覆，做出任何事都不奇怪。

她的大脑高速运转着，和陆歆语之间许许多多细枝末节的情意全都涌上心头，一想起她将不久于人世，唐糖便万分伤感，千般不舍，眼泪夺眶而出。出了这么大的事，她为什么不告诉自己呢？她到底拿不拿自己当朋友？伤感过后，暂时恢复理性的唐糖开始纠结于问题所在，不过这与绝症本身相比，根本算不了什么，一个要死的人怎么做都不过分，唐糖告诉自己不该和一个将死之人如此计较。

重回别墅，出来迎接唐糖的是老宋和送水工，其他人都已离开。老宋略感惊讶，开玩笑道，怎么？刚走就开始想我了？唐糖没心情和他说笑，她觉得老宋多半也是强颜欢笑，所谓结发夫妻，患难见真情啊。她开门见山，我找陆歆语。老宋正色道，你跟我来，她在二楼。至二楼卧室旁的隔间门口，唐糖看见陆歆语的背影，像尊佛似的盘腿于蒲团上打坐，两只手置于膝盖处做兰花状。老宋轻声道，还有几分钟，你去楼上等她吧。唐糖点头，来到三楼，坐在窗前的椅子上。夕阳的光辉盛大，悬铃木金光灿灿，风吹过，叶子哗啦啦地翻动，犹如传说中的"鬼拍手"，忽而，唐糖又听见了那只鸟在远处叫着"家家发愁、家家发愁"。她叹了一口气，只见陆歆语的身影在玻璃上出现，遂起来，转身盯着对方，开口道，为什么瞒着我？其实她想了很多开场白，其中并无这一句，不知怎么就脱口而出了。陆歆语道，你在说什么？

唐糖走到她跟前，死死盯着她，发现她比上午要疲倦、虚弱得多。陆歆语刚要说什么，唐糖猛地上前抱住她，情不自禁地抚摸着陆歆语的头发和后背，就像母亲抚摸女儿，她意识到自己的抚摸方式有点儿不一样，小心翼翼，谨慎而又克制，好像害怕引起被关爱对象的怀疑。唐糖说，我知道了，孙敬轩告诉我的，他从果果那儿得知的，是真的吗？唐糖感觉对方的身体颤了一下，之后她被陆歆语推开，后者平静地说，是真的，肺癌晚期，判了死刑。唐糖问，还有谁知道？陆歆语道，除了家人，只有你和孙敬轩。唐糖又问，你之前疏远我就因为这个？你为什么不告诉我？陆歆语理直气壮，告诉你有什么用？让你看笑话？可怜我？尽情施舍你的同情吗？唐糖道，你知道我不会那样。陆歆语道，我不知道，连你自己都确定不了，没能力把握，你的感觉你说了不算，你的心自有它的主张。

唐糖气道，你错了，我不像你，总是从别人的不幸中寻找慰藉。陆歆语道，我不是针对你，而是人性，你懂我的意思吗？说着，陆歆语拉着唐糖坐到椅子上，继续解释，我不需要任何人的怜悯，真心也好，假意也罢，都会让我难受，让我想到疾病，想到死亡，我不希望朋友和亲戚们因此而关注我，试图帮助我逃避注定无法逃避的宿命，不想让别人见证我身体的恶化，看着我如何一点点走向死亡，那会让我透不过气，这也是我搬家的原因，我只想一个人安安静静地赴死，这是我所能维护的最后的尊严，就像我放弃化疗，不想浑身插满管子，死在医院，成为一群无关人士的谈资一样。唐糖攥住陆歆语的手说，可是，你一个人承受就不痛苦吗？陆歆语苦笑道，人只要活着，痛苦就不可避免，只要想通了就好，不瞒你说，我连后事都想好了,遗嘱也立下了,我最不放心的就是果果,不能看着她长大,恋爱,当新娘,做妈妈……老天爷真狠心。唐糖想安慰她,却不知该说什么,拼命压抑着,才没有让眼泪掉下来,想了想才道,放心,我会时常关照她的,我答应你。陆歆语欣慰道,有你照顾她,我确实放心,不过,咱们能别这么正经吗?刘备托孤似的。

老宋端来两杯加了冰的洋酒,对唐糖道,你们好好聊,有事叫我。望着老宋出了门,唐糖道,现在体会到老宋的好了吧?陆歆语道,谁知道呢?也许他心里正高兴得不得了,等我一没,就娶个比我年轻又漂亮的。唐糖道,活着的人总要把日子过下去。陆歆语拿起酒杯,让唐糖跟她碰杯,唐糖道,我开车呢。陆歆语道,少喝点儿,没事的。唐糖只得喝了两口。陆歆语道,我现在什么都不在乎了。唐糖道,所以你就跟送水工明目张胆地乱搞?陆歆语道,自我放纵还能多久呢?要不了两个月,这个房子里将充满病痛和悲伤的叹息。不知从哪儿弄出来的,陆歆语点着了一支烟,吸得娴熟且惬意,唐糖以前没见过她抽烟,便道,你怎么抽起烟来了?陆歆语道,人家抽了一辈子还能寿终正寝呢,我以前可从没抽过,怎么就得了肺癌呢?是不是很讽刺?我要把没做过而又想做的事尽量做一做,以后再没机会了。唐糖沉默着,望着眼前的密友,想到用不了多久她便会从这个世界上消失,突然感到一丝恐惧和不安,还有不知该如何排遣的郁闷。窗外知了的叫声让人耳鸣,这么拼命干什么呢,秋天一到你们就会死掉,唐糖想,生命还真是一

密友 | 37

场徒劳呢!

我真羡慕你。陆欹语道,有时也嫉妒你,有儿子,还有个感情那么好的老公,不像我这么失败。唐糖道,我没什么可羡慕的,再过二十年,我也赶不上你现在的水平,你是人生赢家,活得肆意、奔放、通透,这辈子值了。陆欹语将半支烟扔进酒杯,沙沙作响,她短促地笑道,如果咱俩交换人生,你愿意吗?唐糖哑然。陆欹语道,真正的人生赢家是活得比较久的那个人,比如咱们两个之中肯定是你,除非你突遭横祸——我真不是咒你,可别往心里去,别跟一个被判了死刑的人计较。唐糖心里膈应,但还是道,没关系。她感觉对方的表达欲非常旺盛。陆欹语道,什么人生不在乎长短,只在乎宽度和密度之类的,都是屁话,好死不如赖活着,虽然活着也会无聊,也有想死的时候,可没有几个人真正甘心去死,一想到我死了,而世界照常运转,我认识的那些人一样活得好好的,和老公孩子享受天伦,不管好的坏的,都没我的份了,我就嫉妒,单单是你们活着这个事实就令我非常难受,一个人出局好寂寞,好孤单,好悲惨。唐糖道,你不能这么想,四十四岁,其实也不算短,起码人生该经历的你都经历了,想想那些在地震、洪水之中逝去的生命,想想那些刚出生没几年或是没几天几个小时就夭折的孩童,你可比他们幸运得多。陆欹语看着唐糖的眼睛道,你可真会开导人,以前咋没这么厉害,不过我喜欢,有什么说什么多好,我就瞧不惯你把我当成一般的朋友,我讨厌虚伪,你知道吧?唐糖点头道,明白,我有很多地方让你看不顺眼，但我就这样，我不可能按照你的期待去做人、行事，两个人越亲密越该尊重彼此的不同，这样才能让我们走得更近，不过现在已经没什么机会了。陆歆语笑着，两只手在胸前小幅度地鼓掌，说得好，我这人是太过强势了，有时候未免强人所难，如果得罪了你，让你感觉不爽了，还请你多担待。唐糖轻轻地摇头，房间内没有开灯，陆歆语的眼神在苍茫的暮色中闪烁着凄凉的光辉，仿佛来自一颗逐渐黯淡的星球。两个人沉默了许久，似乎有很多话想说，又似乎该说的都已说完。唐糖起身道，我该走了。陆歆语道，等等，把我给你的衣服拿上吧，就当作一个念想，别赌气了，好不？唐糖只得答应。两人走到二楼，拿上装了衣服的纸袋，到一楼，陆歆语说，苏明也要回去，正好顺路，让他开车吧，你刚喝了酒。唐糖道，也好。陆歆语趴在苏明肩头耳语几句，随后和老宋送他们二人到栅栏门口。

上车没多久，苏明几乎一直自说自话，说陆歆语勾搭了他，有一天送水时她让他坐下来歇歇，给他喝了酒，随之投怀送抱，第一次就这样把他连哄带骗地弄上了沙发，接着是床，再然后是其他空间。他说，她对我确实好，帮了我不少忙，你还不知道吧？我现在不送水了，宋大哥帮我找了一份工作，在一家幕墙装修公司，工资挺高的，我一开始不是很喜欢，有点儿做不来，但陆姐让我坚持，现在看来她说得没错，我已经适应了，还当上了小主管。唐糖只简单地问上一句半句，并不关心他和陆歆语之间的事。眼见着天已逐渐黑透，却还有少一半的路程，她说，你能不能开快点？苏明道，怎么了？和我在一起不开心，还是太紧张，想逃避？唐糖不语，假装没注意到他那暧昧的目光，苏明将车子拐进一条没有路灯的岔道，导航提示，您已偏离路线。唐糖道，你干什么？走错了。苏明靠路边熄火，外面漆黑，车里更黑，他解开安全带，翻到后座，准确地压在唐糖身上，逼仄的空间和他的重量让她动弹不得。苏明喘着粗气道，其实我喜欢的是你，那个老女人长得又不好看，还总以自我为中心，要不是为了前途，为了老婆孩子过上好日子，我才不会搭理她，今天终于有机会和你说说心里话，自从那次在她家遇见你，我的魂儿就被勾走了，一直在想你呢。一边说，他的嘴一边寻找着唐糖的嘴，找到后，随即强吻。唐糖才不信他的话，那些套路之言让她觉得恶心，可他的嘴巴、舌头、气味和吻技都比孙文虎的强得多，她还从没尝过其他男人的嘴唇与荷尔蒙气息，霸道而温柔，竟有着天壤之别。挣扎几下，她便从了他，脑子里想的都是他和陆歆语亲热的画面。解她的衣服时，他神气地笑道，陆姐说得对，你果然表里不一，假正经，既然喜欢为什么故意躲着我？就因为有老公？唐糖僵住，问他，刚才她在你耳边说的什么？是她让你这么做的？苏明的手没有停止动作，继续道，她不说我也会这么做，我就喜欢闷骚的女人。唐糖用尽全力推了他一把，苏明的头撞上车顶，直喊疼，并骂道，疯婆子。唐糖抬手扇了他一耳光，推开车门，将他连推带踹，弄了下去，随后关上车门。他在外面拍着车窗，叫着。她不为所动，来到前座，发动车子。刚驶出十多米,发现了他的手机,遂开窗扔给追上来的他,接着,她又把装有两件普拉达外套的纸袋扔进了黑夜中,就像丢掉一袋垃圾,一个包袱。

道德困境

1

唐糖和陆歆语相识、相交的最初过程算不上愉快。

大学毕业后，唐糖留在了北京，揣着一纸烂大街的本科文凭先后换了好几个工作，犹如草根艺人抱着一把廉价吉他游走于城市的各个角落，即使困难到住地下室、吃方便面度日的地步也从未想过离开。宁可在北京做条有梦想的沙丁鱼，也不回老家那个破县城做混吃等死的咸鱼——很长一段时间，这句心灵鸡汤都被她奉为座右铭。可她有什么梦想呢？非要在北京才能实现？事实上，她也不甚清楚。她只是贪恋大城市的繁华和机会，只是不甘心回老家过一眼看得到头的日子，对未来茫然失望过无数次，但每次都能重整旗鼓，心怀热望地迎接崭新的一天——Tomorrow is another day！她觉得只要坚持得足够久，总会换来专属于她的幸福，用她之前所有的不如意、辛苦和努力作为代价。因为这份决心的存在，她才得以北上清河，南下亦庄，东进梨园，西出圆明园，随着工作单位的更换而不断搬家。认识陆歆语时，她刚刚搬到欢乐谷附近的小区两个多月，在一家互联网公司从事销售工作，公司位于大望路附近，乘地铁算得上近。摸爬滚打了三五年，虽未过上所谓的标配人生，依旧没房没车没爱情，可到底有了些许底气，以前唐糖从不敢打车，可现在一旦睡过头或是加班到很晚，她已能不假思索地叫车到楼下，再不会为了二三十块钱而纠结心疼。

那天上午，唐糖起得不晚，只是稍微头痛、发热、鼻塞，可能前一晚空调开得太低，导致伤风。本想请假，刚要睡个回笼觉却想起每周三老板要开例会，而且约了一个甲方客户来谈合作，很有可能签合同，还是不请假为妙。她迅速起床洗漱，随后喝了一袋板蓝根和感冒冲剂，临出门时叫了出租车。上车后，她闭目养神，直到车子像一头贪食路边草的驴子一样走走停停时才睁眼，已到了最为拥堵的九龙山路口，前方仿佛大型移动停车场。两分钟后，唐糖提前下车。距公司尚有一千多米，若是身体无恙，她尽可以走过去，但今天头重脚轻，目光不由得转向了路边如蝗虫般停着的共享单车。扫码解锁，她发现车筐里有只女士包，看商标是古驰的，鼓鼓囊囊，似乎装了不少东西。周围没人，唐糖思考片刻，拉开拉链，只见里面装着唇膏、眼线笔、钱包、卫生巾、充电宝、耳机、iPad、安全套等物。钱包里有各种银行卡、健身卡、美容卡以及驾驶证、身份证和名片，从身份证看失主是位叫陆歆语的女性，且和她是老乡，都来自唐山，再看名片，头衔是一家科技公司的财务总监。唐糖马上拨通了名片上的手机号，却无人接听。唐糖只得先去上班，到公司后又打电话，还是没人接，想了想，她在微信上搜索手机号，申请加为好友时附言：我捡到了你的包，尽快回电。

同事见到桌上的包，细致观察一番，望着唐糖道，你换包了？居然是真货。唐糖清楚同事的内心活动，这个同事和她走得还算近，因此十分了解她的经济能力和消费观念，就像平常只喝凉白开的人忽然买了一瓶依云，委实让人生疑。她不想就此多做解释，只道，朋友的，等会儿就拿走。这时，楼下传来前台的大嗓门——老板开会啦，到隔壁会议室，赶紧，都去。大家放下手头的工作或面包咖啡，鱼贯而出。到会议室，唐糖才发现忘拿手机，转身出门却见老板大步流星地走来，她只得返回。老板不是个喜欢拖延时间和絮絮叨叨的人，可今天偏偏讲了四十多分钟才结束。唐糖赶紧跑到工位上看手机，共有五个未接来电，两个微信的语音邀请和几条消息。先看了消息，都是陆歆语发来的，按顺序依次为："在哪？""为什么不接电话？""你想怎样？""？？？""我包里的东西很重要！""有话直说！""想要多少钱都可以。"本想马上回电的唐糖看到最后一条消息，顿时觉得伤了自尊，便故意不联系，只等着失主再次打来——这个陆歆语把她当成什么人了？拾金不昧不是应该的吗？难道她是为了报酬？她想，见到对方一定要澄清自己的初衷，不能不清不楚地就把包还给她。

果然，又过了十多分钟，电话打来。唐糖来到阳台接听，对方带着怒气，劈头盖脸道，你这人怎么回事？你知道我丢了东西多着急吗？为什么不接电话也不回信息？你到底还想不想把包还我啦？有要求尽管提！这顿连珠炮让唐糖后悔自己为什么非要多事，怪不得人家说管闲事落不是，现在的人为何都这么浮躁，就不能心平气和一些吗？唐糖呵呵两声，一语不发，故意晾着对方。陆歆语继续道，喂，我说你听见了吗？怎么不吱声？唐糖道，你让我说什么？我发现你的包之后第一时间就给你打了电话，可你接听了吗？陆歆语道，我在开会，没注意。唐糖道，就你是大忙人，别人就不需要工作，专门候着你的电话？我又不是移动客服。对方沉默了几秒，随后不耐烦道，算啦算啦，是我不好，你在哪里？唐糖说了地址，对方道，是吗？那离我挺近的，我就在金地广场，你能给我送来吗？怎么会有如此厚颜无耻之人呢，唐糖心想，气呼呼地说，没空，有空也不送。对方道，我现在走不开，中午吧，我过去找你。唐糖道，随你便，反正我不急。说完，挂了电话。

愤愤之余，唐糖偷偷查看了包里的iPad，浏览了相册，从陆歆语的神情举止和说话的语气来忖度，她觉得对方应该是个像甲方那种习惯了颐指气使从不为别人着想的典型"白骨精"。及至十二点多，二人在楼下见面，唐糖的猜想得到印证，陆歆语一身名牌，光鲜亮丽，一副盛气凌人、谁都该听候她差遣的正当受宠的后妃样儿。之所以想到妃子，是因为唐糖在对方的iPad里发现了几集下载好的宫斗剧，是一部TVB的老剧，唐糖几年前就看过。接过包，陆歆语说了一声干巴巴的"谢谢",又解释她之所以将包丢在单车上的过程,大概意思就是她的车限行,因此打了出租,结果太堵,半路下来骑单车,然后接电话就给忘了。唐糖提醒她检查一下包里的东西,别回头少了什么再赖她。陆歆语看了看说,没少什么。接着道,我给你发红包吧,没现金。唐糖明确表示,我不要,对我来说是举手之劳,你发了我也不会收,还可能把你拉黑。陆歆语道,真不要?我可是真心实意,能用钱搞定的事我不喜欢欠人情。唐糖意识到她们不是一路人,看问题的出发点不一致,很想马上说拜拜,但那样又显得自己过于矫情,于是没言语。陆歆语道,这样吧,一块吃个饭,我请你。

为了让对方安心,唐糖只得答应,但这顿饭吃得比她预想中要愉快。就在附近一家改良的京菜馆,大包厢里只有她们俩,旁边的液晶屏上放着国粹,假装醉酒的贵妃在咿咿呀呀。点过菜,陆歆语拿出iPad,津津有味地追起了《宫心计》。唐糖依稀记得大概剧情,女一号凡事为他人着想,恪守"做好事、说好话、存好心"的做人宗旨,因此得名"刘三好";反派则是从小和她一起长大的姐妹姚金铃,初期二人情深意笃,成年后,为了能在宫中生存下去,姚金铃不得不依从尔虞我诈、弱肉强食的生存法则,逐渐变得阴险狡诈,为达目的不择手段,最终与刘三好反目,一番较量后,善恶终有报,刘三好配得才貌郎君,归隐田园,而反派疯疯癫癫,孤独终老于冷宫。在姚金铃说了一长串成语组成的典型TVB台词后,上了第一道菜,陆歆语摁了暂停,让唐糖动筷子。又道,你看过吧？唐糖嚼着豌豆黄，嗯了一声。陆歆语道，我也看过，这是第三遍，我喜欢这种风格的爽剧，爱恨都在表面上，当面锣对面鼓，特讨厌《甄嬛传》那种暗地里算计的伎俩，那些宫斗手段太瞎扯了，幼稚得要命，我要是皇上，把她们全杀了，一个不留。唐糖同意陆歆语的看法，但她从没想过杀人，便道，幸好你不是，不然又多了一个纣王。

我喜欢姚金铃，你呢？陆歆语问。唐糖道，这个角色比较讨喜，但塑造得并不成功，后来变坏完全是编剧为了剧情刻意为之，我觉得一个本性善良的人很难彻底变坏。陆歆语喝了一口西瓜汁，瞪大眼睛道，你不会喜欢刘三好吧？这种人真的存在吗？反正我觉得当代社会里没有，如果有，不是变坏，就是被淘汰。唐糖道，我觉得世上还是好人多，只是现在做好人的代价太大，人们才变得小心谨慎，导致做好事的越来越少，但其实还是有的。唐糖弦外有音，意在刚刚被误会为了报酬才会拾金不昧。陆歆语自然听了出来，侃侃道，我觉得"拾金不昧""助人为乐""见义勇为"这些善举得到物质奖励天经地义，你付出了时间和精力，我感谢你也在情理之中，要不要是你的事，但我肯定给。唐糖道，在你看来，我如果不要是不是显得很虚伪？陆歆语道，有一点儿吧，反正我觉得接受报酬很正常，游戏规则，都是出来混的，太清高了在这个社会反而不容易，人家会认为你是装纯。唐糖想，我乐意纯。

菜陆续上来之后，两人换了更为家常的话题，比如籍贯、工作、婚否以及何时来的北京、目前住哪里等，结果两人发现她们离得居然很近，虽不在同个社区，却只隔了一条马路，但已婚的陆歆语是全款买的两百多平的跃层，还没男友的唐糖住的次卧是租的。两个人的老家都在唐山，算得上名副其实的老乡，但后来经过一段时期的交往和了解，唐糖发现关于老家，她们几乎没有共同的记忆。如果不是因为来北京，就不会捡到陆歆语的包，她们俩恐怕这辈子都不会有任何交集。

　　在和陆歆语接触多了以后，唐糖不再像初次见面时那么强烈地排斥对方，她发现只要两人交流时不涉及价值观尤其是人性这一块，那她们就能相处得和谐愉快。平心而论，在工作、生活、恋爱、婚姻等诸多世俗杂务上，陆歆语的能力和水平都令唐糖羡慕、钦佩，可她明白自己几乎做不到那种地步，因为她不是个天生强大的人，她的心没那么硬。除了戏剧、工作、娱乐八卦等，她们也会聊男人，陆歆语偶尔会说起老宋（她的老公）。有时，陆歆语会压低声音暗示她正在透露一个秘密——然而唐糖后来发现她所谓的秘密几乎是公开的（在一定范围内），作为一个频繁举行的仪式不断对不同的人复述，以提升彼此的信任度，或者换来对方的隐私。对此，唐糖并不介意，这至少说明陆歆语把她纳入了闺密圈，甚或由于不能提供给对方相应的隐私而觉得惭愧，因此她每次都会认真倾听，诚恳地安慰。人和人之间的友谊是从接受彼此的不一样才真正开始的，秉承这条原则，唐糖一度认为陆歆语是她最好的朋友，是她多年来漂在北京最美好的收获——在老家可遇不到陆歆语这样的人。

2

老宋早年写诗，崇拜朦胧派那批诗人，开过饭店，做过广告公司的业务总监，却一直吊儿郎当，事业心不强。微博、微信兴起后，他从中嗅到商机，于是倾其所有，创办了以新媒体运营为主的营销平台，由于在广告圈里人脉较广，也委实有些能耐，在几场有名的"战役"过后，来找他谈合作的日渐增多，其中不乏名牌、大牌。不过三四年，公司便从最初的二三十人发展壮大到两百多人，甚至在上海、重庆设立了分部。摇身成为业界大腕后，他忙得不可开交，再也不能像从前"不务正业"时那样陪着老婆细水长流，一周能在一起吃顿饭已属难得。陆歆语渐渐习惯了新的相处模式，她安慰自己这就是成为有钱人的代价，反正结婚已近七年，早过了甜蜜期，各过各的更自在，只要他给她钱花，为她提供经济保障。结识唐糖时，陆歆语已备孕两年多，却一直未怀上。闲暇时，她经常召集女性好友来家中聚会，聊以消遣，可那些人当了妈之后，和陆歆语渐行渐远，后来，几乎只剩下唐糖这一个密友。

逢周末或小长假，陆歆语喜欢自驾游，目的地多为京郊：春天赏花踏青，夏天赶海踏浪，秋天采摘鲜果、赏红叶，冬天踏雪泡温泉，对衣食无忧的有钱人而言，每一分钟都是人间好时节。以前老宋和她一块去，现在唐糖成了她的固定旅伴。几次之后，陆歆语撺掇唐糖去考驾照，省得往返总由她一个人开车。唐糖的财务状况让她暂时没有买车的计划，但技多不压身，不如趁早拿下本子，不然每次都让密友开，她也过意不去，尽管实际上她对这种短途旅行没太大兴趣。那是九月初的一个周六上午，两个人按照计划好的，上午八点多从小区出发，目的地是坝上草原。正是草原的旅游旺季，一路上车不少，有些路段还出现了拥堵情况，致使比导航上说的多花了一个钟头才抵达所谓的镇子（其实只有一条主街）。唐糖提前订了旅馆，下单之前曾给陆歆语瞧过图片，后者不甚满意，但她也了解当地情况，别说星级酒店，就连快捷酒店都没有，只得将就一宿。不光住宿，为了省心，包括吃饭和游玩项目都是在旅馆的负责人田姐那里订的，每人二百三十元，提前交了一百元订金。

在旅馆门口接待了她们的田姐看上去四十几岁，长得人高马大，嘴唇鲜艳如同刚吃过生肉，两块高原红使得颧骨更加醒目，眉毛文得酷似两条小鱼的脊背，却是死得透透的，粗蠢而呆板。接过身份证，登记后，撇给她们，让她们补齐费用，办完后，拿出两把钥匙说，跟上。自始至终，她都没拿正眼看过她们。陆歆语朝田姐的背影翻了一个白眼，唐糖明白她的意思，她也觉得田姐的态度让人不爽，不过这里的人几乎都这样。蹚过开满波斯菊的荒凉大院，来到所谓的度假村，其实就是一溜简易房，水泥墙、彩钢顶，只比工地上临时搭建的那些稍好点儿。房间里设施虽然还算齐全，但处处透着廉价，枕头上赫然两根头发，陆歆语嫌弃道，真脏，床单都没换吧！田姐道，一百块还想住啥样的？她那种舌根发硬的方言发音令她的话听起来更令人不适。陆歆语道,你自己看看,还有头发呢,条件简陋就算了,卫生都不过关!田姐站在门口,阳光在她身后洒成金色的瀑布,却一束都没有照在她身上,看不太清她的表情,只听她不耐烦地说,我劝你将就些,有地儿住不错了。陆歆语发出一声尖利的"嘿"道,你这人怎么说话呢?知不知道自己做的是服务行业?田姐道,服务行业怎么了?就得低三下四伺候你?爱住不住,上这来当大爷?没门!陆歆语气得就要扑过去,唐糖马上拦住她,低声劝道,算了,犯不着跟她一般见识。她转头对田姐道,你出去吧,没你事了。田姐转身就走,连门都没带。陆歆语还在抱怨,唐糖道,反正咱们带了四件套,别跟她计较了。陆歆语道,不行,不住了,换一家,难道咱们花钱买气受来了?唐糖道,现在肯定都客满,我订的时候房间都很少了,旺季就这样,不然她也不会这么嚣张,在网上订的价格低,网站还得抽成,她巴不得咱们走了,再跟别人要高价。陆歆语愤愤不平,唐糖边帮她往外拿行李边道,一锤子买卖,她们不仅没有服务意识,也不想有,反正不愁没客人。陆歆语道,赶明儿给曝光,让她彻底关门。唐糖道,算了,反正就一宿,总比睡车上强。

午饭也在旅馆内解决,量倒足,只是味道和品相差劲,土豆炖豆角齁咸,一块猪肉上带着毛,大馒头发黄发苦,估计碱大了,米饭毫无香味和黏性,一吃就是陈米,还不定陈了几年。隔壁桌的不过唠叨两句,结果那个上菜的男人便恶语相向,不想吃就滚,我们这儿都吃这个。陆歆语低声对唐糖道,恐怕你订了一家黑店。又道，咱们出去吃吧。唐糖也觉得难以下咽，两人出来，在镇子上转了一圈才花了五分钟，并未发现饭馆，皆是和田姐家类似经营模式的旅馆。后来只得在小卖部买了方便面、香肠、饼干等零食，回到房间对付了事。休息片刻，就听田姐在外面喊，骑马的，十分钟后门口集合，过点了不等着！唐糖和陆歆语换上长裤，戴上帽子和墨镜，只见门口有辆中巴。因不认识路，两人便上了车，没有自驾。二十多分钟后来到一片白桦林。招呼人下车后，司机带着他们去领骑马票，需要交押金，一匹马一小时四十块（包含二十块押金，还马时假如没有超时便退还）。唐糖和陆歆语觉得一个小时足够了，于是两个人给了八十块钱，每人领了一匹马。她们都骑过马，就算不会，现学也容易，那些马天天被人骑，早已温驯。两个人骑着马在草原和白桦林里绕了两圈，景色倒是很美，但阳光毒辣，不到一个小时她们便回到了出发点。

女人牵过马，绝口不提退还押金事宜，陆歆语上前拦住，开口索要。女人卸掉马鞍，心疼地摩挲着马背道，你们看看，这是出了多少汗，被大雨浇了一样，可不能叫它这么累啊！陆歆语质问，它累不累跟押金有什么关系？我们又没超时。女人道，时间是没超，但是马儿太累了，押金退不了。陆歆语气得无语，半天才反驳道，你心疼它干吗还叫人骑？干脆供起来算了。那女人连声"咦咦"，鄙视道，要不得，要不得，我们穷人还要靠它赚钱，四十块对你们来说连顿饭钱都不够，财大气粗的，那么计较干吗？陆歆语大嚷，强盗逻辑。才说完，本来在一旁说东道西的当地人纷纷聚过来,仿佛便衣们突然发现了嫌疑人而迅速表明身份,其中男人居多,皆虎视眈眈道,谁闹事?有什么不满的?见这架势,唐糖连忙道,没事儿,没事儿。说着,将陆歆语拉到一边,走出老远才道,好汉不吃眼前亏,四十块也不多,出门在外,还是忍气吞声吧,以后不来就是了。陆歆语叹了一声道,妈的,我就是咽不下这口气!

晚上篝火晚会吃烤全羊时,众人又被宰了一记。晚饭依旧难吃,大家吃得很少甚至有人为了烤全羊而没有吃晚饭。直到八点多,在众人的一再要求下,田姐才跟大家说明,要吃烤全羊,每人还得再交二十块。众人据理力争,因之前预订游玩项目时所交的费用已经包含了烤全羊,但田姐说,那只是羊肉的钱,不包括加工费。众人觉得这只是额外要钱的名头,因下午骑马时几乎都被坑了押金,大家和陆歆语一样,都不想再姑息养奸,说那就不吃了,一致要求退钱。田姐等人自然不答应,还让人牵来一只瘦骨嶙峋的羊,撂下话,不交钱,你们自己弄着吃。天高皇帝远,众人只得认栽,刚才还围着篝火唱歌跳舞的人们心不甘情不愿地拿出四百多块钱,才吃上膻气十足的羊肉(多数是骨头)。

夜里,气温骤低,两人不得不盖上气味复杂的被子,陆歆语翻来覆去睡不着。唐糖明白因由,劝道,算啦,就当花钱买个教训,人活这一辈子,谁还不遇上点憋屈的事。陆歆语道,我可没你那么心大,这种事起码得疙疙瘩瘩一阵子,真是不该来。她翻身道,你说这些人怎么能这么坏,而且如此明目张胆，就没人管他们吗？难道这里没有王法？唐糖道，强龙难压地头蛇，其实很多旅游区都宰客，前几年我们去个古镇，情况类似。陆歆语道，君子爱财，取之有道。唐糖笑道，你觉得他们想过当君子吗？陆歆语说，那也不能连做人的基本素质都没有吧。唐糖道，可能是没办法，被生活逼的，其实他们本质上也不见得多坏，只是被金钱冲昏了脑子，加上没多少文化，受教育程度不高，被坏风气带歪了。陆歆语道，那可不一定，环境只是外因，有些人本性就坏。唐糖道，看来你并不认可人之初性本善喽？陆歆语道，分人，就跟长相一样，有一部分由基因决定，即使受了教育，披上文明的外衣，一旦有机会还是会刺激他们丧尽天良，要不然怎么解释那些高学历的罪犯？唐糖道，可能吧，人性很复杂的。快睡吧，我要困死了。

周日上午的行程安排是去附近的一个湖游玩，但陆歆语被坑怕了，决定自由活动。吃过早饭，二人驱车出门。午饭也不回去吃了，打算转一会儿直接返京，因此临走时退了房。还钥匙时，前台那儿只有一个看上去十三四岁的小丫头守着，并不见田姐。草原这一带广阔敞亮，虽有山头却都不高，一眼望去能看出老远。陆歆语昨天受了一肚子气，加之旅馆隔音差，睡得不是很好。她说，反正没什么车，你来开吧。唐糖虽暂时未拿到驾照，但在人迹罕至的大马路上已经能上手，且正属于刚学会特别手痒的阶段，因此没怎么考虑便答应了。陆歆语眯着眼睛休息片刻，随后道，你注意到没？那个田姐，身边围着好几个男人，都对她动手动脚，你说哪个是她老公？唐糖对此已

道德困境 ｜ 55

有所察觉，发生过关系的男女在说话时的神情和语气是完全不一样的，况且，田姐在外人面前并不掩饰，甚至有点儿刻意炫耀她的风骚。想想也是，反正都是陌生人，以后谁还能见着谁，看见又何妨？她道，是个寡妇吧。陆歆语道，嘿，真有可能，有时候你还挺聪明。唐糖道，我瞎猜的，我老家有个妇女死了丈夫后变得非常活泼，每天都打扮得花枝招展，和一群人在村头跳广场舞或是扭秧歌，连外村的一些男人都和她有染。陆歆语道，不要脸，我估计田姐也是那种人，私下里不定多乱呢。唐糖道，我们村那个寡妇其实挺可怜的，她老公活着时经常打她，现在也算是解脱了，只是孩子还在上学，她一个人赚钱也蛮辛苦。陆歆语道，那——她突然尖叫道，快！刹车！

聊天的同时，唐糖也在时刻瞄着前方，可那个骑电动车的人像一头被老虎追赶的鹿一样从草丛里蹿了出来，突然到根本来不及防备。在陆歆语大喊之时，唐糖马上踩了刹车，但似乎还是晚了，眼瞅着电动车倒在路边，骑车的人也随之趴在地上。熄了火，车里的两个人惊魂未定，愣了足有半分钟，陆歆语才道，下去看看吗？唐糖推开车门，来到电动车近前，并未发现让她害怕的血迹之类的东西。那个人躺在地上，呻吟着，一只腿被电动车压着，掉了一只鞋。尽管半张脸被胳膊挡着，唐糖还是认了出来，居然是田姐，她的心头不合时宜地冒出一句俗语——活人不禁念叨。两人将电动车扶起来，又要去搀扶田姐，但一碰她，她便痛叫道，别动，疼死了！唐糖蹲下道，哪儿疼？去医院吧？田姐呻吟道，不去，你们把我撞了。

唐糖道，我知道，所以才要去医院，伤到哪里了赶紧治，别耽误时间。田姐哼哼唧唧，不说话。这时，后方突然冒出一辆破旧的皮卡，行至事故现场，从车上下来几个男人——都是陆歆语和唐糖看着眼熟的，刚才她们俩还在猜测其中哪一个是田姐的男人。他们围过来，连装都懒得装，开口便跟陆歆语和唐糖要钱，说她们撞了人，不赔钱绝对走不了。至此，二人恍然大悟，原来她们遭遇了"碰瓷"，看来田姐早已埋伏好，只等有车经过她便蹿出来假装被撞倒，紧跟着出现这些男人进行威胁，令其就范。陆歆语道，还是先去医院为好，该花多少钱我们肯定花。她料定，一旦去医院，他们的花招就会被拆穿，田姐顶多是皮外伤。男人们自然不肯，只让赔钱。唐糖道，不然报警吧，交警怎么说就怎么办，当然了，我们肯定负责医药费。陆歆语拉了拉她的衣角，对那些男人道，等会儿，我们商量一下。陆歆语将唐糖拉到稍远处道，不能报警，你这是无照驾驶，一旦被查出来，咱俩都得受罚，我的分估计全扣了都不够，连驾照都要没收。唐糖问，那么严重？陆歆语道，是啊，只能私了。唐糖道，他们就是想要钱。陆歆语道，看出来啦，真他妈倒霉，就是不知道他们想要多少。

　　赶紧的，商量出结果了吗？男人们等得有些不耐烦。唐糖转身，先发制人道，你们想要多少？几个男人愣了片刻，一个道，撞得这么严重，最少也得三千。另一个道，不行，五千还差不多。听到要价，唐糖和陆歆语心里皆松了一口气，她们本以为对方会狮子大开口，至少也得上万。陆歆语道，我们还是先看看田姐的伤势再讨论吧。这时,田姐突然开口,让几个男人把她扶起来,找到那只鞋,穿上。她试着自己站好,拍拍身上的土道,算了,我没认出是她们俩的车,让她们走吧。这句话不仅让陆、唐二人略感意外,也令男人们惊讶和不满,纷纷道,不行,现在是没事儿,万一有内伤呢,到时候去哪里找人?田姐道,别啰唆,我自己的身体我清楚得很,刚才只擦破点皮,回去抹点药膏,贴个创可贴就行了。男人们道,你这不是耍我们吗?害我们白等半天。田姐走到唐糖跟前说,我瞧着都是老实人,别欺负她们。陆歆语拉着唐糖就要走,那几个男人迅速围过来道,不许走!田姐道,你们干啥?敢不听我的话?放她们走,后果我自己承担。几个男人面面相觑,转头望着田姐,其中一个道,要走也行,留个联系方式,真有什么事,能找到人负责。田姐道,我有她们的电话。男人道,光是电话不够,还得留个住址。田姐道,别为难人家了,留住址干吗,北京那么大,你认得哪是哪,去了还不把自己弄丢了。陆歆语悄声对唐糖道,不然把你的地址给他们吧,你是租的房,随时可以换。唐糖觉得陆歆语说得在理,另外,她认为只是个地址,应该没什么,便写了自己的通联地址,那些男人这才散开,让她们上了车。

3

回京后,过了半个多月,陆歆语才和唐糖提起那趟草原之行,就好像她终于从一场噩梦中醒来,不再心有余悸。那天两个人一起吃饭,她问唐糖,那个田姐后来又跟你联系了吗?唐糖摇头。陆歆语道,我就怕她讹上你,去你住的地方闹你,等房子到期了你还是尽快换一个,再把手机号也换了。唐糖道,应该没事吧,要讹的话当时她怎么一分钱都没要就让咱们走了,我觉得那时她还挺仗义的。陆歆语道,这可保不准,不定葫芦里卖的什么药,说不定是放长线钓大鱼,这几天我总是担惊受怕,半夜时甚至幻听,总觉得有人敲门。唐糖内心冷笑,道,你怕什么,又没留你家的地址。陆歆语道,你租的房子,搬家容易嘛!唐糖道,放心,就算他们真找上门来,大不了报警,这里是北京,哪里容得他们无法无天。陆歆语道,不怕贼偷就怕贼惦记,还是趁早搬家,以绝后患。唐糖道,行,等国庆假期回来我再换。

其实,刚回北京那一周,唐糖亦提心吊胆,总觉得会有人突然找上门来。刚毕业那阵她曾被黑中介坑过,好几个夜晚被黑中介骚扰,并被赶出房间,如果不是同事相助,差点就要露宿街头。在相当长的时期里那次经历都是她的梦魇,后来租房经验丰富,加之房屋中介行业规范化,她才渐渐释怀。

田姐和那几个男人的嘴脸与黑中介的流氓形象如出一辙,简直让她有噩梦重温的错觉,但她到底不再是涉世不深的小女生,心理素质较之前强了不少,所谓兵来将挡水来土掩,所以她才没有马上搬家,当然,最主要还是舍不得浪费两个月的房租。和陆歆语吃过饭回到家,见门口放着一个快递盒子,看上

道德困境 | 59

面的信息，收件人是自己，发件人是田素荷。愣了几秒，她蓦然想起，田素荷应该就是田姐。她发的什么东西？唐糖纳罕，顺手拿起快递盒子，挺重，不会是炸药吧？回到房间，心里打着鼓拆开，箱子里装得满满的，有红豆、绿豆、黑豆、小米和玉米五种杂粮，外加真空包装的风干牛肉。这人想干吗，难道她良心发现，要弥补之前对她们的所作所为？不会下了毒吧？虽然这样想，唐糖还是马上拆开一条牛肉棒，放进嘴里，孜然味的，很好吃。次日上午，田姐加她微信，看头像和昵称，唐糖就知道是她。田姐问她是否收到快递，又跟她说了对不起，告诉唐糖她的身体没有问题，让她不用担心。唐糖淡淡地回应着，哪怕对方一片好意，她也找不出理由与其深交——不管从哪方面来考虑，都没有必要，但也犯不着将她拉黑，伸手不打笑脸人嘛。田姐似乎没有觉察出唐糖视其为鸡肋，隔三岔五便跟她聊家常，偶尔还会给她邮寄土特产。渐渐地，唐糖放下戒心，连搬家的念头也放弃了。陆歆语听说后，冷哼道，我看她不定存的什么心，她凭什么对你好？等着瞧吧，早晚露出狐狸尾巴。唐糖道，你别一朝被蛇咬十年怕井绳，就算她以前干过坏事，不代表不会变好。陆歆语道，得了吧，我看她是有求于你，小心没过逾，防着她点儿吧，一旦涉及钱财，可千万要谨慎。唐糖道，放心，我没那么傻。看得出来，陆歆语对田姐有成见，有误解，后来唐糖在她跟前便不再提起有关田素荷的情况，免得自讨没趣。

　　立冬过后的一个工作日傍晚，唐糖刚走出写字楼，便接到了田素荷的电话。接通后，田素荷道，实在抱歉，这么突然联系你。唐糖问，什么事？你说吧。田素荷道，我现在在北京，想请你吃个饭，你能不能赏个脸。唐糖道，不用了吧，没这个必要。她心想，咱们非亲非故的，也算不上朋友。田姐道，你就来吧，我很诚心的，已经考虑了很多天，我也知道冒昧。见她说得恳切，唐糖一时心软，只得答应，于是对方说了饭馆地址，在十里河地铁站附近。抵达饭馆，见到田素荷，她看上去比之前憔悴不少，在灯下面坐着，眼里的血丝很清晰，两颊也有点塌陷，应该是没睡好。这是一家很平常的粥馆，点好菜后，唐糖随口问，你来北京玩吗？田素荷道，没那么好的事，带儿子来治病。唐糖问，什么病？田素荷支吾着，没说出来。唐糖没再深问，想来不是什么容易治疗的病。田素荷问她，你有男朋友吗？唐糖说没有。田素荷道，你心眼这么好，谁要找了你当媳妇是他上辈子修来的福气。两碗粥端了上来，田素荷要的白粥，唐糖喝的红枣粥。田素荷吹吹，沿着碗边喝了几口，发出粗鲁的声响。接着道，我这几天都在北京，他复发了，来做化疗，就在边上的肿瘤医院。唐糖夹菜的筷子稍停了一下，她没想到是这么严重的病，同时想到对方该不会是来和她借钱的吧，于是警惕地表示关心，很严重吗？田素荷微微不满道，都化疗了，还不严重？

一碗粥差不多喝完时，田素荷再次开口。她说她只有一个孩子，是个男孩，今年十岁，六岁时就被查出患了白血病，准确地说是急性单核细胞白血病M5。这种病只能靠化疗控制，只有找到匹配的骨髓进行移植手术才有可能彻底治好。随着病情发展，化疗的间隔期越来越短，以前化疗一次能撑一年不发作，现在至多半年，上次化疗是五月份，头发还没多长，前几天又开始低烧不止，眼底、耳后、腿部、胳膊等处都出现了淤血，只能再次住院。每次化疗都要花掉二十几万，这几年虽然她想尽办法甚至不择手段来赚钱，比如碰瓷自驾游的旅客，从各个旅游项目（骑马、烤全羊等）里讹诈钱财，镇上的人知道她困难，也都帮着她，尽量把游客介绍到她的店里，甚至有几个男人因为对她有好感而护着她，跟她一起作恶，但生了这种病等于填充无底洞，饶是抓挠了那么多钱还是赶不上花的速度，这几年依旧欠了不少外债，能借的几乎都借过了。田素荷起初一副生无可恋的表情和语气，犹如早已认命的待宰羔羊，但当她提起儿子化疗时遭受的痛苦时，眼泪突然涌出，披了满脸。她并不擦拭，兀自道，你是没瞧见，头发大把大把地掉，吃了东西就吐，小脸儿上一点血色都没有，尽显着两只大眼睛，他才十岁啊，要是可以，我真想替他受罪，替他死。

这种事还是头一次身临其境，以前唐糖只看过类似的新闻。一开始，她觉得田素荷也许在编瞎话，可能是另一种诈骗手段，可是当对方的眼泪像断线的珠子似的落进粥碗里时，她动了恻隐之心，那种说来就来的情绪不可能是装的，不由得升起一股同情和怜悯，从包里拿出纸巾，递给田素荷。后者接过纸巾，擦了两下道，今年生意不好，碰瓷也越来越难，没什么收获，上次放你们回去之后，那几个男人生我的气，都不想再帮我，这次化疗的钱还不够，如果明天再不缴费，就得暂时停止用药……说到这儿，田素荷突然从椅子上挪下屁股，双膝一软，跪在唐糖面前，双手抓住她的膝盖道，求求你，姑娘，先借给我两三万，如果长时间断药，很可能耐药，再也没有别的药可用，就算有也是更贵的进口药，要不是走投无路，我绝对不会求你，我实在是再也没有别的办法了，只要你肯借钱给我，我保证尽快还上，孩子他舅正帮我筹钱，但需要几天时间，你就行行好，先救个急吧！唐糖被她弄得尴尬又被动，吃饭的人们对她们投来好奇的目光，她赶紧道，你这是干吗？有话好好说，先起来呀！田素荷道，你答应我我就起来，你要不答应我，我今天只能死了。无奈之下，唐糖只得道，好，我答应你，行了吧，快起来。田素荷破涕为笑，遂起身，连声道谢。唐糖道，咱们走吧。田素荷买了单，二人出门，唐糖道，带我去医院看看。田素荷道，走吧。

非探视时段，隔着玻璃，唐糖看见了无菌病房里的于海沫，他正低着头看书。虽然消瘦，看上去却还精神，田素荷敲敲玻璃，男孩抬起头朝她们笑笑，比画了几下。田素荷道，他说他刚吃完饭，今天没有恶心呕吐，过一会儿就要好好睡个觉。唐糖道，他真是你儿子吗？田素荷拿出自己的身份证和户口本，还有儿子的病历。唐糖一一过目，随即道，说实话，我也没多少钱，而且马上就要交房租，一个季度七千五。田素荷道，不用太多，能撑几天是几天，跟我来吧。二人来到收费处，唐糖和医生交流了几句，问明情况，替田素荷续了两万块,大约能保证五六天的治疗。田素荷千恩万谢,并写了一张欠条,签字后给了唐糖,并保证尽快还钱。临走时,唐糖好奇道,孩子他爸呢?田素荷道,死了。见唐糖不可置信的眼神,接着补充道,五年前就死了,真的,我没骗你,我也不知道为啥我的命这么苦。

送走唐糖,田素荷回到医院,在某处楼梯的拐角处有张折叠床,睡在这里基本上不会被工作人员发现乃至轰走。这也是来医院次数多了积累的经验,儿子刚开始住院那阵,她除了在医院等候大厅的椅子上休息外,还经常跑到附近银行里安置自动取款机的地方和衣而卧,那里冬暖夏凉,遮风挡雨,还没蚊子,只是偶尔会有值班的保安把她赶走。躺在床上,枕着背包,田素荷闭上眼睛,却睡不着。那次之所以在最后关头让唐糖和陆歆语离开而不要她们的钱主要有两个原因,一是埋伏在前头的男人给她传递了信息,说后面会有一辆豪车路过,比唐糖和陆歆语开的奥迪贵了很多,车上的人一定比这两个女人有钱,所以别在这两个女人身上浪费时间,赶紧打发走;二来,田素荷见到唐糖委屈又害怕的模样,突然就有些不忍心了(这种情况以前也有过,却从未那么强烈和持久)。放走唐糖和陆歆语之后,豪车如约而至,看车标是保时捷。在从事此勾当以后,原本对汽车一窍不通的田素荷基本能认出市面上常见的汽车,哪怕是很少见的冷门车型她也记得很清楚,并了解大概价位。就在她准备充分时,却接到同伙的电话,让她放弃计划,因为这辆保时捷的车主是县里有名的官二代,他们惹不起他爹。事实上，所谓豪车的车主基本都有背景，不是有钱就是上面有人或者本人就是上面的人，为此他们碰过不少钉子，不仅讹不到半分钱，反而要给人家点头哈腰，修车赔钱。很多时候，能被他们讹到的都是一些老实、胆小的车主，或者心里有鬼的（比如偷情或是违反了交通规则等），拿这些人的钱令田素荷心里更为不安。尽管丈夫在五年前死于一场交通事故，肇事者趁着夜色逃之夭夭，直到今天也没有找到（她觉得以后也不会找到，因为那条路上人烟稀少，也没有监控，且是半夜）；尽管丧夫之痛一度成为她碰瓷其他司机的原动力，或者是得逞后无比懊悔时的自我安慰剂，可她打心眼里抵触且不屑这么做，她不应该因为自己倒霉就牵扯无辜之人，这是丢了良心，失了做人的根本，迟早会遭报应。然而，她还是做了一次又一次，只因为儿子需要钱，有钱儿子的生命就会有保证，才有机会等到匹配的骨髓。

4

在欠条上，田素荷承诺十日内将钱还清。白纸黑字，还签着她的大名，应该具有法律效力吧，应该没什么问题吧，应该没有被忽悠吧。从医院回来后，唐糖每天都要看欠条，即使不看，脑海里也会浮现出田素荷信誓旦旦的样子，左思右想，就像在做一道没有把握的阅读理解题，往往才得出结论，过不了多久便会被一个微小的想法推翻，继而得出截然相反的结论，但很快又会被推翻，如此翻来覆去，忧心忡忡，几乎寝食难安，坐卧不宁，致使为"伊"消得人憔悴。从田素荷的表现看，倒像能够说到做到，她每天都会和唐糖联系，在微信上报告儿子的病情，或是说说当天的见闻，有时也会关心唐糖，问她的工作和日常，最后她都会向唐糖保证"别担心，那钱我一定尽快还，孩子他舅已经筹到不少了"，或者是"明天就给你打过来"等。每当这时，唐糖都会言不由衷地安慰对方，不急，治病要紧。

周末，陆歆语见到唐糖，惊讶得张大嘴巴，你怎么了？状态好差啊！看你那黑眼圈，跟熊猫似的。唐糖道，最近失眠，睡得晚，还总是容易醒。她说的是实话，不仅失眠，还做梦，梦里都是田素荷和两万块钱。陆歆语道，有心事吗？说来听听，我帮你。唐糖摇头道，没有，就是生理问题，看过中医了，抓了些药，正在调理。十天的期限还未到，事情还无定论，她不想将此事告诉陆歆语或者任何人。她能想到陆歆语的反应，对方一定认为她被"套路"了，认为她是个彻头彻尾的大傻子，同情并鄙视她，暗自嘲笑她，拿她的事迹当成反面教材说与他人作笑谈，在跟她同仇敌忾地咒骂田素荷时，也许还会帮她想办法把钱要回来，最最重要的，她肯定会借机宣扬甚至灌输她的那一套关于人性的理念，以确保唐糖以后不会再受到此类伤害，甚至变成和她一样心硬的人。也许，田素荷很可能会按时把钱还给她，即使晚上几天，唐糖觉得也情有可原。如果田素荷没能按时还，甚至骗了她，唐糖觉得那也只能认栽，为了这点钱不值得走法律程序，她只能哑巴吃黄连，有苦自己咽，顶多也就是去医院找田素荷，大吵一架（事实上唐糖根本不会吵架，从小到大她都避免让自己处于情绪激动的情境），再也不理她，把她拉黑、删除，就此把她从自己的人生里永远地抠出去。这并非什么光彩的事，尽管看上去她做了好事，帮助了一个受到死亡威胁的孩子，但她明白，没有人会认为她做得对、做得好，甚至连田素荷也看不起她吧？她不想成为陆歆语等人的笑话，不想无关人士对自己的行为进行评论或指摘，吃了亏也是她自己的选择，她觉得在那种情况下，只要是一个有感情、有温度的人，都会动容，会生出怜悯，答应田素荷。

借钱之后的第十天早上，田素荷终于出现了。她来到唐糖所住的小区，坐在单元门口的台阶上。等到唐糖一推开单元门，田素荷连忙迎上去，倒把唐糖吓了一跳，旋即想起对方早知她的住址。田素荷一开口，唐糖的心马上凉了一半，她知道对方不是来还钱的。热情、歉意、愁容和假笑霸占了田素荷的脸，她在窘迫中踌躇片刻终于鼓足勇气道，妹子，真对不起，本来今天我该还钱给你，可实在拿不出来，真的。说完这一句，如同打通了某个关键穴道，田素荷不再难为情，不再小心地试探，话语变得无比顺畅，像是打了许久的腹稿，大概意思就是她的兄弟没能筹到钱，那些亲戚对她和于海沫早已不抱希望，说什么也不肯再借钱给他们，就连他舅也没有拿出一分钱，因为大家都觉得那是肉包子打狗。随后，她话锋一转道，不过你放心，我肯定不会赖账，现在已是山穷水尽，我只能卖房子卖地，还有十几匹马，我交给可靠的人去办了，出价不高，他们都知道我需要钱，应该很快就能变现，等到卖了钱，我马上还你，你就再信我一次，我拿性命赌咒，到时候再不还你钱，出门就给车撞死。

　　唐糖一言不发，也不看对方，昂着头朝前走，只在眼角余光里收入一点田素荷的影子。等到田素荷说完，她们已出了小区，再往前七八百米就是地铁站。唐糖稍微驻足，田素荷以为她动摇了，涎皮赖脸道，妹子，你看，能不能再借给我两万？一万也行，让孩子挨过这几天。唐糖气得身体发抖，想说什么却终究没说什么，只狠狠瞪了对方一眼，拼命迫使自己镇静下来，扫码解锁小黄车，上车而去。田素荷叫了几声妹子，跟在后面跑，她越叫，唐糖脚下蹬得越快。到站后，唐糖朝后望了望，没看见人影，想她应该没有跟上，这才长舒一口气，进了地铁站。唐糖有许多话想对田素荷说，想让她知道自己借钱给她冒了多么大的风险，承受了多么重的心理压力，她这么做不是因为她傻，不是她愚钝，而是她有爱心。可是，说这些有用吗？田素荷能理解吗？也许她能理解，至少她看清楚了唐糖的为人，而且正是利用了这一点，得寸进尺，一味地哭穷卖惨发毒誓，甚至连点儿新鲜招数都没有。想到这儿，唐糖打了个冷战，一想到田素荷她就觉得恶心、厌恶，却又隐隐地感到害怕，就像小时候走在草丛里突然出现一条蛇，吐着鲜红的芯子蜿蜒而行，让她头皮发麻，汗毛倒竖。

出地铁站不远,一阵急促的脚步声惹得唐糖回头,只见田素荷呼哧带喘地跟了上来。唐糖暗叫不好,紧走几步又即刻驻足,心想这样根本甩不掉她,反而会暴露自己的公司地址,一旦田素荷纠缠到单位就不好办了。住的地方可以换,但公司不能随便换。唐糖道,你到底想干吗?你再这样,我要报警了。田素荷道,使不得,使不得,妹子,我知我的话听着都像假的,但我确实没撒谎,不信你看看。她打开自己的微信页面,将她和于海沫的舅舅以及镇里人的聊天语音放给她听,其中内容倒和刚才田素荷所言相吻合。唐糖道,真的又怎样?我也跟你掏个底儿,我不是不信你,但我实在没义务帮你,咱们非亲非故的,况且我又不是大款,难道我自己不过日子?说着,唐糖打开支付宝,把余额展示在她眼前,让她看清楚,那上面不过一万两千多块。田素荷道,好妹子,你就再借我一万,八千也行,等我卖了房子卖了地,连之前的两万块加上利息一块还你。唐糖道,你就靠着四处借钱,什么时候是个头?田素荷道,快了,医院找到和我儿子匹配的骨髓了,等他情况再好点马上移植。唐糖略感惊喜道,真的?田素荷道,真的,不然我也不会卖房子卖地,别的都可以从头再来,可儿子的命没了那我活着还有什么奔头?你就可怜可怜我吧!见她马上带了哭腔,唐糖心烦意乱,只想尽快将这块狗皮膏药解决掉,于是道,别哭,遇上你算我倒霉,我再借你八千,但是你给我听清楚,这是我最后一次借钱给你,如果不是还钱你以后别再联系我,这钱我可以适当放宽一下期限,一个月以内给我就行,利息我是不要的，我这么做只是为了孩子，为了我的心。

唐糖让她亮出二维码，打算直接给她转账，边扫边道，欠条免了，这都有记录，我得马上去公司，要迟到了。田素荷感激涕零道，对不起，对不起，耽误你上班了。正说着，忽然围上来几个人，领头的竟是陆歆语，她旁边还有三个穿制服的男人。田素荷认了出来，赔笑道，这不是那位妹子吗？好久不见啊。说完，转身就要走。陆歆语喝道，站住，骗了钱就想走？田素荷道，妹子，你这话啥意思？陆歆语冷笑道，还装？骗得了她，你骗不了我。随即转头对那三个人说，警察同志，就是这个人，专业行骗。两个穿着制服的人上来扳住田素荷的肩膀，另外一个拿出手铐，作势就要铐起来，并道，走吧，跟我们去派出所，交代清楚。田素荷吓得求饶，并分辩道，你们搞错了，我真没有骗她，我在跟她借钱，欠条也打了，不信你们问她。唐糖不知陆歆语如何会在这里，而且还有警察跟着，她并不想密友和公家人掺和此事，况且一旦田素荷被带走，那于海沫岂不遭殃，于是上前作证，并悄声问陆歆语是怎么回事。陆歆语将她拉到一边道，干吗为个骗子说话？唐糖道，真把她带走，事情就闹大了，还耽误我上班，还有，你怎么来了？陆歆语道，我开车一出小区，就看见她在后面追着你跑，还进了地铁，后来我灵机一动，叫了认识的警察朋友，不来点真章，她能说真话吗？她是不是讹诈过你一次了？你最近精神不好就是被这困扰的吧？她总共骗了你多少钱？等会儿全要回来。唐糖道，不用了，那是我借给她的。陆歆语道，你是不是被她灌了迷魂药,那能叫借?明摆着把你当成冤大头。唐糖解释道,以前她确实骗过钱,可这次她是为了治病,她儿子得了白血病。陆歆语道,这么狗血的雕虫小技你也信?唐糖道,是真的,我去医院看过那孩子,核验过单子。陆歆语道,那不定是谁家的孩子呢!弄些假单子还不容易?你这傻瓜,上一次当也就算了,怎么不长教训?唐糖道,是真的,我亲眼所见,还会假吗?陆歆语哼了一声道,她肯定保证还你钱,结果没还反而又朝你借是不是?她是盯上你了,知道你好脾气,是块容易啃的骨头,农夫和蛇的故事你知道吧?这种人就像蛇,本性难改。唐糖道,可对农夫自己而言,他死得其所,万一那是一条没毒的蛇呢?万一她儿子真的病了呢?能帮的话还是帮一把吧,你的好意我心领了,不过还是让我自己做决定吧,真要受骗了,我也不会怪到你头上。陆歆语气得揉着胸口道,好!好啊!唐糖,真没想到,算我多管闲事行了吧?不过,你现在油盐不进我也能理解,一般受骗的都你这德性,你给我记着,唐僧没多久就把孙猴子请回去了,我会想办法让妖精现原形的。说完,她转身,气冲冲地来到田素荷面前道,今天看在唐糖的面子上,放你一马,我警告你,以后别再打她的主意。田素荷没说什么,朝唐糖看了一眼,转身朝地铁口走去。唐糖来到陆歆语跟前,刚要开口,后者做出一个"嘘"的手势道,现在我不想跟你说话,也不想看见你。

目送陆歆语和三个男人上了各自停在路边的车,唐糖感到一阵郁闷和失落,真是怕什么来什么,想不到这事儿会让陆歆

道德困境 71

语撞见，更没想到自己居然为了田素荷伤了她。为什么要一而再再而三地轻信田素荷，甚至就算被骗也要一意孤行呢？唐糖扪心自问，除了对弱者的同情和怜悯，还因为于海沫的病让她想起了自己的爷爷。爷爷是在她上高三那年去世的，刚刚迈入七十三岁的门槛。之前老头子一向硬朗，没病没灾，就连头疼脑热都很少，经常骑着一辆二八式自行车去赶集，买些油条、粽子、点心或是小杂鱼等吃食，有时还会到野外给鸡鸭鹅兔子等家禽割草、采野菜，晚辈们都觉得照这个势头，说不定他能活到一百岁。可人有旦夕祸福，那年春末，他被查出患了急性白血病。医生给出两个选择，一个是化疗，因他年纪已不小，免疫力差，预后效果可能不如年轻人，最多活上三五年；另外一个选择就是放弃治疗。父亲和叔叔以及两个姑姑都是普通人家，根本拿不出为爷爷化疗的钱，对此爷爷也非常清楚，因此没等子女说话，他就先决定放弃了，并说，生死有命，多活几年又能咋样？可事实上，他还是想活下去的，奶奶曾看见爷爷在喂兔子时独自掉泪。和于海沫相比，爷爷算得上幸运，到底他把人生该经历的都经历了，也不算白来一趟。可这个小孩子才十岁，连学都没上几天，还没有上大学，恋爱，结婚，人生中还有很多美好的事情等着他，怎么能只是因为没钱就断送了性命呢？唐糖常想，假如家里有足够的钱为爷爷治疗，那么他能活多久呢？他还会不会因为对世界和亲人感到不舍而独自垂泪呢？在很长一段时期里，这都是她心头最大的遗憾，每每想起都会有一种深深的无力感。她不想眼瞅着这种遗憾在于海沫身上重演，所以她才心甘情愿对田素荷伸出援手，哪怕只是杯水车薪。

5

于海沫的主治医师有一位在报社工作的记者朋友，在一次聚会时无意中听医生说起于海沫的病和田素荷的家庭状况，出于职业敏感，这位记者多问了几句，随即发现这是个不错的社会新闻，也许可以从中找到吸引眼球的要素进行报道。虽然这类素材屡见不鲜，甚至有些人早已麻木不仁，但活得平平淡淡的众生需要他人的不幸作为生活的调剂和日常消遣，他们一边在嘴上可怜和同情着陌生的当事人，甚至掉下几滴眼泪或是捐上一点钱，一边在心里庆幸不是自己摊上了这种事，甚至从中总结经验教训，以避免同样的不幸发生在自己身上。

在医生的安排下，记者与田素荷母子见了面，对他们（主要是田素荷）进行了采访。得知田素荷的丈夫死于车祸并且一直没有找到肇事者时，记者流露出敬重的表情道，您真是一位坚强而伟大的妈妈。田素荷受宠若惊道，谈不上，还不是逼上梁山，谁不愿意活得容易点、省心点、舒服点，可老天爷让你摊上这种事你能咋办？总不能扔下孩子不管吧？还别说，真有那种狠心自私的爸妈，不经常有那些天生残疾的婴儿被父母抛弃吗？要是我可舍不得，就是小猫小狗养的时间长了还有感情呢，何况自己的骨肉——记者见她有点儿跑题，便打断道，您儿子懂事吗？我看他还挺乐观的。田素荷叹道，如果你说的懂事指的是他不惹我生气，不在我面前表现出对死亡的害怕，那我宁愿他不懂事，宁愿他跟像他这么大的孩子一样活蹦乱跳让我打他骂他为他淘神，也不想他遭这份罪，用这个换来的懂事，代价太大了。至于你看到的乐观那是因为他疲了，习惯了，不乐观又能咋样？总不能天天想着死吧？注视着田素荷坦诚的神情，记者无言以对，想了想，说出了此次最重要的目的，据我所知，骨髓移植的手术费还有很大的缺口，我倒是有个很好的建议，可以帮到你们。田素荷眼睛放光道，咋弄？记者道，我把你们的事写成新闻报道，在网络公开，然后借助筹集善款的平台，号召大家来给小海沬捐款。田素荷疑惑道，能行吗？记者道，放心，肯定行，只要你口头同意，其他的交给我来操作就行。田素荷不假思索道，行，那就拜托你了，看来世上还是好人多啊！记者笑笑，觉得这次采访只有这一句适合写在报道里。

　　记者的工作效率很高，采访过去不过两天，文章便见诸报端，募捐活动也随之上线。在报社刊登的通稿中，田素荷被塑造成了坚韧、无私、敢于直面悲惨命运的传统型母亲，于海沬则成了懂事、独立、与病魔殊死抗争的早熟而又不失纯真的可爱小斗士。倒是募捐平台上的资料相对客观、简单，只把事实进行了陈述，一个形容词都没用，字字读来直击人心，令其险些进入当天朋友圈和微博的热点话题，但捐款金额并不算多，不过为目标金额的十分之一二，据平台人士私下和记者分析，那是因为当天有位流量明星被曝出轨，加之类似募捐已不新鲜，才使其关注度没有达到预期效果。

午休时，唐糖见到了田素荷发在朋友圈的募捐信息，没有多想便随手转发，然后趁着空闲浏览了朋友圈，就在这时她发现上午九点多陆歆语转了一篇题为《为了一个女骗子，友谊的小船说翻就翻》的文章。只看题目，她已预感到此文和自己有关，遂点开阅读，果然不出所料，讲的就是她、田素荷以及陆歆语之间的事，文中只有田素荷的名字是真的，唐糖和陆歆语都用了代称。从标题上看，讲的是闺密反目，其实重点在于揪出田素荷这个以行骗为生的草原一霸，全文以伪纪实的风格呈现，化名后的陆歆语对文章作者口述，作者不时提问，问答形式这一块皆为截图，看似随机，其实明显看得出两人非常熟悉，且已提前沟通多遍，否则行文不会如此流畅，层层递进，暗设伏笔和包袱，从心理、语言、情境等各个方面来讲述从草原之行直到那天在街头争执的一系列过程，其中不时穿插各种流行的表情包和网络用语，并配有作者观点，十足爆款网文的标配。

该公众号的作者名叫"樱桃老丸子"，唐糖对她略知一二，她是老宋公司的员工，以前唐糖就在陆歆语的转发下看过她的文章，属于那种擅长煽动网友情绪、看热闹不嫌事大的段子手代表。文章中不仅配了田素荷家的草原度假村的图片和地址，还有一段十几秒的视频，看背景和视频中田素荷说的话，应该是那天在地铁口被陆歆语偷拍的。视频中，唐糖没有露脸,只有背影,她正在气愤而无奈地说,你到底想干吗?你再这样,我要报警了。随后,镜头转向田素荷的脸(眼部打了马赛克),她说,使不得,使不得,妹子,我知道我的话听着都像假的,但我确实没撒谎——视频到此结束。断章取义,别有用心,唐糖义愤填膺地想,其实我早该想到,老宋就是干这一行的,黑的能说成白的,死的能说活,专干捕风捉影、鸡蛋里挑骨头的勾当,加之田素荷本来也算不上清白,想把她搞臭还不是分分钟的事。

其实文章怎么写还在其次,毕竟世间黑白颠倒的事多得是,最要紧的在于它的受众面有多广,有没有对当事人的生活产生负面影响。逐字逐句看完,唐糖按捺住内心的不平,接着往下拉,这篇上午八点多发布的文章目前的阅读量已达三万,且上升迅猛,每刷新一次便增加几百阅读量,吃瓜群众的评论亦密密麻麻,使得画面右边的进度条无限缩短。其中评论按点赞数从高到低依次为:

这女人化成灰我也认得,前年公司团建住在她家,所谓的度假村条件奇差,晚上睡觉有只壁虎还爬到了床上,骑马吃烤全羊被坑了三千多,我是公司的行政,搞得我被老板骂了好久!

去年我同事自驾游被她和几个男人碰瓷,勒索了小一万,同事胆小,回来就病了一场,现在想起来还后怕,这种人就该千刀万剐!

干吗给骗子打码？赶紧人肉出来！

遇见这种人这种事千万不能软弱，就该报警，拿起法律武器保护自己的权益！

人心不古，世风日下，为了钱，现在的人什么事都干得出来！

那个被骗钱的女白领真是是非不分，我要有这样不知好歹的闺密，早跟她翻船了，还等到如今？

吃瓜中，等反转。

谁是谁非不好说，让子弹再飞一会儿，看看有没有意外。

自古穷山恶水出刁民，大家都别去，让他们穷死！

难道就没有专门的机构治理一下这种乱象吗？以后还怎么出去玩？

自古墙倒众人推，一旦舆论一边倒，即使有不同意见者多数也会保持沉默。不能说那些指责田素荷的人不对，至少他们反映的大部分是基于事实的，唐糖亦亲历过，但网友并不了解背后的隐情，只从自己所知的某一个角度或某一个方面就给一个人或一件事定性的做法未免于片面与武断，加之网络氛围的推波助澜，很多人早已不够理性，这对当事人而言其实不够公平。比如，其中也有很多评论涉及唐糖和陆歆语，那些人无非是从陆歆语的只言片语妄加揣测，搞得唐糖哭笑不得的同时深觉人言可畏，在网友的言论中，她成了一个是非不分、情商低下、糊里糊涂、愚蠢懦弱的老好人，而陆歆语则是明辨是非、有情有义、有公德心、敢于揭露社会乱象、勇于和恶势力斗争的急先锋。不行,唐糖想,不能让事态就这么发展下去,得有人说出真相,情急之下,她没多加考虑,便打了一段文字发在了评论区。

各位网友,本人就是文中的那个小T,我的所谓闺密也就是文中的大L,在发布这篇文章之前并未经过我的同意,也没有和我商量。关于此事,她从未听取过我的解释,只凭自己的直觉来判定,希望大家理性分析,不要只听一面之词,我没有被田素荷骗钱,我借钱给她完全出于自愿,而且她打了欠条给我。田素荷跟我借钱是为了给她的儿子治病,她儿子得了白血病,正在等待手术,费用不够,这也是事实,并非她的骗钱伎俩,不仅我本人,就连报社和募捐平台也都对此进行了核实,如果大家真的关心这件事,可以去帮帮她,就算不想帮忙,也不要被人利用,有那工夫去看看书,听听音乐,发发呆,也比背后嚼舌根强得多!

来来回回读了几遍,修改了几处措辞之后唐糖才点击发送,可她并未因为说了想说的而觉得轻松、痛快,过了一会儿,反而愈发焦灼不安,虽然盯着电脑屏幕,可什么都做不下去,幸好这时没有太重要的工作。她不时拿起手机刷新,直到过了对她而言相当漫长的二十多分钟,她的评论才被樱桃老丸子放出,但并没有给予回复,而其他热门评论,作者皆一一回复。唐糖的评论很快被一些网友注意到并引来回复（当然并非直接回复，而是复制她的ID或是@她的微信名称），其中有质疑她真实身份的，也有骂她执迷不悟、不思悔改的，还有人称口说无凭，让她拿出书面证据，更多的是因为她最后那一句略带嘲讽意味的规劝而来跟她打口水仗的。他们完全无视她的澄清，只问她算什么东西，凭什么要管别人怎么做怎么说，甚至说："也许我本来可以捐上几百块，可你这种教训人的口气让我心里不舒服，我要收回我的善心。"唐糖哼了一声，自语道，你本来也没有这份心，何必装好人。唐糖的留言不仅没有起到她预期的作用，反而令网友们的情绪更加高涨，说起话来更加肆无忌惮，甚至有人留言："这就是因果报应，妈妈骗了那么多人，报应到了孩子身上，人啊，还是尽量别做亏心事，保持一颗善良的心。"类似这种论调不止一条，且得到很多人点赞，气得唐糖五内俱焚，真想马上人肉到这些网友，问问他们对一个没有任何瓜葛的陌生人说出如此狠毒的话难道就是所谓的善良吗？

　　唐糖不想再看这些七嘴八舌，完全是站着说话不腰疼，于是强迫自己转移注意力，可没多久，她终究又点开了。这次有了更可怕的发现，有个网友竟然找到了为田素荷和于海沫发起募捐的那条消息以及报纸上有关田素荷的报道，并将链接地址发布在留言内，惹得诸多网友围观，很多网友扬言要到微博上反映情况，要对报社不实的美化田素荷的报道进行举报。他们认为这种骗子不配得到世人的捐助，除非她把之前讹诈的钱全

道德困境 ‖ 79

部吐出来，并且亲自发布书面或视频形式的道歉才能"重新做人"。愤怒到极点的唐糖反而冷静下来，综合分析之后，她认为眼下最重要的是不能让这种舆论导向占领媒体，持续扩大影响，否则很可能会使得募捐善款行动受阻，而改变现状的唯一办法就是让樱桃老丸子删除文章或是亲自辟谣。自然，她不可能和作者直接联系，作者也不可能听她的话，而采用举报机制，起码要三五天之后，微信官方才会有所举措，那已晚八春了，最简单有效的办法就是去找陆歆语。

6

差一刻四点时，唐糖站在了陆歆语所在的写字楼下，并给她发微信道，我到了，下来吧。在唐糖从公司出来时已和对方联系过，陆歆语也爽快地答应了见面，似乎早料到唐糖会找她。不到半分钟，陆歆语回复道，等我十分钟。唐糖心想这家伙又要拿腔作调了，等就等吧。她东瞧西望，来到一棵银杏树下，树上只剩几片叶子在初冬的风中瑟瑟颤动。不知田素荷有没有看到这篇文章，想到这儿，唐糖给她打了电话。接通后，唐糖暂时没提网上的事，只问近几天来于海沫的情况，田素荷说儿子情况稳定，加上他也知道马上有希望彻底治好，心情随之好多了，每天都有笑模样，闲了就看书学习，说等病好了就能上学。从田素荷的口吻里能够听出她的欣慰，想来她还不知道有人在网上揭她的老底，唐糖便没有再问。

挂了电话,田素荷注视着儿子大眼睛里流露出的渴望,心头不免习惯性地难受一番,随后接着给他读一年级语文第二册上的课文。自从孩子得了这个病,即使不复发,也会偶尔发烧或是出现其他症状,致使他不能正常上学,从幼儿园算起,断断续续上了好几年学,到现在还是一年级。她知道儿子也着急,对这个病恨得要命,却又无计可施。手机又响了,是短信,一些捐款的人会给她发来信息鼓励他们母子加油,还有两个有着相似经历的病人和家属给她打电话,交流经验,那个病人经过骨髓移植已经能够正常生活,她对田素荷说,术后可能会有排异反应,那时候也很难熬,但最坏的时期已经过去了,一定让你儿子坚持住,到时有什么问题尽可以联系我,这方面我有经验。陌生人的关心让田素荷心头暖暖的,眼见捐款数额不断增加,她不禁对未来重燃希望,以前虽也未曾放弃,但她深知希望渺茫,可现在是真的看到了曙光。等挺过这一劫,她暗下决心:我再也不做缺德事,一定诚实守信,努力赚钱,将来有能力了,回报这些帮助过我的好人。

陆歆语穿着短皮裤、长靴,外面套一件长款风衣,如一只大蝙蝠飘到唐糖跟前道,走吧,去附近的茶馆,说话方便。唐糖道,不用了吧。又不是聊家常,眼下她没这个兴致。陆歆语道,外面有点冷,再说,一会儿争执起来,路人看见多不体面。唐糖露出一抹嘲笑,跟在她身后,往茶馆走,心想,你就擅长在这种表面文章上下功夫,私下却干着不体面的勾当。在茶馆的包厢落座后,唐糖不想浪费时间,那文章多放一会儿对田素荷而言就多一分危险，于是开门见山，你赶紧让樱桃老丸子删文。陆歆语要了一壶碧螺春和几样干果，冷笑道，为什么？唐糖道，这还用问？你看见我的留言了吧，网友把线上筹款的地址也发了出来，你肯定也看见了，之前你质疑田素荷作假骗钱，现在你知道这是真的了，看见那些网友骂她，你也该出气了，赶紧删了吧。陆歆语道，你这是命令我，还是求我？唐糖道，你怎么想都行。

上了果碟，服务员给陆歆语和唐糖各倒了一杯茶。陆歆语拈起一颗杏仁，边嚼边道，除了她儿子得病这个弄错了，其他的都是事实，如果删了，网友会怎么想，还以为这是瞎编的，我倒没什么，可对作者来说事关名誉，你让人家怎么办？人家正是蒸蒸日上的大号，总不能因此毁了前程吧，你知道涨粉多么不易吗？这番话让唐糖脊背发凉，她原以为陆歆语的初衷是出出气，揭露田素荷之前的恶劣行径，现在看来这只是次要的，实际上她是借此炒作，涨粉和助力作者成为网红大咖才是真实目的，所以她根本不在乎于海沫的病是真是假，即使是真的，她也要当成假的（即便以后被人发现，揪住了小辫子，大不了称自己不知，然后假模假式地道个歉，反正粉已经涨了），在他们那里，田素荷、于海沫、唐糖，甚至包括陆歆语和樱桃老丸子自己都是通往大红大紫之路继而大肆敛财的铺路石和道具而已。

你这么做不道德。唐糖动之以情，你知道这文章会对田素荷造成多么大的打击吗？

我不道德？陆歆语呵呵道，你搞清楚，到底是谁先不道德，你忘了她对咱们做过的事了？

不要得理不饶人，抓住一点小错就不放，她那么做也是迫不得已，是为了给儿子治病，不就坑了你一百多块吗？你至于把事情做得那么绝吗？你难道就一点同情心都没有？

我干吗要同情她？不幸不能成为做坏事的借口，天底下那么多不幸的人，比她悲惨的也不是没有，可人家还不是照样诚实守信，勤劳致富，按照你的逻辑，那天下就没有不可原谅之人了，总之做了坏事都能为自己找出一堆理由，那还要警察、还要法律干什么？

唐糖觉得陆歆语这是避重就轻，试着解释道，谁还没犯过一点错，你就不要咄咄逼人了。

我咄咄逼人？陆歆语道，你还真把自己当成刘三好啦？你以为人人都像你那么"圣母"？我真是好奇，为什么你对她那么好，那么宽宏大量，却对我横挑鼻子竖挑眼，难道我们不是好朋友、好闺密吗？你为什么要站在她那边？难道我的所作所为对你而言比她更可恨吗？说到这里，陆歆语顿了顿，似乎福至心灵，恍然所悟般笑道，哦，我明白了，因为你和她原本就属于一类人，虽然你受了教育，可骨子里的劣根性是无法改变的，一旦跟她走得近了，你就感到亲切，找回了熟悉的感觉，因为那才是真正的你，和我在一起时的你只是个伪装者。

唐糖愣住了，一声不吭，盯着手中的茶，犹如俯视一口深井。确实如陆歆语所言，田素荷让她感到莫名的亲切，哪怕是

道德困境 ‖ 83

在草原旅游被她坑骗时,她也没有像陆歆语那么愤怒,难道她们真的属于同一类人吗?不,她认为不是这样的。田素荷之所以让她感到熟悉、亲近,是因为她和自己的父母、亲人以及老家所有的人都有着相似之处,不论气质、行为举止、生活、感情还是命运皆大同小异。老家的那些人,有哪个没做过一点儿亏心事、缺德事,占过一点儿小便宜呢?在她小时候,爸爸卖菜卖水果时用的还是杆秤,他总会偷偷地在秤盘下吸上两块磁铁;镇上人来村里吃饭时,不管轮到谁家,都会趁机多买些蔬菜、猪肉和调料(记在公家账上);隔壁二大爷磨豆腐专门低价收购次等黄豆……他们知道这样做不对,可又没有谁不这样做,即使被发现,也是心照不宣,或笑笑了事,顶多吵嚷两句,一阵子不说话,过后依然如故。然而,当一把火烧了"毛驴子"的整个家时,家家都给他捐款,使其盖上了新房;经常偷东西讨人嫌的老绝户死在老宅,全村人出钱为他办了风风光光的后事;因为近亲结合而导致天生低智商的"小叮当"被隔壁村的地痞轻薄侮辱后,很多男人为她讨公道;"小细脖"的老婆赶集从兰泉河上路过时掉在冰眼里,与她家不和十几年的"大老豁"刚好碰上,将她拽上岸并背回了家……当然,这并不代表乡下就没有男盗女娼之事,可那毕竟是少数,是极端,大多数人在面对日常小磨难时皆逆来顺受,顶多抱怨几句,或是为了给自己争取一点儿小利益而相互伤害;可在关键时刻,当别人遭遇更大的不幸时,大多数人则会挺身而出,义不容辞地伸出援手。从小到大,唐糖生活在这样的人事和伦理之中,即使没有认可，也不可能不受到影响，她从骨子里是理解田素荷的，她很清楚一个寡妇带着患了绝症的孩子有多么难，因此她才会对她如此体恤，对她的行为那么宽宥。正应了很多文青经常引用的一句名言——因为懂得，所以慈悲。他们以为这句话只是在形容恋爱中人的心境，唐糖却从中体会出不一样的意味。

怎么？无话可说了，戳到你心坎里了吧？见唐糖发呆，陆歆语奚落道。

陆歆语不可能理解田素荷那些人的，或者说，她从来都没想过要理解他们，所以她才能如此冷漠。她内心里早已用一套自有的标准将人分成了三六九等，田素荷等人在她和老宋那些人的眼里不过是一群没文化、没品位、没道德、没教养、没素质、智商不高、活得粗糙、下等的人，是不配享受他人帮助的；只有那些天性淳朴、麻木、忍气吞声、不索取、不发声、默默承受命运的不公和不幸，直到有人发现并加以歌颂，不会对他们的生活和阶层造成影响和侵害的安于天命的底层蝼蚁才配得到他们一点点可怜的施舍。陆歆语这些人依靠命运偶然的眷顾，从小享受着充足的各项社会资源，逐步为自己套上一层层精致的文明外衣，活得世俗、老练，懂得配合，善于表演，善于利用规则和舆论，借道德之名行利己之事，表面上有着无懈可击的完美人设，实则"皮里春秋空黑黄"，有的人甚至为了私欲连最基本的人性都消失殆尽了。想到这儿，唐糖垂下头道，我错了。

陆歆语没想到唐糖会这么快地服输认错，满脸诧异道，嗯？随即露出得意之色。

唐糖抬起头，目光明亮，我是说，我以前错了。我以为你真的把我当朋友，其实你骨子里还是瞧不起我，从一开始，你就是居高临下的，我们之间始终是不平等的。

我瞧不起你还总跟你一起玩，跟你说很多隐私？唐糖！你这话太伤人了。

你那是迫不得已，实在找不到伴儿了，更何况，你享受我对你的唯命是从，因为我从来都不反驳你，你说什么就是什么，说实在的，你是不是很喜欢这种感觉？

呵——陆歆语大概没想到唐糖也会说进她心里，虽然她并不承认。

不扯咱俩了，你到底让不让樱桃老丸子删掉文章？唐糖的口吻犹如在下最后通牒。

我——就——不！陆歆语一字一顿地回答，眼神中带着老死不相往来的决绝。

既然你不仁就别怪我不义，唐糖暗忖。犹豫片刻，才道，老宋认识苏明吗？

苏明是陆歆语的一个情人，她和他互生情愫时，陆歆语曾带着炫耀成分向唐糖倾诉在婚后才遇到真爱的苦恼，最终她没有听取唐糖悬崖勒马的建议，和苏明保持了不正当的关系，尽管她也觉得不道德，但她又拼命向唐糖说明她也是情非得已，希望得到唐糖的理解甚至支持。唐糖曾暗示她会保守这个秘密,不会跟任何人尤其是老宋提起这件事。

你比我想象中要卑鄙得多。陆歆语道,今天我总算看清你了,当初怪我自己眼瞎,什么都跟你说。她点开手机屏幕,拨通樱桃老丸子的号码,并开了免提。对方接听后,陆歆语道,是我,把那篇文章删了吧,那个田素荷的儿子确实得了白血病,之前咱们没经过调查,这么发出去造成的影响不好。对方道,我早发现了,没关系,这也不是原则性问题,舆论现在完全偏向咱们,删了倒像咱们心虚,再等等看。陆歆语道,删吧,我遇到麻烦了。对方道,什么麻烦?你用的又不是真名,就算网友攻击也是朝着我来,没你的事。陆歆语耐着性子解释道,不是网友,是我的私事。樱桃老丸子道,那就更犯不着删了,你还记得发之前我跟你说过的话吗?文章一旦发出,版权就是咱俩的,你一个人无权决定它。陆歆语道,这么说你是不删了?你想让老宋跟你说吗?樱桃老丸子道,天皇老子说也没用,这文章眼看着十万加了,我马上就要熬出头,你知道我盼这一天盼了多久吗?这样的机会一辈子很可能只有一次,我不能亲手毁了它,等我成了大号,一个广告的收入就抵得上好几个月工资,到那时我还会给老宋卖命吗?唐糖跟陆歆语示意给对方钱,陆歆语道,你要多少钱才删?对方道,这不是钱的问题,你应该很清楚,不说了,拜拜。说完,对方挂断。

不得不说,樱桃老丸子一点儿情面都不讲的、生硬的、直白的拒绝大大出乎陆歆语的意料,同时让她在唐糖面前挂不住脸。几天前还是老宋手下名不见经传的一个小职员,还对老板和老板娘毕恭毕敬，没承想刚刚有了"红"的苗头便翻脸不认账，过河拆桥得如此明目张胆、不加掩饰。注视着陆歆语气鼓鼓的表情，唐糖既觉得解气、好笑，又不免生出几分兔死狐悲之感，樱桃老丸子的猖狂也让她稍感诧异，看来人一旦出了名就会忘乎所以。她带着几分惋惜的口吻道，真没想到啊，一个老江湖竟被初出茅庐的小丫头利用了，而且用完就扔。哼，你得意个什么劲儿？陆歆语道，文章删不了，对我又没损失，你借出去的钱怕是再也要不回来了。唐糖道，要不回来就算了，钱是王八蛋，没了再赚。陆歆语道，你不用故作洒脱，在我面前还装？唐糖愣怔几秒，随即发出一声叹息，既是哀叹自己破财，又是感慨原来对面这个人很懂得自己，于是语声缓和道，对不起，刚才我对你说的话有些过分，更不该用那件事威胁你，我只是说说而已，我肯定不会告诉老宋。陆歆语道，我明白，你以为我真的害怕吗？我又不靠老宋养着，就算离婚也没什么。

　　沉默片刻，陆歆语喝光杯中的茶水，问唐糖，接下来你想怎么办？唐糖实话实说，没有想法，我再找平台试试，看看能不能删除文章。陆歆语道，就算能，最快也得三个工作日，基本没啥用了，造谣一张嘴，辟谣跑断腿。唐糖道，我是黔驴技穷了，能出的力我都出了。陆歆语一本正经道，其实我搞不明白，你和她非亲非故的，她还坑过你，你为什么非要以德报怨？有时我都怀疑你有自虐倾向。想了想，唐糖将自己的爷爷因为没钱治病而早走了几年的遗憾告诉了对方。陆歆语道，就因为这个心结吗？说服力似乎不够。唐糖道，还有一点，田素荷和她儿子让我想起那些所谓的底层，想起人世无常，你的人生一帆风顺，可能不会对此感同身受，但我觉得，不管是现在、过去，抑或未来，没有谁能独立于世，人应该相互关爱、相互帮助，你以为你能永远活在舒适圈，一生无虞吗？灾难和命运是不长眼的，更不会区分贫富贵贱，保不齐哪天你就会碰上横祸，到时候难道你希望大家都看你笑话，冷漠地熟视无睹，任你自生自灭吗？只活在自己的小世界，其实很没意思，关心他人让我觉得充实，那种踏实和丰盈，就像在云端待久了的人终于双脚稳稳地踩在了大地上一样……

陆歆语先是一脸错愕、不以为然，但随着唐糖的言论持续深入、升华，她感到一股暖流贯穿全身，蹿升至四肢百脉，就像她还是小女孩时读到的那些具有教育意义的课文一般，已经很多很多年没有这样的感觉了，没想到老于世故、深于城府、工于心计的自己竟然会因此而动容。等到唐糖说完，陆歆语已被折服，无比诚恳地说，你这番话让我相信，世界上还真有刘三好，或者说，每个人出生时都是刘三好，良知和悲悯其实骨子里都有，没有几个人天生冷漠，只是在这个社会里，很多人为了自保不得不收起这种天性，但有时它会苏醒。说完，她起身离开。

道德困境 ǁ 89

7

　　探视时间结束，田素荷走出病房。手机接连振动，刚才在病房里也时不时振一下，她只当是鼓励她的短信，因要给儿子读书，便没在意。来到走廊才逐条查看，却并非她想象中的内容，而几乎都是骂她骗子、碰瓷惯犯、坏女人，让她当众道歉、吐出不义之财的短信。见此，她心中有数，想来已东窗事发。

　　在记者采访她时，她就在考虑要不要借这次机会在报纸上忏悔，但很明显，记者并不需要这类负面素材，这有损于他要在文章中塑造的母亲形象，因此田素荷话到嘴边只得咽了回去。现在怎么会被人知道呢？也许自己坏事做得太多，被她坑害过的人光看照片就认出了她吧？她虽然不懂得"人肉"和高科技手段具体如何操作，但她清楚现在的机器和人都非常厉害，只要稍微透露一点个人资料，就会被顺藤摸瓜，所有旧事皆被翻个底朝天。给儿子募捐需要提供真实资料时她已想到了这一层，但没料到会如此迅速。正想着，有个陌生号码打来电话，她接听，对方问清她是田素荷之后便道，骗子！活该！想想你做过的那些事吧，你现在还有脸让大家给你捐钱？趁早别做梦了，也许你的孩子是无辜的，但谁让他摊上你这样一个妈呢？这都是你害的他，明白吗？说完，对方挂了。接着又有人相继来打电话，也有谩骂出气的，也有一些是之前捐过款的人问她网上那篇报道是不是真的，她以前是不是做过亏心事，讹诈过别人。田素荷只得承认,于是有人说:"算了,我已经捐了,看来下次捐款要提前打听好。"也有人说:"对不起,那我要把钱拿回来,我不能帮助一个骗子。"也有人感叹:"以后再也不信网上的东西了,真乱!"这些电话和短信息如同一杯杯凉水浇向田素荷才燃起不久的希望之火,但她始终没有还嘴,也没有分辩,一是觉得没必要,二来又怕祸从口出,授人以柄。

　　天色渐晚,好事的网友们也许都已下班、觅食或是准备开始夜生活了,田素荷暂时得以安静。她躺在被黑暗填充的楼梯间,走廊里传来人语、脚步声,还有隐约的哭声。手机亮了一下。她瞄了一眼,是她的弟弟发来的微信,告诉她房子和地暂时没有人接手,只将六匹老马卖了三万块,钱一到手他就从手机上转给了她。翻看诸多提醒,她才发现钱已收到,于是给弟弟回了信息。三万块,还差得远呢!正想着,手机响了,是记者打来的。田素荷接听,对方道,你看见那篇文章了吗?说的是真的吗?田素荷道,看过了,是真的,我能猜到文章里那个人是谁。记者道,是谁我不关心,重要的是你为什么不提前告诉我?现在被人翻出来,事关人品问题,你知道对报社造成多大影响吗?你觉得募捐活动还能进行下去?田素荷道,我本来想说,可当时你只让我说正面的。记者道,我可以不写,但你不能不说,在网友们看来,我那篇文章就是刻意隐瞒,现在连我他们也骂上了,实际上我也是受害者,害得我被领导大骂,差点连工作都丢了,早知道你有这种黑历史,我才不帮你呢!

田素荷低声下气道，对不起，连累你了。记者道，算我倒霉，我就是知会你一声，募捐活动因为遭到大部分网友抵制，不能再继续下去，之前收到的钱会原路返还，这一块你就别抱希望了，自己想办法吧。田素荷心里咯噔一下，脑子里嗡嗡乱响，一瞬间几乎失去了意识，只觉得身体不断下沉，直坠向无底深渊。

一个电话将田素荷拉回了现实，她静静地等站在道德高地上的陌生人代表一群人对她进行一通并不新鲜的指责和谩骂之后，平静地问，你说完了吗？对方道，说完了，你觉得我说得对不对？田素荷连声道，对对对，你们说得都对，你们什么时候错过呢？错误只会发生在与你们不相干的人身上，你们从出生到进棺材都无比正确，永远都不会犯错，你们是诚实的，光明的，正直的，善良的，你们从来都没有过私欲，没做过坏事，坑蒙拐骗打架斗殴吃喝嫖赌都是我们这些人渣才会做的，你们高高在上，死后一定能上天堂，我祝你早点进入天堂。对方道，嘿，你怎么骂人啊？田素荷道，我没骂你，我是祝福你。对方道，我看你真是死不悔改，没药可救了。田素荷发出几声冷笑，挂了电话。走出楼梯间，走廊里的灯光惨白微弱，住院部的熄灯时间已过，来到儿子的病房前，田素荷将脑门贴在玻璃上往里看，过了一会儿才看清里面的情况，儿子已经睡着了。看了很久，她才转身，下楼。

走出医院，来到大街上，沿着马路边走了一阵，田素荷抬起头，长叹一声，心说，儿子，妈对不起你，我实在没法子，下辈子你要健健康康的，就算有病，也要托生在有钱人家里，幸福快乐地过一辈子。初冬的深夜，即使北京这样的大城市也已经灯火阑珊，马路上的车明显减少，何况是在东南三环并不繁华的地段。田素荷仰头望望，没有星星，只是一片乌突突的天空，月牙像把匕首插在高楼后面的天空里。来了北京这么多次，她基本上都在医院里度过，只有一次于海沫出院时她带他去了天安门和欢乐谷，别的景点都没去过，等到明天或者后天出院以后，她一定要带他到处转转，让他看个够。当然了，欠人家的钱也要一点点还上，先从唐糖开始吧。想到这儿，田素荷拿出手机，从微信上给唐糖转账，转多少呢？想了想，她决定先转两万，剩下的八千过一阵再给她，手头还是得先留点富余。前方是个十字路口，田素荷见对面是绿灯，便从容前行，边走边低头操作。随着一声刺耳的呼啸，田素荷转头时发现一辆法拉利急刹车在她身旁，那个年轻的司机伸出脑袋骂了她两句。她若无其事地走过街头，站在一盏路灯下，仰起头，灯光洒在她身上，恬静，肃穆，犹如一幅棱角分明的中世纪素描，妇人的姿势仿佛在等待救赎，或是乞求赦免。

次日晨起，唐糖发现田素荷昨晚给她转了两万块，便发微信给对方，说不着急，让她先用着也行。今天工作比较多，直忙到午饭后，唐糖才抽空刷朋友圈，发现昨晚转的那个募捐活动已停止，于是上微博一番搜索查看，才明白缘由。难怪田素荷要还钱给她，看来她是不想再给儿子治病，要放弃治疗了。如果就这么放弃，那么于海沫之前的罪不等于白受了吗？唐糖

道德困境 ‖ 93

刚想给田素荷打电话，陆歆语却打来了电话，她来到阳台接听。陆歆语说，昨晚回家后我想了想，又跟老宋合计一番，他答应联系一下专门的血液病基金会，其中有个项目是明星搞的，那明星和老宋打过几次交道，很可能帮上忙，另外我再联系别的公益组织，看有没有用，就算没用也不要紧，你转告田姐，我和老宋可以先借钱给她，让她不要放弃。唐糖惊喜道，真的吗？你这转变未免也太快了吧？陆歆语道，近朱者赤嘛，再说，那篇文章的事我多少也有责任，孩子到底是无辜的，就算是我补偿田姐和她儿子吧。唐糖半天没言声，对方调侃道，怎么？感动得不知道说啥了？唐糖嗯了一声道，我替他们谢谢你，还有老宋。陆歆语道，跟我就不用客气了，你快告诉他们吧。

挂断电话，唐糖站在十七楼的阳台凭栏眺望，城市的边缘笼罩着一层淡淡的烟色岚气，楼群高低起伏，层峦叠嶂，如同人生中一个接一个必须翻越的山头。唐糖不禁生出一种郁郁苍苍的身世之感，想到许多人的命运，连她自己的在内。她长出一口气，拨通了田素荷的电话。

梦的解析

1

周五下午四点多,处理完手头的事,唐糖驱车到邱城看男友甘旭然。从导航上得知,邱城位于北京东南方百余公里,从东四环上高速可直达城区。尽管算不上远,甚至可以说很近,但唐糖以前并不知道邱城的存在,如果不是甘旭然被他的父亲调到这里开展业务,她觉得自己这辈子都不会踏足此地。一直到高中毕业,她的活动范围主要限于北京,且多在四环内,从巴黎留学归来后顺理成章进了家族企业,作为主管级别,她很少出差,逢节假日便穿梭于上海、香港、东京等国际大都市,对当地的高档餐厅和购物场所等如数家珍,因此更无机遇和可能涉足二、三线城市,遑论邱城这样的地级市。倒不是说她有多么看不上它,只是没契机,亦没兴趣,就像很多一辈子活在乡下的人对香奈儿、迪士尼、帆船酒店等事物一无所知一样,不出意外的话,唐糖将一生自得其乐、心甘情愿地囿于自己的圈子。

高速公路朝着前方无限延伸,仿佛没有尽头。汽车疾驰而过,奔往各自预设好的目的地,呼啸声穿透车窗抵达耳膜,微弱而清晰。二十多分钟后,唐糖驶出城区,路边是成片的防风林,晚秋的夕照在叶片上流淌、闪烁,一棵棵白杨似乎变成了传说中的摇钱树。唐糖的宝马运行稳健,车速再快也感觉不到丝毫震颤,既是脚踏实地地奔跑,也是一往无前地飞翔,恰如她前二十七年人生的写照。高中毕业后,父亲送了她一台跑车;大学毕业后,送了一套别墅;研究生毕业后,送了这款最新出的宝马和公司的主管位置;十年后,如果她的表现能让父亲满意,将会得到家族企业百分之二十的股份。

从小到大,她成长中的每一步基本都已被父亲(母亲在她上大二那年已因病去世,即便在世,很多大事也都是父亲说了算)安排得妥妥当当,她就像一枚棋子,只要按照父亲规划好的路线行走,就会抵达所谓的人生巅峰。青春时期也有过叛逆,有过短暂的不服从(主要是在高考志愿的选择上出现了分歧,父亲让她读工商管理或金融贸易之类,而她偏爱历史与哲学),但很快便被父亲以经济制约等手段扳回"正轨";而一意孤行的二哥自从高中毕业后便和家里断绝了关系,连大学都没完成,不断更换工作,目前做快递员,彻底沦为父亲嘴里的"底层"。她深知自己并不比二哥聪明,如果当初她像他那样一条道走到黑,很可能比他混得还要差。涉世几年后,她越来越发现,父母确实都是为了自己好,幸亏过惯了优渥生活的她吃不得苦头，否则可能一辈子都要在辛苦和困难模式中度过。

出发前，她给甘旭然发微信，对方将位置分享给了她，并用迫不及待的口吻表达了热切的期待，其中又隐含着一丝歉意，仿佛让她来邱城是他造成的无关紧要的错误。两个人认识不过三个多月，尚处在热恋期，要不是两个星期没见，要不是甘旭然没空返京，她才不会主动送上门，不管在哪一场感情中，她都习惯对方上赶着，将她当成宝贝来追求、呵护。甘旭然对她的爱里多少存在着一点功利性，对此她心知肚明，毕竟父亲的资产和影响力都要比甘旭然家强得多。两人一旦结合，甘家等于背靠了大树，即便得不到明显好处，至少不用再担心因为资金链断裂而濒临破产。

路程行至一半左右时，唐糖接到了甘旭然的视频电话，他跟她说今天的工作已完成，问她到哪里了，还问她想吃什么等毫无新意和实质性的话题，其实是从语气和表情中猜度她的心情，以便照顾她的情绪，让她感觉被重视，就像下属对待上级的逢迎，其中又多了一层恋人间才会有的亲昵。唐糖心情不错，一路上也没什么意外干扰，因此她愉悦地跟他探讨晚饭内容，最后定了本城的特色农家菜。甘旭然似乎早有准备，挂断后便将一家饭馆的地址发给了她，让她直接到"望湖楼"，而他先一步到那里候着。唐糖在来邱城之前，先在网上对这个地级市进行了一番认真的搜索，以便对其有个大概印象，就像对待工作和生活中不了解的事物一样，这已然成为习惯（而了解陌生事物的主要方式就是网络，谁让她活在网络时代呢），凡事她都喜欢按部就班、未雨绸缪，工作和生活方式越来越成熟、系统，越来越像她的父亲。邱城并不大，东、西、北三面环山，南接河北平原，境内有两座面积广阔的水库，烟波浩渺，野鸟群飞，旅游资源丰富，六年前由县城升级为地级市后，政府便加大了旅游业的开发力度，争取将邱城一带打造成京津两地的后花园。望湖楼位于某座水库之畔，唐糖更改了路线，距离上没多大变化，只是有一条隧道需要穿越。

从上大学到目前为止，唐糖交往过五六个男人，就各方面的综合素质而言，甘旭然算得上她最满意的。恋爱的最终归宿是婚姻，而自己的婚姻注定是一桩披着爱情外衣的交易，与父母的婚姻如出一辙，唐糖早已看透并接受。母亲在世时，父母便已分居，但他们从来都没有考虑过离婚，母亲去世后，父亲每年都要假惺惺地追忆缅怀，实际上情人众多。年少时，唐糖对此颇为不屑并对爱情充满了美好浪漫的向往，但伴随着许多女孩都要经历的"梦醒时分"以及每一段感情带给她的伤痛和教训，她意识到终有一天，她也将把自己关进围城。山盟海誓只存在于骗人的小说和影视剧中，那些微小的快乐和感动只在某些瞬间不经意地迸发，根本无法捕捉或人为制造，当你开始享受时其实它已远去，就像人类看到某些星星的光芒其实是许多年前发出的，那颗星星很可能已经陨灭。父亲对这门亲事不算满意，他认为凭女儿的学历和家世，完全可以找到更为门当户对者。可唐糖不这么觉得，单论身家背景，甘旭然自然不能和她相提并论，可一旦剔除这些外在，只从相貌和年龄来衡量,她自知配不上甘旭然,追求他的那些女孩都比她年轻、漂亮,况且她的脾气和秉性也不是受异性青睐的那一类,能被甘旭然这样年轻帅气的小伙子追求,她的虚荣心被无限满足,因此她不顾父亲的反对,认真地谈起了恋爱。当然,她明白父亲的企业已在大哥的婚姻中得到了莫大的利益,所以才对她的婚姻有所松懈,否则她不敢忤逆。

接近城区时,只剩天边尚存微光,夜像一口锅倒扣下来,而小城亮起各色灯火,响起各种声音,慢慢沸腾。月牙才上来,闪着寒光,宛如一把匕首插在山头。按导航提示,唐糖驶进了一千多米的隧道,顶上栖着一溜儿黄色小灯,如同敛翅小鸟,显得更加昏暗。车灯射出两道雪亮的光芒,像利刃豁开了稠密的昏黄。随着深入隧道,她明显感觉一股阴冷的气息在车内氤氲,迅速包围了自己,令她直打寒战。她不得不开启暖风,这才稍微缓和。隧道口就在前方,能望见混沌微弱的光,明明不远,可唐糖却觉得仿佛经历了漫长的努力才终于抵达,而通过之后并非想象中的豁然开朗,两侧的山体更加险峻陡峭,仿佛正在同时逼向公路中间,要将路上的汽车等物压成齑粉似的。难道是因为没睡午觉,长时间开车导致产生了幻觉?她妄图给这种怪异的感觉找到科学的解释,同时加快车速,五六分钟后终于变得一身轻松、恢复正常,抹一把额头,手背汗淋淋的。而这时,甘旭然打来了电话。她接听,通话结束时,刚好开到饭店门口,只见他挥手朝她走来。

两周未见,甘旭然比唐糖印象中瘦了些、黑了些,凭空添了一丝陌生的气息,这气息好像是邱城带给他的,淡淡的,不仔细体会很难察觉,就像经过春日桃林时沾染的微微花香。但当他给她倒凉白开时,他重新变得熟悉,他还是那个记得她的习惯和癖好的男子。小别胜新婚,两人才吃过饭便迫不及待来到酒店,在高级套间的大床上云雨一番,满足而和谐,恰似一把锁找到了原配钥匙。好像过了很久,其实也才一个多小时,唐糖从梦中惊醒,双目圆睁,神情惶恐而呆滞。

怎么了你?甘旭然歪着身子,关切地注视着她。

刚才我做了个梦。唐糖扭头道,一个自觉梦,你明白吗?

知道。就是你很清楚自己在做梦。

嗯,这梦挺诡异的,我根本不认识那个人,但她认识我,能叫出我的名字,还告诉我她叫什么,让我帮她办件事。唐糖好像被吓住了,不再往下说,起身,抱住胳膊。这勾起了甘旭然的好奇,他低头沉思片刻,遂问道,她叫什么,让你办什么事?

她高高地坐在山头上,穿着墨蓝色衬衫和白裤子,蓝衬衫和夜幕融为一体,隐约中只看见她苍白的脸,底下什么也没有,就接着两条大长腿,没穿鞋;她的身体向后仰着,两只手撑在背后;尖下巴、圆脸、黑眼睛、薄薄的红嘴唇,有一种让人觉得不安和奇异的美。而我站在下面望着她,她跟我说她叫柳红梅,让我把鞋还给她,是一双红色高跟鞋……唐糖皱着眉,思考着,追忆着梦中的情节。

后来呢?甘旭然问。

没有了。唐糖摇头道,还说了一些话,想不起来了。甘旭然稍微迟疑,之后将她抱在怀里安慰道,没事的,别多想,不过是个梦,你最近是不是看恐怖片了?她摇头,挣脱他的怀抱,随后面露紧张,歪着头侧耳倾听,并对他做出"嘘"的手势。你听见没?她问他,窗外楼下有人在走路,穿着高跟鞋。甘旭然竖起耳朵,认真捕捉,却没有所谓的脚步声,更别说是穿着高跟鞋的走路声。唐糖下床,推开窗户,朝下观望,街道冷清,只在远处有几个行人的影子,近处则空无一人,风吹着几片叶子,嘶拉嘶拉。难道是自己出现了幻听?唐糖正暗自忖度,甘旭然从背后环住她的腰道,别乱想了,好好睡一觉,明天醒来就什么都好了。她只得强颜欢笑,神思恍惚地回到了床上。

2

次日吃过早餐已是九点多,按照原计划,甘旭然带唐糖到湖上泛舟。所谓湖,就是水库,但它还有一个对游客而言比较诗意的名字——"翠屏湖"。天气不错,游客不多,他们乘的这只船很像江南的乌篷船,船夫坐在船头,两个人坐在船舱里,外面的风景能尽收眼底。随着柴油机发出的噪声,船向着湖心而去。秋水长天,周围的山霸道地环抱着湖,湖水随风荡漾,仿佛不安分的情人。甘旭然不断寻找话题,唐糖却有些心不在焉。船到湖心后,船夫熄了火,任船随着水浪摇晃。他的目光几乎未曾从恋人的身上移开,一直追随着她的视线而动,而后者眼神涣散,很少聚焦,这时却突然盯着某处,射出了好奇的光。

唐糖手指着那座不算高的孤峰,问船夫那是什么山,有没有名字。船夫确认后想了想道,我们都叫它草帽山,就是座野山。甘旭然这才知道她所指的是那座看上去不算高也不算远的山头。唐糖道,开过去。船夫道,那没什么可看的,不近。甘旭然对船夫道,看上去不远。船夫道,望山跑死马,看着近,要过去起码得半小时。甘旭然道,去吧,超时了我们付钱。船夫笑道,你们想去就去,可那实在没什么好看的,我们市最穷的镇就在那儿。甘旭然问,镇子叫什么?船夫道,柳家营。唐糖问,都是姓柳的人吗?船夫道,据我所知,一个姓柳的都没有。

为什么非要上来?上岸后,走了很久,才到山脚下,甘旭然望着山顶上如帽子一样的云朵,问唐糖。她每周健身四五次,走这点路根本算不了什么,只有额头泛起一层细汗,看了看男友,她说,你等我,我上去看看。他阻止,没什么好看的,说不定会有野兽出没,还是别去了。唐糖道,柳红梅坐的那个山头和眼前这个非常像。甘旭然不解道,什么?唐糖道,我昨天做的那个梦。他道,你可是堂堂的硕士生,能不能不要这么迷信,一个梦而已,值得这么小题大做吗?她道,正因此,我才认为一切都应该有个合理的解释,为什么我会梦见她?不弄清楚我受不了,如果你觉得无趣,没必要跟着我,反正这也是我一个人的事。说完,唐糖顺着一条羊肠小道,往山上爬去。甘旭然站在原地,叹了口气,终究还是追了上去。

这条路是附近的人上山采蘑菇时踩出来的,虽然崎岖,但随处都有树木可以借力,攀登才不显得困难。行至山腰时,两人坐在干净的石头上歇息,无名野花摇曳着一抹抹鹅黄、粉红、淡紫,散落在石缝之间。唐糖道,这些野花,让我想起"苔花如米小,也学牡丹开"这句诗。甘旭然问,什么意思?唐糖道,这么浅显,你不明白?他道,我问的是你想表达什么?她道,昨晚我没影响你睡觉吧?他道,还行,只觉得你翻来覆去,很晚才睡着。她嗯了一声道,我想起了初中时的一个女同学,叫刘红梅,我梦见的那个人可能是她。他疑惑道,不是柳红梅吗?她道,刘和柳的读音差不多,也许她发音不清,也许我没听清,我根本不认识姓柳的人,很有可能是这个刘红梅。他道,是她又怎样?唐糖略为失望地说,看来你根本不爱我。甘旭然气急道,这跟爱不爱扯得上关系吗?我当然爱你,希望你好好的,别钻牛角尖。她道,可你还不了解我,凡事我都喜欢追根溯源。他道,就算你弄清楚了,又有什么意义?她道,那我就不会再纠结于此,有这事在心里,我干不了别的。接着,她跟他说了穿越隧道时的诡异感受,又说这就是冥冥中注定,邱城和梦对她而言就像是某种天启,她不能不当回事。甘旭然觉得这纯属无稽之谈,但面对她的严肃和庄重,只好耐着性子问,你和那个刘红梅有过交集吗?她起身,沉吟道,你真想听?他嗯了一声。她道,那边走边说。

初二下学期，刘红梅作为插班生出现在唐糖所在的班级。刚来时，刘红梅便引起了同学们的注意，只因她身上的一切都与本地学生格格不入，显得那么突兀、特殊、不招人待见，甚至连老师也对她嗤之以鼻。首先，从外在形象上，刘红梅就是一地道的乡下姑娘，两块高颧骨红红的，一口牙里出外进，眼神时而空洞时而复杂，穿着过时，举止粗俗，且毫无半点小女儿的天真烂漫，倒像个已婚多年的妇女；说得好听是不拘小节，其实是不知羞耻，有几次老师正在上课，她在下面放了响屁，搞得全班哄然大笑，每次和她擦肩而过，鼻子再不灵敏的人也能闻到一股馊味儿，令人作呕。以上归根结底是个人卫生和习惯问题，同学们对此顶多嘲笑一番，翻个白眼，可偷东西便上升到了品质和道德层面，几乎是令人无法容忍的。有位马姓同学的游戏机丢了，两天后老师抓到刘红梅在课上戴着耳机玩游戏，游戏机上赫然刻着大写字母——M，马姓同学在几个同学的撺掇下，将此事告到了班主任那儿。铁证如山，但刘红梅坚称不是偷的，而是路上捡的。大家都觉得她是从马姓同学的书包里"捡"来的，却苦于没有监控，没人目睹偷窃行为，加之马姓同学也记不清是不是自己弄丢了才被刘红梅捡到，因此这件事最后不了了之，可手脚不干净的名声算是落下了，本来就没什么朋友的刘红梅更是遭到集体排挤、抵制，甚至欺凌。

刘红梅家里条件不好，她的老家原本在山旮旯里，距离北京不算远，但非常偏僻。她没爸，妈妈在北京做保姆，伺候一个无儿无女的鳏夫，两人日久生情，妈妈干脆嫁给了老头，并将刘红梅的户口和学籍全弄到了北京。据说刘红梅的后爸对她并不好，尽管和她妈结了婚，仍然时刻提防着这娘俩，怕她们骗他的养老钱。她们虽然成了北京人，物质生活有了一定改善，却不如从前自在，经济上始终受制于人。何况，那个老头本来也算不上有钱人，刘红梅的窘境可想而知。但刘红梅不服输，竭尽全力在生活中一点一滴改变自己，妄图麻雀变凤凰。在言行举止和卫生习惯上和北京女孩无限接近后，刘红梅开始注重打扮。在不用非要穿校服的时间里，她开始修饰自己，那些乡土味十足的服饰再也不见。在靠着一身行头能冒充城市女孩之前，她有过一段试验期，就像处于换毛期的鸟，休闲、运动、简约、森系、日韩、街头、学院、英伦等服饰风格都曾在刘红梅身上出现，其中唯独没有田园风，因为这种风格就是她之前的衣着写照，这辈子她都不想再如此打扮。经过一系列尝试，她领悟到只要适合自身气质的便是最好的，其次还要大牌，起码不能输给那几个女同学，比如唐糖。可唐糖穿的衣服，除了校服，刘红梅根本买不起，只能在专卖店看了又看，所幸有各种渠道可以买到仿货。尽管学校明令禁止学生化妆，但刘红梅依然冒着被批评和处罚的风险抹口红，描眉，戴耳钉，把自己弄得非常"社会"。老师们管了几次她都不听，一副死猪不怕开水烫的架势，学校的领导们也只能放任自流，反正不听话的学生并非她一个。

欺负刘红梅的女生比男生更多、更狠，就算她再邋遢、再粗鲁，在男生眼中好歹也算个异性，对她多限于言语上的调笑，很少动手，顶多也就是拿粉笔头砸她取乐。女生则会来真的，她们看刘红梅不顺眼，一方面源自同性相斥，更重要的原因则是刘红梅的虚荣心和对命运的抗衡——她很想成为像唐糖那样各方面都非常优秀的女生，甚至向她们的小团体靠拢。这让大部分女生非常不爽，感觉与生俱来的地位和身份受到了侵犯和挑衅，让她们打心眼里难以接受——刘红梅有什么资格和她们这群各方面都非常优秀的人平起平坐？于是便对其施与言语上的压力，乃至身体上的攻击。实事求是地说，唐糖原本并不把刘红梅放在眼中，她如同一个跳梁小丑，再怎么折腾也无法影响到唐糖的生活，更别说掩盖她那"高贵"的光芒，因此她很少对刘红梅发难，甚至都懒得议论。直到有一天，唐糖喜欢的男生朱敬轩不仅和刘红梅说话，更与其走得相当近时，这才惹怒唐糖。唐糖在几个女生的怂恿下实施了报复：那天傍晚放学后，刘红梅被几个女生以交朋友的名义约到了学校旁的公园里，那个地方有一处人工湖，比较偏僻，很多"早恋"的学生会来这儿。

　　说到这儿，唐糖暂时停下，像是记不太清，需要仔细回想一番似的。甘旭然并不感觉意外，反而认为在情理之中，也更加符合唐糖在他心目中的某种"人设"，他相信每个人都有黑暗面，以唐糖的成长环境来推测，她不可能没做过坏事。已经能望见山顶，唐糖靠着一棵树，喝了点儿水，接着道，刘红梅还以为我们真想跟她做朋友，到现在我还能记起她那张满是期待的脸，在余晖的照耀下显得格外诚恳，如果换作别人，我可能会动容，但她越是这样就越让我生气，她怎么敢招惹我喜欢的人！我们几个围住她，推搡，辱骂，让她弄清自己的身份，不要癞蛤蟆想吃天鹅肉。她被我们推倒在地，装出一副可怜相，眼神里交织着无辜、愠怒和不忿。那天她穿着一双高跟鞋，不知从哪里弄来的，我和其他女生的穿着打扮虽然也大胆，但还没人穿过高跟鞋，这让我们嫉妒、恨，于是让她脱掉鞋子。我们像踢足球一样踢她的鞋，不知是谁，将其中一只踢到了湖中，剩下那只，其他女生交给了我，让我把它踢进湖中，就像射门那样，她们觉得我这么做才有手刃仇人的快感。我当时有点儿犹豫，耳边响起刘红梅的求饶声，我觉得这么做有点儿过分，但我不能辜负同伴们对我的殷殷期望，不能坏了她们看好戏的兴致，因此，抬腿，用尽全力，将另外一只高跟鞋踢到了湖中，激起一阵水花，旋即复归平静。然后，我们就走了，没人再看刘红梅一眼，第二天才听其他同学说看见她赤着双脚往回走。我想过跟她道歉，但自那天后，她再也没来上过学。

听你的描述，刘红梅和你昨天梦到的那人长得一点儿相似之处都没有，你怎么能肯定就是她？甘旭然道，再说，这种事在学生时代或多或少都发生过，那时候我们不懂事，完全按照自己的性子活，完全是动物世界森林法则，我觉得无可厚非。

不管梦里的人是不是她，我都欠了刘红梅一个道歉，我对她造成了伤害，让她无法继续上学，也不知道她后来活得怎样,现在在哪里,我想找到她。唐糖道,现在网络技术这么发达,要找一个人不太难,我要当面对她说声对不起,如果有可能,想办法弥补,道歉也许会迟到,但不应该缺席。

矫情!甘旭然望着唐糖想,伤害早已造成,刘红梅极有可能忘了这回事,正过着自己的人生,你又何必让人家再受一次折磨,你的良心发现,不过是想要找回内心的安宁,说到底还是自私。但甘旭然什么都没说,他知道自己无法阻止她。

3

自回京后,隔三岔五,唐糖仍然会做同样的梦,就好像在催促她尽快找到刘红梅似的。她只得卖力调查、寻找,甚至不择手段。先是在网上搜索刘红梅的名字,随后又加上了初中时的校名,进而扩大到姓名加北京,尽管能搜到不少,可都是重名者,根本没有她要找的。接着她想到靠同学,高中和大学同学的微信群都有,人并不齐,其中只有三个是初中同学,关系非常一般,不只现在,就连当年也很少说话。但为了找到线索,唐糖跟他们问好,套近乎,其中只有一个依稀记得刘红梅,自然没有她的消息。仔细想想也是,刘红梅上学时就和同学们毫无交情,自从那件事后,她更不可能和谁有来往。同学这条路走不通,她想到找老师,费尽周折,终于联系到当年的班主任,但她也不清楚刘红梅退学后的去向,只记得刘红梅当时住在哪里,及其继父的姓名,因为她曾家访,而那个家庭给她留下了深刻的印象。但刘红梅一家人住过的平房早已拆除，被开发成了绿地公园。通过朋友的关系，唐糖跑了几个派出所，事情才算有了一点儿眉目，当时拆迁的住户都被安排到了知春路附近的一处小区，在户籍民警的帮助下，她终于在登记资料中发现了刘红梅继父的名字，但他已在两年前去世。唐糖按照户籍登记上的住址登门拜访，得知现有住户并非刘红梅和她的妈妈，这房子是他们从刘红梅的继父手里买下来的。据住户回忆，卖给他们房子的老头确实和一个比他年轻的女人住一起，看起来像是他的老婆。唐糖询问对方知不知道那个老头和女人住在哪里，对方不清楚，但当初签订协议时留下了手机号。唐糖当即打过去，有个老妇人接听，唐糖问对方是不是刘红梅的妈妈，对方警惕地问她是谁。唐糖说，我是刘红梅的同学。老妇人道，你打错了。随即，挂断电话。唐糖再次拨打，直接被对方摁断。直觉告诉她，这老妇人就是刘红梅的妈妈，她没有再打过去，害怕搞丢这得来不易的线索。

唐糖从邱城返京三周后，甘旭然才回京，在此期间，唐糖没再去邱城，而他也没有回来看她，两个人只靠电话和微信保持联络。每次聊天，不出三句，唐糖准能将话题引到刘红梅身上，跟他汇报进展情况，并提出一些莫名其妙的猜测和问题，倒也不是期待他能给出建设性意见，只因这件事只能和他讲。前几次，甘旭然倒还耐着性子听一听，他只想从中预测这件事何时是个头，至于刘红梅能不能被找到，他根本不关心。直到唐糖告诉他已经找到了刘红梅的妈妈，但对方不接她的电话时，甘旭然才用一种推心置腹的口吻劝道，既然这样，那就到此为止吧，不要再打扰她们，我想她们肯定想安安静静地过日子，就算你找到了刘红梅，赎了你所谓的罪，对她而言如同二次伤害，如果你真正为了她好，就不该穷追不舍地翻旧账，这么通俗易懂的道理难道你不懂吗？唐糖沉默片刻方道，好像也只能这样。甘旭然从她的语气中听出了不确定性，明白她根本没有放弃，但也不便直接游说，心想，如果她再这样走火入魔，恋爱还是不要谈了，反正他根本没有那么喜欢她，之所以要和她开始，主要还是不敢违逆父命，不想家族产业就此破产。

甘旭然的父亲做的是钢铁生意，倒腾地条钢起家，而后才逐渐走上正轨，主营国标建材和热轧钢板等，但规模始终没能扩张成功，在几次行业熊市中还差点儿完蛋。究其原因，一是资金实力不够雄厚，二是缺少门路，很难与国有大钢厂达成长期合作，更别说拥有高端进口产品的经营资质，这便使得企业一直原地踏步，很难挤进行业前列，营业额自然难以攀升。自从互联网逐渐普及，各行各业相继出现了专业网站，关于钢铁资讯的却并不多，而其中唐糖的父亲唐君海创办的"联合钢铁电子商务"一家独大，几乎吃下了这块蛋糕的百分之九十，唐君海和该公司的大名在行业内可谓无人不晓，百分之八十的上下游企业都是该公司的会员，会费每年从三千到两万元不等，网站页面和微信等位置的广告费更是高达上百万，且常年处于"空位难求"的状态。"联合钢铁"的总部设在北京，另在省会城市和直辖市设有分部，前几年上市后，更是发展成为集期货、仓储物流、线上交易、资讯数据等于一体的大宗商品综合服务商，市值近三十亿。唐君海的发迹史在坊间一直有个传闻，据说他卖掉了一张祖传的郑板桥的画才有了第一桶金。这多半是假的，人一旦成功就会被附加诸多传奇色彩，甘旭然不大相信，但他还是想找机会跟唐糖核实。

每年，联合钢铁都要联合各地贸易商举办大型钢铁论坛，像甘旭然家这样的小企业根本无人理睬，来参会也得不到多少实惠，但甘旭然的父亲还是每年都来参加，企图和大钢厂的销售主管建立合作，却始终未能如愿。甘旭然大专毕业后没找到合适的工作，只能暂时帮父亲的忙，打算以后子承父业，上次来参加论坛时，机缘巧合下认识了唐糖，并与其建立了不一般的关系。甘父得知后，心花怒放，一旦儿子成为唐君海的乘龙快婿，那么自己的生意还愁得不到长足发展吗？有了唐君海从中牵线搭桥，那些大钢厂大企业的负责人不管怎么说都得给这位董事长、首席执行官以及创始人一点儿面子。因此，他告诫儿子，务必将唐糖追到手，成为唐家的姑爷，哪怕倒插门也在所不惜，这不仅仅是为了公司的前程，更是为了后代子孙，使得他们一出生就是富二代、富三代。

甘旭然不想成为商业工具，他反抗，质问父亲，都什么年代了，你还想牺牲儿子的爱情和幸福，换取生意上的利益？难道我不是你亲生的？但父亲以过来人的丰富经验很快便将其说服，虽无长篇大论，但也讲了一堆大道理，其核心意思就是感情最终都要给生活让位，婚姻到头来只是相互利用，真情真爱不过是一时的头疼脑热，恋爱的开头有成千上万个版本，可一旦落实到婚姻，便注定殊途同归，到最后都是过日子，过好日子，既然如此，就要透过现象抓本质，作为一个男人，不要贪图一时的风花雪月，要以事业为重，那些虚幻的情啊爱啊，等到身家过亿自然排山倒海地涌来，挡都挡不住。甘旭然暂时被父亲的这套生活哲学说服了，看来姜还是老的辣，他怎么就没能想得这么远呢？因此，他踏实而认真地追求起了唐糖，就像真的爱上了她一样。可不情愿的事说起来容易做起来难，在与唐糖的相处中，总能感觉到一些不舒服、不悦或是压迫的恶心感，无法抑制，要冲出胸腔，想对她大声说，你给我滚，我根本不爱你！可一想起他日功成名就便能摆脱作为跳板的唐糖，逍遥自在地生活，他只得继续戴着假面一忍再忍。

　　甘旭然委实想不到，唐糖这样一个从来不关心他人，甚至没有同情心和同理心的千金大小姐居然会因为一个梦而对昔日的同学刘红梅执迷不悟，到底抽了哪门子邪风？就目前的态势来看，她的一系列反常行为尚未影响到工作，也还没有引起她的家人尤其是唐君海的注意，但如果她继续下去，这事儿肯定瞒不住，到时候她还能否回归正轨？唐家的财产还有没有她的份？她会不会失去继承人的身份？要是那样的话，甘旭然的一番努力岂不白费？现在，他应不应该拉她一把，让她重返正常生活，好可以继续实施他的计划，还是任其发展，静观其变，找准时机抽身而退，避免浪费感情和精力呢？甘旭然有点儿矛盾，但他又明白，这件事其实他管不了，就像唐糖的很多决定一样，他根本无权参与，甚至过问都不可能，而且，他根本想不出解决办法。

就甘旭然回京这几天的观察，唐糖相比去邱城之前还是有变化的，虽然嘴上不再提刘红梅，但她经常放空，有时吃着饭就停止了咀嚼，目光飘向窗外或是虚无的地方，灵魂仿佛抽离了身体。有一次，他正在她身上卖力地耕耘（自从那件事后他们已经很少做爱，这倒让他轻松不少，但那次是她主动要求），她放在他腰上的手突然垂了下去，整个身子随之变得僵硬，宛如一具死尸，甘旭然实在忍不住了，他觉得自己的努力没有受到应有的尊重，因此不计后果地发起火来，将唐糖的过分之处和自己所受的折磨、委屈与轻视一一陈述。他说啊说啊，说得自己酸溜溜的，想到自己一个大男人本该顶天立地，却不得不讨好不喜欢的女人吃软饭，不禁悲从中来，到最后他大声发泄道，我他妈的这是为了谁啊！唐糖被甘旭然的这副模样吓住了，他以前从来没有这样过。她注视了他半响，如果是从前，她会瞧不起这样的行为，会认为男人不该如此脆弱，但今天她的心突突直跳，阵痛逐渐转为疼惜和愧疚，这才意识到最近确实忽略了他。于是从后面抱住他，胸部贴着他的脊背，给予安慰。他用乞求的口吻道，把那个梦忘了，好好生活可以吗？她道，好。可没过几天，她便食言了。

4

接到刘红梅的妈妈打来的电话时，唐糖正在办公室听一个职员跟她反映问题。职员名叫崔格，半年前进的公司，跟她一同进来的还有七八个员工，他们原来都是行业内另外一家钢铁资讯类互联网"钢铁时空"的职员。唐糖的父亲喜欢收购业内网站，即使他们对他的企业根本构不成威胁，他也不想他们存在，他就像一个野心勃勃的武林霸主，一心要做到一统天下，甚至不允许其他门派存在，因此目前除了钢铁协会下辖的一个网站还在运作外，其他私营类电子商务都已被他收购。崔格要求涨工资，这几个人的薪资还和原公司的水平相当，与目前北京的消费水平相比而言，确实较低，且比公司内的其他员工都低。崔格先是跟唐糖倒了一番苦水，她和老公都是北漂，工资加起来还不到两万，不仅要还房贷，且有个马上就要上幼儿园的孩子，生活着实艰难，如果不是走投无路，她也不会厚着脸皮来找唐糖。另外一方面，她觉得既然他们已经成为这个公司的员工，就该和其他员工享有同等待遇，起码不能差太多，如果非要考验忠诚度的话，那么半年时间也该够了。之前，她找过部门经理和财务主管，但他们皆语焉不详推三阻四，所以她才被另外几个员工推举为代表来找唐糖，希望唐经理能帮帮他们，或者和董事长反映一下。

唐糖接听了刘红梅妈妈的电话，对方问，你真是红梅的同学？唐糖道，对。对方道，我是她妈，你找她有什么事？唐糖道,您稍等一下,我在上班,等会儿给您打过去。挂了电话,唐糖对崔格道,你们的情况我了解,回头我再找你。崔格赔着小心道,谢谢唐总,您先忙。等到崔格出门,唐糖打给刘母,撒谎道,我们初中时的同学要组织同学会,好不容易才找到您的联系方式,所以打了过来。刘母略显失望地说,同学会啊?难得你们还记得她。唐糖迫不及待,刘红梅在北京吗?做什么工作?刘母道,我不清楚,我跟她已经好多年没联系了。唐糖既纳闷又气愤,于是脱口而出道,怎么会这样?她的语气里带着难以掩饰的质问。刘母道,你真是她的同学吗?你能帮我找到她吗?唐糖心想,忙了这多么天,事情几乎又回到了原点,但她不想就此放弃,便道,我可以帮您,但您得提供线索。刘母道,等你有时间了,来我这儿一趟吧,我知道的都可以告诉你。

唐糖驱车近一个小时到了怀柔。卖掉房子后,刘母和丈夫搬到了郊区,是一处并不算太老的小区,因为腿脚不便,特意买的一楼,窗前有个小院子,种着几棵白菜,菜叶上面的白霜化成了露水。一个头发灰白的老妇人正坐在门口晒太阳,见到唐糖,她起身,问道,你是红梅的同学吧?唐糖跟随刘母进了房间,环顾四周,摆设简单而陈旧,刘母让唐糖坐,又要给她泡茶,她连忙制止。刘母便拿出一瓶饮料给她,然后从茶几下摸索出一副老花镜,戴上后看了唐糖两眼道,认不出来。唐糖心想,你又没见过我,怎么认得?像是要回答唐糖的疑问,刘母从茶几下拿出一本相册,从中翻出两张照片道,你看看,这里面有你吗？唐糖拿过照片仔细看，刘红梅没有上到毕业，肯定不会有毕业照，这两张照片有一张是学校举行爱国歌曲比赛时拍的，还有一张是运动会上的合影，当时唐糖和刘红梅都是选手，因此得以合影。后面这一张里的人比较少，五官能看清，唐糖一眼就认出了自己和刘红梅，她们俩之间隔着三个人，刘红梅的眼神中显见一种攫取、向往、执着，换言之，小小年纪便毫不掩饰地流露出强烈的欲望。尽管如此，那种信念却掩盖不住她整体上的落魄气质，那是她的出身和成长环境所决定的，一时半会儿难以脱胎换骨。而唐糖当时一脸趾高气扬，目中无人，像极了她父亲平时的样子，很多员工背后都说唐君海的眼睛长在头顶上，这一点唐糖深以为然。唐糖将少年的自己指给刘母，刘母道，哦……你一说就看出来了，比以前更漂亮了。唐糖想赶紧进入正题，便问，您是什么时候和刘红梅失去联系的？在这之前发生了什么？刘母摘掉花镜，叹了口气道，别急，我这就告诉你。

刘母说有一天刘红梅放学是光着脚回家的，脸上有哭过的痕迹，那天晚上一到家她就跟母亲说她以后不想再去上学。母亲问她高跟鞋去了哪里，是不是跟人打架了，她都不回答。那双高跟鞋不是父母买给她的，她的继父对她吝啬到简直一毛不拔，母亲也没有闲钱给她买那种看起来就不便宜的鞋子，况且一个中学生根本不该穿高跟鞋。过了很久，母亲才知道那双鞋是刘红梅从废品回收站捡来的，曾被她带到修鞋铺进行了一番拾掇，使得它看起来像一双新鞋。母亲对她上学还是抱有很大希望的，毕竟上学几乎是她改变人生的唯一出路，继父只是疼惜转学时花费的钱财，因此两人想尽办法给刘红梅做工作，让她回到学校。威逼利诱，到最后甚至揍了她一顿，但她还是铁了心要辍学。无计可施，母亲只得认了，而继父早已放弃，并放出狠话，如果她不上学，那就得自食其力，他没钱养一个吃闲饭的。刘红梅倔得像头驴，既然被人指着鼻子往外撵，她索性离开了家，但偶尔还是会回来。

唐糖问，那个年纪根本找不到工作吧？她到底怎么过的？刘母道，从那以后，我闺女就整天跟一些地痞流氓混在一起，后来好像也做点生意，摆地摊，卖盗版碟或者衣服袜子之类的小玩意，勉强能吃饱饭。我知道这孩子是彻底没救了，再也指望不上了，也就懒得管了，其实我想管也管不了，她根本不听我的，甚至连一声妈都懒得叫。好在那几年我们还有联系，时不时地她还会出现一次，从来没跟我要过钱，直到那年夏天，应该是她十八岁那年，她挺着大肚子出现在家门口，我才明白，生活永远都有可能变得比你想象中的更操蛋。问她孩子他爸是谁，她死活不开口，不知是为了保护那个男人，还是压根就不知道。肚子都那么大了，打胎是不可能了，只能生下来，她后爸不可能让她在家里生，羞辱了她一顿，再次把她赶走。后来我追了上去，给了她点儿钱，除了给钱，我也做不了别的什么，就是从那之后，她就跟我们彻底断了联系，我曾经去她经常混的地方找她，也问过和她混在一起的那些痞子，但没人跟我说实话，可能他们真的不知道她去了哪里。反正此后很多年再也没有联系过,只在半年多前经常有个陌生电话打到我的手机上,接通了也不说话,我怀疑是她,还拨了过去,但对方不说话,后来干脆不接了,再后来,这个号码再也打不通,提示空号。你一开始给我打过来时,我还以为是她呢,后来听声音才确定不是,我对她的同学们没有好感,她上学那会儿几乎没有朋友,也很少提及跟同学的交往,我猜她在学校里一定非常不快乐,所以你打来电话时我不想跟你多说。最近这几天,我才想通了,不跟你说又能跟谁说呢,好歹有个人可以让我唠叨一下我闺女……

说到这儿,刘母不由得停下来,眼里噙着泪花,抬起袖子擦拭。唐糖觉得那个已成空号的号码应该就是刘红梅的,她问刘母是否还记得那个号码。刘母说她早已记下,并背得滚瓜烂熟,当即说与唐糖,唐糖输进了手机中。从车上拿下一堆礼物送给刘母后,唐糖告辞,并说以后还会来看她,一旦有消息会及时与她联系。汽车绝尘而去,后视镜中刘母的身影变得越来越小,在车子拐弯后便消失不见。唐糖不敢再坐下去,她怕刘母追问当年刘红梅光脚回家的原因,怕自己忍不住将实情说出,她不敢想象刘母得知真相后的反应,她尚未做好被追责的心理准备,刘母那泛红的双眼简直成了燃烧着火焰的箭矢,不断射在她身上,好像在问她为什么要来这里惺惺作态讨人嫌,难道是为了赎罪?她甚至觉得刘母隐隐约约知晓实情,至少能猜出一些,毕竟当年刘红梅曾遭到全班同学的排挤。

进城后正赶上下班高峰,在北三环的某个路口堵得寸步难行。马路对角正上演一场交通事故引发的纠纷，围观的人不多，因为人人都很忙，唐糖坐在车里便得以窥见全貌。虽然听不见吵什么，但从肢体动作上可以看出是一辆送快递的电动车剐蹭了一辆汽车，车主正揪着快递员不放，想要他赔钱或是等交警来解决。越看，唐糖越觉得快递员眼熟，当她确认那就是好久不见的二哥时，她愣住了，犹豫着要不要下车。而这时，前头的车刚好往前动，她只得跟上，穿过路口后她下了决定，拐入辅路，将车停好。来到事发地点，只见那车主依旧拦着二哥不让走，非要让他赔五百块。二哥不想私了，他坚称并非自己的责任，即使要赔钱也不能给那么多。唐糖喊了一声"二哥"，二哥用经历风吹日晒的脸看看她，没有回应。

唐糖不想他们再纠缠下去，拿出手机给车主微信扫码付了五百块。二哥却不领情，反而怪她道，谁让你给他钱了？你有钱也不能纵容讹诈行为，你明白吗？唐糖说，我想替你解围，为了那几百块，不值得跟他耗下去。二哥道，款姐口气就是大，你知道五百块我要送多少快递，走多少路吗？唐糖知道二哥和父亲断绝关系后，就对家里人抱有成见，平时和谁都不联系。背着父亲，大哥和唐糖都曾接济二哥，可他不要，他认为那是施舍，他不需要嗟来之食。大哥也劝过二哥服软，跟父亲认个错，但他梗着脖子道，想让我回去，除非他死了。

二哥说，那钱就算我借的，回头还你。说完，他上车就要走。唐糖道，二哥，好不容易见个面，一起吃个饭吧。二哥道，我还有快递要送，没那闲工夫。唐糖望着空空如也的车厢道，撒谎都不会，走吧，你请我，钱就别还了，行吗？二哥拗不过她，只得同意。他道，告诉你，我吃的玩意你这千金大小姐可吃不惯。唐糖道，你也太小瞧我了，小时候有一阵子，咱俩专门挑那些犄角旮旯儿的苍蝇馆，你忘了？咱们可是共患难过的。二哥道，你可别抬举我，上来吧，就在附近。唐糖只得挤在二哥身后，他身上的汗味、塑料味和纸箱味一阵阵钻进她的鼻腔，想起曾经的兄妹时光，她心里不是滋味。饭馆并不远，拐了两个弯便到了。等菜时，二哥问她，你干吗去了？唐糖道，见个客户。她问二哥，最近过得好吗？二哥道，我喜欢这样的生活，我不想靠他，苦点累点无所谓。菜上来后，二哥的老婆和孩子刚好赶到，侄子叫了一声姑姑。那孩子长得虎头虎脑，又活泼，还会撒娇，惹人喜爱，唐糖为二哥感到欣慰。看来他们难得出来吃饭，尽管都是些家常菜，却吃得津津有味，侄子狼吞虎咽，让人看了食欲大增。唐糖很少在家吃饭，即便在，饭桌上亦冷冷清清，像这样其乐融融的氛围未曾有过。以前，她和大哥等亲戚都觉得二哥一旦娶妻生子就会在生活的重压下向父亲认输，回归家族，但他们错了，二哥不仅倔强，更加有骨气，从不低头。看到他们一家人吃饭的模样，唐糖生出一丝羡慕，她又要了几个菜，然后借口有事先行一步，顺便在前台买了单。

5

虽是空号，但好在唐糖查询及时，该号码以前的通信记录在营业厅还能查到（如果再晚一个月或此号码重新被他人启用，那么之前的所有记录将被清除）。根据其中有过通信的几个号码，唐糖逐一联系，在酬金的利诱下，终于有两个人同意和唐糖见面，为她提供信息。一个男的，一个女的，男的在北京，女的在邱城。又是邱城，而且这个空号的归属地也是邱城，这让唐糖觉得刘红梅很有可能也在邱城，这也解释了自己为何在邱城才会第一次做那个梦。唐糖先见了在北京的男士，是个出租车司机，他并不知道这个已成空号的主人姓甚名谁，甚至连和她见没见过面也不记得。唐糖只得将刘红梅以前的照片拿给他看，他还是摇头，最后道，既然跟我通过话，那就是坐过我的车，在软件上约的车，但真没印象。看来这只是个萍水相逢的人，没什么价值，顶多能证明刘红梅来过北京，或是打过出租车。接着，唐糖又来到邱城，和那位女士见面。该女士是某个商场行政部的负责人，据她回忆，那个空号的主人打电话给她是要应聘售货员的职位，面试过一次，留下了手机号。唐糖拿出刘红梅的照片，负责人不太确定道，有点儿印象，应该是这个人，可惜她没有对方的个人简历，不可能再提供更多的信息。能确定的是，刘红梅多半应该还在邱城，至少范围缩小了。唐糖思来想去，决定利用各种渠道（比如邱城当地的电视台、广播台、自媒体、公众号等）发布寻人启事，征得刘母的同意后,这则寻人启事便以刘母的口吻发布出来了,但联系方式留了唐糖的。寻人启事发布以后,确实得到一些反馈,但经过核实,都和刘红梅无关。

　　崔格再次找到唐糖。就在她跟唐糖反映情况的那天下午,唐糖已跟父亲做了反馈,唐君海说他早已听说此事,是李总监告诉他的,他说这根本不算事,且早有了妥善安排,让她别插手。唐糖便问大概是个什么结果,父亲说会尽量满足崔格的要求。唐糖于是不再过问,但今天崔格的样子看起来并不像事情解决了,而是矛盾激化了。唐糖让她坐下慢慢说。崔格却站着道,唐总,您和董事长反映过了吗?唐糖将大概情况跟她讲了,见崔格面露悲戚之色,便追问怎么回事。崔格道,李总监同意涨工资,但只给我一人涨,还让我不要告诉其他人,我本来就是代表大家来和上面交涉的,我不能辜负大家的信任,更不能背叛他们,所以我拒绝了,李总监警告我,如果我不接受,那么我和其他人很可能失业,我和其他人说了上面的意思,大家都很气愤,扬言要罢工,我好歹劝住了他们,明明我们占理,提的要求也合理,罢工的话那就等于理亏,但领导们好像有意为难我们,他们以公司财务紧张和部门业绩差为名,不仅没有给我们涨工资,反而降低了绩效工资,还提出了非常不合理的任务指标,如果完不成,就只发基本工资,一旦连续三个月没完成,就解除劳动合同,届时也不会付赔偿金,大家都觉得受了欺负,想找劳动仲裁,我安抚了他们,先来找你商量,若事情这样发展下去,我觉得我们也只能采取法律措施保护权益，您觉得呢？崔格说得虽然连贯，但慌乱紧张，就像有人拿枪抵着她的后背，让她在限定时间内陈述完毕似的。

没想到事情会发展到这个地步，唐糖不明白父亲为什么就不能同意他们的要求，给他们涨工资呢！按说这也是合情合理的，那些人也没有吃闲饭，是创造了业绩的，据她了解，有些人比老员工做得还要好，更有干劲，至于财务方面，公司根本不缺钱。面对崔格极力克制的激动情绪，唐糖道，这件事我还真不清楚，不过我答应你，至多三天，我就给你个结果，你转告他们先好好工作，我猜其中一定有误会，我爸不可能分不清事理，也不可能侵害职员的权益，我记得有一年一个员工得了胃癌，公司负责了全部医疗费，我爸可能是听信了别人的谗言，我会尽快弄清楚，你们先不要有什么举动，好吗？崔格稍稍松了一口气，望着唐糖的目光仍旧显示出她的惊魂未定。她琢磨了一会儿才道，行，我相信您，希望您能给我们争取一个满意的结果。

崔格刚出去，甘旭然推门而入。他问唐糖，你又去找刘红梅了？你不是答应过我不再去想这事吗？唐糖道，是她妈主动给我打的电话，这次收获很多，而且你知道吗？我当初做的那件事对她的人生确实造成了影响，直接让她辍了学，变成了社会青年，之后的一系列遭遇，或者可以称为堕落，都跟我有着间接关系。我一定要找到她，这件事你就别管了，我一个人能做，我不明白你为什么非要阻止我这么做，你在担心什么？甘旭然道，我怕你耽误正事，影响正常生活。她道，什么叫正事？什么是正常生活？就是每天工作，吃饭，约会，赚钱花钱，享受当下，其他的都不关心，哪怕和自己有很大关系的，也要视而不见？

甘旭然愣怔片刻，眼前的她好像变了一个人，变得不再像以前那般洒脱，变得多愁善感，这正是他所担心的，这一刻他不想再佯装，像以前那样陪着她犯傻，于是道，对，我觉得不管是刘红梅还是张红梅李红梅，她们在哪里，活得怎么样，和你半毛钱关系都没有。

唐糖冷哼一声道，你错了，既然我们都是人，活在同一个地球上，那么他们的希望与恐惧、生死与呐喊，他们的挣扎以及追求幸福的权利，都与我们密不可分，同我们的观念、言辞以及所作所为息息相关，不管是现在，还是过去，抑或未来，没有谁能独立于世，我们应该相互关爱、相互帮助，你以为你能永远活在你的舒适圈，一生无虞吗？灾难和命运是不长眼的，更不会区分贫富贵贱，保不齐哪一天你就会碰上横祸，到时候难道你希望大家都看你笑话，冷漠地熟视无睹，任你自生自灭吗？

甘旭然一脸错愕和厌恶，他不可思议道，你什么时候变得这么"圣母"了？我更喜欢从前的你。

但我更喜欢现在的自己，以前的我不懂得人间疾苦，只活在自己的小世界里，其实很没意思，关心他人让我觉得充实，那种踏实和丰盈，就像在云端待久了的人终于双脚稳稳地踩在了大地上一样。唐糖无比自信，脸上一派平静而坚定，那神情震撼了甘旭然,他仿佛变成了一只鼓,在她眼神的敲击下情不自禁地迸发了共鸣。但他旋即意识到不该被她蛊惑,立马露出愠怒的神色道,别再自我感动了,你以为你是谁,你有什么资格怜悯他人?真是受够了,实话跟你说吧,我根本没有喜欢过你,我对你说的所有好听的话全是假的,和你谈恋爱不过是我爸的意思,他只想占点你们家的便宜,你以为我能看上你吗?如果不是因为你爸,不是因为你们家的钱,就你那样儿,我连看都懒得看一眼!趁早别抬高自个了——甘旭然越说越溜,唐糖将茶杯朝着他扔过去时,他还在喋喋不休,杯子里有水,杯子没有打中他,但里面的水甩了他一脸,就像某些肥皂剧的情节。他的脸上出现了片刻的惊愕和瞬间的无辜,顿时噤声,张着嘴巴愣在那里。唐糖自己也有点儿吃惊,没想到电视剧里那么好笑的桥段,在现实中发生竟这样令人不知所措。甘旭然抹了一把脸,狠狠地剜了唐糖一眼,转身,摔门而出。

唐糖觉得,他们之间完了。这比她预想中的结束时间要提前不少。

6

敲响那扇双面实木指纹解锁的门,等了片刻,唐糖才听见父亲那带着三分不耐烦和七分威慑的声音,谁?唐糖道,是我。轻微的窸窣声过后,门被打开,是父亲的助理,她示意唐糖进来,随后门自动关严。父亲正坐在按摩椅上,穿着拖鞋,一脸被打扰到的表情。助理站在旁边,两手交握于短小到能隐约露出肚脐的休闲西装上,目光低垂,仿佛正在候命。唐糖叫了一声董事长。唐君海道,叫爸爸,又没外人。唐糖道,爸,我找您还是上次的事,那个叫崔格的员工,记得吗?唐君海一副懒得多说的样子,轻轻地哼道,我记得,又怎么了?唐糖道,她又来找我了,我觉得这事李总监办得不太好,他们的要求也不算过分,就算有试用期,半年都过了,他们的工资也该恢复正常了。唐君海道,依你之见,什么叫正常?唐糖道,其他员工的薪资水平,他们也不是不知道,何必搞两样,倒像咱们有偏有向,不公平似的。唐君海道,那是因为本来就不一样,我收购钢铁时空可没说要跟着收购员工,当初是看他们可怜,怕他们找不到工作才让过来的,要不是我好心,他们早就失业了,你也不是不知道行业状态,除了咱们家,他们还能去哪干活?除非转行。他们不感激我也就算了,有什么资格跟我谈条件,还要集体罢工,这是要恩将仇报吗?我平生最讨厌不听话的员工,他们以为自己是什么?

父亲戴着金丝边框眼镜,肤色白里透青,眼皮向四周扒开,目光并非透过眼镜射出,而是从镜片上缘拐出,投向唐糖。唐糖了解,父亲一旦这样看人,就表示已然微微动怒。她从小就不敢直视这样的目光,仿佛那眼神能穿透肉体,直抵内心。但今天,她尝试着迎了上去,接着道,也许他们做事的方式欠妥,但情有可原,如果不是生活所迫,谁都不想撕破脸。唐君海道,唐糖,搞清你的身份和立场,为什么要替他们说话？唐糖知道他还没说完，但她马上剪断父亲的话道，无所谓立场和身份，不管是谁，我觉得都应该站在弱者那一边。唐君海起身，拍桌子道，胡说八道，他们哪里弱了？无非是几颗偷奸耍滑的老鼠屎，仗着社会对他们的同情诈取利益，难道我的钱是大风刮来的？我从一无所有到现在吃了多少苦，经历了多少大风大浪，吃现成的还那么多要求，既然如此，那我倒要看看他们有什么本事，让他们搞，越大越好，他们是嫌我还不够出名，嫌联合钢铁的股价还不够高吗？唐糖息事宁人道，爸，闹大了对咱们肯定没好处，您想想，他们一无所有，拼着一身剐敢把皇帝拉下马，吃亏的肯定是咱们。助理适时插话道，董事长，唐总说得对，最好不要闹出丑闻，大不了把他们全开了，按照劳动合同给予补偿，咱们又不差钱，可他们就得失业。

　　唐糖白了助理一眼，心想，狐狸精还真是狠毒。唐君海却像被说动了，朝助理露出一抹赞许的笑容道，嗯，说得也是，确实犯不着和他们斗智斗勇，可能最近太无聊了，我就看不惯这些社会蛀虫，像他们这种家伙，永远都别想成功，一辈子在水底待着吧，甭想上岸呼吸到新鲜空气。唐糖道，爸，还是别开了，给他们一点儿活路，现在找个工作不容易。唐君海道，你怎么变得这么妇人之仁？跟你二哥似的，没出息。唐糖语重心长道，爸，咱们的企业现在的确做得很大，但这不代表就能为所欲为，咱们不能失了人心，不管到什么时候，员工都是企业最重要的财富。唐君海道，这话错了，劳动力永远都是廉价的，咱们的工作内容又没有多高端，有的是人想做，这种人你就不能给他脸。助理道，唐总，还是听董事长的吧，咱们又不是搞慈善的，再说，谁的生活容易呢？另外，背叛公司这种事只要发生过一次那就不可原谅，你对他们再好，他们也不可能再像以前那样忠心耿耿，何况谁能保证以前他们就忠诚呢？

唐糖气急败坏，不敢和父亲顶嘴，只好对助理发泄道，闭嘴吧你，我们父女俩谈事情，哪有你插嘴的份儿！唐君海道，唐糖，注意你的言辞，我明确跟你说，这件事你甭管，我自有道理。唐糖道，爸，如果您真开除了他们，那我就辞职，我可不是说着玩。唐君海觉得自己的权威受到了挑衅，怒道，你敢威胁你老子，我看你是反了，你以为我怕你？告诉你，公司不管缺了谁都能照样运转，别自以为你有多重要，把我气急了我立马把你轰出去。唐糖道，轰就轰，你又不是没轰过，你的眼里除了钱就只有你那可怜巴巴的父权，你以为我愿意在这里整天任你摆布，生闲气吗？在大街上讨饭都比跟着你这个黑心的资本家强！说完，唐糖摔门而出。唐君海道，你走，你走，现在就给我滚，气死我了，气死我了，我怎么净生出这些不孝的玩意！他的胸脯剧烈起伏着，瘫在椅子上一边骂骂咧咧，一边连声叹气。

次日，那几个要求涨工资的员工便被解除了劳动合同，并得到了赔偿。一气之下，唐糖将辞呈直接递到了父亲手中，转身要走时，唐君海喝道，站住！唐糖背对着父亲道，还有什么话？唐君海说，你果真辞职，就不是老唐家的人了，该交的东西都要交出来。唐糖早已料到并准备好，扔过一个文件袋，那里面装着两把车钥匙和别墅的钥匙。唐君海道，昨天咱爷俩说话都太冲了，但事实就是如此，不管在哪个时代，想要做人上人，就不能善良，放眼望去，你数数那些成功人士，哪个不是心狠手辣？人不为己，天诛地灭，有时你要想做个大好人大善人，那就没法成功。唐君海将辞呈递给唐糖道，我再给你一次机会，别胡闹了。唐糖露出一个轻蔑的笑容，转身而去，她从未感觉如此轻松、自由、畅快。只听父亲在她身后叫嚣，你会后悔的！

　　从写字楼出来时，唐糖刚好碰到崔格和那几个被开除的员工。想必，他们也知道唐糖为了他们而与唐君海闹到势不两立，但除了崔格似乎没有谁对她表现出感恩和歉意，连声对不起都没人说。淡淡地打过招呼，唐糖问他们如何打算。崔格说，赶紧找工作，只能转行了。唐糖道，你们毕竟有经验，还是找电子商务这一块吧。一个男人道，能找到工作就不错了，哪还有资格挑挑拣拣。唐糖道，别太着急，找到合适的再去，换个行业等于重新开始，不容易。那个男人道，我们可等不起，哪像您，玩上一年半载也不算啥，大不了跟老爸道个歉，又回去做经理了。另一个附和道，是啊，我们可没退路。唐糖不悦道，什么意思？你们觉得我在演戏？崔格马上道，不是的，唐经理，您别误会，但他们说的也是实情，再怎么着，唐董也是您爸爸，您就只当休假，腻了再回来上班，我们不怪您，真的。唐糖无语，觉得自己辞职也许没什么错，毕竟和父

梦的解析　|　129

亲有着不可调和的矛盾，但为了这几个人其实不值得。

晚上，唐糖本想找个酒店住下来，无奈她平时喜欢住的那几个五星级酒店全都客满，而其他酒店她又担心卫生或安全问题，最后只得联系了二哥，将情况跟他说明。二哥和老婆孩子租着一居室，其实也没地方，但他道，我家肯定没酒店舒服，但你非要住的话，倒是能腾出来，就怕你睡不好。唐糖之前没去过他们的住处，进门后才发现比她想象中的还要逼仄和简陋，卧室和她住的那栋别墅的衣帽间差不多大，客厅里堆满了乱七八糟的在她看来属于"断舍离"的各种物件，房间里弥漫着一股陈年霉味和饭菜气息，哪怕开了窗户依旧挥之不去。二哥将沙发床在客厅里摆好，她好歹对付了一宿，次日起来便决定找房子。嫂子给她介绍了靠谱的中介，忙到下午终于租到一处还算满意的精装修一居室，接下来又添置了些日常用品。安顿下来的第三天下午，唐糖接到一个电话，那人自称熟悉她要找的人，加了她的微信，给她发来一张照片。冷眼看上去，完全就是一个中年陌生女人，根本看不出刘红梅的影子，而且像素很低，像是手机翻拍的旧照片。唐糖说不太像，但对方坚称认识此人，和她同住一个镇，就叫刘红梅。对方信誓旦旦的语气让唐糖将信将疑，于是答应过去看看。对方问她如何来，她这才意识到已没了私家车，查过之后她回复对方说坐明天最早的那一趟班车。

7

　　北京开往邱城最早的班车在七点钟，车上没几个人，两个多小时后抵达客运站。出站后，之前联系唐糖的那个男人已等候多时，他开了一辆面包车。上车后，唐糖问他离这里多远。那人说不远，半个钟头差不多。车子绕过街心环岛，在十字路口等红灯。车里有股臭味，唐糖打开窗户，恍惚看见一辆熟悉的车，但定睛细看又找不到了，外面阳光灿烂，北风怒吼。那人道，把窗户关上吧，太冷。唐糖只得摇上车窗，问他，哪个镇？那人道，别山。唐糖在手机上导航，并不远，位于邱城以西。出城区，上高速，但与导航反向相背，唐糖不由得发出疑问，那人道，那边修路呢，得绕道。唐糖狐疑，可地图上显示畅通。那人一副假装熟络的口吻道，那地方闭着眼我都能找到，我就是活地图，你就把心摞肚子里吧。没过几分钟，车子朝南拐进一条乡间公路，随后又拐了两个弯，路边的商店和学校等建筑皆渐渐远去，只剩两排光秃秃的速生杨，偶尔有几只乌鸦嘎嘎叫着。唐糖不由得一阵心慌，问还要多久才到，那人道，马上。话音才落，车子突然停了下来。这一刻唐糖确定自己被骗了，之前她已有所怀疑，但怕打草惊蛇，因此假装镇定，其实早有准备，暗地里一直握着车把手，待车子停下赶紧推门跳车，不辨方向地飞奔，那人则在后面穷追不舍。周围皆是野地，还长着未翻掉的玉米茬子，唐糖使出浑身力气，还是跑不过那人，终于脚下一软，被玉米茬子绊倒在地。尚未爬起，已被男人擒住，一把刀抵着她的后背。那人上气不接下气地说，走，上车。唐糖只得跟他朝车子走，并道，你想要钱吗？我身上值钱的东西都可以给你，还可以给你从微信上转账，只要别害我，你害了我不划算，早晚都得偿命。那人嘻嘻笑道，你身上能有多少钱？别以为我不知道你爸是谁，让他给我一千万，我就放你走。唐糖道，我跟他断绝关系了，他不会给你钱的。那人道，到车上再说，把他的号码给我，我不信他能六亲不认。

在距离面包车大约二里地外停着一辆轿车，唐糖大声呼救。那人踹了她一脚，捂住她的嘴道，再喊？信不信老子一刀捅死你，臭娘们。刀尖穿透衣衫，刺在唐糖的肌肤上，她只得住口。来到车旁，男人正要拉开车门，只见一个人影从车后闪出，手举千斤顶，照着男人的后脑给了一下子。男人躲避不及，千斤顶稍微走偏，但并不妨碍他晃晃悠悠，晕倒在地。唐糖一惊，细看，却是甘旭然。劫后余生，喜极而泣，她扑进他怀里颤声抽泣，断断续续地问他，你怎么来了？甘旭然抱着她，安抚片刻方道，回我车上再说。唐糖望着倒在地上的歹徒说，这人怎么办？他道，我已经报警了，咱们走吧。才走到甘旭然的车子旁，警车就来了。他们跟随民警到派出所做了笔录，出来时已过中午，甘旭然带她去吃饭。边开车，他边感叹，想不到有一天我也会英雄救美。唐糖已从惊吓中缓过来，遂笑道，吓得我半死，你就别贫了，还没告诉我你怎么出现得那么及时呢。他道，我这几天一直在邱城，上午从车站路过，好巧不巧见到你上了那辆面包车，之后我就一直跟着，看这辆车的行走路线就不像在干什么好事，后来我看到你跳了车，他在追你，我就远远地停下，拿着千斤顶埋伏在车后。唐糖道，还真是有勇有谋。甘旭然道，我知道你在找刘红梅，寻人启事我看到了，你这么做太危险，很容易招来心术不正的家伙。唐糖道，幸亏你跟来了，否则我真可能被害了。甘旭然道，那不一定，你给他钱就好了。唐糖叹气，将自己和父亲决裂的事情说了。

开了很远还没到饭馆，唐糖打开车载音响，是一首老掉牙的歌，刚好放到副歌部分：荣华富贵呀飞呀飞，世上的人呀追呀追，荣华富贵呀飞呀飞，何时放下歇一歇……她调低音量，问，这要去哪儿？随便吃点就好了。甘旭然道，快了，再忍忍。等到在望湖楼门前停车，唐糖才领会其用意，她心想，这是在寻找过去吗，回忆确实美好，难道他后悔和她分手了？点了几道爱吃的菜，唐糖先发制人，你不是讨厌我，为了你们家的事业才和我恋爱的吗？现在我已经安全了，没必要再用心良苦。他不好意思地笑着，低下头，露出一抹羞涩和尴尬，接着才道，自从和你分开后我想了很多，那天我的话确实过分，肯定伤透了你。她道，但都是发自内心的，对不？他道，可能吧。她问，那为什么还要救我？他道，别说我认识你，就是个陌生人遇到了危险，我也该挺身而出，就像你说的，良知和悲悯其实每个人骨子里都有，没有几个人天生冷漠，只是在这个社会里，很多人为了自保不得不收起这种天性，还有，不知为什么，看到你被欺负，不仅能激起我的保护欲，还让我有一丝兴奋，我觉得这才是真的你。她道，去你的，照你这么说，我以前不招人爱是因为太坚强、太独立了？他道，很少有男人会喜爱女强人吧，女人处处比男人强，你让他们如何表现？怎么找存在感？他注视着她，给她续了一杯凉白开。唐糖道，大男人的自尊心啊，我也分析过，之前咱俩的相处模式不健康，分手是必然的，因为我们没有平等、坦诚地相待，各怀心思和目的，现在我就是普通人一个，没钱没房没车没背景，长得一般，脾气也不好，你从我这儿得不到什么了，你还想试试吗？甘旭然笑道，这样的人谁会要啊！唐糖瞪他，他道，只有我这样的傻瓜才会喜欢，我就收了你吧！唐糖知道他在开玩笑，他眼里满满的爱意骗不了人。

饭至尾声时，甘旭然道，有件事一直想跟你核实。唐糖望着他的八卦脸，好奇道，什么事？他道，我早就听圈内人说你爸当初创办联合钢铁的资金是卖了一幅古画，据说是郑板桥的，谣言还是确有其事？唐糖笑着，不紧不慢地说，应该是真的，但我从没听我爸亲口提过，他也不许家里人在他面前提及，我也没见过那幅画，我妈和我大哥都见过，卖了三百多万，很多年前的三百多万算得上一笔巨款。甘旭然插嘴道，现在也不算少啊。唐糖道，嗯，我爸就靠着这些钱起了家，一步步发展壮大，才有了如今的联合钢铁，很不容易的，他吃了不少苦，被诈骗、被同伴坑、员工闹事，这些他都遭遇过，好在他没有被打倒，最终挺了过来，虽然现在他有点儿刚愎自用，可我还是佩服他的。结过账，他道，我已经帮你找到刘红梅了。她不敢相信道，真的吗？别哄我了。他道，骗你干吗，邱城这地方我比你熟，再加上我爸以前在这儿做过生意，可利用的关系还是有的，没怎么费力就找到了，本打算明天告诉你，谁想——她打断他道，现在带我去见她，赶紧着，别废话。

刘红梅住在城区以南的一个镇子上，开着一家店铺，除了卖蔬菜、水果、肉类，还有日用品。唐糖想象过刘红梅现在的样子，及至终于见到却没有太过惊讶，可能由于心理准备太过充分，似乎这次会面早已发生过无数遍。她和甘旭然进来时，刘红梅正给一位顾客绞肉，绞好后拿塑料袋装好，熟练地系扣，往电子秤上一甩，摁两下键道，二十三块六，给二十三得了。店里有些暗，但开着日光灯，兴许是刘红梅上学时长得就老相，现在看起来倒不显老，眼角有皱纹，头发有些乱，脸盘子大了一圈，但整个人身上散发着一股积极、乐观、奋发的力量，让她看上去干劲十足，甚至带着几分年轻人的朝气。唐糖像个还没考虑好要买什么东西的顾客一样站在旁边观察着，一忽儿心如止水，瞬间又感慨万千。她将目光放在货架的商品上，一个个品牌的名字被她强行塞进脑子，不然她担心往事如洪水般将她淹没，令她窒息。顾客都走了，刘红梅凑上来，也许她已从甘旭然那里听说了，所以她很快认出了唐糖，并叫了一声。唐糖转身，面对着她，曾经以为很容易且迫切想要说出的"对不起"在鼓起莫大的勇气之后还是咽了回去。她迟疑着，环顾四周，半晌才道，生意还不错。刘红梅道，过日子没问题，本来想找工作的，可巧店主正好转让。

当年，刘红梅大着肚子离家出走后，独自生下一女并抚养至今，而后相继遇见三个男人，在她二十一岁那一年结了婚，起初夫妻俩在北京做生意，今年才回到男人的老家，也就是邱城。谈话氛围在日常话题中得以渐渐轻松、随意，唐糖不再紧张，在聊了许多当年和别后的情况后，她终于郑重其事地道了歉，并补充道，要不是我，也许你的生活是另一个样儿。刘红梅宽容地一笑，我本来就不是读书的料儿，就算那时不辍学顶多也就初中毕业，人不是被这件事塑造，就是被那件事扭曲，生活就是这样，没什么可以解释的，就是让人不舒服，但又怪不到别人，你可不要再想了。这时，一个小男孩跑进店里，抓了一瓶冰红茶拧开就喝，灌了几口后对刘红梅道，妈，给我在网上买双旱冰鞋呗。刘红梅道，买个屁，没钱，你作业写完了吗？到处跑！男孩道，晚上再写，我先玩去了。说着，旋风似的出了门。唐糖问，你儿子？刘红梅说，淘气着呢，上大班呢，女儿上三年级。唐糖道，挺好。刘红梅问，听说你梦见我了？唐糖道，现在看来，应该不是你。刘红梅道，肯定不是，死人才托梦呢。唐糖道，我是担心你过得不好。刘红梅道，你看我，儿女双全，过得不挺好吗？我挺知足的，就算托梦，也是给我妈托。唐糖将刘母的情况跟她说了，并劝道，找时间回去看看吧，现在她一个人过。刘红梅道，我昨天刚跟她联系上，过几天就去。

从刘红梅那儿回到城区天已黑透，吃过晚饭，甘旭然劝唐糖住一晚再走，明天他正好回北京，一道回去。唐糖答应了，她让甘旭然载她到上次来这里时经过的隧道走了一遍，却没出现上次那种寒气逼人的感觉。唐糖道，也许我梦见的真不是刘红梅。甘旭然道，管他呢，心结不是解开了吗？她道，对了，回头你把刘红梅的详细地址给我。甘旭然道，你要干什么？唐糖道，回头我在网上买两双旱冰鞋。随后，二人直接来到甘旭然的住处。洗过澡，因舟车劳顿，唐糖看着看着电视就睡着了。她又做了梦，还是和上次的梦境一样，那个自称柳红梅的女孩跟她说了声抱歉，她说她找错了人，害得唐糖把生活弄得一团乱。唐糖问，你是什么人，到底要找谁，为什么会找上我？你已经死了吗？柳红梅道，用不了多久你就会明白了。说完，柳红梅消失了，只剩一片孔雀蓝的天幕。唐糖急得直喊，随后惊醒。和甘旭然一说，他道，看来她真找错了人，你以后不用再想这件事了。唐糖觉得没那么简单，总该和自己有点儿关系，却又琢磨不出来。不安了几日，倒是再没梦见过柳红梅，这才渐渐放了心。

8

人年纪一大，睡眠质量会变差，尤其是企业做大后，唐君海很少睡过囫囵觉，每晚总会醒来两三次，一丁点声响，一丝光亮，或是来自体内的轻微尿意，都能让他清醒，继而失眠到天亮，导致整个白天昏昏沉沉。长此下去怕是不行，为了健康,他不得不使用酒精或药物,用得多了,逐渐形成依赖,不吃药根本睡不着。女儿和他决裂的那天夜里,他意料之中的失眠了,明明很困很累,就是睡不着,陷在柔软如云朵的大床上,他觉得自己轻得像羽毛,从空中缓缓飘落,在快到达地面时却恢复人的重量,疾速下坠,重重摔在地上,吓得他睁开了眼。然而,什么都看不见,一点儿声音都没有。天鹅绒的落地窗帘外加了一层遮光帘,挡住了京城的繁华灯火,卧室黑得像一口深井,安静到他只能听见自己的心跳和叹息。他起身,拧开台灯,从床头柜里摸到药瓶,吃了两颗药,重新躺下,试着排空一切杂念。

恍惚中,他看见自己置身一间剧院内,台下有五六个观众分散而坐,好像都是熟面孔,却又记不起来是谁,而舞台上有个女人,穿着墨蓝色衬衫和白裤子,蓝衬衫融于深色的舞台背景中,隐约中只看见苍白的脸,底下就接着两条大长腿,穿着红色高跟鞋。她坐在桌子上,身体后仰,两只手撑在背后,尖下巴、圆脸、黑眼睛、薄薄的红嘴唇,有一种让人觉得不安和奇异的美。那女人像是在表演,说起话来一副戏剧腔,声音有着极强的穿透力,实际上音量并不高。她说,我叫柳红梅,是一名话剧演员,我丈夫也是,四十多年前的一个青天白日,七个男女像强盗一样闯进我家中,不由分说一阵粗暴地打砸抢,不值钱的被毁掉,值钱的则被带走,其中就包括一幅郑板桥的立轴竹石图,那是我丈夫最爱的收藏,于是他上前据理力争,行不通后又苦苦哀求,却被那几个人拳打脚踢,从楼梯上滚落，昏迷数月后终去世。说到这儿，她忽然从桌子上跳下来，对着台下的观众质问道，你们造下的罪孽可还记得？唐君海和观众大吃一惊，女人继续逼问，台下的几个人气急败坏，纷纷上台，将女人推搡着，按倒在桌子上，挣扎中她的高跟鞋甩在舞台上，发出啷当声，随后她的衣服也散落在地，而她的双腿被人举高。唐君海听着她的呼救，仓皇之中跑了出来，怀里抱着那幅竹石图……画面猛然切换到多年以后的拍卖会上，这幅画以三百多万成交，就在自己上台和买方握手时，那个女人忽然从人群中冲出来，对他大喊大叫，骂他是强盗……在场的人似乎被她感染，一窝蜂地围攻他，掐住他的脖子，他感觉自己就要窒息而死时，忽然睁开眼，这才发现自己在做梦。

接下来的几日，唐君海每当睡觉就会做类似的梦，那个穿着红色高跟鞋的女人总会在梦中出现，对他叫嚣着，让他赎罪，让他偿还抢走的画作。他几乎不敢睡觉，哪怕是午后小憩，只要进入睡眠，梦境就会出现，似乎抵抗它的唯一方法就是不睡觉。可不睡觉如何受得了，几日下来，唐君海变得精神恍惚，很多重要会议都无法出席，只能让大儿子暂时接管他的日常事务。饶是如此，他的状态仍在每况愈下，儿子给他请了好几个医生，皆无明显效果。有一天，儿子正陪着他吃晚饭，唐君海的眼神忽然发直，盯着窗户道，她来了，她来了，快关上，快关上。儿子看向窗户，并未发现什么异常，但也只得顺着父亲，拉上了窗帘，再看父亲，瑟缩着躲在饭桌下，如同一条犯了错误的老狗。又过了两日，联合钢铁的员工们上班后，打开公司内网，随之弹出一个页面，并非商业广告，而是一封"认罪书"。在认罪书中，唐君海对多年前在运动中犯下的罪行（主要包括私闯民宅，殴打他人致死，毁坏并私吞他人财物）供认不讳，他自称多年来一直活在愧疚与自责中，也想过要补偿受害人，却始终没有鼓起勇气，事到如今，他并不乞求谁的原谅，只想直面并承担这一切，不想活在恐惧和梦魇中。

唐君海的认罪书被员工们截图发到了微博、朋友圈等社交平台，引起了轩然大波，这和传闻中他的发迹史刚好吻合，惹得人们口诛笔伐，并对那个特殊年代进行了一轮新的反思和批判。舆论使得联合钢铁的股价大幅下跌，很多会员和合作伙伴甚至要求退出。唐君海的大儿子将父亲送进医院，唐君海随即被诊断为精神障碍疾病，并住进了专科医院进行长期治疗和看护。唐糖的大哥将妹妹和弟弟请回了公司，凑在一起想了不少对策，但无济于事。如果不是因为一位当红流量明星出轨的新闻曝出，恐怕"认罪书事件"还将持续发酵。在吃瓜群众逐渐转移了注意力后，公司的股价得以稳住，并小幅回升。大哥将公司股份重新进行分配，唐糖和二哥都得到了应有的那份，并决定继续留在公司任职。

某天，唐糖在网络上搜索关键词"邱城　柳红梅"，发现一条新闻。上面说表演艺术家柳红梅于2016年7月在邱城逝世，享年八十三岁，一生中，她曾排演过诸多影响力广泛的话剧,上个世纪曾遭受不公正待遇,其夫亦在浩劫中惨死,晚年的她一直在故乡邱城隐居,逝世后被安葬在府君山公墓。唐糖查了一下公墓的位置,刚好在她去邱城时必经的隧道附近的山头之上。

安妮与周艳

1

安妮乘坐的航班抵达北京时,已是后半夜。停机坪上井然有序地排列着客机,犹如展翅的大鸟。远处跑道上的边界灯发出绿色和橘色的光,像在举行某种严肃的仪式。下了飞机,跟随一帮睡眼惺忪的旅客登上摆渡车,几分钟后便到达亮如白昼的机场大厅。她没有托运行李,拉着一只小型粉色旅行箱,穿过引颈而望的接机人群,直奔出租车区域。

坐车的人不少,排了十多分钟才终于等到。安妮对司机说了酒店名字和地址,然后塞上耳机,合上眼。一番折腾,睡意全无,她只是不想说话,尤其是和出了名的健谈的北京司机。机场高速上此刻一路顺畅,汽车得以疾速行驶。夜风从没关严的窗缝钻进来,凉飕飕的,像蛇尾巴,有一下没一下扫着她的脸和暴露在衣衫之外的皮肤。

北方的风是硬的,这让她找回了一丝熟悉的感觉。十多年前,准确地推算,应该是十二年前了,九月的一个夜晚,她拖着行李箱,从大望路打车到机场,之后坐了两个多小时的飞机到长沙,接着又坐了将近一小时的汽车才回到老家那个县级市。从此结束了短暂的北漂生涯,继而结婚生子。

和老公张轩是在回乡前一年的春节认识的。彼时的她对爱情尚且抱有浪漫的憧憬,看多了青春小说,总以为和真命天子不会以相亲这种老土和毫无创意的方式相遇,因此当父母让她去见个人时,她是排斥的。可介绍人是舅母,总不能拂了她如跳广场舞一般的热情,即便去敷衍一下也应该。怀着完成任务的想法,她赴了约。没想到这一见竟然决定了今后的人生走向。对方还不错,虽说不上怦然心动,倒也有好感。加之他曾在上海打拼,两人还有些共同语言,算是聊得来。后来,他便对她愈加上心,除了电话和网上传情,还曾去北京找过她两次。在第二次,两个人发生了实质性的关系。

在这之前,她从未有过鱼水之欢,并非她不想,只是一直没找到符合她要求的对象。上大学时,宿舍里的其他姐妹,不管比她外在条件好还是差,都相继交过男友,只剩她直到毕业依然单身,倒不是她长得难看,没有人追她,而是追她的人中没有让她特别中意的。在她看来,凡事第一次都要讲究质量,这并非仅为性事,还有爱情,有几分神圣感掺杂其中,所以一定要找到满意的人才可以。

在几个追求者中,有一个酷爱打篮球的学长尚能入眼,在他毕业前夕的一个晚上,他邀她去了他的宿舍。宿舍里没有别的人，进去以后他便锁了门，因此她很清楚他要干什么。其实她也有点期待，甚至为这一天的到来而松了一口气。学长很有经验，没聊几句就坐到她身边动起手来，先摸她的胸，等到她轻轻哼了一声后便伸手去解她的衣服。他呼出的气息一直在她脖颈处，她等待的热吻，却始终没有发生，等到他脱下自己的衣服，把她压在身下时，依旧没有要亲吻的意思。她一瞬间便泄了气，像忽然关了情绪的阀门，完全不想再配合下去，用力将他从身上推开，一边整理衣服一边开门，头也不回地走了。她觉得他并不喜欢她，只是想发泄而已，不然他为什么不亲吻她呢？这么重要的一步如果跳过去，和畜生交配有何区别？

所幸，张轩做足了前戏。不仅温柔细致地亲吻她的嘴唇、眼皮和耳垂，还调动舌头，操控气息，灵活中带着粗野，谨慎中透着自信，并佐以喃喃情话，欲望中燃烧着满腔爱意，从身体和心理两方面攻城略地，顷刻之间便将她收入囊中，让她放下了骄傲和自尊，放下了戒备和挣扎，彻底沦为服服帖帖的小绵羊。接下来的事水到渠成，两个人迅速确定关系，且感情急速升温，异地交往几个月后，他便抓住机会，说服她回老家。

在北京，她并没什么可牵挂的，工作谈不上多好，基本看不到前途，最要紧的是北京没有她的男朋友，即便曾有暗恋之人，她也知道那是无望的。就算那个眼神清澈笑容阳光名叫Eric的男同事没有女朋友，她和他之间也不会发生什么，他不可能看上她，尽管他为数不多的与她对视时的目光明亮，可她十分清楚那里面不仅没有杂质，更没有任何内容，她不会让他产生想法,她穷尽一生也无力改变这个事实,她只能把那种感觉深藏于心底,就像从未有过。为此,她甚至绝望过,在心底无声地哭泣,怀疑生命的意义。幸好张轩及时出现,春风化雨般一点点把她从谷底拉了上来。当然,他只是无心之举,他根本不知道她那时的心境,更无从得知她喜欢过别人。即便是知恩图报,她也会答应张轩,何况她对他已然日久生情,逐渐接受现实,把他当成了值得托付的人。

张轩原本在市里的交通局工作,他帮安妮在民政局找到一份清闲的差事,但做了还不到一年便辞掉了,因为她怀孕了。生下儿子后,她更是做起全职主妇,从身体到灵魂,整个扑在儿子和老公身上。尤其是儿子,让她母爱泛滥,第一次体会到了何为无私奉献。为了他的幸福,她真的可以放弃一切,为了让他开心,她能够毫无原则地去做任何事,在以前,这于她是无法想象的。她从没想过母爱的力量会这么大,几乎可以改变一个人的性格。儿子,比她的生命还重要。这样的日子一过就是十多年,她忘记了自己的存在,儿子和老公便是她生活的所有,他们的快乐便是她的。

儿子三岁时,张轩辞掉工作,开起了厂子。靠他的工资,倒饿不死一家人,却也发不了财,无法从根本上改变现状。随着儿子一天比一天大,他们感到了压力,就算为了给儿子提供优渥的生活和学习条件,也不能继续安于现状。她本想找工作,张轩说那治标不治本,要干就破釜沉舟大干一场。说这种话是因为他在工作中认识不少人,亦和很多商人有着不错的交情，做生意的想法基本上已成熟，如今只是契机来了。事实上，生意也算得上成功，两年多便捞回本钱，接下来一直发展稳定，盈余逐渐增加。日子因此有了本质上的变化，就在前年，在长沙市中心买了套大房子，一家人搬过来后，儿子也转入了附近的国际双语小学。

　　车速明显慢下来，估计进城了。安妮暂时放下回忆，睁开假寐的眼，摇下车窗，外面的景致一时让她分不清是哪里，直到从四惠长途客运站前经过，她才意识到已进入东四环。随即，华贸中心的三栋写字楼赫然现于视野中。夜半时分，玻璃幕墙散发着模糊的暗光，在深蓝色的天幕和几点星光的映衬下，竟让安妮产生一种孑然孤寂的感觉。以前，她曾和同事们在商场底层吃饭、逛街，但基本不会购物，那些奢侈品牌凭她们的工资根本消费不起，只能饱饱眼福。当时她的办公室也不在这三栋楼里，而位于后方商住两用的公寓内，设施和配置明显不高，租金相对便宜。犹如走在繁华世界旁边不起眼的小径上，每日上下班路上，中午外出觅食时，都会隔着一层橱窗，仰慕着不会属于自己的生活。他们真实的日子散落在东南西北四环之外甚至大江南北二、三线城市和广大乡村的褶皱缝隙中。

　　离开这么久，北京在她心中依旧闪闪发亮，那些当时没能满足的愿望、没有实现的理想在此刻一一浮现。她还以为自离开这里后，就能忘掉诸多遗憾，忘记灰暗和失败，况且经过这几年的蜕变，她早已不再是当年那个刚刚参加工作、经济拮据的小白领。如今她所拥有和享受的物质生活早就超越了当年所渴求的程度,甚至达到空前的满足。可为什么一来到旧地,多年前的情绪似乎又上了身,惶恐和惆怅不绝如缕,与当年离开北京时如出一辙呢?难怪这次北上,她一开始就抵触,也许她害怕的担心的正是那些沉睡在心底的感伤吧?

2

酒店在建国门南大街附近,每晚一千六百多的豪华大床房。办好入住手续时已凌晨三点多。在电梯里,将身份证放进钱包,这时她又瞥了一眼上面的名字——周艳。这名字用了三十多年,她依然觉得俗气,不喜欢。在北京上班时因为服务的客户多是外企,甲方对接的人都有英文名,因此老板让大家都起了英文名,同事之间亦如此称呼,她给自己起的名字叫Anne。一开始觉得别扭,甚至要反应一下才明白在叫自己,可后来一旦习惯,她就爱上了这个名字,既洋气又复古,充满韵味和神秘感。时间一长,她理所当然地把自己当成了安妮,在办公室里以另外一种身份活着,仿佛有着显赫的身世,只是错生在平民之家,也许某一天就会有人来寻她,进入王侯将相之家,就像小时候的那些公主梦。从北京回到老家的最初那段时间,听别人喊周艳,她总要愣上片刻方如梦初醒,似乎他们叫的是别人。

房间不小,还有个圆形浴缸。看见大床,她立刻觉得周身疲乏。关掉所有的灯，脱掉衣服，把自己撂倒在床上。她眯着眼，瞧见半个月亮躲在窗角，一脸严肃中又带着几许不屑，静静地审视着人间。不过几分钟，她便沉入了梦乡。待到醒来时，酒店的早餐供应时间已过。洗个澡，淡淡地化了妆后，她从包里掏出那封信。信上只有几行字，其中有个手机号，她想了想，最终拨了过去。几声长长的嘟音后，有人接了。

问好后，安妮又道，您是甘旭然先生吗？

你是安妮？对方的声音清脆悦耳，有几分少年感，根本不是她想象的那种职场中年腔。

我是。她依旧觉得纳闷，对方怎么会知道安妮这个名字，她上班时和甲方对接的机会并不多，而她十分肯定公司里的同事没有过"甘旭然"。

你好，我是周苏烨的委托人，你到北京了？

是，我昨晚到的。她道，什么时候见面？她想，既然对方是委托人，该属律师之类，那一定早就调查过她的经历，想必他知道她曾在那个广告公司短暂任职，因此知道她用过"安妮"这个名字也算不得奇怪。

别着急。甘旭然道，晚上吧。

为什么是晚上？下午不行吗？晚上并非办公时间，她觉得这样不正式。

我今天的日程排得很满，只有下班才有空。甘旭然道，这样吧，我请你吃饭。

吃饭倒不必。安妮道，晚上就晚上，几点？她只想赶紧把事情办妥。

大约七点。甘旭然道,我会尽早联系你,白天没事干,你就到处转转。

行。她说,那你先忙,我不打扰了。

一点都不打扰。他道,期待晚上的会面。

她说了再见。她觉得这个人有些油嘴滑舌,不太正经,似乎不靠谱。

结束通话,她的目光重新落在信纸上。这封信是父母两周前收到的,发信方是某个事务所,落款人是甘旭然,并附有周苏烨的亲笔签名,主要内容为安妮的姑妈周苏烨即将赴加拿大安度晚年,她在国内的部分财产要转赠亲属,因她没有子嗣,便决定将位于郊区的一套别墅和一千两百多万元存款转给血缘关系最近的人,也就是安妮的爸爸,考虑到他的年纪比周苏烨还大,这份财产的受赠者自然变成了安妮。

在这之前,安妮模模糊糊地知道自己有个姑妈,是个歌手,在上世纪八十年代中期红极一时,如今网上还能找到她的几首歌以及少量演出视频。但在家里,她很少听父母或其他亲戚谈到姑妈,就像这个人根本不存在似的。父亲把这封信压在手里考虑了好几天才告知安妮,她亦非常震惊,就像忽然有人告诉她中了彩票头奖,可事实上她并没有买过彩票。

准是有人恶作剧。得知这个消息后,安妮道,她根本没见过我,凭什么给我巨额财产?

不像。父亲道,你姑妈从来不按常理出牌,况且人一老就会意识到亲情的重要性。

她又不需要我照顾，有什么重要？她是您亲妹妹？安妮终于问出多年来的疑惑。

同父异母。父亲道，你爷爷娶过两房媳妇，你奶和你爷是包办婚姻，婚结得早，还不到二十岁，你奶生了我以后，你爷就去城里做买卖，一去就是四年多，回来时带了一个女人和刚会走的女娃，那女娃就是你姑妈。

后来呢？安妮好奇道。她没想到那个年代里，爷爷竟然如此前卫，她没见过他，家里有两张他的黑白照片，国字脸，戴一副眼镜，看起来像个文化人。从她记事儿起爷爷就已经不在人世了，只有奶奶和他们一起过，奶奶活了七十六岁，是在安妮结婚的第二年去世的。

其实，你奶和你二奶奶相处得还不错，但你爷死得早，他离开时你二奶奶还年轻，你爷死后两年你二奶奶带着女儿改了嫁。父亲回忆道，开始我们还走动，后来越来越少，自然断了，直到你姑妈唱歌出了名才重新有联系，但也没有维持下去，她当时住北京，离得远，交通不像现在这么方便，再说你姑妈本来就孤僻，我也不想巴结她，好像要沾她光似的。

她怎么会突然想起我呢？莫非她知道我的存在？安妮还是想不通。

父亲道，她见过你，出名后她来过老家一趟，那时候你才两三岁，根本不记事儿，她还抱着你唱了一首成名曲呢，现在她老了，没儿没女的，想起她唯一的亲人也正常，她一个老太婆，那么多钱根本花不完，不给你给谁？

听您这意思，这么多财产我可以受之无愧？安妮道，我觉得没那么简单，还真有掉馅饼这种好事？

你去看看不就清楚了吗？父亲道，又不会有啥损失，在家待着也是无聊，就当串亲戚。

我再考虑考虑。安妮并没有马上答应，年轻时她也梦想过一夜暴富，可那是不谙世事时的异想天开，是沮丧时聊以自慰的幻想，不会有谁因为没有实现它而感到挫败，大家最终都能接受现实，变得愈加务实，成为一个只顾做好眼前事活在当下的人。活到如今，安妮最大的愿望便是岁月静好安安稳稳，她希望生活能被自己掌控，不要发生任何意外，比如老公出轨或者其他天灾人祸。飞来横财虽然算不上坏事，却也打破了她的平静，心神不宁地度过了两日，终于忍不住，才告诉张轩，希望能听听他的意见，她在短期内无法拿定主意。

你居然还有这么好的亲戚，以前怎么没听你提过？张轩的兴奋之情溢于言表。

情况比较特殊。安妮简单回顾了一遍那段家史。

原来是这样。张轩道，那你姑妈后来不唱歌了又干什么？靠唱歌不可能赚那么多钱，我根本没听说过这个歌手，想必也不怎么出名。

嫁人了。安妮道，嫁给了一个商人，她自己也做生意，很早就退出歌坛，算是走上了女强人的道路。张轩对周苏烨的身家感兴趣的程度让安妮不太舒服，她道，你别总问这些没用的，给我分析分析，我该怎么办。

什么怎么办？张轩不明所以。

我到底要不要这财产？安妮重申题旨。

为什么不要？他道，这么好的事打灯笼都难找，还有什么值得考虑的？

可信上说必须我一个人去，不让我带别人。安妮道，你不觉得这像阴谋吗？

你是电视剧看多了吧？他道，哪有那么多陷阱，人家一片好心，你可千万别辜负！

安妮哼了一声，稍微鄙视道，我说你怎么着也算是见过世面的成功人士，不比我这种整日待在家的人，怎么还这么见钱眼开？就算真想要，你就不能矜持点？

你不懂。他道，正因为我每天都在赚钱才深知其难，辛辛苦苦东奔西跑嘴皮磨破好话说尽，一年下来休息不了几天，满打满算也不过赚上一百多万，那别墅加上存款得有两千万，我干上十年能赚那么多就不错了，怎么能说少呢？不管如何衡量，都不是小数目，再说，只有这种钱花起来才舍得、才会有感觉呀，自己拼死拼活挣来的谁又忍心挥霍？

照你这么说，我要接受这份财产了？安妮问。

那当然。张轩道，脑子有病才会拒绝吧？这么多钱，可以做好多事呢！首先，儿子以后上学结婚买房的钱不用操心了，我还可以扩大生意，再开两个厂子，以后的生活基本就不用担心了，就算这些你都不做，把它们存在银行里，光是利息一年

安妮与周艳 | 153

也得四五十万，够你零花了。

他想得倒挺美，安妮心想。她对钱的要求并不高，也许她是小富即安的人。张轩的那些打算基本不能说服她，毕竟没有这笔横财，他的生意照样得做下去。唯一让她动心的是他对儿子未来的考虑，这一点比较实在，让她觉得有必要去北京一趟，如果真能拥有这笔财富，那儿子以后的人生会比一般人的省力得多，不管他想读研读博一辈子做科研还是出国留学，都会有强大的经济支撑他，即使什么都不做，只量力而行顺其自然做个普通人，他也不用为房子车子和婚姻而过于劳累。正是基于这一点，她才最终下定决心，买了北上的机票。

3

本想点外卖，可面对APP上那么多餐馆和食物，安妮犯了选择困难症。点来点去最后她干脆退出软件，心想不如到外面走走，随便找个吃饭的地方，反正还不怎么饿。出门之前，她先给张轩和父母打电话报平安，让他们不用担心，一切还算顺利，只是还没和委托人见上面。张轩和父亲两人说的话差不多，让她不要着急，家里的事不用她惦记，只要全心完成此行任务就好。儿子的学校是寄宿制，每周五下午才回家，即便想念，她也没法和他通话。

酒店附近的餐馆不多，不管哪一家看上去都让她没有食欲。此处距离华贸并不远，于是她打上一辆车，决定去故地重游。以前上班，每天午饭时她和同事们会到众多高楼大厦之间隐藏的一条小吃街吃饭，新光天地的地下一层他们也经常光顾，那里可供选择的食物种类更多，看上去也更卫生和高档。这么一回忆，以前吃过的餐厅全都涌进了脑海，比如绿茶、西贝莜面村、汉拿山、味千拉面等，顺带也勾醒了肚里的馋虫。到了以后她才发现，商场已更名SKP，门口开通了地铁14号线，地下美食层的装修和布局几乎完全改变，但依旧让她有似曾相识之感。

午饭时间刚过，还有不少白领来来往往，吃饭逛街打包奶茶或咖啡。安妮仔细地观察着他们，似乎被感染，融入其中似的，仿佛吃完饭也要回办公室做PPT。很多店面已易主，没变的有肯德基和多乐之日等。这时，一家麻辣香锅店让她不由得驻足。在公司的最后一天晚上，总混在一起的几个女同事为她饯行，就是在这里吃的饭。她还记得有哪些人，后来她们怎么样，在微信上偶有得知，但并没和哪一个有过联系。这些女人最终的结局都是嫁人，即使有一个曾去留学，看似要和命运对抗，结果在国外恋爱，学业没完成便结了婚。

安妮走进餐厅，装潢自然变了，服务员的态度似乎比以前好，尽职尽责地招呼她。桌子还是实木的，敦敦实实地趴着。安妮记得当时她们六个人在靠近里手的位置，她走了过去。菜单递上来，她点了几样爱吃的，选择了正常辣。那天她们不光吃饭，还喝了不少啤酒。谈话比以往放得开，每个人都在掏心掏肺，竟有些"人之将死其言也善"的意味。

女人聚会，话题总会扯到男人身上。扎了丸子头的同事问安妮交过几个男友，她如实道，就张轩这一个。丸子头露出无比惋惜的神情道，一个就把你收了，太不值了，那么多好风景你都没见过呢，就一般规律来说，也得谈上三四个才能挑出合适的吧。涂着蓝指甲的同事趁机揶揄道，我倒觉得挺好，你以为人人都像你那么疯？丸子头醉笑道，安妮长得好看，有资本多玩几年，那么早结婚干吗！蓝指甲道，能和初恋结婚未尝不是一种幸福，我倒是想，却不可能啦！安妮只是露出满足而仓皇的笑容，不知该说什么。随即，话题逐渐变成痛陈自己的恋爱史，不知那些人的话有没有编造的成分，但不管怎样，安妮发现相对她们丰富多彩的经历而言，她简直算得上白纸一张。

像盥洗池那么大的黑瓷碗被端了上来，香辣扑鼻。安妮忍不住深深吸了两口，无辣不欢的她居然被呛得泪光闪烁。抓起木铲翻了翻，先夹出海虾、午餐肉、魔芋丝和油豆皮，这是她最爱吃的。每样菜吃过一遍后，酸梅汤已喝下两杯，肚里暂时获得水饱。安妮望着那面巨大的落地玻璃，外面不断有人经过。这时她的耳边突然回响起了那个问题：你们有没有想过和男友以外的男人做爱？是丸子头问的，她问的是大家，目光却朝着安妮。

安妮当时赶紧摇头，极力否认。蓝指甲道，安妮害羞了，看你这问题，小心把人家教坏！其他人低低地笑成一片。这个问题被一带而过，为缓解尴尬气氛，蓝指甲问，你们少女时喜欢过哪个男明星？大家都愿意答这个，顿时掀起了怀旧的氛围。安妮说了一个名字，其实不是她真正想说的。她记得上高三时，台湾偶像剧《流星花园》火得一塌糊涂，她对男主道明寺没感觉，倒是花泽类的忧郁气质深深打动了她。为此，她还买了一张周渝民的单人海报，贴在门口。贴上没多久便被父亲发现了，当着她的面撕得粉碎，扔进了垃圾桶，并怒骂她不知羞耻，让她不要想那些用不着的，难道她以为自己是公主，能嫁给那种人？倒不如认清现实，好好学习迎接高考才是正经。安妮气得脸上挂不住，转身跑出家门，在大街上边走边哭。她不明白父亲为何如此大动干戈，难道喜欢一个人有错吗？即使满腹委屈和理直气壮，她也不敢表现出来，从小到大都没有忤逆过，那时她只求赶紧考出去，然后离开家，离父亲远远的。可谁能想到呢？就算在外面上了四年学，到北京工作了一年多，最后还是回了老家。也许这就是命，她觉得，她无意与命运对抗。

和老公以外的男人做爱是什么感觉呢？安妮对异性的所有经验，对情爱的所有感受几乎全部来自张轩，像从小到大只有一件玩具，她其实也曾渴望尝试一下其他玩具。但由于性格、家教和道德约束，这种事她几乎连想都不敢想。尤其结婚生子后，不论在身体还是心理上好像都失去了这种需求，犹如与风花雪月绝缘，仿佛身体已干涸。然而一旦离开那个环境，独自待在北京，也就是此时此刻，她感觉有些东西在蠢蠢欲动。独处、自省是危险的。她完全沉在自己的情绪里，眼神变得呆滞，筷子懒懒地拨拉着菜碗，竟将一块生姜放进嘴里，直到服务员收拾桌子时摔了一只碗发出的声响才把她唤醒。她顿觉赧然，像被人看穿了内心的想法，下意识地摸摸脸，马上瞥了一眼玻璃中自己的影子。笑微微的，竟不知何时笑起来的，难道是想起那个Eric？哎，想他做什么！如今他肯定早就结婚了，多半已当上了爸爸。

吃过饭，她又在华贸这一片走了走，但很快就丧失了兴趣。这里除了满坑满谷的欲望，剩下的只是靠化妆品和装嫩的言行一厢情愿拖延着的青春，尽管窘相毕露，但那些白领到底比安妮年轻，比她有活力，可笑刚才自己还在做着少女梦，真是太可笑了！她顿觉无地自容，赶紧打车离开，都有些落荒而逃的意思了，好像自己是妖精，走晚了就会现出原形。

回到酒店，闲极无聊，安妮上网搜了姑妈的资料。照片的像素不高，视频比较模糊，但仍能看出是个美人坯子，娃娃脸，娇滴滴的一双含情目。这种甜美长相年龄大了一旦保养不当很可能垮掉，乃至惨不忍睹。不过这倒用不着她杞人忧天，姑妈那么有钱，什么护肤品用不起、什么营养品吃不起呢？接着她又耐心欣赏了周苏烨仅有的几首歌，她的歌和她的品相倒蛮搭，走的甜歌路线，模仿邓丽君，但歌路太窄，所以她后来嫁人转投商界还算明智，这可能是很多女明星最好的归宿。想到今晚会见到迟暮的美人姑妈，安妮禁不住黯然，感觉有点儿残忍。但即便如此，晚上的会面她早已决定要化妆，哪怕略施脂粉也是必要的。

手机响了一声。估计是张轩的微信，安妮滑开，却有人加她好友。昵称是"释然",附言为:你好,我是甘旭然。这家伙定是搜索了她的手机号。要不要通过呢?真麻烦,安妮想,不过是一锤子买卖,以后不会再有交集,加什么微信啊?她不喜欢和陌生人加微信,衡量一番,看在姑妈和钱的面子上最终通过了,但只开了朋友圈近三天内容可见的权限。通过后,对方很快便发来消息,问她在哪个酒店,她于是分享了地址。他即刻回复,那不远,晚上七点在这家酒吧见面。随之给她发来详细地址。那酒吧名字叫"LOST",在幸福二村附近。那不就是三里屯吗?安妮不解道,为什么在酒吧见?对方道,你不吃饭,只能选酒吧了。安妮道,我也不喝酒。对方道,不喝没关系,就见个面,然后带你去别墅。她以为去别墅会见到姑妈,心中尽管有疑问,但没再多说,毕竟和他又不熟,问多了倒像是没话找话。

4

安妮很少去酒吧,即使以前在北京上班时也只去过两次,且是被朋友拉着的。她不喜欢那种氛围,不管是喧哗还是安静,其本质都是暧昧,都是醉翁之意不在酒。仅有的两次,她待了十多分钟便找个借口出来回了家。难道这个委托人是个所谓的夜店咖,听他说话的语气倒有几分可能。还没有见面,安妮对这个人就先存了不好的印象。

酒吧街开始热闹起来是在晚饭后。晚饭前,安妮洗了一个澡，重新化了妆，淡淡的粉底掩盖细纹的同时提亮了肤色，樱桃色的口红让她比平日里多了几分活泼，整个人因此显得比实际年龄要小。虽然她鼓足了勇气，但真正置身灯红酒绿的酒吧街时仍然拘谨。从这一头走到那一头，几乎没人招揽她，进进出出的都是小年轻，打扮入时，嘴里蹦出的潮词让她感觉陌生。她意识到这不是中年女人该来的地方，但又为那些有着年龄歧视的行为而生出几分怨气，看上去倒让她变得无畏了似的。

穿过酒吧街，到了幸福二村，这一隅也多是酒吧和餐馆，却比刚才低调得多，大多在墙内，灯光亦没有那么庸俗和招摇。在一个窄小的门脸下她停住脚步，酒吧的招牌简单至极，只有一个英文单词"LOST"，闪着幽蓝的光。犹豫片刻，她进了门，经过一条没有灯光的小巷，缥缈的音乐漫过来，像潜在水底的暗流，不仔细听听不见。

服务生拦住她，让她买门票或是办会员卡。她说进去找人，服务生说没有门票不能进。门票倒不贵，只要六十元。她给甘旭然打电话，对方让她进去等他，他还没到，接着他又说请她喝酒，她只好买了门票。酒吧内地方不小，卡座上坐满了人，但安静得出奇。正在找空位时，服务生把她引到楼梯，这才发现还有二楼。坐下后，服务生给她上了酒，见她诧异，便解释说门票里包含酒水。蓝色的液体，像深海装进了杯中，喝起来味道有点儿怪，她慢慢呷着，一边观察周围，灯光暗到只能看清人脸的轮廓。喝到只剩冰块时，视线变得模糊，她这才意识到这酒劲头不小。才一起身,只觉天旋地转,只得又坐下,她后悔不该喝,即使喝也不应该喝得如此猛。

一个男人坐在了她对面,看着她的眼睛道,你应该点红粉佳人。那个适合你。

度数低吗?她脱口而出。喝酒最大的坏处就是失去对陌生人的防备,嘴比脑子快。

不,因为你是红粉佳人。他的声音明明就在耳边,却像来自非常遥远的地方。

油嘴滑舌。她抬起头,本打算给他一个嘲讽,却在半路转变成了惊讶而宽容的微笑,像是发现错怪了好人。他青春逼人,年轻到让她自卑,头低到了酒杯里,他的五官太好看,好看到不像是现实世界里会有的。他的声音有点儿熟悉,她想了起来,便问,甘旭然?

是我。他点头,盯着她,贪婪而纯洁的目光让她不由得再次低头,仍不自在,起身欲走。

等到她摇摇晃晃经过木桌一角时,他准确地抓住她的手道,坐下,出去干吗?

他的手很清爽,手指细长,骨节突出,手背上生着淡淡的汗毛,衬得他的皮肤更加白皙,在灯光下显出一种透彻的青苍。她几乎被这双手诱惑了,生出一股没来由的亲切感。

不是去别墅吗?她努力让自己表现得没有丧失理智。

不着急,等我这杯酒喝完再过去。他温和的口吻中透着让她无法拒绝的力量。

她重新坐下，眼神迷离地看着他。

其实你并不想走，他自信地分析道，你有着典型的女性心理，你的行动经常会违背内心，如果有人揭穿，你会死扛到底，你认为一旦承认有失体面。

你干吗？看相吗？她道。

他继续道，小时候你的家庭条件虽然不算优渥，但也衣食无忧，而且家教甚严，洁身自爱，把自尊和名节看得无比重要，你天性羞怯，不喜欢在别人面前表现真实的想法，在你看来，那就像在公众场合光着身子一样可怕。

你少自以为是！她有点气急败坏，挣脱开他的手回敬道。

被我说中了。他笑道，看你，别那么孩子气嘛，我只是不想像你周围的人，光说些无聊的话，我说的可能不中听，却字字发自肺腑。

少装蒜。她道，我猜你不管遇到哪个女人都是这套话，看似真诚，实则无礼。

大多数人都这样，宁愿听假的恭维和客套，也不要刺耳的实话。他依然保持着微笑。

你喝的是什么？她看着那杯碧绿色的液体，试着转移话题。

事实上，你并没有你表现得那么脆弱，你内心甚至很强大，很倔强，很有原则，但你的成长环境让你失去了尝试新鲜事物的勇气，导致你习惯性地不敢正视内心的某些渴望，哪怕它很正常，你也觉得难为情。他还是不依不饶，像个心理咨询师一样不厌其烦地剖析她。

这个称得上全然陌生的男人几乎一眼看穿了她,像是强行褪去了她的所有伪装,她本该生气的,尤其是他那傲慢的态度,让她觉得不舒服,可奇怪的是她没办法真正发火,还从没有人这样直抵内心,像势均力敌的对手,在她感觉被冒犯的同时体验到了乐趣和人世的希望所在,更要命的是,她好像上了瘾,根本无法对他说不,还想继续听他分析下去。

他不再咄咄逼人,轻轻晃动着手中的杯子,对着眼神发直的她道,深水炸弹,想试试吗?

几秒钟后她才缓过神儿来,直接拿过他的杯子喝了一大口。

这才对嘛!他道,想干什么就去干,不要还没做就考虑后果。

我没那个资本。她道,你以为我像你那么年轻,又是个男的?

别妄自菲薄。他道,要想男女平等,女性的集体意识就得改变,不要刻意强调自身性别,至于年龄,更不是障碍。

你的大道理可真多。她道,该不会是个职业骗子吧?

那你愿意被骗吗?他再次抓住她的手,他的手比刚才有温度。她没有抽出来,任他摩挲着,肌肤之亲让她心生喜悦。有一种东西在两人之间渐渐发酵,她痴痴地笑道,该走了。

出了酒吧,两个人站在马路边。她以为他要打车,便趁此机会打量他。白衬衫束在卡其色的铅笔裤里,笔直的腿,棕色皮带蛇一样盘在腰间，加之黑色高帮皮靴，愈发显得身材挺拔颀长。安妮将目光上移，见他眉毛漆黑，睫毛密且长，眼睛恰似微风拂过的湖面，时而绽开一涡笑意，一闪，又消失了。眉目之间竟有几分神似Eric，但比Eric的更精致，使得他愈发高冷，犹如一座冰雕。有几秒钟，安妮甚至忘记了呼吸，敛声屏气盯着他。

黄色的路灯栖在枝杈间，如同瑟缩的小鸟。几辆空车陆续开过，他都没有招手，神情中仿佛有心事。她忍不住道，怎么不拦车？他扭头看着她道，我开车来的，跟我走。他牵住她的手，她想挣脱，却被抓得更紧。有一阵儿，两个人都没说话，似乎在认真想着话题。安妮和张轩恋爱时也没少牵手，在白天或夜晚散过步，甚至比这浪漫的事都做过，可她从未有过这种感觉，仿佛即将开始一场冒险，有着无穷的快乐和未知在前方等待着。原来日光之下并无新事，有的只是新人，换个人做同样的事，体验往往就天差地别。

风从平原爬到水泥森林后乱了阵脚，忽东忽西，像一头困兽钻来钻去，撞击着夜行的人们。安妮能感觉到一阵阵凉气围拢着，仿佛置身大海中，有些身不由己。

你是不是冷了？他顺势将她揽入怀里。

她说，冷点儿好，能保持清醒。

他笑道，你害怕了？

她否认道，才没有。

不然去喝杯热咖啡。

我晚上可不想失眠。

那买点吃的，关东煮行吗？

她眼角的余光瞥见左前方有一家711便利店，于是嗯了一声。在外面等他时，她又想起了Eric，有一次两个人加班到十一点多，他便到楼下711买了关东煮拿上来一起吃。直到他的女朋友来公司接他，那之前的灯光都显得特别温馨。如今，她和这个认识还不到一个小时的男人坐在路边长椅上，只用一双筷子，他一口她一口，在脉脉含情的对视中吃着萝卜、土豆、海带和竹轮。时光仿佛倒流，她没想到有些感觉这辈子还有机会重温。

吃过东西，他带她来到一辆雪山白的宝马车前。他绕到车子对面，拉开副驾驶位置的车门道，上车吧。她想都没想，一弯腰钻了进去。他一只手撑着车门，俯下身来贴近她的脸，一股类似葡萄柚的微微发涩的香气从他的腋下飘来，如果她没记错的话，这应该是CK的男士淡香水。关好车门，他从另一边上车，意味深长地看她一眼，抓住方向盘，启动车子。

5

下高速后，拐了个弯，路窄了。行道树是移栽没几年的泡桐，才扎了根便铆足劲头生长，树冠宛如张开的手托举着无边的夜。没有路灯，周遭黑黢黢的，两道车灯似利刃在蛮荒岁月中切出一条文明之路。一丝恐惧爬上安妮的心头，她侧过头去看甘旭然，他盯着前方，冷峻硬朗的侧脸，连眼角的光亦是黯淡得叫她发怵。她对这个男人其实一无所知，除了一开始问的那一句就再也没有核实过他的身份，更没有想起让他拿出他就是委托人的那种白纸黑字的证据。他一直掌握着主动权，牢牢控制着她，把控着事态的发展，如果这不是他事先筹划好的，那他临场发挥随机应变的能力也太强悍了。

正想着，他忽然刹车，转过脸，正好与她对视，把她吓得一怔，微微张开嘴。怎么了？他问。连声音也是陌生的。她道，没什么。她的声音轻飘飘的，像在噩梦中叫不出来。他咧嘴一笑，露出白牙，接着便吻住她。她没料到这一招，想避开，可空间狭小、醉意袭人，他的吻又那么霸道、热烈，带着甜蜜和烟草气息，比安神药更具抚慰作用，很快便让她沦陷其中，投入地迎合着，就算此刻他拿刀刺入她的心脏好像也没关系。吻了片刻，喘着粗气的他突然抽身而退，握回方向盘。她讪讪地坐正身子，整理弄皱的衣衫，意犹未尽地回味着，抬头才发觉刚刚在等红灯，于是哑然失笑。

怕我是坏人吗？他打开音乐，道，放心吧，我不会吃了你。

我姑妈住得这么远？她的酒醒了一大半，想起了此行的目的。

就要到了。他说，有钱人住得都远。

幽森的钢琴曲像柔软的绸缎从皮肤上滑下来，又像山涧的水一样任性地向低处流去，将生命中想要把握住的美好瞬间毫不留情地一并流走了。流着流着，眼前渐渐开阔明亮，远的近的各色灯光交相辉映，在夜幕下摆出一盆充满人间味的火锅。沉厚的雾霭被映得红不棱登，像是火锅冒出来的缥缈热气。又拐了两个弯，穿过一条大道，便到了别墅区的门口，灰网纹大理石砌成的墙上浮着几个大字——蓝花楹水岸。别墅区外面明亮如白昼，里面却大相径庭，路灯的间隔很远，圆的灯罩里透出柔和皎洁的光，隐在树丛之间，像一个个月亮。绕过一个人工湖后，汽车终于在一栋欧式风格的别墅前停下。甘旭然道，到了，下车吧。

安妮下车，趁着他将车开进车库的空当，她迅速环视了周围。每栋别墅之间都有相当的距离，高大的树丛背后偶尔射出的灯光，微弱而执着，像遥远的星辰。门口挤挤挨挨生着一丛木槿，绿叶婆娑间钻出数朵艳紫大花。放好车，甘旭然牵起她的手，像情侣那么自然。他开门时，她瞥到墙壁上镶嵌着四个暗金色的阿拉伯数字"2037"，想来应该是别墅的号码。一进门还没换鞋，他就把她抵在门后疯狂地亲吻，好像食肉动物在啃食鲜血淋漓的大餐。顺着螺旋式扶手的楼梯，两人连体一般上了二楼。墙角的非洲花梨木架子上坐着一尊梅子青石榴瓶，圆鼓鼓的肚子里仿佛装满心事，小小的嘴里吐出一枝香水百合，白里透粉，含着春色。

甘旭然打开卧室壁灯，调了明暗，一片荔枝红色暧昧地漾开。地毯奇软无比，丝丝凉意让安妮觉得像是站在飞机舷窗外的云海上，加上这灯光，仿若梦境。她道，这光太那个了。他道，怎么？不喜欢吗？她没说像舞厅或是洗头房，摇头道，喜欢，就是有点儿奇幻。

大床对面的墙上挂着一幅油画，看风格，应该是文艺复兴时期的作品。整幅画层次丰富，远近中景之间并无过渡衔接的部分，各个环境都在表达着各自的意义，这种参差的对照并不显得违和，反而营造了一种高深莫测的神秘氛围。近处的小溪、土坡、草木和人物，都沐浴在变幻的光色交融之中。远处则是阴云翻滚的天空，其间亮出一道明媚的闪电，预示着风雨欲来。安妮睁开眼便能看见这幅画，闭上眼则只剩通体的舒爽，是一种前所未有的水乳交融。

之后两个人穿着浴袍下了楼。楼梯拐角处挂着一幅巨照，照片里的女人约莫四十岁，不知是光打得太足还是后来修的，她的脸过于白，是一种不够爽利和通透的白，配上秋波眼和葡萄紫的唇，仿佛吸血鬼。安妮认了出来，那是周苏烨。这时她才想起正经事，便问，我姑妈呢？甘旭然道，她早就在加拿大了。考虑片刻，她才问，你和我姑妈什么关系？他道，我是她的助理，去加拿大之前，她开着好几个加油站，后来全都转让了。她觉得他和姑妈的关系应该不只那么简单，不过这不是她关心的，她此行的目的是要顺利拿到那份财产。与其拐弯抹角，不如开门见山，她道，办理过户手续不需要她签字吗？她不在怎么办？

你真急，"贤者时间"来得也太早了吧？他半躺在沙发上，并不看她，摆弄着脖子上挂着的一颗心形吊坠。

她坐到他对面，微笑道，家里人还等我回去呢，机票都定好了，明天下午。

好不容易出来一趟，为什么不多玩几天？他道，机票可以改签，可以退，重新定都行，反正你又不在乎那点钱。

呵呵，我经常旅游，没你想得那么不自由。她接着补充道，北京我都来腻了。

是吗？已婚有孩子的女人还能这么潇洒？他道，我真不信。

他一直顾左右而言他，不肯谈正事，想必是要从中得到好处吧，比如佣金之类的，不过那应该是姑妈提前跟他说好的，莫非他想吃两头？还真贪啊！她觉得还是让他自己说出来，她才不会主动提这茬儿，免得被他拿住，来个狮子大开口。她转而言及其他，你又没有结过婚，能知道什么？

那张纸有什么用？自欺欺人。他道，我没兴趣关注这么无聊的东西。

她轻蔑地一笑，带着自以为是的原谅，就像犬儒主义者看待曾经愤青的自己，缓缓地说，将来，你也会结婚，会当爸爸的。

绝不可能！他道，我只想和喜欢的人在一起，不喜欢了就分开，谈一辈子恋爱。

异想天开。她道，太天真了。

难道大家都那么活，我就一定也要那么做？连选择权都没有？

安妮与周艳 ‖ 169

你当然有权利过自己喜欢的生活。她道,不过也得找到和你想法一样的人才行。

你不想和我这样过一辈子吗?他坐起来,靠近她,逼视着。

又说疯话,难道你让我抛夫弃子?她道,我压根没想过那么做。

他咄咄逼人道,我看你是不敢。

我不像你,一点责任心都没有。她道,我还得为人母为人妻。

你根本不喜欢那样的身份,为什么还要假装乐在其中?他扳住她的肩膀,眼睛瞪得溜圆。

别装出一副很了解我的——样子。她本来想说"嘴脸",但终究说不出口。停顿一下继续道,我很享受做妻子、做母亲,我猜你从小到大任性惯了,根本不会也没有机会为别人考虑,你要知道,人不可能只为自己的私欲而活,有时候,人为别人活着更需要勇气,还能从中获得幸福,一味想着自己,倒很可能迷失。

既然把你自己说得那么伟大,为什么还要跟我上床?他放开她,蹲坐在沙发上,目光仍旧像钉子似的往她身体里钻,追问道,难道只是逢场作戏?其实你那么饥渴,跟你老公肯定很久没做爱了!他各方面肯定不及我,你为什么不敢承认?我猜你准是爱上我了!

哈哈哈。她哭笑不得道,你哪儿来的自信?生活并非只有床上那点儿破事，更不是情啊爱啊，那不重要，激情早晚都会消逝，多少夫妻没有这些东西还不是一样过得很好！

所以说，结婚生孩子最没劲，如果人生真有意思，就是结婚之前，一旦走入婚姻，不管男的女的，等于走进了一个闭合的死循环，失去自由，失去自我，慢慢变成行尸走肉。

她不想再争论，遂道，你到底想怎样？想要多少钱？直截了当点儿吧！

你把我当什么人了？他像被踩了尾巴的小狗，从沙发上跳下来道，小人之心！他气呼呼地瞪着她，她并不回嘴。过了一会儿，他稍微缓和了语气道，我想要的不是钱。

那你想要什么？她问。

你喜不喜欢我？他问，我想知道，你不能撒谎。

喜不喜欢还不都是一样。

他执着道，我只想听一句实话。

如果说不喜欢，恐怕会激怒他，届时做出变态之事也未可知，不如先稳住他。她道，喜欢。事实上，如果他不那么偏激，她确实喜欢他，因此这两个字说得还算诚恳。

那就给我个机会。

我不明白。

再陪我一天，后天早晨，如果你还是要回去，过以前的生活，我保证不拦你。

她眼神闪烁，好像在思考他有什么阴谋。

他继续道，你放心，我说话算话，明天咱们就去办各种手续，属于你的都给你，我对钱没兴趣，我想要的只有你。

这话就太假了。安妮暗忖，凭他的外形，什么样的女孩找不到？比她年轻漂亮的多的是，为什么非要黏着她这个已婚有孩子的中年妇女？可见他想放长线钓大鱼，一旦俘获了她的心，那姑妈给她的财产不就等于是他的了吗？说到底，他是个好吃懒做的小白脸，也许以前姑妈包养过他，现在姑妈撒下他走了，他想找下家，才看准了她。但只有一天的时间，他就能改变她的心意？难道他要软禁她？把她当成奴隶？她想起了那些可怕的新闻，心里不由得后怕。可现在似乎没有别的选择，先答应他为妙，等到事情办妥再想法抽身。

她刮了一下他的鼻梁道，行，我倒要看看你有多大本事。

6

财产转赠和房产过户的手续办理比安妮想象中要简单，她跟着甘旭然去了律所、银行和中介公司几个地方，签了若干次自己的名字，开了新的银行账户，一切办完后正好是午饭时间。她还在纳闷为何效率这么快，即使在银行也不用排队，后来问甘旭然才知道他和姑妈早就把一切打点好了，那些尽一切可能为他们开绿灯的人都拿了好处。有钱好办事。他说，你不是自诩比我老练成熟吗？怎么这点道理都不懂？她捂着包里的银行卡，还处于恍惚之中，没在意他的调侃。房产证过几天才能到手，她可以亲自来取，也可以由甘旭然代取。

我们吃饭吧，你想吃什么？他问。

听你的。她心不在焉。一千多万已在周艳的账户中，她可从没料到有一天自己会有这么多钱。不管以哪种途径，她都不敢想。即便在大学期间初涉社会，了解到其他同学比自己家境好而心理不平衡时，哪怕毕业后不断做着发财梦的那段时期，她也没梦到过有这么多钱。眼界限制梦想，决定了欲望层次，就像童话里的乡下姑娘，腰缠万贯也只想买更多的红糖。

海鲜，日料，烤肉，还是私家菜？他让她选。她说，你选吧，我请你，谢谢你跑前跑后。他歪头冲她一笑道，一顿饭可打发不了我。她知道他什么意思，便道，你好好表现。其实她心里早有了决定，除非他把她绑起来锁在房间里，否则她一定会回家。如何跟他说，才能让他甘心放她走，并且不伤害她，甚至不恨她，她尚未想好。

吃了海鲜，食材新鲜，味道很棒，两个人花了一千多。以前她没听说过这家店，在北京那段时间她赚的钱不多，不太可能来这里消费。吃过饭，他又张罗着去游乐场玩，或者看电影。她不想看电影，更不喜欢游乐场，她笑他童心未泯，接着又说还不如逛商场，但又怕他没兴趣。他说，没问题，你想干吗就干吗，我陪你，只要你玩得尽兴。她问，你今年几岁了？他说，问这个干吗？她道，看你吃喝玩乐样样在行，阅历深厚，可年纪又不大，叫人猜不透，你没上过大学吧？他道，对，高中毕业就来北京了，两年后遇见了周苏烨，在加油站工作，后来才做她的助理。她猜道，二十三？他道，你为什么非要知道我的年龄？她道，又不是女孩子，还保密？他说，其实，我三十五岁了，和你同龄。她哼了一声道，算了，不说就不说。

逛商场，她试了几件秋装，最后一狠心买下三套。在童装那一层，她给儿子买了一套运动装和一套时髦的休闲装。不知是不是走得累了，他的表情怏怏的。她说，我知道你为什么不喜欢小孩子。他哼了一声，示意她说下去。她道，你还没长大，还需要被宠被照顾，怎么可能当爸爸？他道，这不是主要原因，我就是觉得繁殖挺无聊的，香火有那么重要吗？不管哪个家族，总有一天会断子绝孙，总不可能一直生儿子吧，就算生了，也有可能夭折。她叹道，你这脑袋瓜真古怪，就好像刻意和世俗对着干似的。他道，难道我说得不对吗？她道，看你将来老了谁养你！他道，我才不会老呢，在不能自理之前我就自杀。她啧啧道，还真是个怪人，我尊重你的想法，可有点儿难以理解。他道，那是因为你们都被世俗规则洗脑了。

在男装区，她让他选一件，说送给他。他说不要，她坚持。他警告道，你别后悔，我从来不买便宜货。她道，别废话，趁我还没改主意。结果他选了纪梵希的衬衫，比她给自己买的那三套其中的任何一套都贵，虽然有点舍不得，可话已出口，她不好反悔，便去付款。他干脆穿起新衣服，换下来的装在袋子里。她去卫生间，他在外面等着。比她先出来的是刚才那两个售货员，安妮出来时，脸色难看。他问，怎么了？她说，有些人真爱嚼舌根。她的目光投向纪梵希的售卖区。他问，她们俩说什么了？她道，说我这么老还跟你这么年轻的帅哥混在一起，还给你买衣服，肯定是包养了你。他笑道，你在乎吗？她摇头道，我才懒得计较，要不然早骂回去了。他拉起她道，我们去问问。她赶紧挣开道，算了，犯不着。他道，必须为你讨回公道，不能让你生这些闲气。她道，不用了，我不生气了还不行吗？快走吧，小祖宗！她知道他做得出这种事，赶紧拽他进了电梯。

晚饭吃了私家菜。快吃完时，她去卫生间，出来时给张轩打电话，告诉他事情都已办妥，明天就回去。周五，儿子在家，跟她说了几句，她问他想妈妈没有，他说想，并让她快点回来。她安慰他不要着急，让他听爸爸的话，认真写作业。随后，她又联系了爸妈，简单说了说情况。爸爸问她有没有见到姑妈，她据实说了。爸爸道，看来她可能觉得尴尬，没必要见面吧。她说，见不见无所谓，反正事情办妥了。爸爸道，也对，那才最重要，注意安全。

回到别墅。洗过澡他们再次发生关系。她已决定要走，自觉对他有所亏欠，因此很是卖力，激情似乎比昨天少了几分，但多了和谐与默契，竟透着生离死别的意味。然而她知道这都是暂时的，她看似全情投入，实则想着完事后如何委婉表明心迹。其实她已有了主意，她想暂时撒个谎，只要他让她离开，那她可以做出一些承诺。就算要和他在一起，她至少也得先回去把事情处理一下才行吧？她觉得他会通融的，只要她撒娇或找个理由。

窗外传来雨声,她枕在他硬铮铮的肱二头肌上,听着淅沥之声道,我能问你个问题吗?

他侧头看着她,尽管问。

你喜欢年纪比你大的?

那倒也不是,我觉得女人不同年龄段有着不同的魅力,就看男人懂不懂得欣赏。

我配不上你,也许那两个卖衣服的说得对,我太老了。她找到了突破口。

听这话,是没有发展下去的可能了,你不喜欢我这样的?他的语气里透着一丝失望,像是小孩子没有得到想要的。

如果倒退十年,还有可能。她道,不对,那也不可能,那时你还未成年吧?

那我可以等啊。他道。

可我不能等。她道,变数太多,赌注太大了,我可押不起。

他哼了一声,赌气似的翻过身,背对着她。她抱住他,像哄孩子似的道,好啦,我觉得我们可以试试,如果不行,我再回去。

真的?不是骗我吧?

不骗你。她道,真的,不过我得先回去一趟,我放心不下儿子,我想把钱留给他。

你不会走了就不回来吧?他问。

当然不会,我以人格担保。她道,现在看来你对我是真心的。

你真觉得我是为了钱才追你？

起初是，现在我明白了。她道，原谅我这么想吧，好吗？

好，那你一定要快点儿回来啊！他翻身，抱住她。她嘟囔着好，然后道，睡觉吧，明天给你做早餐。他关了灯，下巴抵在她的胸口。她的眼前一片黑，少顷才渐渐适应，房间里的东西泛着模糊的轮廓，窗外的亮光使得窗户像张开的洞口，要吸入什么似的。她马上闭了眼睛，闻到了陈年的金属气息，雨声停了，但有水滴落在花盆或是什么东西上，当当地响着，像木鱼声。

一则因为惦记着老公和儿子，二来她很久没和张轩如此亲昵了，因此有个人抱着她或是让她抱着，她都有些不太适应，一夜未曾睡得踏实。不过当他跟她说早安，问她是否睡得好时，她还是说好。

她煎了鸡蛋和火腿，西红柿切片后稍微加了热，让它们变得绵软。之后又将面包片烤到散发出微微的焦香，早餐就算好了。

馋死我了。他从背后环住她，手放在她的胸部。

她假装没有听懂他的一语双关，用家常的口吻道，那就吃饭吧。

你真狠心。他道。

我还得去机场，办登机手续，过安检呢。她道。在她心里，她已经离开北京了。

他起身，从橱柜拿出两个杯子，还有一个纯白色的方形纸盒，拧开上面的盖子，倒了两杯牛奶。他推给她一杯，没说什么。她喝了一口，有点儿核桃的味道，便随口问，核桃牛奶？

不是。他道，你那杯我加了青春豆。

什么？青春痘？

不是脸上长的那种。他说，是豆子的豆，你不是觉得自己老配不上我吗？喝了你就会年轻十岁。

见他一本正经地开玩笑，挽留她，她突然觉得有点儿过意不去，但更多的是恼火，想尽快离开这里。她说，我说过会回来，你怎么就不信呢？

你把它喝完我就信。他望着她的那杯牛奶道。

她一口气喝光了，然后摸摸脸，笑道，年轻了吗？

要六个小时才起作用。

这些小把戏哄骗年轻女孩倒还行，像我这种年纪的肯定觉得不好玩啦！

鸡蛋和火腿她吃光了，只剩下一片西红柿瘫在盘子里。她起身擦擦嘴道，我要走了，你送我出去吗？

我不想看着你走。他道，你自己打车吧，门口没车的话，你就在软件上叫个。

好，我明白。她拉上已收拾好的旅行箱往门口走。

他追上来，给她开门，接着摘下脖子上的心形吊坠，掰开一半递到她面前，郑重其事地嘱咐道，这个保存好，千万别弄丢，以后来找我用得到！她狐疑着接过，说完"好的再见"便出了门，走了几步转头时，发现门已经关上。她并没有听到关门声，心想，这家伙真是小孩子脾气。

户外阳光盛大，一切金光闪闪。地上很干，一丝下过雨的痕迹都没有。可昨晚的雨声貌似很隆重呢，她想，难道太阳出来很久了？她抬起手腕看看表，才七点半。到门口等了十多分钟，车来了。上车后，开了很长一段路，她发觉手里还攥着那半个吊坠。仔细看，才发现这半颗心形的边缘有着不规则的尖齿，如同小狗的牙，周身闪着铜绿色的光，看起来有些年头了。这算什么？难道是定情信物？反正她打定了主意不再见他，留它又有何用？如此一想，便随手将它扔到了车窗外。

7

飞机上午十一点多起飞。安妮买的头等舱，办理手续比她想象中要快得多，起飞前四十多分钟她已在休息室无所事事。她给张轩发微信，等半天也没收到回复。倒是收到甘旭然发给她的信息，问她有没有到达机场。她及时回复，让他放心。登机后，关机前，她又确认一遍，还是没有收到张轩的回复，心想这家伙干什么呢，这么忙，连手机都不看。起飞后，困意袭来，渐渐睡着。这一觉睡得很沉很久，且做了梦，在梦中，甘旭然跑来长沙找她，把她堵在家门口，当着张轩的面质问她为何说话不算话。张轩问她这人是谁，她说不认识，结果两个男人扭打起来。甘旭然仿佛有特异功能，没费吹灰之力便将张轩制服，然后将她强行掳走，还恶狠狠地说，谁让你把钥匙扔掉，害我出不了门，我要你吃尽苦头，随即掐住她的脖子！她遂惊醒，此时飞机降落的广播正好响起，才明白不过是个梦。等到飞机着陆，她匆忙开机，仍旧没有张轩的回信，时间已是下午一点多。出了机场，打上车，她给张轩打电话，一直没人接听，几次后干脆无法接通，一直是忙音。她以为手机欠费了，查了查，还有一百多余额，难道张轩欠费了？心烦意乱半个多小时，出租车终于停在小区楼下。

将钥匙插进锁孔时她听到了电视声，开门换鞋，只见老公靠在沙发上看电视，手里拿着遥控器，儿子躺在老公腿上玩手机。这画面叫她心安，仿佛虚惊一场，竟有劫后余生之感。看来这两人一点儿都不关心自己，一股气从心底冒起，便冲老公道，就知道看电视，怎么不回信息，打电话也不接！

没人搭理他，两个人专注着各自的事情，好像根本没听见或是听见了也不在乎。儿子没有像往常那样扑到她怀里撒娇，这让她既纳闷，又气不打一处来。不得不再次大声质问，并走到电视前，挡住老公的视线，但他依然直勾勾地盯着她身后，就像他的目光能穿透她的身体看到屏幕似的，儿子则连眼皮都没抬一下。

你们别跟我装啊！

她心想张轩是不是生气了，才故意不理她，毕竟她比原计划晚回了一天。可那也不能怪她，何况她已提前告知，他应该不会为了这点小事生气的。迅速进行思想斗争后，她压住心头的火气,坐到他身旁,伸手摸他,想用肢体代替语言表达歉意。可是,她根本触不到他,她的胳膊如同在空气中划过,扑了个空。她心里一惊,只觉诡异,莫非还在梦中?她捏捏自己的脸,有痛感。不是做梦,可为什么会这样?她又去亲近儿子,依旧如此,他对她视而不见,只顾玩手机里的游戏。发生了什么?怎么会这样?她一遍又一遍去触摸两个最亲的人,但始终碰不到,他们没有任何反应,像是把她屏蔽了。

这时,一个女人从厨房走出来,端着托盘,盘里放着洗好的葡萄,她的手湿漉漉的,有水珠滴下来。女人将盘子放在茶几上,张轩伸手拿了一颗葡萄,塞进嘴里,动了动后吐出皮。

女人一把抢过儿子的手机道,别玩了。

儿子夺回手机道,让我玩一会儿嘛,马上就要赢了。

安妮看见了女人的脸,非常熟悉——那不是自己吗?她愣了许久,仔细地端详女人。没错,看着她就像平时照镜子。安妮鼓起勇气,指着女人的鼻子道,你谁啊?为什么冒充我?

另一个自己的反应和她的老公儿子如出一辙,照样拿她当透明的,眼神都不带瞟她的,只和那一大一小两个男人其乐融融着。安妮气得浑身发抖,她伸手去抓女人,根本碰不到对方。不仅如此,房间里的任何东西,大到桌椅小到水杯遥控器,她都无法真实触摸,仿佛自己是一坨空气,或者它们是海市蜃楼?她大吼大叫,把自己的耳朵震得嗡嗡响,嗓子喊哑了,依旧无济于事。

她像是局外人,旁观者,她变成了鬼魂——一想到鬼魂,深深的恐惧攫住了她整个人，她绝望地看着三个人嬉笑，看另外一个自己不断忙碌，伺候着老公和儿子。他们两个要什么，那个自己便殷勤献上。吃过葡萄，她收拾弄得脏乱的茶几。张轩想喝茶，她烧水，给他泡；儿子想要玩具，她为他去翻找。她似乎一刻也闲不下来，好不容易坐在沙发上看了一会儿电视，儿子又喊饿，于是她进了厨房。她择菜洗菜切菜切肉炒菜，焖米饭，做老公和儿子爱吃的菠萝咕噜肉和水煮鱼，片鱼肉的时候不小心被刺扎了指甲，她放进嘴里吸了吸，接着片。鼻尖和脑门布满一层细密的汗珠，安妮生出怜惜，想为她擦掉，但她做不到。

自始至终，老公和儿子都没有进厨房。等到饭菜摆上桌，安妮看见"自己"喊他们吃饭，张轩说水煮鱼老了，儿子说菠萝太酸，但他们还是吃完了，之后又躺到沙发上做自己的事。"自己"吃过饭便收拾桌子，清洗碗筷收拾厨房擦地。安妮还从未以这种角度来审视自身的生活，她还从未意识到原来自己这么劳累，可她心甘情愿，她想回到这种熟悉的生活中，想把这个无中生有的自己取代，想被这两个男人需要，以证明自己的存在。她走到"自己"身旁，在她耳边轻声道，你好贱。对方自然听不见，只见她疲倦的脸上洋溢着无限满足。

儿子临睡前，安妮和她的分身守在床边。他想听故事，分身念完一个，他还要听第二个。分身念着第二个，她的嗓音变得干涩、迟滞，像是很久没说话的人在练习发声。安妮非常担心她突然卡住念不下去，就像碟片被划了那样。好在故事还未念完,儿子便已睡着。分身将被子给儿子掖好,关灯,出了房间。

安妮跟着分身进了大主卧,张轩躺在床上,盯着手机。分身将灯光扭暗,躺到他身边。她的手伸进了他的睡衣,张轩的眉头皱了一下。分身面露不悦,将手机夺下,扔到一边。他长出一口气,闭目不语,过了很长时间,他才不情愿地爬到对方身上,圆滚滚的腰身动起来似乎很吃力,赘肉颤动着,没几下便翻下来道,太累了。分身道,你哪天不累?你有我累吗?安妮不禁随着她问了一遍。张轩不耐烦道,睡吧,没精神跟你吵。他随手关灯,两个人背对着背躺下,分身很久才闭上眼,她的眼睛里闪着幽暗的泪光。

安妮只能躺在地上,其他东西对她而言都是不存在的,除了她带回来的箱子、随身物品和墙壁以及门。她拿出手机,开了手电筒功能,去照儿子,照张轩,照另一个自己,但他们都没有给出任何反应。她去了卫生间,想看看镜子里是否能照出自己,是不是变了模样。确实变了,但还是她,不过年轻了许多,仿佛十多年前的样子,腮部带点儿婴儿肥。她扭扭头,拍拍脸,弹力十足,连手感都变了。难道甘旭然说的是真的?所谓的"青春豆"真能让她年轻十岁?他到底是什么人——或是鬼?她睡意全无,精神抖擞,拉上进门就没打开过的旅行箱出去了。

去哪里呢?她给甘旭然打电话,打不通。给他发消息,没人回。从小区门口出来时,保安开了门。安妮一阵兴奋,忙问，你能看见我？保安诧异道，我为啥看不见你，我又不是瞎子。啊！她叫了一声，伸手去摸铁门，保安的身体，皆真实可触。保安问，你干吗？安妮顾不上回答，要求保安开门，马上折回家，试着去碰触房间里的东西，但和之前一样。看来外界并无变化，和她切断联系的只是之前的生活和人。她彻底死心了。

这一切应该都是甘旭然搞的鬼，这是要逼她回到北京去找他，只有他才能给出解释，让她回到从前。安妮本想回到老家去看看爸妈，但长沙距离老家小城还有段距离，这么晚了不容易打车，况且她觉得回去也是白搭，想必父母家里的情况跟这边是一样的，因为爸妈的电话根本打不通。暂时只能让那个分身替自己去尽孝，去为人妻为人母为人女了。她打上车去了机场。

买机票时，安妮拿出身份证。地勤人员还给她身份证时，她才注意到证件上的信息不知何时已更改，那上面的名字不是"周艳"，而是"安妮"；照片比以前漂亮，年轻，稚嫩，像十七岁；生年日期由原来的1984年5月7日变成了1995年9月13日，9月13日正是她遇见甘旭然的那一天；住址也不再是湖南，而是北京的那栋别墅所在地。她盯着身份证看了一会儿，并未感到特别惊讶，她觉得接下来还可能出现更加不符合常理的事。

8

飞机降落在北京时差十分钟凌晨两点。安妮在出租车上给甘旭然打电话发微信。毫无反应，完全在她预料之中。想找到他只能去别墅，她让司机开快点。路上车少人少，确实能够开得很快，但也要半个多小时才到蓝花楹水岸。门卫没有给出租车打开道闸，而是盘问安妮要去哪一栋别墅。安妮拉下车窗道，2037。门卫道，这里没有2037，到头也才2036。安妮觉得门卫在故意刁难，便道，我前天才去过，怎么没有？门卫道，你准是记错了，给你的朋友打电话，让他出来接你，或者让他给我们这儿打个电话。

安妮气道，我就是联系不上才要去看他，难道我看着不像能住得起这里吗？

我不是那意思，这是规定。门卫依旧不放行。

安妮想起了自己的身份证，拿出来给门卫看。

这是假的吧？门卫道。

这样吧，让她把身份证押在你这儿，我们进去，出来时再给她，她记错了门牌号也不一定，进去看看就明白了。司机解围道。

门卫想了想，还在犹豫。司机捅捅安妮，悄声道，给他两百块。

什么？安妮反应几秒才明白，便拿出两张百元钞，递给门卫，让他通融一下。

快去快回，身份证先放我这。门卫终于放行。

循着记忆中的路线，七拐八拐，总算绕到了人工湖旁边，安妮下车，让司机等着她。她去了湖边的那栋别墅，门牌号是2036，再往旁边看，分别是2035、2034……数字越来越小，真的没有2037，可那一晚她看得很清楚，且办理过户以及身份证上的地址皆是2037啊！难道偌大的一栋别墅会凭空消失？安妮让司机开车把整个别墅区绕了一遍，每一栋的号码都亲自看了，依旧没有发现2037。

司机不耐烦道，会不会真是你记错了。

不可能！安妮懒得跟局外人解释，付了车费，让他出去等，或者直接走。她来到湖边的亭子里，心想难道那一晚都是幻觉？2037也是甘旭然搞的鬼？绝望的情绪在她体内像虫子般蠕动，她将脑袋抵在柱子上，一只手毫无意识地滑着。柱子冰凉，带着石头的坚硬触感。突然，她摸到一处凹槽。于是拿出手机照亮，只见嵌在柱壁的半个心形锁孔。她想起了甘旭然给她的信物，却无法记起他当时的表情，但他那故意压低嗓门的腔调，似乎在提醒她有着不便透露的隐秘细节，而当时她根本没心思听下去。看来那半颗心形吊坠是联通她和甘旭然之间的唯一媒介。可她，把它扔了。

安妮失魂落魄地走出大门，门卫还给她身份证。司机还在，安妮上了车。他问她去哪里。安妮想找回那把钥匙，但这无异于大海捞针，她不记得那天的司机是从哪条路去的机场，也不太记得把钥匙扔在了哪一段。想了很长的时间，她说，往城里开,去大望路。

到华贸附近时,东方天际已泛出鱼肚白。安妮在SKP的商场正门下了车,此刻除了清洁工,其他东西还在睡梦中。他们穿着橘色的环卫服,认真地清扫着街道,并未发现安妮。也许发现了,但早已见怪不怪。安妮在原地站了片刻,直到厚重的云层被朝阳映成庄严的血红色,她才慢悠悠地移动脚步。她走到一处休闲区,那里的银杏树下有长椅,她躺了上去。手机快没电了,她连上网,搜甘旭然的名字,什么内容都没有,就好像这是个敏感词。她又搜索那间事务所,并没有任何相关信息。那么"周苏烨"呢,她的百科还在,歌曲也在,还能听。她塞上耳机,听着歌,闭上眼,分不清自己到底处于现实还是梦境。

阳光刺痛双眼,将安妮的头顶晒得温热。她睁开眼,坐起来。喧嚣的市声已拉开帷幕,不断有上班族匆忙路过,有的人会好奇地看上她两眼,之后漠然地走开。她面前有个展示窗,里面是爱马仕的新款女包。她看见充满胶原蛋白的脸和华丽的包在玻璃上交叠、融合,虚幻而和谐。除了年轻,我是不是什么都没有了?想到这个,她拿出新办的银行卡,来到旁边的取款机前确认。余额没有变,还是一千多万,这让她稍感到安心,随后取出两千块。

有人喊"安妮",熟悉的男声。可在这里,又有谁会认识二十多岁的她呢?她转身,只见一个介于男人和男孩之间的人站在门外,朝她露出干净的笑容道,你拉这么大的箱子要去哪儿？她愣住了，这不是Eric吗？怎么会那么年轻？正如一直在她心底的模样。见安妮无动于衷，他以为自己认错了人，便继续向前走，不时回头。安妮突然感觉身体里有一股强大的力量，驱使着她，仿若新生。她自信地迈开步子，推开玻璃门，追了上去。

独立日

1

周领男遇到常晓伟的时候，陈熙东已时日不多，更为准确地说，已进入弥留之际。当时，他们都在医院，陈熙东躺在重症监护室，靠呼吸机维持着一口气，而周领男坐在医院楼下小花园的长椅上抽她人生中的第一支烟，以排解郁闷、伤心和刚刚受到的羞辱。她觉得有时候生活就是这样，没什么可以解释，就是让人不舒服，且找不到谁能够指责，仿佛一拳打在棉花上，令人泄气。

暮春时节，小花园里花枝招展，回廊上的藤蔓垂下一片淡紫色的小瀑布，烟雾袅袅上升，露水顺着嫩绿的叶尖不断滴进她的脖颈，冰冰凉，起初一激灵，而后适应，想起被陈熙东套牢的这么多年，她心里也有巴掌大的一块冰凉，愈想愈心寒，简直冻成了冰。从前，那一块是火热的，差不多是她唯一的希冀，不承想顷刻间便灰飞烟灭，她觉得自己的感情、人生或别的什么东西都被白白浪费了。

周领男在家里排行老二,上头有个姐,只比她大两岁。父母给她取这个名字的用意很明显,希望她的出生能领来个男孩,结果天遂人愿,还是加倍的。四年后,母亲生了双胞胎,这让土里刨食的父母在欣喜之余更加着了慌,两个男孩代表着不管花什么钱都要双份,除了衣食住行,还有学费,不管将来他们能否考上大学跳出农村,都要为了能娶上媳妇而准备盖房或是买楼的钱。虽说"儿孙自有儿孙福,何必给儿孙置马牛",但可怜天下父母心,自私和绝情的毕竟是少数,大部分还不都是趁着年轻多抓挠点钱给孩子的将来做准备。可父母本事不大,再折腾也仅够将一个儿子送进大学,且年纪渐大,尽量保证身体健康,没病没灾,不连累儿女已是仁至义尽,根本无力承担儿子接下来几年的学费和生活费。所幸,另外一个不是上学的料,初中毕业便辍了学,像两个姐姐一样,早早地打工赚钱,在自食其力的同时要额外准备一份给同胞弟弟的学费和生活费,另外两份则由两个姐姐分担。

高考落榜后,周领男没有复读,而是听从父母的建议,在县城打了一年多的工,随后又跟朋友去了北京。那时的她年轻、漂亮,无奈学历低,在县城时还能靠知识换得一口饭吃,但在藏龙卧虎的北京,她那点儿学历简直不值一提,好在拥有一张漂亮的脸蛋,靠此倒也能谋得一份差事,可多是她不喜欢的服务行业。认识陈熙东时,她正在一家四川老乡开的改良版川菜馆"渝水情"做迎宾。陈熙东时任一家企业的二把手,大家都叫他陈总，渝水情就在他任职的公司附近，档次较高，因此他经常带客户去那里吃饭，老板和他挺熟的。那天，陈熙东进包房时，跟老板提要求，给我挑个漂亮的有眼力见的服务员，上次那个说一句动一下，酒瓶子倒了都不知道扶。老板便把周领男派了过去，嘱咐她尽心尽力，说一旦服务好了有小费。她答应着，进了包房，当时周领男身着淡紫色丝绸旗袍，头发拢在脑后盘成发髻，肤色白净，身段妖娆，拧着腰肢一走，当真是姿态撩人。她知道这桌客人比较重要，也明白自己赏心悦目，因此笑容格外甜美，十分殷勤地给客人们添茶倒酒。

酒桌上气氛融洽，七个男人先喝了三瓶茅台，又喝了五扎啤酒，都有些喝高了，有人借着醉意讲起了荤段子，其他人便附和着笑，周领男没笑。有个脑袋像椰子似的男人注意到了，问周领男为什么不笑。她道，我不懂。那人道，你们干这行的，什么人没见过，再露骨的怕是都听过，要不，你给我们讲一个怎么样？她没遇到过这种状况，笑容变得僵硬道，我不知道。"椰子脑袋"饶有意味地眯缝着双眼盯着她，装什么纯？真不知道？周领男低头看着酒杯，不说话。椰子脑袋道，不然，你就喝一杯。周领男抬头道，我不会。对方不依不饶，不会喝可以学，我给你满上啊！说着，他倒了一杯啤酒，举向周领男。她正在给陈熙东添茶，手有些发颤，也许他注意到了她的窘迫，起身接过啤酒道，黄总别为难人家小姑娘了，初来乍到，我替她喝了。黄总道，哟，您这是英雄救美？陈熙东没说话，一仰脖，咕咚咕咚干了，他的喉结一耸一耸的，看得周领男直揪心。

果盘吃过后，其余六个人先走了，剩下陈熙东结账。周领男拿着信用卡和账单到前台刷卡，又让陈熙东签了字，回到包房时见他还坐在那儿，便问他是不是不舒服。陈熙东说，有点晕，坐会儿就好。服务员已收拾了桌子，桌布换了新的，周领男从厨房倒了一杯蜂蜜水端给陈熙东，让他喝点，说是解酒的。他礼貌地道谢，和酒桌上游刃有余的姿态截然不同，甚至显得略微拘谨。周领男道，我还得谢谢您刚才帮我解围。陈熙东露出笑容，让她坐，又问她是哪里人，来北京多久了，家里都有什么人之类的，她一一作答。他稍感意外和惊喜地说，哦，攀枝花吗？原来咱俩是老乡，我以前就在攀钢工作。周领男心底腾起一股他乡遇故知般的温暖，尽管饭馆的老板和好几个同事也是四川人，但她从未有过这种感觉，便问，什么时候的事？陈熙东回忆道，大概就像你这么大的时候，八十年代，二十来岁。

周领男的眼睛里闪着光，陈熙东仿佛在她的眼中看见了自己年轻时的模样：那时的他年少轻狂，斗志昂扬，热烈地迷恋和追求着文学，不仅主办了集团内刊，业余时间和志同道合的人谈论文学，争论欧美文学和苏联文学的成就高低，并且像追求心仪的女孩一样全身心地投入创作中，期待着能在正规刊物发表作品。后来，他果然在省刊发表了一个短篇，一时间成为全城的名人，并因此迎来了桃花运，那个姑娘先爱上了他的小说和才华，然后才爱上了他的人。那真是文学繁盛的年代啊，小说和诗歌在姑娘们的眼中无比神圣，比包包、华服、鞋子等重要得多，每个人心中都有几个崇拜的文学偶像。可是后来，随着商业资本的不断介入，社会悄然无声地变了，人们全都奔着生活而去，谁还会对文学这虚无的世界有一丝留恋？那个姑娘最终没有成为他的老婆，他娶了一个对他的事业和前途有帮助的女人，起初她并不恶俗，倒还有点儿情趣，可如今，她除了美容、度假、买迪奥和古驰、看院线大片，还有精神上的追求吗？但自己无法责怪她，毕竟每个人都变了，没有变的只能被社会淘汰，不知所终，只有与时俱进的识时务者才能混到高层，他自己不也是早已放弃写作，甚至连阅读的习惯都没坚持下来？办公室的书架上倒是整齐地码放着一列精装版文学名著，却从未翻过，只是用来彰显身份，装点门面的摆设。

想起年少时的往事和社会的变化，陈熙东禁不住唏嘘，叹了口气。周领男问他为什么叹息，他摇摇头，道，你就想一直在这里干吗？她微微笑着，我知道这不是长久之计，可也没别的门路，暂时只能骑驴找马。她若无其事的语气像是在说别人的处境，陈熙东觉得她胸无大志，却有点儿傻傻的可爱，便道，还是有个规划比较好，现在年轻可能不要紧，但还是不要得过且过，时光很容易就虚度过去了。周领男不太喜欢他这种过来人的带着一点警示和训诫的口吻，但还从来没有人跟她说过这种话，哪怕是父母师长也没有，因此还是觉得心头一热，道，我会好好考虑的。陈熙东从兜里掏出一张名片递给她道，以后用得着我，随时联系。她接过名片，认真地看了几秒钟，那上面的职务是总经理。她冲他笑道，真的吗？别到时候找你就不记得我了。陈熙东道，美女的事就是我的事，就怕你不找我。

在送给周领男名片一个多月后的半夜，陈熙东接到了她打来的电话，当时他正在开车，听见她说，我是周领男，有点儿麻烦事，你能帮我吗？恍惚间，陈熙东没反应过来，心想"周领男"是哪位，因此稍有迟疑，而那边已然感觉到，再说起话来，声音中很明显带了一丝失望，但她还是解释道，还记得吗？渝水情的服务员，你给过我名片。陈熙东一下子想了起来，连忙说，不好意思，我当时没记住你的名字，但我记得你的人。周领男勉强笑了一声道，没关系，你能过来一趟吗？他问，你在哪儿？她说了地址，在东五环的一处地铁附近。他纳闷她怎么跑到那个地方去了，但电话里不好细问，只得安慰道，在原地等我，我这就过去。

渝水情的常客里有个开发商看上了周领男，几次三番暗示要包养她，她都假装听不出来，但又不敢明确拒绝，怕得罪了他，被老板责备。这一晚，在饭馆老板的劝说下，周领男终于被开发商连哄带骗地约了出去，吃了一顿饭后，两人逛商场，他要给她买衣服、鞋子和其他奢侈品，但都被她严词拒绝，惹得他挺不高兴，便道，算了，强扭的瓜不甜，我把你送回去吧。她信以为真，谁知上了车后却由不得她，他一路开到偏僻之处，停在枝繁叶茂的树下，在如一汪黑色池塘的树影下，他对她肆无忌惮地动手动脚，一口一个"心肝宝贝"地叫着，嘴巴里喷出来的热气和酒气让她恶心至极，他说只要她跟了他，想要什么都能给她，房子、车、珠宝，哪怕是婚姻也可以考虑，只是需要时间。她害怕极了，拼命挣扎才没有让他得逞，终于推开车门跑了出去。穿着高跟鞋不方便跑，只得脱掉拿在手中，不辨方向地一阵乱奔，隐藏在一处树林中，过了很久才敢出来，却不知道是哪里，也不知如何打车。翻看手机里存储的号码，衡量再三，她这才打给陈熙东。

听她梨花带雨地说完，陈熙东道，像你这么漂亮的女孩子，不适合长期混在那种地方，迟早会被毁掉。他心想，也就是她还没见过世面，一旦浸淫久了，想必早该乐不可支地答应那个开发商了。周领男带着委屈难当的哭腔道，那能怎么办？我书读得少，脑子笨，还不活泛……陈熙东望着她楚楚可怜的样子，脱口而出道，离开那儿，来我们公司吧，我给你找个活儿干。尽管她知道他有这个能力，但还是被他的爽快给镇住了，不免愣了片刻，随即道，我不是想给你添麻烦，只是想找个人倒倒委屈，说完了我心里就舒服了，其实我不该跟你讲的，这都是我自己的事，应该自己去解决。他道，你解决得了吗？她道，大不了回老家呗。他笑道，相信我，北京这地方，来了你就不会想回去，放心，给你找个事干的能耐我还是有的。周领男用充满感激和崇拜的眼神仰视着陈熙东，点了点头。

2

一支烟抽到一半时,周领男才发现有个男人坐在她对面,手拿香烟,跟她借火。这男人便是常晓伟,他穿着带破洞的牛仔裤、白衬衫,厚厚的刘海盖住额头,有几缕头发被染成了蓝色,给人一种非主流的气息,而他的身上也散发着隐约的发胶气味。周领男没注意他的脸,只觉得伸过来拿打火机的那只手很白,手臂上的汗毛很重,更显得皮肤白腻。点着烟,他想把火机还给周领男,她说,你拿着吧,我不抽烟的,打火机和烟都是别人给的。常晓伟见她的烟已抽完,便抽出一支问她,还想吗?她摆摆手,见他要把烟插回烟盒,她不好意思道,给我吧。像是被允许还了一个人情似的,他露出欣慰的笑容,递到她手中,并给她点着。她深深吸了一口,有些被呛到,咳嗽两声才道,今天太烦了。他道,来这儿的人没多少顺心的。她嗯了一声,算是赞同。

他说,我爸,心脏病,必须马上做支架,要十五六万,虽然我姐也出钱,但我这两年攒的钱又没了。对于陌生人,有时候人们更习惯敞开心扉。周领男道,人活着最重要,钱没了可以再赚。常晓伟点点头,随即问她,刚才我看见那几个人对你骂骂咧咧,你怎么不还击?"那几个人"是陈熙东的老婆和一双儿女,周领男推测,他们应该早就有所猜疑,只是不太确定,或是有陈熙东横在中间,他们没想过要闹,而在陈熙东突发脑出血之后,他们终于和她在医院狭路相逢,正好借机出一口恶气，可以尽情奚落她、嘲讽她，谁让她是个道德败坏的勾引有妇之夫的狐狸精呢！周领男并不觉得羞耻，反正眼前这个男人只是萍水相逢，而且这种事她根本找不到人倾诉，便简单道出原委，最后还补充道，我认识他时还不到二十岁，现在就要三十了，这么多年我都没有过二心，也没得过多少实在的好处……

常晓伟接到一个电话，随即起身，并对她有所示意，不过周领男没看出那个眼神的意思，也许是让她等他，一会儿再见。她没有走，实际上是没地方可去。尽管她预感到，随着陈熙东即将离世，自己已成为不受欢迎的人，她该领盒饭了，戏份已结束，如果她坚持不退场，非要给自己加戏，那只会闹得更难堪，更加毫无尊严。十多分钟后，常晓伟回到了小花园，他说刚才他姐找他商量事儿，随后他又去看了陈熙东的家属。周领男问，还在吗？他道，都在病房门口守着呢，就像垃圾桶旁边的老鼠一样。周领男说，他们不会走的，可能还在商量要不要做手术。常晓伟道，成功的概率有多少？她哼了一声，几乎没有，医生说最好的结果是成为植物人，就看他的儿女怎么决定了，反正我没有发言权。他道，事已至此，也只能这样。周领男追悔莫及，我应该趁自己还有点儿资本的时候就抽身，我太傻了。他用通情达理的语气道，你肯定很喜欢他，要我说，比他的老婆孩子还要在乎他。她想了想才道，不，不能这么说，现在回想起来，我对他，从一开始就不是爱，顶多是崇拜，更多的是依赖。

对！那不是爱，是依赖，习惯性依赖！周领男心里暗自念叨着，好像为她和陈熙东之间的感情找到了更为准确的表述和总结，犹如一句墓志铭，有着类似盖棺定论的性质，仿佛否定了他们之间有过爱，她就能好受一些。事实上也的确如此，这么多年，她基本就是靠着他而活。她被陈熙东从渝水情拯救出来之后便去了他的公司，因学历不高，能力有限，只能做个打杂的临时工，工资也不高，甚至还不如做服务员赚得多。很快，她就成了陈熙东的情人，对于这种结果，两人心照不宣，毕竟一开始都是清楚的。为了掩人耳目，他另给她找了一家公司，做的仍然不是什么技术含量高的工种，没多久，她彻底结束职场生涯，被他包养。他给她弄了一套房子，日常花销全由他负责，一旦他休假，两个人会出去吃饭、旅行、购物等，而他最喜欢让她做的是读诗歌或是小说给他听，这在他们俩的相处中几乎成了保留节目。做这事往往是在他喝得微醺之时，从他的背包中拿出一本书，翻到早已做了记号的那一页，让她有感情地朗读。读的作品基本都是国外的，有名著，也有一些新书。听着，听着，他就会闭上眼睛，似乎睡着了，可她一旦停下来，他便让她接着读。她挺好奇他为什么喜欢让她给他读书，也问过。他回答说阅读一本好书能充实灵魂，让人心更加宽广和深邃，能够认清自己所处的社会位置，对当下很多乱七八糟的现象有独特和深刻的认知，能够在人格和精神上更加独立和自主，在遭遇不公和不幸时不会妄自菲薄、自暴自弃。他的回答过于宽泛，她觉得这只是不太主要的原因，真正的动机是在一次阅读中无意揭开的。

和陈熙东好了这么多年,很少听他谈到妻子,即便谈到也是一副毫无感情、很不耐烦的样子,就像很多中年男人对已是黄脸婆的老婆所共有的态度。那个冬天的晚上,他们住在莫干山脚下的一处由老房子改造而成的酒店,外部有宽敞明亮的庭院,周围被茶园、群山和湖水环绕;内部装修成了简洁而混搭的北欧风,大部分家具都散发着时间的气息。木块在壁炉里轻柔地爆裂,哔哔剥剥,如同冰屑。她给他读书,他喝酒,渐渐地,一瓶红酒被他干掉,而他也迷糊起来,把她当成了"绮红"。当时,她刚好读到一首聂鲁达的诗歌:

你沉默不语我更喜爱,像你不在我眼前,
你远远倾听我的动静,我的声音却追不上你,
仿佛你的眼光已经离去,
仿佛一个甜吻把你嘴唇封闭。

一切一切,浸透我的心灵,
你从中浮现,跟我心心相印。
梦幻的蝴蝶,仿佛你就是这个字:忧伤,
仿佛你就是我的灵魂。

你沉默不语又遥遥在望,我更喜爱,
柔声细语的蝴蝶,你像倾诉怨艾,

你远远倾听我的动静,我的声音追不上你,
请让我随同你的沉默不言不语。

请让我也怀着你那种沉默向你诉说衷情。
它像灯光一般明亮,像戒指一般简朴。
你仿佛夜晚一样,沉静又密布繁星。
你的沉默有如星星,遥远而又纯净。

你沉默不语我更喜爱,像你不在我眼前,
你遥远而又痛苦,仿佛已经死别,
那你再说一句话,再露一次笑,我就满足,
我很高兴,高兴这绝非永诀。

他抓着她的手臂在她耳边絮絮低语,绮红,咱俩第一次见面时,你对我朗诵的就是这首诗,还记得吗?周领男觉得身上仿佛有电流穿过,混杂着爱的嫉妒和渴望。可是,她没有发脾气,反而顺着他,假装自己是绮红,说记得。陈熙东继续回忆,没说几句后竟然哭了,说他爱她,请她原谅。周领男只得继续装下去,说已经原谅了他,不想再让他说下去,将他扶到床上,让他入睡。她害怕他继续向"绮红"坦白,说他包养的那个年轻女人不过是一个替身,说他根本没爱过她,尽管她知道这很可能是真的。在相当长的时间里,周领男一度认为他的妻子叫"绮红",但有一次翻他的手机,发现"老婆"和"绮红"并非同一人,而是两个号码。在嫉妒心和好奇心的双重驱使下,周领男记下了绮红的号码,并打了过去,接听的却是个男人,听起来年纪不大,问她是谁,要找谁。慌乱之下,周领男只得撒谎说打错了。

周领男其实非常清楚,陈熙东和自己并没有多少精神上的共鸣,他和她在一起更多的是贪恋她的年轻,她的肉体,能让他找回年轻时的激情。他嫌弃她书读得少,不懂得人情世故,没什么品味,骨子里并不高贵和优雅,只知物质享受,唯一的精神生活可能就是看看电影和电视剧,还都是国产的——他顶瞧不上的那一类。他曾想改造她,让她变得知性,让她多看经典文学只是其中一种手段;他既想要她的身体,又想要一个类似于"绮红"年轻时那样的灵魂,世上哪有如此两全其美的事?如果有这样的女人存在,还轮得到他吗?随着对他了解的加深,周领男开始讨厌他身上的这种虚伪,他以为他是谁?她也想过彻底离开他,然而光是想想自食其力的各种困难和麻烦,她便退却了。没有他,她在北京活不下去,或是活得很狼狈,像一只失去性别的动物,为了衣食住行便已耗尽气力,根本不可能有财力和精力去护肤,健身,旅行,阅读(虽然她不喜欢,但也总比为了生计端盘子强)。他从来没有暗示过要娶她,她也清楚这种生活无法长久维持下去,可他至少还没有变心,也没有变心的预兆,而且他并不算老,起码还有很长时间和她在一起。可谁又能想到呢,前一天还活蹦乱跳的一个人,如今却躺在病床上不省人事。逼得她必须考虑以后的路该怎么走。

你以后有什么打算？常晓伟问她。她摇头，她暂时真没什么计划，或者她还对陈熙东抱有希望，比如出现奇迹，活了过来，再比如，给她留下什么，但这几乎都是不可能的。常晓伟道，其实也好，趁着你还年轻，有能力重新来过的时候全身而退，开始新生活，也不是坏事，你还不到三十岁，而且看上去显得很年轻，要想找个工作根本不是问题。周领男不太相信，但仍然感到些许兴奋道，真的吗？常晓伟道，真的，如果你有需要，可以找我，我们加个微信吧。说着，他拿出手机，亮出了自己的二维码。周领男扫了码，两个人又聊了片刻，他姐姐又给他打电话，周领男让他先去忙，自己则走出医院，打车回到了住处。

下车时，正值下班时间，周领男呆呆地站在街头，周遭高楼林立，人们如过江之鲫，行色匆匆，但皆有目的地，只有她不知道前路在何方。她觉得自己仿佛置身深井之中，一股深入骨髓的孤寂、寒冷袭上心头，她仿佛不属于任何一片土地，不属于这个世界，不属于任何人，灵魂蜷缩在肉体里，她非常痛苦，想钻进地缝里，想从地球上消失，却不想死。半晌，她终于回过神儿来，想起一个至关重要的问题，往小区走去。A派公寓，大两居，高层，精装修，从落地窗能看到东三环的夜景。周领男喜欢这套房子，空间虽然算不上太大，但敞亮，像一眼就能看透的人，没有那么多弯弯绕绕的心思，住起来叫人安心和放松。一进屋，她赶紧翻找这套房子的产权证，但无论如何都找不到，事实上，就算找到了也没什么用，她记得很清楚，上面写的是陈熙东的名字，他答应过她十年之后会过户给她，即便他的承诺是真的，也已没机会兑现。她输了，失算了。她坐在地毯上，随后躺在上面，将四肢摊开，尽情感受它的柔软和舒适，也许以后再也不会有这种惬意的时刻。想到这儿，她给常晓伟发了微信，问他住的地方大不大，她想把自己的一些东西暂时寄放在他那里。

3

在周领男将打包好的东西拉到常晓伟那里的当天晚上，陈熙东已于家中悄然去世。经过商量，他的儿女决定放弃手术，将他拉回了家中。葬礼一结束，其儿女便拿着产权证找到了周领男，并责令她马上走人。周领男一开门，陈熙东的女儿便像个土匪一样冲进各个房间，一番地毯式搜索，犹如查找重要物证。她问周领男，就这点儿东西？周领男道，你以为呢？周领男只带走了衣服、包包、首饰和几样贵重物品，家具和电器等大件根本没动，尽管它们也算得上高档，卖掉的话可能也值几个钱，但她想想，还是算了，已是山穷水尽，何必在意这一点呢？人都死了，一切再无意义。陈熙东的女儿问，我爸给过你多少钱？不提这茬儿倒还罢了，一想起这码事，周领男便气不打一处来，陈熙东虽然给过她钱，可两个人的日常开销全从此项里出，他的工资本来也算不上多，且并非悉数交给她保管，再除去花费，能剩下的极其有限，加之有时她还要贴补父母和弟弟，因此这么多年下来，她的存款根本没多少，一个省吃俭用的底层小白领的存款都要比她的多。周领男道，他给我钱是我应得的，我还付出了时间、青春和身体呢。你不用站在道德高地上指责我，那是我辛苦赚来的，再说，那是你爸的钱，他愿意给谁就给谁，你气不过你就去找他算账，告诉你们，老娘不跟你们计较，自认倒霉，不让你爸赔偿青春损失费已经够人道了，你们就别欺人太甚，赶尽杀绝了！陈熙东的女儿被她最后的爆发吓得后退两步，但她随即骂道，不要脸，荡妇，不知羞耻！周领男不想再与她进行无谓的争论，拿上东西，出了门。漫无目的地走在大街上，她感觉每一张脸上都写满了对自己的鄙视和嘲讽，鄙视她的堕落，嘲讽她的自食其果。

在大街上走了一阵，周领男本打算找个酒店暂时住几天，怎奈大部分酒店都已客满，只剩一些单看外表和价格就知道不会干净和舒服的小旅馆尚有空房。在被陈熙东包养之前，周领男还有几个朋友，当朋友们得知她做了"金丝雀"之后，纷纷和她断了联系，后来她也就不再主动交际，免得自取其辱。无奈之下，她只得给常晓伟打了电话。他很痛快地邀她过来住，并道，我爸刚做完手术，我这几天基本离不开医院。常晓伟与三个人合租了一套两居室，他住的这间虽是客厅隔的，却不便宜，因为面积比主卧都大，还有阳台和落地窗。常晓伟把她送到房间里，陪她坐了一会儿，说他爸爸的手术很成功，再观察几天就能出院。她道，明天我就出去找房子。他道，别着急，我不是赶你走,我可以去主卧跟我哥们挤挤,我们这里住的三个人都是单身汉。周领男道,麻烦你了,等你有空了我请你吃饭。他笑道,这个可以有。

房间里弥漫着一股雄性动物特有的臭味,像高中时期的男生宿舍。常晓伟走后,她将窗户全部打开,又翻出香水喷了喷,接着,想找出自己的床单和被子,却发现没有带,只得和衣而卧。自然睡不着,不仅因为房间和床的陌生感,主要是对未来的忧虑,到底要怎么办才好?从此找个工作,踏踏实实地自食其力,然后再找个合适的男人,生儿育女,从此上班下班,攒钱买房子买车,勒紧裤腰带过日子?或是离开北京,回老家,找个男人结婚,过压力不那么大的枯燥生活?后一种想法明显不可行,像她这个年纪的女人在老家已经很难找到好男人,总归是有些明显缺点的,被人挑剩下的,要不就是离过婚的,说不定一结婚就要当后妈。如果不是走投无路,她才不会走那一步。留在北京才有机会,在北京,她这个年纪还不算大,也许还有一定的竞争力,毕竟这里的男人多,工作机会也多,说不定就能碰到好的——当然,再想碰见陈熙东这样的是不可能了,人不可能两次踏进同一条河流,再者,她已没有资本虚度年华,她要趁着尚有些姿色时回归寻常路,找一个对自己有几分真心的人——比如常晓伟。她能感觉到他对她的上心,如果他对她没意思,绝不会如此帮她的忙。

这两天,周领男还没调整好心情面对未来,每天早上醒来,她都要反应一会儿才确定陈熙东已经去世,他们之间已彻底完了。这种状态下,她根本无心找工作,每天无所事事,躺在床上刷手机,困了便睡,醒了再刷,她觉得自己消沉得没救了。昨天傍晚整理东西时,她打开了那只箱子,里面装的全是陈熙东这几年买给她的书,她都给他读过,其中内容多半都记得。本来她不想带走,又重又没用,卖废品也值不了几个钱,但书的扉页上都有她的名字,那是陈熙东的习惯,每次送她都要题词,就好像作者是他。既然送给了她,那就是她的东西,她不想让陈熙东的老婆和儿女拥有处理它们的权利,这才让搬家的人装上了车。箱子里面最显眼的是一套精装版的《红楼梦》,也是周领男觉得最为通俗易懂的一本,不像其他名著那般晦涩、深奥。她拿出一册,随手翻开一页,偏巧正是"探春理家"那一回,看到探春说"我但凡是个男人,可以出得去,我必早走了,立一番事业,那时自有我一番道理"时,周领男想起陈熙东跟她说过十二钗中他最喜欢黛玉,但最适合生活在现代社会的女性是探春,因为她更加独立、理性,且精明、能干、有想法,若生在当代社会一定是个女强人。他让周领男不要太看重自己的性别,虽然女性在当代社会的地位和男人相比实际上还有所差别,但比照旧社会,那是好太多了,只要有才干,有能力,肯付出,肯吃苦,根本不用靠男人,一样能活得很好,至于婚姻和爱情,那是锦上添花,有没有两可,事业才是安身立命之本。当时,周领男没太把他的话当回事,只笑说他是给自己有朝一日不想要她了找说辞,而他叹着气道,我这是为了你好,我对你再好,你能跟我一辈子吗?我比你老那么多！掩卷沉思，陈熙东的考虑果然是居安思危，比她有远见，如果当初她听了他的话肯定比现在要好得多吧。

两天后，常晓伟的父亲出院并离开北京，坐上了开往老家的火车。晚上，为了表示感谢，周领男请常晓伟吃饭，他选了附近一家火锅店。认识了好几天，两个人终于有机会坐下来好好地聊天，他们似乎都在等待这一刻，等到周领男都有些怀疑这场面已经发生过了似的，而当置身其中时，她才明白这是因为之前总和陈熙东出去吃饭。习惯了和陈熙东相处，对于常晓伟在餐桌上的表现，她甚至有些不适，比如他招呼服务员的方式，点菜的语气，甚至都没有问她想吃什么就擅自把菜点了，等到服务员已准备下单，他才想起来问她，你有喜欢吃的吗？周领男笑道，我都吃。他自我开解似的补充道，火锅嘛，大家经常点的就那几样。可陈熙东从来不会这样说，即便他们已经相处了很久，每次吃饭时，他都要让她看菜单，让她先选。不光如此，每次坐车，陈熙东总是为她打开车门，手挡着门框，等她坐定替她关了车门，再转到另一边上车；每次过马路，他总要伸出一只胳膊在她背后虚放着，一旦有车或是其他危险，那只胳膊便会马上搂住她的腰，让她等一等再走……在陈熙东那里，周领男时不时就会感觉到被宠爱的得意，如果只是一两次，可以认为那是做出来的，但好多年一直如此，那不仅说明陈熙东是个绅士，更说明他心里其实是有她的。

两人边吃边聊，周领男这才得知常晓伟更为详细的信息。他的学历也不高，初中毕业后学了美容美发，然后来到北京，

独立日 ▎207

从学徒开始，到后来成为大工，去年才和一个朋友一起租了店面，又招了两个洗头打杂的小弟，在社区旁边开了理发店，和他同住的室友便是他的那个朋友和两个小弟。理发店就在他们所住的那个社区底商，店面不大，价格也不算高，目前基本能维持收支平衡。常晓伟说，再干两年，如果不行，就回老家，你呢？想好找什么工作了吗？周领男摇摇头。他道，在北京要是赚不到大钱，比如攒不下来钱，那就不如离开。周领男道，我可不想回老家，都是认识我的人，我也不想面对亲戚们。他道，那就跟我走。

他说得很认真，不像是开玩笑。这倒让周领男无所适从，他接着道，凑些钱，在老家好歹能买上房，小点儿也行，也算有了自己的窝，有了家才有心思结婚，生孩子。她觉得他说得有些远，便说，你既然那么想结婚，为什么不早点儿找个人结？他道，谁会喜欢我？没钱又没房，穷光蛋一个，而且遇着个合适的想过日子的女人没那么容易。她好奇道，你怎么知道我适合过日子？他道，你经历过那种事，肯定吸取了教训，不想再混日子。这个理由让她有点儿意外，难道他觉得他很了解她吗？她说，可我，是个没人要的二手货。别这么说，常晓伟突然抓住她桌子上的手道，以后不要再说任何类似的话，谁还没个过去？这话听了让人感动，周领男有点儿想哭，她望着常晓伟的脸，点了点头，既像是答应了他以后不再自轻自贱，也像是答应了要和他处对象。

4

和常晓伟同居的速度令周领男自己都觉得吃惊,她还没来得及了解他,这么做未免过于草率,时间如此之短,短到她还不可能爱上他。但这又不妨碍和他住在一起,她觉得这就像以前一样,是习惯性依赖:有个男人在身边,做她的主心骨,让她觉得安心。另外,工作比想象中还要难找,像她这个年龄再去做服务员几乎没有饭馆肯要,况且她也不想再做服务性行业,她想找个体面点儿的工作。常晓伟劝她不用着急,甚至不工作都不要紧,可她并不想长期在家收拾房子,买菜做饭,不想提前进入家庭主妇的状态。那天看到一个广告,于是她报了个学习班,专攻汉语言文学专业。每个工作日的上午上课,下午没课,周末也没课,一年以后就能拿到结业证,学校会给推荐工作。不得不说,这几年陪着陈熙东读书,她还是受益良多,至少留下了深刻印象,否则也不会在那么多专业中一下子选中这个,用陈熙东的话说,她已经是个有着基本文学素养的爱好者,见到和文学沾边的东西已有条件反射。

常晓伟回老家看望父亲,七八天才回来。为了欢迎他,周领男做了丰盛的晚餐,吃过饭,她将报了学习班的事情说给常晓伟听,他嗤之以鼻,那么多正规院校的毕业生都找不到工作,你这半路出家的凭什么这么有信心?这话让她大觉逆耳,但也不好回嘴,毕竟他的冷水泼的也是实情,只道,反正闲着也是闲着。他又问,学费多少?她说,两万。他露出一副意外而惋惜的表情，没说什么，转而关了灯，将她拉到床上，摸索一番，胸罩都没摘，待到她的情绪才上来，他已完事，开灯，点着了烟。常晓伟这种自顾自的行为让周领男一周来积攒的温情和热盼无的放矢，跟她想象的场面差得太多，几乎背道而驰，她缩在床角，脸上混着不堪和惆怅，好像刚被强暴过。在袅袅的烟雾中，她仿佛看见了陈熙东，每次两个人上床都无比和谐，他不仅温柔，持久，最重要的是在整个活动中都能照顾到她的感受，先是亲吻，接着是忘情地抚摸，然后才是由温柔渐渐转向霸道和野蛮的进攻，就像奴才伺候女王那样无微不至，让她充分享受到性爱的快乐，让她觉得这是无比美妙的运动。可常晓伟的行为呢？只顾着把自己的欲望发泄完，完全把她当成了工具。

你爱我吗？周领男做了个伸展动作，问常晓伟。后者道，当然，我不爱你，干吗跟你在一起，还干那事。她短促地哼了一下，心想，爱个屁，你根本不知道什么是爱。常晓伟像被冒犯了，一脸疑惑道，你什么意思？她问，你和别的女人做爱也这么草草了事，只顾着自己爽吗？他将烟头摁灭，像被伤了自尊，质问道，怎么？嫌我时间短？她马上道，别误会，和时间长短没关系，我是说，你都不知道怎么做爱吗？他道，不都这样吗？难道你想我和电视剧里演的那样假模假式地搂搂抱抱，先啃上一顿，乱揉一顿再来？他的语气让周领男颇为抵触，能把这么美好的事形容得令人恶心、反感也算是他的本事了。我这是鸡同鸭讲，她沮丧地想，真希望自己没有开启这段谈话，遂起身，套上罩衫，收拾桌子。

欲望满足之后的常晓伟却来了精神，他道，别急着收拾，你拿我跟谁比较？那个老男人？她只得解释道，随口问问，你别多心。他道，我怎能不多心？难道除了他，你还有别人？她将碗筷往桌子上用力摔，你什么意思？我们不是说好不提这事儿了吗？他道，怪谁？还不是你先招惹出来的，我只是顺着你的心思往下想而已。周领男只能自认理亏，息事宁人道，算了，别胡思乱想了。常晓伟寻思了一下说，你能不能不要把床上的那点儿事看得那么重要，难道你跟我在一起是为了这个？这倒把周领男问住了，她低头注视着盘子里半凝固的菜汤，想了想才道，那也不能敷衍了事吧，我觉得那能证明一个人对另一个人的爱有多深。

我觉得什么都证明不了。常晓伟斩钉截铁地反驳，爱一个人并不体现在那点事上，说实话，我对床上的事并不怎么热衷，我觉得那没多大意思，如果男人都是色狼，都是性欲狂人，那我可能是个例外，如果不是为了对方，不是为了生孩子，我都懒得做，但这不代表我有毛病，比如阳痿早泄之类的，我的精力和时间用在别的事情上，比如工作，比如好好经营一个家，真正的相爱应该是心心相印，相濡以沫，两个人在生活中相互关照，面对各种困难，不离不弃，白头到老，因为一个人走下去太难了。他的回答听起来似乎很高尚，仿佛脱离了低级趣味，但周领男还是找到了破绽，她一边抹桌子一边道，照你这么说，恋爱就是为了结婚，结婚就是为了生孩子，所谓的爱情就是找个伴一起生活呗。

差不多，不然呢？常晓伟道，不管哪种恋爱，再怎么轰轰烈烈，再怎么特殊，到最后还不是要回到柴米油盐上？既然说到这儿，我也跟你交个底，咱俩都老大不小了，你也玩够了，而我压根就不是玩咖，要我说，咱们就别整那些虚头巴脑的东西，既然觉得合适，都认定了对方，就严肃对待，顶多再过一年，看我的生意状况，不好的话就回老家，你也跟我回去，把婚一结，从此踏实过日子，到了这个年纪，你就得面对一个事实，那就是这辈子就这样了。

你好像特别着急结婚似的，我觉得我还可以再等两年。周领男确实还没考虑过结婚。

还等什么？嫁给我就这么不甘心？你觉得还能遇到条件比我好的？常晓伟语带讥讽，不要自命清高，以为你是特殊的人，或者是个天才，你就是个普通人，认识到这一点并不难，可能接受起来有点儿心酸和不甘，但只要接受了，接下来的路就会顺畅得多。

周领男心想，那可说不准，难道我就没其他选择了？其实从很小的时候，她就觉得将来会有了不起的事发生，但是也不确定——起码，至今为止都没有过（和陈熙东在一起算不上），就算以后真有，也需要拭目以待。未来的事，她并无把握，因此不能惹恼他，不能让他觉察出自己有二心，好歹他也算得上一条退路。除了保留一颗不打算服从的心，她只能佯装可怜与温顺，像是得了他莫大的恩惠，于是她言不由衷道，我可从没想过找别人,结婚是大事,一旦结了我就不会离,所以要认真考虑,慎重决定,女人比不得男人,离婚就"不值钱"了。

你放心,我就是你要找的人,别的方面不敢担保,但我肯定是个本分的好男人,只要认准了,就会一辈子对她好,绝不会拈花惹草,勾勾搭搭。常晓伟突然语重心长道,我爸的手术做得尽管成功,但得了这种病就等于埋了一颗炸弹,不是我咒他,没准什么时候,一个不小心,就走了,这也是我想趁早结婚的一个原因,让他老人家欣慰,最好是活着时能看到孙子,趁着年轻生孩子,你还可以尽早恢复身体。

这番话让周领男无比排斥,但既然已经决定将他当成垫底,当成饥不择食之下的填充,那就不要太过计较,免得露出马脚。这么一想,她就没再说什么,而是露出一种温和、平静,甚至带着点儿宿命感的表情,好像已被他说服。

你还有多少钱?常晓伟一副漫不经心的口吻。周领男思忖片刻,不知他是何用意,该怎样回答才妥,便反问,你干什么用?他说,不见得用得上,理发店的房租该续了,年付的话能便宜两千多,手头有点儿紧,要不是我爸那事儿也不至于,你要有,先借我点儿。她问,差多少?他道,一年将近五万,我现有三万,本来不想跟你借,怕你误会我是为了你的钱才跟你好,况且我本以为你过得也紧巴,没想到还有闲钱上学习班,这才开口,要找别人暂时挪用也不是不行,但既然咱俩确定关系了,不跟你借又显得见外,你说是这个理儿不是?

独立日 ‖ 213

这话说得真有水平，既占了她的便宜，又因为他把她当成了一家人而强迫她觉得荣幸。周领男道，我没那么多富余，顶多也就一万块。常晓伟道，行，剩下的我再想办法。她没就存款多少做任何解释，免得令他生疑，她猜测他是不信的，再怎么没钱，两万块应该拿得出，事实上她也有，但她不想借给他，她明白这个"借"的意思，说白了，就是变相勒索，他根本就没打算还。但她又没有勇气拒绝，常晓伟让她觉得害怕，他身上存在着不确定的危险因素，她不想惹毛他，只得答应借他一万块，尽可能减少自己的损失。她觉得自己真是倒霉，那么多男人，为什么偏偏遇见这种不靠谱的？也许是上天的惩罚，谁让自己好逸恶劳，总想着靠别人呢？假如趁着年轻时找个好男人，不走那一步，不蹉跎那么多青春，也许不至于如此。这都是自作孽，她在心里默默叹了一口气。

5

那天，刚上完课，一个陌生号码给周领男打来电话，犹豫片刻她才接听。对方直接问她是不是周领男。她嗯了一声，猜测这个人接下来要推销什么，并准备随时挂断。确认身份后，对方道，我是陈熙东的朋友，在律所工作，有件事要跟你说。她问，什么事？对方道，电话里不好说，约个时间见面聊吧。稍顿之后，他又道，对你来说，算得上好事。她问，我要怎么相信你？对方道，明天下午三点，渝水情饭馆，这是陈熙东交代的地址,他说只要我这么说,你就会相信。周领男问,他什么时候告诉你的?对方道,两年零三个月前,他说万一哪天他死了,就让我找你。听到"渝水情"时,她已确信这并非骗人的把戏。难不成陈熙东留了遗产或是贵重的东西给她?挂掉电话,周领男猜想,任她绞尽脑汁,好像也只有这一种可能,不然怎么牵扯到律师?可是,陈熙东为何这么做?难道之前他已经预感到命不久矣?这不大说得通,脑出血属于突发性疾病,如果两年前有征兆的话,他完全可以控制住,不让病情恶化。带着疑问,等到次日下午,她早早地来到了渝水情饭馆。

除了位置和老板,渝水情的其他方面都发生了变化,招牌与时俱进,较之以前更加大气,室内装潢、桌椅陈设和菜单设计等也更加符合如今的审美取向。不到三点钟,吃饭的人很少,还有包厢,之前陈熙东经常预订的"翠竹阁"换成了"镜月轩",周领男进了这个包厢。镜花水月——看到包厢名字的那一刻,她莫名想起了这个词,坐下时顺带追忆了一番与陈熙东在这里发生的点滴。近些日子,周领男想起陈熙东的频率甚至比他活着时都要高。如果两个人最后分道扬镳,她虽然会想他,却不会如此念念不忘,温情脉脉,充满哀愁和遗憾,死亡让他以一种接近不朽的姿态留在了周领男的神经里。命运的无常成全了某种程度上的完美关系,因为人往往会不自觉地美化回忆。但她深知,她想念的其实不是陈熙东这个人,而是和他在一起时那些衣食无忧的日子,是他提供给她的一切,就像她并不渴望爱情本身一样,她想看到的其实是别人眼中的自己,是别人对自己的痴迷，归根结底还是自恋。

杨律师到来后，再次核验了周领男的身份，主要是看了她的身份证，随后才说出详情。两年多前，陈熙东立了一份类似遗嘱的文件，据律师称，陈熙东立遗嘱并非因为身体不适，几乎是心血来潮。那天两人小酌，谈到了很多突遭横死的人以及他们身后事的麻烦之处，主要在于财产方面，涉及银行账号和密码，还有手机支付的密码，或是刷脸指纹之类的问题，如果当事人突然去世，这些事情办理起来会很棘手，甚至引起不必要的纠纷或是财产损失。基于此，陈熙东决定立一份遗嘱，由杨律师做委托人，而这份遗嘱主要针对的人是周领男，并未涉及陈熙东的任何亲人。陈述完背景，杨律师望着周领男道，并没有多少钱，二十四万，不是一次性付清，而且有条件，只有你完成他布置的任务，才能拿到这笔钱，如果你觉得不值当，或是看不上这点钱，你有权拒绝。

周领男问，如果拒绝，这笔钱如何处理？杨律师道，给他的老婆或者儿女。绝不能便宜了他们，周领男想，遂问，说条件吧，他给我布置了什么任务。杨律师道，其实也不难，每周只占用你三个小时，每周一三五，需要你给一个人朗读诗歌或者小说，只要保质保量地完成，那么每个月你可以得到一万块，自然是我转给你。天啊，陈熙东还真是阴魂不散，活着时让我给他读书也就算了，就连死了也不放过我，简直不可理喻。她想拒绝，完全出于下意识，很有些要跟命运作对的意思。她低着头，双手抵住太阳穴，一言不发。杨律师道，不着急，你好好考虑。少顷，她抬起头，问他，给谁读？他道，我可以带你去看她，你先试一次再做决定也可以。她犹豫不决，他又道，当然，今天也不是白读，如果你答应了那就从今天开始，如果觉得不可行，那这次的阅读费用我还是会支付。她哼了一声道，我就这么斤斤计较？是陈熙东告诉你的？律师否认道，不，职业习惯使然，我必须做到就事论事，尽量保证公平公正。她想了想道，带我去吧。

半个多小时后，早已出了城区，但杨律师丝毫没有减速的意思。周领男禁不住问道，我们要去什么地方？这么远。杨律师道，就要到了，一间疗养院。她问，是个病人吗？杨律师道，反正马上就要见到了，就跟你说了吧，是个病人，且病得不轻，但短期内不会有生命危险，是个女人，年纪和陈熙东差不多。她问，他们俩什么关系？杨律师道，我不是特别清楚，也不好说，陈熙东活着时，每周都会抽出时间来看她，听他说每次他都会读小说给她听。周领男问，她自己不会看吗？杨律师道，不会，她出了车祸，高位瘫痪，全身上下除了眼睛、嘴巴和鼻子会动，其他地方都没知觉，嘴巴会动也仅限于进食、喝水，话是说不了的。周领男觉得诡异，便问，那她能听见？杨律师道，能，听力正常，待会儿你看见就明白了。

又过了十多分钟，汽车开进了疗养院的大门。规模不算大，也就三四栋楼，楼层也不是很高，墙体颜色倒活泼明快，天蓝、草绿、雪白三色相间，完全不像一般意义上的医院给人的压抑感。下车后，杨律师联系了一个人，很快，出来一个穿

独立日 217

着白大褂的女子，她自称小韩。跟随小韩乘电梯来到六楼，进入一间雪洞般的单人病房，墙壁、床上用品、窗帘等一律白得刺眼。除了必要的物品，只在床头柜上放着两根香蕉和一瓶满天星的干花，像是画静物画的摆设。床上躺着一位老人，乍看根本看不出男女。白色宽松的病号服套着她，支棱着，纸糊的一般，灰白的乱发犹如干枯的杂草，在"杂草"之间，安放着一颗脑袋。一种类似木雕的静谧从她身上向外扩散，这在被幽禁的人身上比较常见。初见此景，周领男只觉得周身不适，很想逃出这个房间，因其氛围仿佛一个诡异的梦。

小韩出去了，杨律师让周领男坐在病床旁边的椅子上，但她仍然站着，好像一旦坐下来就再也起不来似的。他看了看女人，摸了摸她干巴巴的手，随后对周领男道，你过来，见见她。周领男踌躇着上前，和女人对视了两秒钟，然后将目光迅速移开。杨律师道，绮红女士，这位是周领男，领是带领的领，男是男人的男，以后她会经常来看您，还给您读小说，朗诵诗歌，怎么样？听到"绮红"这个名字，周领男心里一震，不由得再次看向女人，后者眼神呆滞，毫无反应，不知是没听懂，还是对这种安排不感兴趣。杨律师从包里拿出一本书，递给周领男道，今天不用读太多，彼此先熟悉熟悉，我去楼下等你。周领男机械地接过那本书，目送杨律师出了门，这才坐下来。能跟她说什么？又有什么好说的呢？周领男不知所措，犹如高考时一样不安、紧张，手心里都是汗。过了一会儿，她连书名都没看，便随便翻开，刚好是夹着书签的一页，看来上次很可能刚好读到这一页。那书签很眼熟，她想起来了，那是陈熙东的，有很多，几乎每本书里都夹着。沉思片刻，她认真地读了下去：

  他甚至联想到过去和未来，各个年代的人，各个地方的人，死去的、活着的、还未曾来到世间的人，无论窘困还是安逸，无论生活卑微或是出身高贵，他们都有那精细入微的能力感受爱，他们都会幻想爱、经历爱，这种美好的东西从不曾从世间消失过，这是多么不可思议！于是，他觉得那个美梦般的夜晚，还有这月光下的草原、这露珠的湿润、乐器的动人、马儿的忠诚、溪水发出的亮光、人脸上那突然闪过的幸福忧伤表情都不是毫无理由地存在着，这一切，也许是因为爱，因为它作用于世间的每个角落、发生在每一个人的身上……

  读着，读着，不知不觉中，周领男逐渐沉浸于文字所描绘的世界中，自己仿佛成了那个情窦初开的少年，感受着他面对暗恋的女孩时患得患失的心境，忘记了身旁还有个看上去吓人实则非常不幸和可怜的女人，直到手机响起，她才停止阅读，思绪随之回到现实中。杨律师给她打电话，告诉她可以出来了，时间已够。她合上书，起身，往门口走了几步，驻足，折返，走到病床前，对绮红说了一声再见，对方依旧没什么反应，于是她转身出来。

  回到车上，周领男签了杨律师早已准备好的协议，她觉得这事儿没有想象中那么难做。再者，反正她下午也没事，找工作也得结业之后，那还不如趁此机会赚点儿钱。回来路上，从杨律师那里，她又得知了绮红的部分情况：她有一双儿女，都在国外定居，一个是软件工程师，一个是商人，事业算得上成功，两个人都很忙，两三年不见得回国一趟，回来时自然会来看他们的母亲，但也只是点个卯而已，根本无法尽孝，表达感情的主要方式就是不惜花重金为母亲提供舒适的生活，请了小韩负责照顾她的起居，比如喂饭、擦身、翻身等日常事务，以保证她少受些罪，至于绮红精神上的需求，他们就管不了那么多了，以前都是陈熙东来陪她说话，给她读小说。周领男问，绮红是陈熙东的初恋情人吧？杨律师道，是不是初恋我不知道，但肯定有那层关系，用一句俗不可耐的话来形容，就是爱过，也许一直都爱着，否则他也不可能那么多年都来看她，从不间断。她道，看来绮红也是个文学青年。杨律师道，那个年代的人多少都有点儿文学情结，不像咱们这代人，连个精神寄托都没有。周领男打趣道，咱俩可不是一个年代。杨律师笑道，行，你是90后。她道，不，85后而已。

6

第一个月里的几次，周领男去绮红那里给她读小说就像完成一件没什么感觉的工作一样，只是看在钱的面子上才准时签到，时间一到便果断走人。进房间后，她先和绮红敷衍地对视几秒，算是打招呼，随后坐下，翻开书，读，中途有时会喝上几口水。一个小时后，将书签夹好，用笔做上记号，等到下次来了接着读。她读的多是中短篇小说集，按照她的语速，一般每次都能刚好读完一万多字的短篇，若是中篇则需要两到三次才能读完。至于朗读内容，杨律师已给她安排好了，除了上次给她的那一本，后来又给了她六本，说是等到她读完后再来跟他要，据杨律师说这些书都是陈熙东不定期给他的，也就是说这其实是陈熙东的安排。他只是找了一个人接他的班，即使他不在了，仍然有人能满足绮红的精神需求。

那天下午，读的是克莱尔·吉根的短篇《走在蓝色的田野上》。周领男翻开书时，便记了起来，这本书她以前给陈熙东读过，这篇故事她非常喜欢，后来想过要重温，但再也找不到，她还以为自己把书弄丢了，没想到竟然是陈熙东收走了。第三十页有几块淡粉色印迹，那是火龙果的汁液，她记得上次读到这一页时，她非要吃火龙果，于是他拿起牙签扎了一块往她嘴里送，她却没咬住，结果掉在书页上，留下斑斑紫色，随着时间的流逝，渐渐褪成了粉色。她依然能想起当时他脸上的表情，既心疼书，又不忍冲她发火。往事历历，她的语气不由得起了变化，本来是个伤感的故事，而她的口吻中却透着一丝劫后余生的甜蜜与欢乐。

神父走过舞池。新娘伸出双手站在那里。当他把那颗珍珠放在她掌心里时，她深深地凝望着他的眼睛。她眼里噙着泪花，但是她太骄傲了，不肯眨眨眼皮让泪水掉落。如果她眨了，他就会牵起她的手，带她远远地离开这个地方。至少，他是这样告诉自己的。这是她曾经想要的。但是，两个人很少在人生的特定时刻想要同样的东西。这恐怕是人类最艰难的一件事。

她忽然停了下来，不仅因为意识到语调不合适，更主要的是她感觉有一道复杂的目光射向了自己，犹如一只蝴蝶绕着她飞来飞去。那目光带刺，却是早春时节刚冒出来的刺，柔嫩，扎不得人，但也叫人不舒服。除了绮红，还能有谁呢？周领男体内涌起前所未有的勇气，促使她抬起头，死死地盯住对方，直看进了眼睛里。绮红那苍老的目光深处燃烧着荒凉的热情，洋溢着与其脸庞不相称的春潮，在这热情和春色之上覆盖着一层淡淡的、死气沉沉的光，仿佛一切最终都将在她的眼中湮没。与此同时，她的嘴巴和鼻子在努力地抽搐、翕动，从双颊拉下扭曲的线条，与皱纹混在一处，仿佛她的脸随时都可能紧缩或是开裂。

绮红有话想说，周领男往前挪了几步，试探着抓住了她的一只手，感觉像是握住了一截枯枝。她大概能猜到绮红想说什么，她一定有很多疑问，但这些问题她自己已有答案，只是想找个人求证。她是个聪明人，且阅历丰厚，也许早就猜到了周领男和陈熙东的关系，甚或，他可能跟她提过周领男。望着绮红焦急而又无计可施的表情，她腾起一阵怜悯，便道，我跟陈熙东好过，好了很多年。她看见绮红的眼神中似乎稍微得到了满足，不再充溢着那么强烈的渴望。杨律师告诉过周领男，不让她将陈熙东的死讯告知绮红，他骗她说陈熙东一家移民到了加拿大，再也不会回国。显然，这个解释站不住脚，即便真是如此，那么临走前他总该来看她一次，和她彻底告别，怎么可能突然就消失了呢？稍作考虑，周领男问，你是想知道陈熙东为什么不来了吗？绮红的眼睛眨了一下，周领男又道，你真想知道吗？对方的眼睛再次费劲但顽强地眨了一下。周领男低头，不敢看着她，啜嚅半响，方低声将实情一一道出。

就要不要告诉绮红实情，实际上周领男已考虑了一段时期，最终她觉得她有权利知道，杨律师担忧的是绮红的状况，怕她承受不起，但正因为如此，周领男认为才更应该让她知道真相，就像伟大的作家绝不会冠冕堂皇，粉饰现实，一定会不计后果地针砭时弊，击中要害，毫无保留地撕开温情的面纱，扯开遮羞布，将生活中残酷、丑陋、灰暗、令人沮丧的一面揭露给世人。讲完后，周领男抬起头，注视着绮红，她的反应似乎没有特别大，眼睛睁得比以前更圆了一些，但只维持了几秒，那里面的某些火苗便熄灭了，并且闭上了眼。泪珠在她的眼睛里寻到一点出口，缓缓流淌，流得那么自然，顺理成章，一点儿都不让人尴尬，反而让周领男感到自在、放松。她不由得也掉了泪，不知为什么，就是控制不住，即便在陈熙东发病时，死去时，她也没有特别触动，特别想哭，她那时想到的只有自己以后的日子该怎么过，可现在，在绮红的影响下，她和陈熙东之间许许多多的细枝末节全都涌了上来，不由得万分感伤。好不容易收拾了情绪，她拿出纸巾给绮红擦了擦眼泪，后者慢慢睁开眼，朝她眨了眨眼，露出一种尘埃落定的气息。

此后，两个人仿佛有了共同的秘密，在阅读之余，周领男经常跟绮红聊家常，当然，都是她说，绮红除了眨眼、张嘴、抽动鼻翼，基本再无别的反应。时间一长，两人之间建立了些许默契，周领男能明白她眨一次眼睛代表肯定，眨两次则是否定，犹如在玩某种猜猜看的游戏，在这种特殊的互动中，她们对彼此的了解逐渐加深。陈熙东是个绕不开的存在，他就像是两个人之间的纽带，每次谈起他，绮红的眼睛里都会闪着光，周领男觉得如果真有在天之灵，陈熙东肯定会时不时打喷嚏。除了聊一些绮红和陈熙东的陈年旧事，有时，周领男也会说自己现在的生活，她发现绮红对此兴趣很大，可能她喜欢这些新鲜的、陌生的谈资。聊到常晓伟，周领男会说到他开了一家理发店以及他在工作时的状态。去过几次之后，她就再也不想光顾，她不喜欢工作中的他，他对待客户，尤其是那些中年女人，殷勤而热切，开着暧昧的玩笑，甚至还会有肢体上的接触。他的手艺确实还可以，但她觉得他出卖的不只是手艺，还有皮相和尊严。她当然明白那些肉麻兮兮的言行举止不过是逢场作戏，她才不相信那些女人会看上他，或者和他有不正当的关系，但也因此，更让她看不起：惺惺作态的调情，心知肚明的擦边球更令她不齿，倒不如有一腿，至少情欲是真的。周领男说，其实我觉得自己并不爱他，甚至连喜欢都谈不上，你说我要不要离开他？绮红望着她，没眨眼，也没有其他表示。看来是不想多管闲事，免得以后落不是，周领男想，感情的问题还是得自己解决。

给绮红朗读逐渐养成了一种习惯，每周二、四、六、日的下午，周领男总觉得缺了什么。有个周四，她叫好了车才记起并不用去，本来只是为了钱才接受这份委托，但现在钱似乎变成了次要的，这是她原本没想到的。她爱上了为绮红朗读，不仅因为她是位不可多得的听众，还在于她们之间那种纯粹的精神交流让周领男入了迷，绮红的眼睛里闪烁着理想主义的光芒，尽管她的肉身不能动弹，但并不妨碍她对生活保有高品质的追求，从她的身上，周领男感受到了一种看似过时实际上却是当今社会稀缺的浪漫、激情和自强不息，那是绮红和陈熙东年轻时的至上真理，尽管那个年代的人们或是为生活所迫，随波逐流，背叛了当初的自己，或是退出历史舞台，从某种意义上说，他们已经成为那个时代的遗物，但那些可贵的精神和品质依然如同星星之火般在他们的身上不时闪现，并且对他人产生影响。

为什么之前没能从陈熙东身上获得这种类似醍醐灌顶的感悟呢？周领男觉得可能因为他和她之间存在着情人和物质关系，并非单纯的朗读者和听众，而且每次陈熙东都要提出要求，指出问题所在，比如语速的把握，情感的拿捏以及某些汉字的正确读音等，让周领男有了抵触情绪。但正因他如此严格，她的朗读水平才会持续提升，且具备了一定程度的文学素养。为了让自己表现得更好，周领男订阅了很多网络频道的朗读节目，关注了几个有名的电台DJ和主持人，边认真聆听边偷师。进步是显而易见的，绮红看她的目光中充满了赞许，这让她打心眼里高兴，原来被人认可是如此愉快、满足和欣慰。闲暇时候，她会去书店，看看有哪些新书是绮红喜爱的风格，或是值得推荐的。但多数都不值得，不论中外，即便有些得了奖的小说亦不过尔尔。

7

周领男越来越不想回到住处，准确地说是不喜欢和常晓伟在一起，只要同处一室，嫌弃和厌恶就会从心底悄然滋生，任她如何压制，反复用理智劝说，效果皆不大。大多数时候，常晓伟并不曾招惹她，两个人很少说话，即便好几天才例行公事进行一次的床上运动也是不需要交流就能完成的，就好像在认识之初已把该说的都说完了，现在已没了共同语言。每天早起睁开眼，或是晚上吃过饭，他都会抱着手机刷"抖音"，要不就是看一些以前周领男会看但现在早已摒弃和唾弃的无聊古装剧，偶尔会去卫生间排泄或抽烟，当然也不忘带手机。自从她搬过来后，她就不让他在卧室抽烟了，不仅床单被子衣服都会沾上烟味，有时他还会将烟头扔在她为了改善空气质量而买的吊兰或金鱼草的盆内。即便他在卫生间，抖音上那些傻分分的配乐也会穿透门板，抵达她的耳膜。平心而论，那个软件上的内容并非多么不好，甚至有可用的，但其背后的商业运作以及急功近利的心态让周领男甚为反感，更可怕的是它让许多人上瘾，耽误了正经事不说，还在不由自主地引领潮流，将人们变得同质化，所以在看清本质权衡利弊之后，她果断卸载。常晓伟却深陷其中而不自知，看上去像是在为他解压，实际上和上瘾差不多，他的精神世界本来就很贫乏，长此下去会不会废掉？分手的念头像只水瓢，时不时浮上来勾引她，好几次她甚至抓住了水瓢，决定跟他摊牌，可一旦面对他，却又张不开嘴。面前这个男人，她因为看透而看不上了，他的邋遢、平庸、无趣、不求上进都让她难以忍受，他是一个在重压之下失去了活力和理想的行尸走肉，不仅肉身过早地衰老（不再热衷性事或其他运动），更没有精神追求，他活着只因为他没死，且不想死，他是靠惯性往下走的。也许这不能全怪他，毕竟像他这样的人太多了，他们为了房子、事业和婚姻等各种生活责任而不得不放弃自己的需求，久而久之，甚至忘记了人还能为自己而活，但她不能因为懂得而慈悲，不能因为慈悲而放弃自己的幸福，她可以不对他进行谴责，但至少能够离开他。怨气和不满日日累积，犹如跑不出去的水蒸气在两个人的气场内越聚越多，终于因为一件事而成为一锅沸水，争吵一触即发。

那天晚上，一切如常。收拾了碗筷，周领男在抖音的配乐和常晓伟自顾自的傻笑中翻她的书，想找那本她和陈熙东都喜欢的《一个人的微湖闸》，等到明天读给绮红听。在找到书的同时，她发现自己的东西被动过，于是认真清点，发现少了两个包，一个是爱马仕的，另一个是古驰的。不用说，两个包都是陈熙东买给她的，一共花了五万多块，一个是生日礼物，一个是情人节礼物，她依然能真切地记起当时的情景。卧室带锁，别人进不来，那嫌疑人只能是常晓伟了。周领男盯着他问，唉，你动我的包了吗？他无动于衷，充耳不闻。她上前两步，一把抢过手机，面对他不耐烦的表情再次质问，我问你，动我的包了吗？明白之后，他想抢手机，但周领男往阳台边靠了靠，他懒得起身去抢，漫不经心道，包啊，我拿的，两个。周领男被他若无其事的口吻激怒了，厉声道，拿哪儿去了？他道，房租不够，我放闲鱼上卖了，才卖了一万多块，我还以为挺值钱呢，不过房租倒是凑够了。

什么？你怎么能不经过我的允许就擅自做主卖掉我的东西？至少应该跟我打个招呼吧？周领男的声音突然变得尖利，甚至破了音，其中混杂着愤怒、鄙视、责备和后悔不迭。本以为他会跟她认个错，岂料他并未意识到自己做了错事，反而还击道，你会好好说吗？嚷嚷什么呀？不就俩包吗？又不是新的，再说了，你的东西不就是我的吗？连你都是我的，我怎么就不能动了？周领男太阳穴和脖子上的青筋突突直爆，声音突然提高数倍，不能动就是不能动！别以为我跟你在一起我就是你的，你这种混蛋逻辑骗骗小女生还行，老娘才不吃你这套！别说我还没嫁给你，就是结了婚，我的东西你也不能动，你没那个权利。常晓伟针锋相对，不能动也动了，怎么着吧？有本事你报警，把我抓起来！不就俩包吗？值得你这么激动？周领男气得无语，意识到手里正拿着他的手机，于是走到窗前，推开纱窗，狠狠扔了下去，并道，我叫你看！常晓伟疾速上前，但还是晚了，眼看着手机在夜色中画出半个抛物线。他气得大骂，随后冷笑几声，长时间地盯着周领男，那眼神令她毛骨悚然，就像他要把她扔下去似的。但他没有，只是咬着牙道，我明白了，那包是陈熙东送你的吧？你是舍不得他，想留点儿念想，还是对之前的生活恋恋不舍呢？我今天把话撂这儿，你呀，这辈子都不会再有机会过那种日子了，那两个包再没机会背出去，就算背出去，人家也会觉得是假货，别再心存幻想了。不得不说，那两个包以及陈熙东留给她的其他东西对她而言都具有特殊意义，是个念想，算得上一种慰藉，她自然想再次拥有那样自由的奢侈，但要靠自己凭本事挣得，而不是靠男人。周领男低头不语，盘算着该何去何从，要不要今晚就走，可一旦走了，万一这家伙再把其他东西藏起来可怎么办？

　　合计一番，她硬着头皮留下来，睡在了沙发上。这一晚，她没有睡好，翻来覆去想着如何跟他分手。让她没想到的是，次日晨起，常晓伟竟然跟她道歉，说他昨晚那么说是因为喝了一瓶"小二"。他说那两个包如果她很想要的话，他可以联系买家弄回来。他无比诚恳的样子，看不出是发自真心还是出于某种目的而装出来的，她觉得像他这种"能屈能伸"的人为了达到目的可以视自尊为粪土，视承诺为儿戏，他就是一棵随风摇摆的墙头草，毫无契约精神。想了想，她佯装不再生气道，算了，我在乎的不是包，而是你为什么不跟我商量。他说，我

独立日 ∥ 229

知道，下不为例，以后我一定先跟你说，你就原谅我这一回吧。她点了点头，让他去上班。待到他洗漱完了下楼，周领男没去学校上课，而是打车直奔疗养院。

绮红对她的到来表现出了一丝惊讶，但更多的是欣喜。小韩才给她清洁过，并喂了早饭。等到小韩离开后，周领男坐在椅子上，酝酿了半响，方将她和常晓伟吵架的事细细地讲了。她说，早上他跟我道歉，其实我已经想跟他分手了，现在我又心软，拿不定主意了。绮红看着她，两颗眼珠努力向右边转动，周领男不太明白她的意思，继续补充道，你觉得我该怎么办？我想听听你的意见。绮红还在拼命转着眼珠，周领男来到她跟前，往右边看，却看不出所以然。她问，你要让我帮你拿什么吗？绮红眨了一下眼睛。她又问，在哪里？床下？绮红又眨了眼，同时露出轻松的表情。周领男掀开床单，发现床下有个纸箱，她将其拖出来，打开，里面全是书。她随手拿出一本，让绮红看，她眨了两下眼睛。接着，周领男相继拿出十多本，直到张洁的一本小说集《爱，是不能忘记的》被翻出来，绮红才给予肯定。周领男问她，想让我给你读小说？绮红肯定。周领男不太明白她的用意，但还是认真读起来。

……

然后显出无限悔恨的样子对我说："人在年轻的时候，并不一定了解自己追求的、需要的是什么，甚至别人的起哄也会促成一桩婚姻。等到你再长大一些、更成熟一些的时候，你才会明白你真正需要的是什么。可那时,你已经干了许多悔恨得让你感到锥心的蠢事。你巴不得付出任何代价,只求重新生活一遍才好,那你就会变得比较聪明了。人说'知足者常乐',我却享受不到这样的快乐。"说着,她自嘲地笑了笑。"我只能是一个痛苦的理想主义者。"

……

如今,他们的皱纹和白发早已从碳水化合物变成了其他的什么元素。可我知道,不管他们变成什么,他们仍然在相爱着。尽管没有什么人间的法律和道义把他们拴在一起,尽管他们连一次手也没有握过,他们却完完全全地占有着对方。那是任什么都不能分离的。哪怕千百年过去,只要有一朵白云追逐着另一朵白云;一棵青草傍依着另一棵青草;一层浪花拍着另一层浪花;一阵轻风紧跟着另一阵轻风……相信我,那一定就是他们。

……

我真想大声疾呼:"别管人家的闲事吧,让我们耐心地等待着,等着那呼唤我们的人,即使等不到也不要糊里糊涂地结婚!不要担心这么一来独身生活会成为一种可怕的灾难。要知道,这兴许正是社会生活在文化、教养、趣味等方面进化的一种表现!"

读完最后一个字,周领男感激地注视着绮红道,我明白你的意思了,在婚姻生活里,除了道义和责任,还有更重要的东西，那就是爱。如果两个人之间没有爱，就不必屈从于世俗。当然，作者的观点未免过于极端，她宣扬的是那种纯粹而又深沉的柏拉图之恋，可能在那个时代存在，因为刚刚经历过一场浩劫，人们对很多事物都怀着探索的精神，这种爱在小说中被发扬光大并不显得突兀，反而增加了艺术魅力，但它不具备现实性，我是说，我和大多数这个时代的人一样，不可能像你们那样活在理想主义中或是文学制造的虚幻世界中，但我也不能否定文学和艺术对人的影响，按照我的理解，文学能够给人以精神力量，让人相信奇迹。所谓奇迹，就是在庸常生活中偶然发生的一些微妙的瞬间，在那样的瞬间里，现实世界与文学世界产生了优美的重合，令人的灵魂短暂地抽离身体，能够更清楚地认清自己，你和陈熙东视为生命的文学对现在这个社会来讲，虽然阳春白雪，高处不胜寒，但依然有着参考意义，至少让我懂得了眼下该如何选择。

绮红眼里噙着泪，对周领男眨了眨眼。

8

回到住处后，周领男将物品迅速整理一番，发现除了那两个包，还有一条金项链不见了，想来也是常晓伟干的。她不想再追究，甚至懒得再和他说话，马上到网上看房子，最后决定搬到离培训学校较近的小区，遂联系了房产中介，然后打车到目的地，接连看了好几处，最后选定了一间主卧。价格不低，但她还有少许存款,加之每个月能拿到给绮红朗读的固定报酬,让她有了底气,当即签了协议,拿到了钥匙。房间早已收拾过,她又将桌子、地板等擦了一遍,找了一辆"货拉拉",将东西搬了过来。离开一个男人,独立自主,原来竟然这么简单,她明白之前的自己迟迟没有行动是因为始终没有真正翻越心理上的那道坎,行动需要信念去指引,而行动也可以重塑某种信念。站在落地窗前,望着远处鳞次栉比的高楼大厦,她如释重负,感觉从未如此自由、独立,对未来充满信心,此时此刻,她心潮澎湃,感觉到了蜕变的力量,崭新的未来就像平原一样在她眼前不断延伸。她相信,通过妥善的自我管理和努力踏实的进取,她可以得到想要的生活,能和任何人平起平坐。

将物品归置好,周领男发现还少一些日用品,别的倒还可以一件件从容挑选,但被子、床单和枕头等今晚就不能缺,于是她到附近最大的一个商场购物。买完时天已黑透,她顺便在商场吃了晚饭。才一进门,常晓伟的电话就打了过来,周领男没有接听,她还没想好如何跟他说,或者说她觉得没必要解释。他接连打了好几次,还在微信上给她发视频邀请,皆被她挂断。随即,他发来语音,恼羞成怒地质问她是不是犯傻了,到底几个意思,难道不想过日子了。认真想了想,她给他发过去一段文字:

我从来没有像现在这么清醒,我彻底明白了自己该怎么活,谢谢你让我找回真正的自己,可惜我们不是一路人,注定无法继续走下去，再见（再也不见）。

　　发过去之后，她删除并拉黑了他的手机号和微信。明天也许该换个新的手机号，她想。

　　那天逛书店时，周领男发现了一本书，美国作家詹姆斯·索特的《光年》。她顿时想起了陈熙东，因这是他生前很喜欢的一位作家，她曾给他读过这位作家的几个短篇，而《光年》这个长篇是今年才被翻译成中文并出版的。周领男看了几页，将其买了下来。她打电话给杨律师，问清了陈熙东墓地的确切地址。以前她也想过去他的墓前看看，献束花，凭吊一番，但她不知位置，也不可能从他的老婆和孩子那里问到，便一直耽搁下来。墓地不算远，驱车半个多小时就到了。不是清明节或鬼节，墓园里空旷无人，很是寂静，一座座墓碑犹如会场的椅背般排列着。按照管理员提供的序列号，没费多少工夫，周领男走到了陈熙东的墓前。墓碑上的铭文清晰鲜亮，像是有人每天都来擦几遍似的。

　　她没有带鲜花或是其他祭奠用品，也没有鞠躬，只是静静立了片刻，算是默哀。随后，她打开那本书，从第一章开始往下读。她读得认真，投入，动情，就像陈熙东真能听见一样。

夜间飞行

1

考上师范那年我周岁十七。八月底的一天，父亲带领我骑行一个多小时，抵达了那所中等师范学校。在报到处办完相关手续，领了被褥和暖壶、洗漱杯等用品之后便往男生宿舍楼走去。我踩着父亲的影子，紧紧跟着他，他的步伐亦有些拘谨，不像平常走在乡间土路上那么自在，在并不高的楼宇夹击之下，整个人似乎缩小了。初秋凌厉的阳光将他身上的国防绿套装刺得发白，显得更加敝旧，肘部磨出的小洞犹如一只独眼随着他的摆臂不断窥视着，仿佛看出了我内心的茫然、忐忑，以及对未来的莫名恐惧。这是我第一次离家如此之远——其实不过五十多里地——但在这之前，我一直生活在兰泉河，即使初中三年也没有住过校，没有长期离开过父母。尽管我梦想过上大学或是在大城市工作，但我一直以为那是遥远到几乎不可能发生的事情，从未意识到它会随着年龄增长悄然而至，甚至让我一点儿心理准备都没有。

宿舍在一层,朝阳的房间,共八个床位,我在挨着窗户的上铺。有四张床已铺好,两个人正在玩象棋。父亲问他们来自哪个镇,得知都是自己坐公车来的之后,便对我说,看看人家,就你还要大人陪着。我一声没言语,默默地整理被褥,像妈妈教的那样抻平床单。我回去了。父亲站在窗前抽完一支烟,并不看我,用后脑勺对我说。我下床穿鞋,刚出宿舍楼,他驻足道,别送了,和同学们好好相处,别闹矛盾,响快点,别总扭扭捏捏的。我答应一声,停住脚步,注视着他的背影消失在转角,赶紧往前跑了几步,站在墙后探头搜寻,那一瞬间我很想冲上去,和他一起回家,哪怕一辈子做个土里刨食的农民也心甘情愿。可我深深明白,我不能。那么做一定会伤透他的心,而且少不了一顿连带控诉的打骂,说不定父亲会再也不认我这个儿子,毕竟他刚刚为我交了一万多块的学费和住宿费;毕竟让我考上师范毕了业在老家附近当个老师是爸妈最大的心愿;毕竟他一生气了就会说我是个讨债鬼,是他上辈子造的孽。既然如此,我不明白他为何要结婚,还要把我弄到这个世界上来,但我没敢问过。

迈着沉重的步子回到宿舍,这完全陌生而又毫无新鲜感的氛围令我手足无措,几近窒息,只得回到床上,每个动作都轻得像在拼命证明自己不存在。幸好那两个人正杀得难解难分,并未注意到我,倒让我心里松了一口气。望着防盗栏的影子印在白色水磨石的地板上,一只苍蝇停在那搓了半天小手,随后飞了出去。哎，它比我自由。我躺下，闭上眼，想象着此刻身在兰泉河边，夹杂着植物和水汽的凉风不时扑过来，面前仿佛挂了花骨朵穿成的帘子。在我身边，还有那只被我一手养大的土狗小黑。它和我一样，闭着眼，微微抬起下巴，翕动鼻头，用我不具备的敏感感受着大自然的馈赠。流云、天光、树影投射在平静的河面，天、地、人融为一体，我仰面倒在草丛中，望着印在澄澈天空上的繁枝茂叶，犹如瓷器上的图案。当我全身心地投入此时，对大自然的爱与另一种不可告人的感情交融在了一起，那就是对文学的爱。每次语文课本一发下来我就会迫不及待地读完，我要在老师和同学读到那些文章之前抢先享受。当我上到五六年级时，课内阅读已无法满足我，只能在私下里关注和寻找着一切有字的东西，除了家中有限的几本杂书，就连表哥上高中时的语文课本、租来的武侠小说，表姐买的言情小说也被我偷空摸空看了一个遍。

你们还下呢，该吃饭了。一个声音打断了我的思绪，遂起身歪头，和怀抱篮球正进门的男生四目相对片刻后，旋即各自移开。他的目光逡巡片刻之后落到棋盘上，而我还在偷偷观察着他，我不明白我为什么管不住自己的眼睛。他的眉毛漆黑如墨，睫毛密实修长，眼睛恰似微风拂过的湖面，闪烁着少年独有的纯洁，嘴边一圈淡淡的绒毛，衬得一张棱角分明的脸更加白皙。他将篮球放置床底，双手攀住床沿，利索地翻身上床——原来和我相对的铺位正是他的。他问我，你刚来的？家哪里？我说，临溪。他说，知道，西边，没去过，我杏花峪的。我哦了一声。他又问我的名字是不是床沿上贴的那个，我说是，这时我想起来他的床沿上贴的名字是苏晓辰。他脱下衬衫，腰身颀长，小腹微凹，肚脐稍稍向外凸，腹部两侧随着他的动作而隐约浮现的肌肉仿佛鲨鱼的腮。

换上T恤后，苏晓辰问我，吃饭了吗？我说，没有。他说，走，一块去。下棋的两位终于分出胜负，于是四个人一起。还没到正式开学的日子，食堂里人不多，摆着很多长条桌，却无椅子，只能站着进食。我打了二两米饭和一份西红柿炒鸡蛋，花了两块五，他们三个要的都是肉菜，米饭也比我多要了一两。这是我第一次和他们在一张桌子上吃饭，后来就再没有过，一是我不太习惯在很多人面前吃饭，二是我后来几乎不再吃菜和米饭，只吃一块钱三个的白菜肉馅包子，我不想让他们看见我的寒酸。这么做是为了省下钱来买书，因为父亲并不愿意让我花钱买小说，他觉得那是瞎花钱。上师范的那三年，我每个星期只吃一顿米饭和菜，其余几天的午饭都是包子，这样每个月能省下三十多块，可以买上三本砖头厚的盗版书，比如《张爱玲文集》《萧红全集》《三毛全集》《庐隐文集》等，上面的字密密麻麻，比蚂蚁大不了多少，纸张又薄又软，还经常出现错别字，我却如获至宝，看得津津有味。

吃过饭，苏晓辰提议转转，当作提前熟悉环境。在途中，我们遇到了另一位舍友，遂五个人围着校园绕了一圈。校园不大，总体分成三个区域，从南到北依次排列：教学楼矗立在正中间，正对着学校南门，食堂在教学楼北边，中间隔着花园和一块空地，空地上正施工，在建的是一栋多媒体教学楼，在我上到二年级时投入使用，里面包括图书馆、实验室、微机室、阶梯教室等；男生宿舍楼在教学楼以西，往后是几排平房，住着拉家带口的职工，其间还有澡堂；女生宿舍楼位于教学楼以东，其后为空地，接着是一栋住着单身教师的老楼，然后是篮球场，如果不是太冷，我买了午饭后都会来到这里吃完，那个时间段没有人打球。除了这些建筑，南门东侧还有一栋办公楼，男生宿舍楼前面有琴房，那是音乐特长班经常活动的地方，只有每周三晚上我们班才会去练琴。操场在所有建筑的最北面，四百米跑道，主席台坐北朝南，每天早上七点学生们都被拉到这里跑步，开始枯燥、规律的一天。

学校实施的是封闭式管理，乏味、无聊成为集体生活的基本调子，所有学生每天穿着一样的衣服，做着同样的事，说着同样的话，开着同样的会，日复一日，年复一年，比生活本身更加没意思。最初的几个月，我不止一次在课堂上计算着在这里要度过的真正时间有多少，还剩多少日子毕业，还要忍受多久煎熬，最后得出并不算太精准的答案，那就是除去寒暑假和周末，每年的在校时间大约为两百天，三年则为六百天，实际上还不到两年，这么一想，终于有了一点盼头。与此同时，我后知后觉地意识到老师们的今天就是我的明天，毕了业，不出意外的话，我也要当老师，而且我根本比不上这里的老师，我能教的多半是尚未懂事的小学生，顶多也就是正值叛逆期的初中生，一想到此，更觉没劲。因此，入学没多久，我在心里已暗暗修改了人生目标，或者说那根本就不是我的目标，那只是父母的期望，他们觉得当老师虽然赚钱不多，但至少稳定，算得上铁饭碗，关键是我不用上高中考大学，再花他们的钱，父亲让我上师范的初衷就是让我早点赚钱，以减轻家里的经济负担。人穷志短，见识也短，没办法，我并不怪他们。然而，不当老师又能做什么呢？我搞不清自己想要什么，可是很清楚自己不想要什么。而这时，集体生活开始在我面前呈现出险恶、丑陋、动物性的一面，甚至令我难以招架，萌生了退学的想法，根本无暇顾及所谓的梦想。多年后，回过头来冷静地审视，其实那些根本算不上什么，说白了就是人际关系和一个人如何适应新环境的问题——当然，挺过来的人都会云淡风轻；至于没挺过来的人，很可能生命到此结束，也可能选择了另外一条路，而那些经历则成为他大半生都难以解开且不愿触碰的心结。

2

到宿舍最晚的三个人皆非本县人氏，分别来自唐山市区和迁安、迁西两个县。之所以在开学之后一个多星期才入学，是因为他们靠的并非考试成绩，而是家里托关系进来的，据说每个人花了五万到十万块不等的所谓助校费。当我第一次知道这件事时既错愕，又像吃了苍蝇般恶心，其中又有深深的失望和沮丧。这所师范学校虽非名校，但在本县来说仅次于重点高中，我记得比我少了零点五分的女同学就没有被录取，只能上普通高中。和这几个走后门来上学的人相比，命运对那个女生来说岂非太不公平？当时的我还是太年轻，并不懂得人类社会看似文明，其本质还是丛林法则，只不过权力、金钱和计谋顶替了蛮力。

尽管那时的我尚不谙世事，阅人有限，但见面没多久便感觉到这几个人非我族类，直白地说，他们属于老师们嘴里常说的差等生，却又与乡下的坏学生有着本质的区别——他们的坏与恶因为有资本做后盾而更加彻底，并无半点乡下坏学生骨子里的胆小和善良。这三人自从入住那一天便开始拉帮结派，兴风作浪，最后甚至逼走了老六——当然，老六转校也是因为他一直想上高中、考大学，但这三个人的行为明显让老六坚定了转校的决心，对这里再不抱有任何期望。

老二至老四虚岁皆为十八，其中我生日最晚，排第四；老三来自迁安，比我大两个多月，家里有矿山；老二是迁西的，父亲为中学教师；来自唐山的那位据他自己说比我们都大，具体年龄几何我们不清楚，也不感兴趣，反正他看上去确实老成，不只外貌，在待人接物上亦如同社会人一般市侩，城府又深，他爸在管理部门工作，可能打小开始他爸就为他树立了逢场作戏八面玲珑的榜样。老五至老八虚岁皆为十七，父母差不多都是农民，或是兼做小买卖、养猪养牛等副业：苏晓辰排在老五，他爸是个菜农，同时养着十几头猪；老六他爸在村里当会计；老七的老家位于本县小有名气的小商品批发市场，他爸

夜间飞行 241

租了摊位卖服装和床上用品；老八的父亲除了种地，还有一辆面包车，一有空就跑到县城边上拉活。总的来说，他们的家庭条件都要比我的强，我爸做过很多小买卖，但不管做什么都是三分钟热度，折腾来折腾去，致使没什么积攒，就连学费还是跟亲戚们借了五千多才凑足的。

　　每晚熄灯之后，宿管会干部举着手电筒从门窗往里照，或是推门进来，扫射一圈显显威风再出去。教导处主任老吴每周不定哪一晚会查宿一次，主抓夜不归宿者，一旦发现即会视情节严重程度给予警告或记过处分。等到查宿结束，老大就会像吃了兴奋剂似的大声说笑，多是和老二、老三瞎聊，偶尔也会有其他宿舍的人过来与其侃大山，不管是谁，那些人在我看来和老大都是一路货，事实上也是如此，他们都是靠关系花钱进来的。如果当天没有话题性事件发生，那么好看的女生以及她们的八卦是他们最喜欢聊的，在我看来，那些所谓的八卦多半不是真的，除了道听途说，更多的则来自男生的意淫。在荷尔蒙的驱使下，这几个毫无经验的性饥渴于黑暗中尽情释放心底最肮脏最下流的欲望，三句话不离生殖器，听上去很像在朗读黄色小说。我非常讨厌他们的聊天内容，即使有些并不低俗，是很正常的男性对女性身体的评价与渴望，比如谈论某个女生的脸蛋、胸和屁股，我亦觉得刺耳。班里确实有几个女生长得很漂亮，可我一点心动或是性冲动都没有，并不想与她们有亲密接触，说说话倒还可以。我想可能是我情窦开得比较晚，或者我是个崇尚精神恋爱的人，毕竟我看的小说里很少有直白、露骨的性描写，即使有亲热行为，也是唯美的，适可而止的，顶多是吻，往下就是省略号，或是直接跳到了窗外的月色。

宿舍长是老八，那是个吃力不讨好的差事，加上他年龄最小，除了传达学校或班主任的意见外，其他事上没人听他的，但我们这几个本县的至少不会故意和他对着干，不像老大、老二、老三根本不拿他当回事，甚或以给他难堪为乐趣。对于老大在熄灯之后无所顾忌地说笑，老八以宿舍长的名义强烈谴责过他，让他不要打扰其他人，老大却像没听见一样，或者以一副无赖的口吻道，我乐意说，高兴说，关你逼事，有能耐换宿舍，没本事就忍着。老八曾带着我和老六向班主任反映此事，班主任觉得这根本不算事，人的性格不同，成长环境迥异，住在一起难免摩擦，属正常，他认为他最好不要干预，任其发展，慢慢磨合为好，就像摄影师记录蛇吞青蛙、老鹰抓兔子、狮子围攻大象差不多，不能人为打乱动物界的规则和秩序。班主任又说，这也是为了锻炼你们，以后到了社会上，什么样的人遇不到？到那时还有谁帮你？最终都要靠自己面对和解决，现在正是锻炼的好机会。他说得头头是道，已然把我们当作成人来对待，从长远看像是为了我们着想，实际上我觉得他亦对那几个纨绔子弟有所忌惮，并不想掺和学生之间的矛盾，毕竟无论他管不管，工资都那么多。

这世上有些人注定混不到一块，尤其是在年少轻狂的时期，他们天生气场不合，见面即横眉冷对，剑拔弩张，且没有调和的余地，不管相处多久也不可能接受彼此。老大和老六之间便是如此：老大瞧不惯老六身上的穷酸气和勤奋向上；老六对老大的骄横和玩世不恭嗤之以鼻；老六瞧不惯老大身上的粗俗、世故和卑鄙；老大对老六的桀骜不驯、宁折不弯视如敝屣；老大视老六为眼中钉，逮到机会便寻衅滋事，欲除之而后快；老六与老大针锋相对，毫不妥协，从不向他所谓的恶势力低头。虽然我也看不惯老大的所作所为，可像我这种心性敏感，从小就被长辈教育"多一事不如少一事"的人是永远不可能在别人遭到羞辱时为弱者挺身而出的，至多也就是离开现场不看热闹，并庆幸不是我。老大与老六之间的战争终于在一天晚自习之后，由于老六不小心踢倒了老大的暖壶而一触即发，没吵上两句，二人拳脚相向，招招直逼对方要害，似乎有着深仇大恨。表面上这是两个人的矛盾，实际上是两类人抑或是两个阶层之间的冲突。没有人敢劝，都怕被误伤，直到宿管会的几个干部闻风过来才将他们拉开，而好巧不巧，那天正赶上老吴在宿管会开会，便将他们带到办公室，直教育到十二点才放回。结果，两人受到了"警告"，红纸黑字贴在教学楼的大厅里，以儆效尤。那晚之后，老六转去了本县的普通高中，以期实现他上大学的愿望。

　　老六走了以后没多久，老大逐渐将消遣对象换成了我，像他这种没什么精神追求的庸人会比有长期爱好的人更容易无聊（假如学校允许学生吸烟喝酒和谈恋爱，也许他不会将过剩的精力放在舍友身上），必须借助耍弄他人获取成就感和满足感，填补空虚。他对待我的方式，与对待老六的截然不同，表面上客客气气，甚至还带着一丝尊重，但这都是为了让我放下戒备之心，当我在他的诱导下说出一些真实想法后，他便马上换成另一副嘴脸，联合老二、老三进行嘲笑，且将其当成话柄不时提起，甚至在其他同学面前添油加醋地描述一番，这对我而言无异于公开处刑，让我无地自容。看清了他的真实用意后，我对他便总是冷冷的，他再跟我搭讪，只简短且谨慎地回答，同时减少与他同处一个空间的机会。除了睡觉，其他课余时间我尽量不待在宿舍，因为除了上课、吃饭和打篮球，他多半在宿舍里与其他人侃大山。下午两节课以后便是自由活动，我一般都在教室里看书，晚自习结束后到熄灯之间有四十分钟，我则到操场遛弯或跑步，直到还剩十分钟熄灯才回去洗漱。在黑暗中，老大亦不放过我，常常跟我搭话，我一般都是回答几个字后便假装睡着，次数一多他亦觉无趣，便不再搭讪。

入学不久，负责主编校刊《春草》的师兄和师姐便在新生中进行了征文，以发现所谓的文学人才，我是班上唯一被选中的，不过几乎没有人注意，倒是校广播站选用我的稿子常常引起同学们的艳羡，那是因为会有物质奖励，比如一袋洗衣粉、一瓶洗发露或是十块钱等。但事实上我更看重小说，而非心灵鸡汤式的广播稿。有天晚饭前，在操场遛弯时遇到了班花孙晓梅，她说我发在校刊上那个小说写得很好，问我里面的人物是不是有原型，又是如何从生活真实转移到艺术真实的。她是第一个和我聊到小说的人，我差点儿将其引为知己，不过很快我就发现其实她的鉴赏水平并不高，看的多是席绢、亦舒、张小娴等人的言情小说。可我不好拂了她的热情，在她一脸虔诚，甚至带点崇拜的语气跟我请教、探讨时，即便我对她所看的东西不屑一顾，还是诚恳地跟她交流自己的想法，并试着给她推荐一些名著，比如《简·爱》《呼啸山庄》《飘》等。读完《简·爱》后，她发现琼瑶的《庭院深深》与之有相似之处，于是欣喜地告诉我，我不知天高地厚，好为人师地给她分析了这两部作品在思想深度上的高低优劣，她对我露出了膜拜的神情。

我和孙晓梅关于文学的交流，持续了月余即被老大发现，并使用武力进行了干涉。他对孙晓梅曾多次公开表示过好感，搞得连外班的一些人都知道。在我看来，这始终是他一厢情愿，对方对他不仅没那个意思，甚至存有反感。老大自诩为本班第一美男，其实根本不够格，顶多也就是五官端正，苏晓辰才是被女生公认的第一帅哥，甚至放眼全校都排得上。老大认为孙晓梅迟早会被他得到，倒不是靠他的苦苦追求和真诚来打动她，他的自信多半来自家世的加持，像他那种从小顺风顺水想要什么基本都能得到的人，在潜意识中早已把爱情、女人当成了物品，根本不懂得尊重和两情相悦。他对孙晓梅采取的进攻方式和当时热播的台湾偶像剧《流星花园》中道明寺的差不多，只不过他更加霸道、蛮横。孙晓梅对他似乎从未明确表过态，不拒绝也不接受，三年后当我们即将毕业时，她告诉我她其实很怕老大，她觉得此人极端、变态，她怕一旦明确拒绝，后果不堪设想。老大嫉妒心极强,每一个同性在他看来都是他的情敌,他巴不得这世上只剩下他和孙晓梅两个人,但即便那样,我觉得她也不可能真心喜欢上他。当他遇见我和孙晓梅在操场上散步并相谈甚欢时,顿时醋意大发,认定我在抢他的女人,是故意拆他的台,给他难堪,于是不由分说便对我拳脚相向。我打不过他,亦懒得和他解释,他的愤怒从侧面证明了他的自卑,这竟让我心生几分得意,看来果然每个人都有弱点。孙晓梅赶紧拦住他,并让我迅速离开,我瞪了老大一眼,转身走开,他还在背后像只疯狗似的骂骂咧咧。

老大又有了理由对我处处刁难,或是暗地里使坏,比如破坏我叠好的被子(被子叠得如果不接近豆腐块会被扣分,所扣分数一旦达到或超过五分,将会影响饭卡里每个月四十五块钱的补助),弄坏我的暖水壶、刷牙缸等,这些我都没有计较,即使知道是他所为却由于经常不在宿舍而缺乏证据。后来,他又联合宿舍内的其他人孤立我,妄图将我变成空气,这一点我倒不怕,如果可以,我真愿做个透明人或是隐身人,一整天不和人说句话我亦不会觉得寂寞、孤独。从小我便内向得很,未开口先脸红,上到初中时,由于自己刻意纠正,才终于摆脱娘娘腔的气质,看起来和大部分男生一样"正常"。然而,我很清楚身体里住着一个细腻、敏感、温柔、多愁善感的林黛玉,在我独处时,"她"会跳出来,像释放了真正的自我,比如看书看到动情处无所顾忌地流泪,见到盛放的花朵会凑到跟前贪婪地深吸,和狗、鸭子、爷爷养的毛驴说话。总之,我不怕沉浸在自己的世界中，在不需要与人交流的场合，连毛孔都是自在的，整个身心充满了生命的欢愉。

3

好不容易挨到暑假，我暂时忘记了学校里发生的一切，像从前那样彻底放松，过了一段安静、美好的时光。转眼已过处暑，早晚时分天气已显凉意，距离开学的日子越来越近，我的心弦渐渐绷紧，犹如就要赶赴刑场般焦灼、难受。终于到了返校的日子，我和两个本镇的同伴骑车前往，到达时四点多。鼓起勇气进了宿舍，一股熟悉而又陌生的绝望、无助顿时攫住了我，犹如钉在了耻辱柱上。观察其他人的铺位，应该都返回了，但没人在，这一天尚能自由活动，多半去了外面逛街。我站在窗前，望着来来往往的同学们，有的拿着食物，有的打了开水，皆有说有笑，面色从容，仿佛从暑假的日子里无缝衔接到了校园生活，我搞不懂为什么他们能在这里自得其乐，难道只有我一个人难以融入其中，无时不刻不在渴望逃离樊笼吗？我刚想脱鞋上床，可解鞋带的手突然停住了，暑假之前发生的那件事再次涌上心头。

在宿舍内，我始终放不开，就连上衣也从未脱过，天气炎热时也只是到水房里用湿毛巾擦擦，可其他男生都裸着身子或是只着内裤，一盆凉水从头浇到脚，之后大摇大摆地在楼道里走来走去。每见此景，我都低着头走过，羞于对视。某天熄灯之后，另一个宿舍的人过来找老大，三个人边抽烟边聊女生，聊着聊着，话题转移到了男生和性器官上。老大突然将矛头对准我，你们谁见过老四脱衣服？几个人纷纷应和，没见过。老大起身，走到我床边，手伸进被子里，轻佻地说，你不会是个娘儿们吧？他的手摸到我的大腿，我不能再装睡，抓住他的手往外拽，并道，滚！老大用力抓着我的腿，道，让我们验证一下，你要是男的怕个啥？这时，其他几个人也凑过来道，对啊，都是男的，看看怕啥？他们掀开被子，按住我，强行除去我的背心和短裤，好多只魔爪在我身上肆意地游走和抓弄，我像一只毫无反抗能力的小动物徒劳地挣扎着。黑暗丝毫没有减少屈辱感，那些假装安静的舍友一定睁大了眼捕捉我的丑态，也许明天全班的男生甚至某些女生都有可能知道这件事。我闭着眼睛，放弃了抵抗，我知道我无法逃脱，屈辱在我全身的每一处蠕动。

　　谁能保证这样的事情不会再发生第二次、第三次呢？我还能忍受多久？也许等不到毕业我就会不堪身心压力而成为疯子吧？想到这儿，我打了一个冷战，拎上尚未解开的行李，迅速出了宿舍，义无反顾地来到车棚，将行李绑好，出了校门，朝着家的方向卖力地骑行。太阳西沉，天边只剩一抹残红时，我到了兰泉河边，随着离家越来越近，我犹豫不前，后来干脆停下来，一个人坐在岸边望着暮色中反光的河水。爸妈见我回来，我该怎么说呢？难道就说我不上了，从此辍学当个农民？那么以前的披星戴月日夜攻读岂不是前功尽弃？那么多学费岂

夜间飞行 ▎249

不是白花了？爸妈一定会追问原因，我又该如何回答？总不能说我在学校受欺负，无法适应学校的生活吧？如果真是这样，为什么又能忍了一个学年？我该如何解释学校里发生的一切，让他们体会到我度日如年的感觉呢？我能想象到父亲失望且愤怒的表情，能想象到他对我破口大骂，且少不了一顿痛打。夜色渐浓，透过树林能看到那个生我养我的小村庄亮起了微弱的灯火，遥远如星辰。来自父亲的打骂我能忍受，但我不能辜负他们对我的期望，更不能让他看不起我，如果我真的就此回家，只要他活着，我将一直抬不起头，这将成为我一生的污点，时不时被他念叨。我想起了从小到大与父亲发生过的冲突，想起他曾撕毁我喜欢看的小说，骂我是个败家子、窝囊废，那些拳头和巴掌落在我身上的痛感记忆犹新，那些伤害自尊的话语犹在耳边……我缓缓起身，掉转了车头。

将来我肯定不会做教师，要离家远远的，闯出一番属于自己的天地。心里有了想法和目标，眼前的生活不再那么难以忍受，实际上是我找到了与老大等人的相处方式，他们似乎也厌烦了与我敌对，发现我其实大有用武之地，比如替他们写作文。让他们将我的作品占为己有我自然不愿意，但这也算是展示才华的机会，文选课老师喜欢让我们写作文，每一篇的评语皆极其认真，因此为了让他多看多评我写的东西，我可以不计较名分，违反规定。另外，多媒体教学楼已投入使用，五层楼的一半空间皆为图书馆，书架鳞次栉比，文学、科学、自然等书籍门类众多，亦有各种期刊，我再不用花钱买书，下午两节课后便直奔图书馆，不到关门不出来。这里安静，有秩序，充满淡淡的书香，眼睛累了，只要抬头往窗外远眺即可休息：近处田野绿树，远方青山如黛。楼下挨着篮球场，偶尔传来叫好声，那个周三下午的加油声和喊叫格外激烈，竟然让我中断了几次阅读，不得不向下探望，才想起这两天学校正在举办篮球赛，那些声音多半来自啦啦队。我向来毫无集体荣誉感，因此并不关心谁输谁赢，却没想到有个人迫使我关心了这场赛事。

当天晚自习之前，文学社的主编过来找我，我与他正在门口谈笑时，从此经过的一个女生忽然气势汹汹地上前结结实实地给了我一个嘴巴。毫无防备的我被打得眼冒金星，既愤怒又莫名其妙，定睛细看时发现并不认识此人，她却咬牙切齿道，我让你笑，再笑一个我看看。我抬腿踢她，质问她为何打我，她却不再解释，和我扭打在一处，但很快便被周围的人拉开。教室内的同学们听到了喧哗后遂一窝蜂跑出来，有同学认了出来，那个打我的女生来自五班，名叫张国菊。下午的篮球赛上，我们班的女生赢了她们，作为体育特长班却没拿到冠军，不得不说很没面子，从而导致她一直气不顺，刚才路过时见我在笑，以为在嘲笑她，为了泄愤便对我大打出手。如果不是这档子事，我根本不知道篮球赛上谁输谁赢，对我而言，她的行为可笑而荒唐至极，即便为了维护最可贵的东西——尊严，也犯不着动手打人，何况是根本不值得一提的"班级名誉"，那些虚头巴脑的东西有何意义？她和我的价值观明显不在同一轨道，我实在懒得理她。因此当原委在教导处主任老吴那里弄清楚，她也跟我道了歉之后，我本打算就此了事。

但以老大为首的男生们不同意，他们觉得我被一个女人打了是很丢班级面子的事，必须大闹一出，给对方点教训，让他们知道我们不是好惹的。老大对这个张国菊比较了解，他们来自同一所初中，据说她爸就是那所中学的校长，仗着发育好，比同龄女生身材高大且长得漂亮而不学无术，经常打架斗殴，活脱脱一个小太妹。因身高优势，擅长多种体育运动，文化课很差的她才得以成为本校特招的体育特长生。当晚在宿舍内，老大等人撺掇我明天就去医院检查，不能就这么轻易地放过那个没教养的野丫头。我说，算了吧，我没事，就当时脸火辣辣的。老大道，兴许有内伤，不检查不行，过了这时候你再出现症状，她就耍赖不管了。老二道，对，赶紧照个片子去，花她几个钱也算是报了仇。老大道，你要不按照我们说的做，就滚出去，别跟我们住一块，说出来丢人，一个老爷们哪能那么窝囊？我不知该如何作答，迷迷糊糊中睡去，到了后半夜突然醒来，翻了个身，再也睡不着，轻轻地叹了一口气。

还没睡着？苏晓辰低声问。我嗯了一声。他说，你就按老大说的做吧，那女生不差钱，讹她几百几千都不成问题。我实话实说，可我良心上过不去。他道，对待那种人就得心狠，她可不会替你着想，你越老实，她越认为你好欺负，让她出点血，她倒敬你是条汉子，不敢惹你。我怀疑道，真的吗？他嗯了一声，世道就这样，再者，你不这么做，以后还怎么在宿舍立足，同学们会怎么看你？很明显，这已经不是你自己的事了，这关系到名声和班级荣誉，就是班主任也不会就这么算了，你瞧着吧。没想到问题会这么复杂，看来我还是涉世未深，太过单纯。可苏晓辰比我年龄还小，怎么会懂得这么多人情世故？别看他平时不言不语，和谁都是不远不近，从不站队，却与各种人处得都不错，老大等人从来没有刁难过他，和他说话都是客客气气的。这小子真不简单，不可能只因为他长得好看，但这也算个原因，毕竟人们都是先看脸的。这不禁让我对他存了几分好奇，可顾不得细想，还是先把眼下的事解决了更为要紧。

4

果然不出苏晓辰所料，班主任得知后马上带我去了医院，拍过片子回来，他领着我进了老吴的办公室，将报销单放在老吴面前。老吴看了两眼，不悦道，什么意思？班主任道，医院的检查单，你让张国菊报销一下。老吴道，不就打了一下吗？至于上医院？班主任道，孩子挨了打当然要检查，作为班主任我必须这么做，这不仅是为了孩子，也是给他爹妈一个交代，万一打出什么毛病，人家找到学校来怎么办？老吴道，哪那么娇贵？不就打个巴掌吗？班主任道，你看着办吧，这钱她要是不花，就给她个"记过"处分，你找她商量一下，愿意档案里带着处分还是破财免灾。老吴道，没你们这么办事的。接着他又对我说，你昨天不是说没事吗？我支吾着说不出话来。班主任道，昨天是昨天，今天他又觉得不舒服了。老吴哼了一声道，你们先出去吧。

出了办公室，班主任对我说，别担心，过几天她肯定会把钱给你，不给也没事，我替你花也是应该的。我只得答应着，其实钱不算多，还不到五百，但对当时的我而言不是小数目。我不想欠班主任人情，我知道他这么做也并非心甘情愿，主要是怕日后担责任，也怕被同事非议，事实上他对学生们并没有多么关心，发生这种事他在心里对我也是不满意的，可又不能有所表现。所以我是希望张国菊把钱给我，省得我再向家里要钱，我不想看父亲的脸色。悬心几个日夜后，终于在一天快下晚自习时，老吴将我叫了出去。在一棵银杏树下，我看见了张国菊，她早没了先前的嚣张，语气听起来很诚恳，又跟我道了歉，并拿出了五百块钱。我迟疑片刻，接过钱，支吾半天，竟然说出一声"谢谢"。我真不知道该说什么，如果我家里不拿这五百块当回事，或是我自己能通过其他方式赚取这五百块，我一定不要她的钱，这让我于心有愧。很多年后，当我把这件事轻描淡写地说给母亲听时，她摸着我的脸，好像我刚刚被扇了耳光似的，心疼地说，你不该要她的钱，应该让她当着全校师生的面给你道歉，然后你再扇回去。

在这场无妄之灾过后，苏晓辰开始有意与我接近，仿佛突然发现了我的存在。之前他也会跟我说话，但少之又少，且都是类似日常问候的内容，我们像是井水不犯河水的两个人，毫无相同之处，根本不可能混到一块。起初，他主动向我请教如何把作文写好，其次还跟我讨教怎样对对联。学校有个名唤"两行文学"的楹联社，我是编委之一，搞得班上好几个人都对楹联产生了兴趣，只因该社出刊较为频繁，且奖品丰厚。在我的指点下，他的一副楹联得了二等奖，奖品为一支镀金笔尖的钢笔，正合他的心意，因他的钢笔字写得好，经常被书法课的老师表扬。为表示感谢，他非要请我吃饭。我觉得没必要，可盛情难却，只得于某天中午时和他进了食堂里的雅间，吃了小灶。他要了三个菜，一直让我多吃，说我正在长身体的时候，在吃上绝不能亏待了自己，不能天天是包子，又说女生都喜欢高大的男生，像我这种矮小的以后不好找老婆。我纳闷他怎么会知道我每天都吃包子，难道他在暗中观察我？后来，每次吃午饭或晚饭，他都要拉上我一块去，渐渐竟成了习惯，在那么多人面前咀嚼我亦能面不改色，甚至饶有意味地观察他人的吃相，写在习作中。体育方面我很差，中考时就因此拉低了好几分，而师范学校重视德智体美劳全面发展，每个期末都会有不同体育项目的考核，这次是三步跨篮。体育老师示范了很多次，我不仅学不会，动作也不标准，手脚总是拘束着。苏晓辰便在课余时间耐心地教我，将每个动作分解开，让我一个一个地学，他要我完全打开身体，别怕做错，错得多了肯定能成功。在他的鼓励下，经过长时间训练，我终于能够一气呵成，动作流畅，姿势标准。一贯懒于运动的我不仅体会到了流汗的快乐，而且明显感觉到自己在发生变化，较之前开朗、自信了许多。

宿舍和教室内没空调，学校规定学生不能使用任何电器取暖、消暑或做饭，供暖也是十一月半才开始，这使得每年的七月和十一月前半个月比较难熬。第二个学年，我们换到了三楼的阴面，立冬过后，气温骤降，宿舍犹如冰窖。晚上一回去，迅速洗漱，穿着衣服钻进被窝，等到里面稍微暖和了再脱，有时干脆穿着秋衣秋裤入睡。寒冷甚至让老大等人失去了闲聊的兴致，其他人也不再串门，每个人都裹紧被子，蒙住头，变成"蚕蛹"。那个特别冷的夜晚，凌晨时分，我被冻醒，露在外面的脸和手都是冰凉的，于是调整了睡姿。这时，苏晓辰探头道，咱俩一块睡吧，盖两条被子会暖和得多。我不置可否，像虫子似的动了动，心想，要进来就赶快，废什么话！他又问了一句行不行，我言不由衷道，床板禁得住两个人吗？他说，别乱动就没事。说着，他掀开我的被子，迅速钻进来，又将他的被子盖在上面。我们两个平躺着，一动不动，呼吸均匀而克制，只有手臂和腿隔着衣衫感受着彼此的体温。我没有睡着，我根本睡不着，我能感觉到血液在血管里静静地流淌，脑子里回荡着潮水般的声响，遥远而庄严地喧闹着，将我推向深深的海底。

暖气到来之前的那几个夜晚，我和苏晓辰都是这样度过的，等到其他人入睡，他钻进来，在别人醒来之前，他回到自己床上，这几乎成了我们俩的秘密。虽然每一次都在黑暗中进行，我内心却无比明亮，周身如同沐浴着光辉，细细的喜悦，小小的快乐在我体内颤动。很多年以后，我无意中看到一段话，大意是说男孩在童年或少年时期都会对比自己高大、英俊、成熟或者在某一方面颇有成就的同性产生崇拜、依赖的心理，在性心理没有完全成熟之前，少男对亲密友情和同性朋友的渴望甚至超过对爱情和异性的渴望。也许这只是一家之言，并无多少实验结果佐证，却和我当年的心境极度吻合。我想，大概是因为我从小就没什么玩伴，并且习惯了独处，搞得我身边的人和我自己都认为我是个孤僻的人，可仔细想想，其实每个人都需要朋友，需要倾诉，需要陪伴，需要付出和奉献，尤其在他尚未踏入社会，没有因各种各样的伤害和欺骗而关闭心门，相对而言还能得到较为纯粹的友情时，更该好好享受人与人之间最美好、最原始的情感交流——那无关性别，甚至无关欲望，更谈不到道德层面，只是两颗心灵在青春躁动之下的互相感应。

5

有了暖气之后，苏晓辰就再没有和我一起睡过。尽管暖气初来的那个夜晚我条件反射般在凌晨醒来，不停翻身，弄出动静，但苏晓辰始终不为所动，还发出均匀平和的鼾声，睡得像个心无挂碍之人。我爬出被子，探出上半身，在黑暗中盯着他看了半晌，之后重新躺下，在无奈中渐渐睡去。对于那几个晚上发生的事，苏晓辰不曾提起，甚至在我暗示时他也像是没有听出弦外之音，仿佛不曾发生过，或是他已选择性遗忘。可我却对那些细节念念不忘,动辄翻出来咀嚼。我开始对他好,比如得知他没有吃早餐就从小商店买来烧饼和牛奶放在他的课桌内,见他在课上偷吃,我便打心眼里觉得快乐;下午上课前还会将我本来要吃的苹果给他,看他吃的样子竟比自己吃了还要安心……有一次他感冒发烧,我出去给他买药,但出校门需要办的手续比较麻烦,我怕耽误他的病情,便在大家都上课时独自来到操场,有一面围墙旁长着几棵高大的槐树,稍做观察,见四下无人,我先爬上槐树,再跳至墙头,墙外有很多靠墙而堆的砖头,凭借它们就能下到平地,再来到城里买药,然后一刻不停地跑到后墙,返回校园,可谓神不知鬼不觉。买了药,又给他打了午饭送到床边,他起身,搂着我的肩膀拍了拍,带着浓重的鼻音道,还是兄弟对我好。

苏晓辰恋爱了。一个深秋的下午,我在图书馆看书累了往远处眺望,灰白的天边悬着稀薄的铅色云层,远处的山头、近处的房子、树木和田野皆风尘仆仆,构成一幅沉默的素描。当我的目光在操场上扫过时,无意间发现了苏晓辰,正和一个女生并肩走着。稍微观察他们的步态、刻意保持的距离以及因模糊而暧昧的笑容,任谁都能看出二人之间的关系不简单。进入第三个学年之后,很多恋情浮出水面,因马上就要毕业,领导们在这方面已是睁只眼闭只眼,毕竟男欢女爱人之常情,作为过来人,他们也不想棒打鸳鸯,除非太过招摇者,对他们的权威构成了挑衅才会给予警告或处分。我石化在窗前,盯着他们。那个女生是谁我看不清,我也不关心她是谁,我那时对她只有羡慕、嫉妒，可我很清楚自己对此无能为力，我向来都不擅长主动争取，何况这种事不是争取就能称心如意的。我只觉得心酸、绝望，等到他们的身影消失许久，我才转身回到桌子旁，继续盯着刚才看的那本书，把一个接一个词语塞进脑子里，只有这样我才能不去想到底发生了什么。

苏晓辰恋爱的事很快传遍了宿舍乃至全班，成为两三个星期内的热点，毕竟之前有很多女生明里暗里朝他抛出橄榄枝，但他皆不为所动，导致很多人都想知道拿下他的女生到底何许人也。即使我一点都不关心，也能从他人的闲言碎语中拼出事件的原貌。那个女生是比我们小一届的学妹，家住县城，父母做五金生意，家里比较有钱，据说是她先追的苏晓辰。自从得知他恋爱后，我便一直故意躲着他，自然也不再一起吃饭，除了上课、睡觉时会见到，其他时间里我又回到了一个人的简单日子中，每日往返于宿舍、教室和图书馆之间。

图书馆藏书齐全，其中我最爱的是文学期刊和名著，逐期阅读的有《人民文学》《收获》《十月》《大家》等，世界名著里除了《追忆逝水年华》没有啃完，其他基本都看了一遍。后来我尝试着写作，以童年经验为素材模仿迟子建的风格写了个中篇小说，鼓起勇气拿给文选课的曹老师。曹老师是一位文学青年，他的宿舍不大，却有一面墙那么大的书架，上面码放着满当当的书籍和杂志。看过我的小说后，他并没有给予过多的赞美，更多的是指出缺点，且真诚地鼓励我说，如果你真的热爱写作，那就要做好长期写下去的准备，保持阅读和写作的习惯，即使当不了作家，也能让你成为一个更好的人。接着，他根据我的写作风格，给我推荐了李锐的《红房子》，不是小说集，我记得很清楚，那是1985年第二期的《当代》，不仅有《红房子》，还刊有《老井》。翻开泛黄的纸页，嗅着淡淡的霉味，我看完了一篇又一篇。此后，除了去图书馆，我还会定期来曹老师这里借书、还书，他相继给我推荐池莉、苏童、迟子建、毕飞宇等50后60后代表作家，进一步拓宽了我的阅读视野，培养了我的审美意趣和文学鉴赏能力。

年少时精力旺盛得无处发泄，加之长跑成绩较差，为此我养成了夜跑的习惯，往往是两节晚自习之后，熄灯之前。操场四周黑黢黢的，犹如一座墓园，寂静使得心跳声和呼吸声以无比清晰的质感击打着耳膜，奔跑让我微微出汗，整个人放松下来，当我满身是汗，坐在台阶上休息时，感到一阵如释重负。由于长期坚持跑步，我在期末体育测试中的成绩超越了很多男生，排在了第三名，连体育老师都惊讶不已。有一次我跑完步，坐在台阶上喘息，仰望夜空，一种异样的感觉袭来，黑暗渐渐淡化，眼前浮现出一个又一个我无比熟悉却是第一次见的面孔和身影：安娜·卡列尼娜扑在铁轨上之后脸上显出一丝悔意和害怕；为了给婴儿获取新鲜的牛奶，斯嘉丽·奥哈拉在手臂受伤的情况下，徒手制伏了母牛；简·爱拒绝了传教士圣·约翰，回到桑菲尔德庄园，和已经瞎眼的罗切斯特结了婚；罗密欧翻墙进了凯普莱特的果园，正好听见了朱丽叶在窗口情不自禁呼唤"罗密欧"……一个个为了追求自由、真理和幸福的小说人物在我面前生动地出现，他们那么高大、鲜活，而我仿佛被压缩在一个封闭的空间内，很难逃脱，也不想逃脱，反而非常享受。

沉浸在文学和自律的生活中，我渐渐忘记了苏晓辰，忘记了其他的烦恼。而这时他却和那个学妹悄无声息地分手了，这段恋爱只维持了不到一个学期。没有了女朋友，苏晓辰再次想起兄弟，又拉着我和他一起吃饭、逛街、去图书馆（他去图书馆主要看体育类和娱乐类的杂志），给他打水、改作文等。这家伙和我重新热络起来显得特别自然，就像我没有因为他而难受过似的，事实上是他生性愚钝，粗枝大叶，从未注意到我在情绪上的变化，也许怪我掩饰得太好，致使我内心的百转千回只能是我的独角戏。我告诉自己要疏远他，和他在一起只会让自己好不容易平静的心再起波澜，说不定会再次受伤，可当他天真无邪的那张脸面对我时，清澈的眼神里流露出平静而坚定的要求，那神情震撼了我，我变成了一只鼓，在他目光的敲击下发出了共鸣：我之前所受的委屈，那些无处投递的感情、那些夜里无声的呼喊顷刻间烟消云散。我原谅了他，或者说我从来就没有怪过他。于是我难以拒绝，重新做起了他的兄弟。

6

到了次年五月份，大家都在计划着毕业后何去何从。我们是本校最后一届三年制师范生，从下一届开始便实行五年制，培养大专毕业生。这不是重点，要命的在于本县的这一届毕业生不包分配，需要自己找工作，并非本县不缺教师，而是财政紧张，发不出工资，很多学校都是一个教师负责好几科，即使找到也是代课老师，转正希望渺茫。而其他县市并不存在这种问题，依然像以往那样毕了业就能上岗，比如老大、老二、老三、张国菊等人，哪怕人家是花钱进来的，初中时文化课都不及格，可前途却比我们光明得多。此消息实锤后，本县学生大呼不公平，怨声载道，可后来还是得接受现实，有门路的找门路，没门路的只能干着急。对此我毫无怨言，甚或庆幸，这样我就有理由不当老师，能够奔向心驰神往的远方——比如北上广深这些大都市，为了理想而打拼。年少轻狂也好，热血青年也罢，总之那时的我不知天高地厚，很有些要跟命运作对的姿态。所以当苏晓辰问我毕业后的打算时，我说我想去北京，因为从县城到北京乘坐绿皮火车只要不到两个小时的车程，是几个大都市中距离最近的。

你在北京有亲戚吗？他问。

没有。我稍感诧异，以为他是担心落脚问题，便道，我在报纸和杂志上看到北京很多招工的地方都包食宿，先找个杂工养活自己，等熟悉了北京，再慢慢找喜欢的、有前途的工作。

哪有你想的那么容易！苏晓辰泼冷水道，你知道每年的本科毕业生有多少去北京吗？一个中专生能找到什么工作？顶多也就是服务行业的，比如饭馆的服务生，甚至洗碗的。

你去过，还是道听途说？

没去过。他道，但我的亲戚还有朋友们去过，最后都回来了，没有文凭多半做个农民工。

我想起来了，他所在的镇子的经济要比我老家的发展得好，那里的人头脑也更加灵活，去外地打工的也多，他们更懂得赚钱不易，而我们那个镇子上的人比较迟钝，有些人甚至安贫乐道，得过且过，比如我爸。成长环境的不同使得苏晓辰比我成熟、现实，很少情绪化和不切实际的想法。据他说，他和那个学妹分手的主因就是人家嫌他不懂得浪漫，加之学妹要比他晚三年才毕业，他觉得变数太大，于是分了也就分了。我便问，那你打算怎么办？

最好是能找找关系当个老师。他道，不然这三年学岂不是浪费？不过我家亲戚、朋友之类的都没有教育口的，我正为这事发愁。

尽管我能理解，毕竟持这种想法的同学大有人在，却还是忍不住鄙视他的胸无大志，在我眼里，他应该不同于那般俗人才对。于是道，你就不想趁着年轻出去闯闯？你就甘心一辈子和小学生打交道？你真喜欢当老师吗？

既然你都上了师范，不当老师多可惜？哪有那么巧，正好找到你喜欢的工作。他带着宿命般的口吻平静地说，再说，当老师假期多，虽然发不了大财，可是稳定，不怕失业，我不像你那么有才华，我知道自己只能做个普通人，过平淡的日子。

可你不也没这方面的关系吗？到时候还不是得靠自己？还不如先到外面去碰碰，万一能找到合适的呢？

嗯，也只能这样，总不能在家待着。他搂住我的肩膀，咱俩一块去北京，有个照应。

尽管他这话稍显勉强，我还是为之振奋，像是打了鸡血，恨不得马上毕业。

六月下旬的一天上午考完了最后一科，下午举行了毕业典礼，明天就要各奔前程。毕业证要在一周后邮寄到各自的家，也就是说，这可能是我们其中大部分人此生的最后一面。昨晚，以班级为单位开了告别班会，女生们合唱《千千阙歌》《萍聚》，哭得一塌糊涂，有些男生亦热泪盈眶。我没有掉眼泪，尽管想到三年来的点滴，也有感动之处，但更多的还是与某些人的瓜葛与恩怨。一想到马上就能永远与老大等人分开，离开这个禁锢个性的地方，我就开心得想要飞起。但在离开之前，我还得确认一件事，就是和苏晓辰的明日之约，可昨晚我一直都没能找到他，他提前离开了告别会，又不在宿舍和操场，等到早上我醒来时，他却睡在他的床上。我想问问他昨晚去了哪里，最终忍住了，想等到毕业典礼之后再说。

典礼过后，大部分人都怏怏的，纷纷回到宿舍，甚至连晚饭都懒得吃，似乎昨晚的仪式已透支了所有的热情和精力。这种状态有点像是把昨晚当成了世界末日，那种歇斯底里，酣畅淋漓，是以"再也看不到明天的太阳"作为心理预期的。可到了次日，世界照常，一切如旧，当意识到还得活着，且要比之前活得艰难（因马上要进入社会，面对生计）时，便提不起精神，再想到昨晚的推心置腹、丑态百出，更觉无趣，竟有些无颜面对彼此。我却没这方面的负担，吃过饭，又在操场转了转，等到天黑时回到宿舍收拾东西。苏晓辰一直在，但因为有旁人，我不好问他，只想等到再晚点，单独叫他出来商量。可宿舍内又乱又吵，其他男生也在这里聚集，不是侃大山就是下棋打扑克，我喜欢清静，便出了门，想着一会儿再回来找机会。

初夏差不多是校园最美好的时节，气温适宜，树冠如盖，一切植物蓬勃向上，犹如刚刚在社会站稳脚跟的青年人，对未来充满理智的野心，连空气都充盈得气定神闲。接近农历月中，满月初升，栖息在树杈间，亮晶晶的光芒中带着淡淡的黄，将树枝映得像是浮在水中。我绕着操场走了几圈，月亮逐渐升高，愈发皎洁，将大地上的一切事物都照了出来。再过一会儿就该下晚自习了，我决定回去看看宿舍内的情况。穿过食堂一侧的小径时，我发现了一个熟悉的人影，正是苏晓辰，见他往多媒体教学楼走去，遂跟上去，心想到了晚上这栋楼的大门都会上锁，他去那里干什么呢？我暂时没有惊动他，而是悄悄跟着，才发现锁大门的铁链子过长，并不能使得两扇大门严丝合缝，稍微用力拉扯就能弄出很大的缝隙，足够一个不太胖的人侧身通过。苏晓辰就这样蹲下身进到了里面，我如法炮制，蹑手蹑脚随他一直上到五楼，来到图书馆对面的阶梯教室。这里能容纳二三百人，昨天的毕业典礼就是在这举行的。他进了教室，我跟了进去。月光如水，从落地窗倾斜而入，偌大的阶梯教室里空寂如坟场，椅背似墓碑一般整齐排列着。苏晓辰发现了我，他站在月光里，回过头，惊讶道，是你……你怎么来了？一定是月光给了我前所未有的勇气，那一刻我意识到我这辈子可能再也见不到他，他应该不会和我一起去北京闯荡。我走上前，逼近他，盯着他脸上的绒毛，在月光下有种婴儿的脆弱和稚嫩。我内心汹涌，似有千言万语，可舌头打结，张了好几次嘴，才道，我们哪天去北京？他说，对不起，我……他尚未说完，一阵脚步声由远及近，愈发清晰地传来。

快躲到后面，桌子底下。苏晓辰的声音里混杂着紧张和慌乱，口吻像在下命令，带着一丝家长的权威，仿佛我是个多余的熊孩子，扰乱了大人的正经计划。他的神情令我感到失望，甚至有几分恐惧，仿佛他突然间变得陌生了。我只能迅速走到后排，藏身于桌底。少顷，只听一个女声道，你来多久了？苏晓辰道，没几分钟。女声接着道，我们宿舍还在玩，好不容易找了个理由才脱身。他问，没人发现吧？女声道，没有。他道，那就好。说到这儿，两个人暂时不再交谈，只有轻微的衣物摩擦和肢体接触的声音断断续续地响起。女声听着怪耳熟的，但一时我想不起来，于是偷偷探出半个头，在月光的帮助下，我认出了那个女生——就是那个打过我的张国菊。两个人正在卿卿我我，举动倒不算过分，也就是亲吻和抚摸，毕竟苏晓辰知道我在这里。他们俩怎么搞到了一起？什么时候的事？我瘫坐在桌底，想到自己刚才的举动，顿觉愧恼万分。直到这时我才终于承认，我的戏份其实早就完了，是我非要给自己添加戏码才导致这种状况的发生。

张国菊说，今天我爸给我打电话了，你不用担心工作，他基本搞定了，在市里，和我一个学校，干上两年再把户口转过去，到时再走走关系，就能转正。苏晓辰道，谢谢你，宝贝，你对我真好。张国菊道，这话见外了。苏晓辰道，咱们出去吧，这里阴森森的。张国菊道，我也觉得有点儿，走吧。等到两个人的脚步声渐行渐远，我才走出教室，下楼，出了大门口之后我暂时不想回宿舍，于是一口气跑到操场，爬上槐树，翻过墙头，来到校园外，顺着北道一路飞奔。月亮就在我头顶，我跑得非常快，耳边呼呼生风。我跑得那么快，像是要甩掉影子，我感觉自己肋生双翅，朝着月亮飞了过去。我要把这里发生的一切抛于脑后，掀开崭新的页码，追求理想的人生。我相信，只要我努力去争取，属于我的都会来。

7

父母不想我去北京，爸爸的想法和苏晓辰的差不多，他不想让花了那么多钱换来的知识和文凭白白浪费，于是施展浑身解数给我拉关系走后门。那次他让我到一个提前联系好的学校去看看，相当于面试，之前这种情况已有过几次，但皆无准确回音。我带着一堆礼品骑着自行车一路狂奔，来到了连绵的群山之间，躺在草甸上望着蓝天白云，贪婪地呼吸着山中带着草香的空气，直到傍晚才回家。爸爸看见带回来的东西就知道我没有去，于是耳光在我脸上啪啪作响，废物、窝囊、白痴这些恶毒的字眼犹如飞镖连连击中我的自尊，冷漠而清晰的疼痛渐渐蔓延。疼痛抵达顶点后，我反而释然了，爸爸的行为更加坚定了我离开这里的决心，一种众叛亲离的悲壮感占据了我的脑子。

玉田—别山—蓟县—段甲岭—三河—三平—大厂—燕郊—通县—北京——至今我依然记得那年九月自己背着简单的行囊，只带了五百多块钱北上时乘坐的那趟绿皮慢车所停靠的每一站。当这些站名再次从唇齿间进出时，我似乎又感受到了年少轻狂时的蠢蠢欲动，随着目的地临近，我既兴奋、激动、自信，又瑟瑟发抖，就像料峭春寒中的嫩芽那般，不知迎接自己的是何种命运。如今回过头来看，这只是一个过程而已，那种经历和大多数北上寻梦的人的差不多。最初的那两年过得比较辛苦，打杂工，住集体宿舍，条件很差，工资也不高，后来终于在一家行业网站找到了采编的工作，收入相对稳定后，自己租了一间半地下室，虽然还是与他人合租，但多少有了一点私密空间。随后几年，我跳了几次槽，六年前终于在一家新媒体广告公司获得了不错的职位和薪资，方一直干到现在，衣食住行各方面都比从前强了许多。

初到北京，我仿佛重新活了一遍。陌生而新鲜的事物带给我的是深深的自卑，好像在不厌其烦地警告我我不属于这里，尤其是工作走上正轨，接触的所谓有钱人渐渐增多，世面也见得越来越大之后，我才发现过去的自己有多么"井底之蛙"。最初的两年里，尽管感受强烈到令我"一夜长大"的程度，内心亦是感慨万千唏嘘不已，可那段时期的我似乎失去了表达的欲望和能力，就算有时想静下心来写点什么也不知从何写起。新世界让我失语，对它既敬畏又鄙夷，它打破了我在老家生活近二十年建立的内心秩序和价值观，我无法把握它了解它，因此便无从描述它，只能被动地感知。直到三五年后，我才在工作之余重拾写作，幸好这几年一直没有丢掉阅读的习惯，没用多久便找到了感觉，先是写了很多有关家乡和童年的文章发在网上，后来才开始将自己漂在北京的经历写成小说，投给杂志社。发表了两个长篇和一个中篇后，曹老师找到了我，他说他在杂志上读到了我的小说，然后在网上搜索我的名字，见到了我在某个文学网站的主页上留下的联系方式。经过聊天，我才得知他和妻子两个人早就从学校辞了职，开了公司，为了女儿得到更好的教育，移民到了加拿大，但妻子还在国内照顾生意，他陪着女儿在国外求学，业余时间仍旧阅读文学杂志，他为我能够坚持梦想而感到开心，说等他回国时跟我见面。

当我在北京刚刚站稳脚跟的某个黄昏，立在阳台上望着日落，想起父亲曾经的暴行，出奇地心平气和。我承认那时候我已经原谅了父亲，原谅他那粗鲁不堪的谩骂和侮辱，原谅他由于铁不成钢而宣泄淤积已久的恨意，原谅他因今生最后的梦想与其初衷背道而驰时的万念俱灰，原谅他偶尔一次没有对生活重压逆来顺受而发出的呐喊，原谅他这么多年以来难得袒露心声享受真实的刹那。但我不能原谅自己事过境迁后的释然与既往不咎，不能原谅自己对过往的耻辱视而不见，不能原谅那颗至今仍然隐隐作痛的心灵，不能原谅自己对父亲的原谅。基于对自己的不能原谅促使我以极大的热情投入工作之中，很想搞出点名堂证明自己，主要是给父亲看看。可生活不是用来赌气的，我如果真能取得世俗意义上的成功，父亲自然为我高兴，他才不会像我这般"记仇"。然而事实是，尽管我在北京打拼了十多个寒暑，很多人生的第一次都是在这里完成的，对北京的熟悉程度远超过对老家县城的了解，在内心早已把这里当成了自己的第二个故乡，却还没有能力拥有一套属于自己的蜗居。

许是年纪渐大的缘故，加之离家不算远，交通又极方便，我回家愈加频繁了。一年下来，在老家住的日子加起来总有一个半月。上次回去是五一小长假，爸爸没有出门，而是骑着电动车到镇上的公车站点接我回家。回家于我而言，更像是去一个"农家乐"，吃妈妈味道的饭菜，干点儿农活调剂心情，遛遛狗，什么事都不用操心。返京的前一天晚饭后，爸妈和我在河边散步。走了许久，天已黑透，我爸忽然问，端午回来吧？他希望我回来，我妈跟我说过他养了三只狗，就是觉得我会因为惦记狗而多回家。我说，回。他迫不及待道，提前说，去镇上接你。语气暴露了他内心的兴奋，尽管看不清他的表情，可我猜他的眼睛里一定闪着光，就像他初为人父时一样。我鼻子发酸，仰头看天，想让那些热的、咸的液体退回眼底。

我以前非常喜欢分析父母还有其他长辈的性格、经历，悲叹他们的婚姻、错误的人生选择和无法改变的生活状态，熟练地给他们贴标签、下断语。毫不留情。现在看来，我是多么自以为是啊。其实他们比我所认知的复杂得多，他们是活生生的人，而非小说或电影里的人物形象。母亲坚韧、沉默、温驯、服从，父亲急躁，常因此而粗暴得不像样子，却又有不着言辞的深情……每个人都那么不同，却都以某种方式承受着生活的重压，并对我产生影响。他们的生命淌进我的生命，而我的生命，亦是他们的支流。其中自然有所不同，实际上却比我原以为的要相似得多。

8

毕业十年后，在县城开了培训学校的班长牵头建了一个微信群，我被某个同学拉进来时里面已有二十多人，接着又陆续进来不少，但始终没有凑齐。据说不管用什么办法都联系不到缺席的那十二位，当年毕业照后面留下的座机号码业已停机，就差按照上面的住址实地探寻了。和我同一宿舍的几位都在其中（除了半途转校的老六），苏晓辰自然也在。进群时我例行公事般回应了几个老同学的问题，比如在哪个城市做什么工作婚否等，后来便一直"潜水"，只静静看他们聊天。从他们的闲聊中得知，大部分人都在教育岗位上任职，老大、老二、老三在本地学校当老师，且都是体育老师，三个人都已结婚并做了爸爸，老大没和孙晓梅在一起，失联的十二个人中就包括孙晓梅。苏晓辰也在做教师，在市里的初中教语文，毕业两年后他便和张国菊结了婚，如今有一个刚上一年级的女儿。老七和老八因为本县不负责分配也没有门路所以没有当老师，老七做起了服装生意，专卖童装，同时开了网店；老八则子承父业，开出租，与其父不同的是他主要拉长途，往返于本地与京津唐之间。

建了微信群的次年国庆长假，班长张罗起了同学聚会，并要带领大家重游母校。一开始，响应者颇多，等到时间、地点敲定，随着日期临近，很多人却突然有了事，至于是真的没空还是借口，大家心照不宣，没人追问，于是最后只有十三个人到场。我自然没有报名，时间倒是有，可我不想去，我一直不太理解热衷同学聚会的那些人，对他们重游母校的行为也无感，甚至觉得荒唐。那里不过是人生的一个驿站，离开就是为了不再回头，回去有什么意义？聚会过后，他们在群里发了好几张照片，每个人都变了，尤其是那几个从事户外工作的男生，发福、秃顶，像是以前的版本发酵了。苏晓辰的变化虽然不像另外几位那般糟糕，但也明显胖了不少，眼神不再清澈，少年感全无，不过状态看上去还不错，像那种不为生计操劳、生活比较顺遂的人，只是外表不可避免地朝着中年男人的典型特征进军。

那次同学聚会之后，群里愈发冷清，一年的聊天内容不见得攒上两三屏，大家都成了生活的囚徒，忙着各自的琐事。直到去年碰巧遇见老八，和他提起那次聚会，才发现不知不觉间竟然又过了十年。那是国庆长假的第二天，我本来像往常一样赶到四惠汽车站，打算坐两个小时的班车回家，谁料从北京到县城的那趟班车早在两个月前便已取消，现买火车票显然来不及，只能选择其他方式，比如顺风车。在汽车站旁边就有很多拉活儿的司机，我正考虑时，听见有人喊"四哥"，我不觉得是在叫我，便没在意，后来又听喊我的名字，这才回头，只见一个穿着灰色夹克的中年男人笑着朝我走来，等他走到跟前，我才认出是老八。他见我要回老家，便硬要我坐他的车，而我觉得不妥，一是怕车费上不好算，二是怕途中尴尬，没什么可说的，还不如坐陌生人的车更加自在。我们俩在站旁你推我让着实不像样，不明就里的人还以为起了争执呢，后来各自退让一步才算达成协议——那就是让他把我当成平常的客人，不可专拉我一个，要像往常一样拼客，车费上也是该给多少给多少。

算上老八在内，车上共坐了四个人，我坐在副驾驶的位置。一上路，老八就问我怎么还没结婚。我只敷衍道，就快了，不着急。他说，还不着急？我大儿子都上初中了。我笑而不答。他又问我做什么工作，在北京买房了没有。我说，买不起。他又说，是你不想买吧？作家应该很能赚钱吧。我说，光靠写作在北京可活不了，那不是主业。虽如此说，可我心里清楚，写作和爱情是我发自内心追求的东西，恐怕要坚持一辈子。后座的两个人也是我们那个县的，见我们是同学，其中一个女人对老八道，你们俩看着可不像同学，感觉你比他老上十来岁。老八叹道，他敢情省心呢，一个人吃饱了全家不饿，风吹不着日晒不着，赚得还比我多，我一天到晚在外面跑，家里还有两个"吞金兽"，哪有时间顾自己？虽在抱怨，可老八的口吻却是自豪的。人都这样，口口声声羡慕别人，可在心里谁都不肯承认自己比别人过得差，再不济也能找出比他人强的地方（往往是拿自己的得意之处与他人的失意相比）。

车子驶出城区，高楼大厦和各种建筑逐渐消失，高速公路两边皆为沉默的田野，秋收已近尾声，空旷的野地在阳光的笼罩下显得稀薄、轻盈，泛着忧郁的光辉，周遭一派非同寻常的静谧。这是再寻常不过的乡村图景，也是我从前看厌了的景色，我曾以为再也不需要看上一眼。可是近些年来，我时常梦到兰泉河，梦到小时候，梦到已驾鹤西游多年的爷爷、奶奶。另外，一旦放假，我几乎不会再像从前那样到处旅游，而是回到老家。可是我很清楚这不是爱，也并非依恋，因为只要在家多待上几天就会觉得厌倦，我不太肯定我现在还能够爱上任何一个地方，也许，我爱的其实是当年在这里生活的自己，而那个自己如今已所剩不多，甚至消失殆尽。

老八又跟我聊起了老同学的八卦，其中就包括苏晓辰的。他说，你还不知道吧？他离婚了，听说是他有了外遇，对方比他小了十多岁，长得还漂亮。这倒是我没想到的，可是我也不怎么关心，只是随口道，那他还教书吗？老八道，早就不教了，开了养猪场，就在咱们县城北边，离学校挺近，这两年猪肉价格涨上天了，刚好被他赶上，那家伙还真是走运。顿了顿，他又道，我遇见过他几次，老了不少，早看不出年轻时是个帅哥啦！现在想想，上学那阵多好啊！我就经常想，要是有时光机器就好了。我微微叹气道，我觉得还是现在好。老八不解道，为什么？我说，珍惜当下吧。他摇摇头。其实我心里想的是现在我们还不算太老，人生过半，阅历多到能够有充分的自知之明，能明白你以前期望的一些东西如今永远也得不到了。但我很难解释清楚这种情形为什么是最好的，我就是觉得好。

说真的，你难道没想过回到过去吗？老八的语气突然变得感伤。

光是想回到过去这个念头就足以让人心碎了，我可不敢想。我说。

不愧是作家，真会说。老八道，我经常想起那时候的日子，年轻真好。

事实上，我偶尔还是会想起那个月夜。比如失恋或者单纯被人嫌弃相貌平庸、没有钱时；比如在发表了一些小说逐渐被外界认可反而愈发对写作产生怀疑和困惑时；比如只是单纯被没来由的沮丧和心灰意冷突然攫住时，那个夜晚的铮铮誓言都会在耳边回响，给我继续生活下去的勇气。现在看来，那些发愿未免过于天真，这世上有太多的不确定和未知决定着你的人生，并无规则可言，不像数学试卷只要肯努力就能得满分。活得越久，阅历越深，越会发现不管飞黄腾达、庸庸碌碌，抑或落魄失意，生命终究是负累，是一场徒劳，可即便如此，你依然要珍惜你的灵魂，就像用盘子端着一枚珍宝，坚定而小心翼翼地走过。

天灯

1

李爱学第一次遇见韩志杰时便决定嫁给他。

那年夏天,她刚满二十岁,已在临溪镇的服装厂干了两年多。三次高考皆落榜,一次比一次分数低,李爱学不得不认命,放弃成为大学生的梦想,安心做一名缝纫工。那是二十世纪九十年代初,高考几乎是改变命运的唯一途径,此路若不通,女孩只能在本地的小厂子干上几年再嫁人。当地女人鲜有外出打工者,多是男人去做建筑工,也没有谁扎根城里。

起初,李爱学颇为不甘,在白天人多热闹时,与其他女工说说笑笑,看起来倒也心无挂碍,自得其乐;可一旦夜深人静,那股劲儿就变成一只困兽,在体内乱窜,却找不到出口,夜复一夜,困兽没了气力,渐渐消停,最终化作一声悠长的叹息,消失于黑暗,遁迹于无形。没有吃不了的苦,原来人生可以不断下沉,李爱学感到体内的某种力量消失了,可她再没有那种揪心的遗憾和痛楚，只觉得安然，甚至于麻木中得到了一丝快慰。

服装厂位于镇子南边，毗邻农贸市场，逢农历"四""九"为集日。每逢集日，服装厂的女工们都不会从家里带饭，趁着一个钟头的午休，成群结队来到集市，挑选衣服、头饰、鞋子等物，顺便买些好吃的。炎炎夏日，她们打扮得花枝招展，露出白皙的胳膊和长腿，穿过已近尾声的市场，偶作停留，间或嬉笑追逐，莺啼燕啭，成就一道引人注目的风景，犹如这场演出的压轴大戏。那日，李爱学和几个伙伴手里提着肉饼、粽子和烧饼等食物，正绕到水果摊，打算买些瓜果梨桃。毫无预兆地，韩志杰那张白到没有血色而清俊的脸撞进了李爱学的视野，那几秒似乎灵魂已被抽掉，她愣愣地注视着对方立体的五官，直到伙伴递给她一小角西瓜让她尝尝时才缓过神来。伙伴问她甜不甜，她说甜死人了，眼睛仍在韩志杰身上偷偷地瞟来瞟去。让她激动和欣喜的是，对方的目光也在她身上飞来飞去，像蝴蝶围着一朵花寻找落脚点。她马上心生懊悔，恨不得立刻折回家，仔细梳理头发，再换上新买的那件超过膝盖而且没有露出肩膀的连衣裙。他会不会认为她穿得太轻浮、太暴露、太邋遢呢？她不得不躲在伙伴中间，只露出半张脸。令她没想到的是他竟然朝她们走过来，看着她们，吹了一声口哨，叫了一声"杨小四"。

杨秀美闻声抬头白了韩志杰一眼道，大侄子，叫你姑有啥事儿？

占大辈儿就那么好？我叫你一声姑，你能给我买俩瓜？韩志杰油腔滑调，看来他和杨秀美很熟，因为杨小四是杨秀美的家人和好友才会叫的小名，连厂里人知道的都不多，不知这两人什么关系。李爱学内心嘶啦嘶啦冒酸水，犹如晃了半天才撬开盖子的一瓶北冰洋。杨秀美随手拣起两只香瓜道，大侄子，给钱，就当孝敬你姑姑。韩志杰一本正经地看了两眼李爱学，抓过香瓜，露出一抹邪魅的笑道，我可以送你，但你最好别吃。有人问他，不吃干吗？他将两只瓜推到杨秀美平坦的胸前道，装衣服里正合适，不然人家还以为你是男的。说完，他野兔似的疾速逃开，气得杨秀美扯着嗓子大骂，臭流氓，告你妈去，让她打死你。

你们俩一个村的？有人问了李爱学也关心的问题。

他家是搬迁户，山北边的，听说老家建水库，好几个村子都淹在水底下了。杨秀美道，我哥和他是同学，以前他经常来我家找我哥玩。

他是不是对你有意思？好像不是第一次逗你了。那人继续问。

有屁的意思，我才不会喜欢他。杨秀美道，警告你们，别胡说，传出去不好。

为啥啊？他长得还不错，好像还很好玩的样子。那人道，就是不够稳重。

你看上了？那我把他介绍给你。杨秀美道，到时可别怪我害了你。

算了吧，连你都看不上，本小姐才不要。那人连忙摆手，暗示自己比杨秀美优秀得多。

静静地听她们聊天，李爱学一方面因为少了情敌而安心，另一方面又因为杨秀美看不上韩志杰而替他抱不平，心想就算她要他，人家也不一定瞧得上她，他只不过是跟她逗着玩，她们就自作多情以为他对她有意思？在她看来，身边的这几个全都配不上韩志杰，他长得那么帅，神似一个她们共同喜欢的港台明星，往日里以貌取人的她们总是恬不知耻地表达着对明星的爱慕，如今又为何如此矜持？看起来不像装的，杨秀美似乎很怕和韩志杰发生瓜葛，以免影响到名节，这背后又有何隐情？按照李爱学的推测，韩志杰和杨秀美的哥哥是同学，至少也得二十四五岁了，这个年纪一般都已成婚，有的已是两个孩子的爸，而韩志杰看起来还像个孩子，想来他单身的原因不在相貌，而是人品或家庭存在问题。

没用多久，李爱学的疑惑便有了答案，而这首先在于韩志杰向她表明了心意。她的感觉没有错，他对她的确有意思。看见她和杨秀美等人在一起，他便猜到她在服装厂工作，于是在某天傍晚守候在厂子附近，等到下班后悄悄跟着，直到几个人相继分开，剩下李爱学一人，他才加大摩托车的油门赶上。见是韩志杰，李爱学抑制着兴奋，装骄矜，爱答不理，实则不时瞄着夕阳下他那令人心醉的侧颜。晚风轻拂着脸庞，一天的疲惫在这一刻顿消，快乐从心底洋溢到她的脸上。韩志杰开门见山，问她的名字。李爱学不答。他又问，你是后杨庄的？她说，不行吗？他高声道，挺好。她问，有什么好？他道，以后我可以骑摩托送你。她道，用不着。嘴上这么说，可没用几天，她就坐到了他的摩托后座上，两只胳膊搂着他的腰，光滑滚烫的脸庞贴着他的后背。为了不被发现，从家里出来后，她把自行车藏在兰泉河附近的芦苇丛中，等着韩志杰来接她，送她到厂子附近再下去，步行进厂。晚上不再和伙伴们一起下班，走到西边土路旁那棵最粗的大柳树下等着他来接她，送她到芦苇丛边再骑车回家。两个人情投意合，干柴烈火，如胶似漆，恋爱的戏码转眼间唱到了私订终身。

没有不透风的墙，尤其是在乡下谈恋爱，一男一女的过分亲密很容易引起他人注意。哪怕有青纱帐和密实的树林做掩护，即便两个人相当小心，不在外人面前露出马脚，可十里八村，出门就能碰见熟人。有一次在一条很少有人出现的乡间小路上搂搂抱抱时，迎面就撞见了后杨庄"大老豁"家的二小子，后者正从庄稼地里钻出来，怀里还抱着一堆青玉米；还有一次他们在黄土坎村的河边溜达，这里离两个人的村子都比较远，想来不会有危险，可没走出多远，河面上便漂来坐着充气轮胎的张老六，此人正是和韩志杰家在一条街的有名的鱼鹰子，他正从网上择一条鲫鱼，两只眯眯眼却努力朝岸边观望，企图辨清这两人是谁。陷在爱情中的人常常会不自觉地笑，那种幸福和甜蜜从他们身体内部向外散发着光芒，也许他们自己不曾注意到，可单身者或是过来人对此异常敏感，许是出于嫉妒眼红，也许出于对往昔的怀念，总之，他们的事情相继被朋友和家人发现，两人不得不对身边的人从实招来。

朋友即便有意见也会保留，比如杨秀美，她是不会在李爱学面前说韩志杰坏话的，有几次她欲言又止，后来李爱学没忍住，让她有话直说，说保证不会怪她。杨秀美仍然支支吾吾道，其实韩志杰这人倒不错，只不过他妈……李爱学问，他妈怎么了？对方道，嗐，你让你家里人打听打听不就什么都明白啦。得知女儿的恋爱对象是庞各庄姓韩的人家时，李父想了半晌，方道，庞各庄除了姓张的，还有刘是大姓，剩下还有李、王、杨、梅，就是没听说过姓韩的。李爱学道，他家是搬迁过来的。李父一拍脑门道，这就对了，外来户，难怪我不晓得，你先别急，回头等我摸摸底，看看这家人怎么样，你堂姑就在庞各庄，她肯定跟我交实底儿，合适的话就找她做媒人。李爱学高兴得很，她清楚家乡风俗，即便自由恋爱，也要找个熟人做媒，这样在交涉婚嫁条件时才比较方便。

转日上午，李父从集市上割了两斤肉，买了一条鲤鱼，去了庞各庄的堂姐家。一番寒暄后，李父说明来意，问堂姐，咱庄子上姓韩的那个外来户你晓得吧？堂姐正在缝被子，拿手里的针划拉两下头皮道，你说的老韩家在南头住，我很少去那边，可我嫁到这里也有些年头了，虽然没打过交道，但耳闻目睹还是有的。李父道，那家人性怎么样？你侄女爱学搞的对象就是他家的孩子。堂姐皱眉，放下手里的针线，往前凑了凑道，真的？李父道，对啊，姑娘亲口跟我说的。堂姐嘬了一下牙花子道，哎，你还是让爱学趁早断了吧。李父问，怎么回事？那孩子有毛病？还是……堂姐道，那孩子倒没什么，他妈可不是个善茬儿。李父摆出一副愿闻其详的表情，堂姐接着道，那不是个省油的灯，附近几个庄没人不知道她，有名的泼妇，没面儿，嘴贱，厉害，心眼子又多，还都是坏的，爱学那孩子虽然有文化，可越是有文化有教养，越过不到一块，真要进了她家的门，肯定挨欺负。李父颇为震惊，庆幸提前打听一番，接着问，那家男人呢？堂姐道，没男人，反正自从他们那家搬过来就是三口人，那小子还有个姐，早出门了，据说每年只回来两三次，跟她妈关系不好，你想想，连亲生女儿都硌硬她，何况一个外姓旁人！李父道，行，回去我就让她跟那小子断了。堂姐道，赶紧黄，趁着还没定亲，那小子好像得有二十五六了，人头不错，长得白净，个子高，以前还有人张罗对象，可女方一旦知道了他妈是谁，就没了下文，现在没人敢给他介绍。李父又询问了老韩家的大概位置，随即告辞。堂姐再三挽留他吃饭，他到底谢绝了，得到这样的情报哪还有心思吃饭，恨不得马上棒打鸳鸯，把闺女从火坑边上拉回来。

　　回去路上，他故意从老韩家所在的街道绕了一下，他也不明白为什么要这么做，大概只是出于好奇。按照堂姐说的，西数第三家，房子从外表看还不错，应该才盖没几年，银色镀锌大门，堂屋的门口和窗台居然镶了瓷砖，这在当时比较少见。门口左边种着一片棉花，右边则是各种蔬菜，一个妇人正猫腰撅腚钻在黄瓜架里。不一会儿，她退出来，直起身，手里攥着一根顶花带刺的黄瓜，在身上胡乱蹭了几下便咬下一大口,嚼得嘎吱嘎吱响。此人身材瘦小,枣核脸,扫帚眉,眼睛不大,却炯炯有神,看起来像个人精。想来她就是传说中打遍庞各庄无敌手的泼妇曹桂莲了,这番形象与李父想象中的有点出入。越看,他越觉得这张脸、这眉眼似曾相识。在记忆中努力搜索一番,猛然记起,以前下庄收废品时曾在她家收过旧书和废铁,起初是她闺女卖的,都已称好并付了钱,且装了车,结果这女人从地里回来,问过价钱后非让他将旧书和废铁卸下来,说他的价格给得低,哄骗小孩子,说什么也不卖给他。他自然不从,可她先拉住车子不让他走,接着又躺在车辘辘前让他有种碾过去,实在不想再和这样的混蛋纠缠下去,他只得自认倒霉,卸掉好不容易装上车的废品,她女儿带着歉意将钱还给了他。想起往事,李父倒吸一口凉气,赶紧发动摩托一溜烟离去。

2

回到家,李父便将从堂姐那儿获得的和自己想起的略微添油加醋告诉了老婆。他老婆听后亦是震惊、遗憾和庆幸,待到晚上李爱学回到家,两口子一唱一和稍显夸张地悉数说给女儿,并严厉警告她,立刻,马上,断干净,那不是一般人能进的家,以后自己别乱搞,还是由长辈介绍,知根知底靠得住。对于这种结果,李爱学并非特别意外,毕竟之前杨秀美给过她少许提示,她多少有了点心理准备。事实上,她也曾旁敲侧击向韩志杰打听过他妈妈的为人，可他几乎没有正面回应过，不是顾左右而言他，就是含糊其词道，那是我妈，儿不嫌母丑，狗不嫌家贫，我说的话能客观吗？你不要听别人乱说，早晚都要见家长，眼见为实，到时自己判断不是更好？他说得倒也有几分道理，李爱学姑且听之。堂姑和父母不会平白无故抹黑一个人，如果韩志杰的妈真像他们嘴里描述的如此不堪，那确实难缠。李爱学想了想才开口，爸，妈，我还没见过他妈，你们也没真正接触过，我觉得不妨正式见个面，了解之后再下结论，外人的话我们不能全信。父亲道，我跟她打过交道，今天特意从她家路过，还见到了，看面相就不好对付，没谈下去的必要。母亲道，多此一举，你还年轻，长得又好，不愁找不到婆家，何必在这一棵树上吊着。父亲又道，现在收手还好办，不会闹得多么僵。母亲附和，僵就僵，总不能为了面子把闺女搭出去，反正以后也不会有来往。

李爱学低着头不吭声，父亲以为她被说通了，便道，明天跟那小子说清楚，你要磨不开面，我去。母亲道，让你爸去，你去说，万一他狗急跳墙，伤到你怎么办？李爱学忙辩白，他不是那种人。父亲哼了一声，怎么？你都开始胳膊肘往外拐了？李爱学道，我们俩处得挺好，不能因为他妈就黄了，大不了以后分开过。父亲气道，你傻了吗？那家里就他们娘俩，怎么可能分家？母亲道，别看他现在拿你当个宝，处处哄着你，等到娶回家，还不是听他妈的话，到时再后悔黄花菜都凉啦。李爱学道，怕什么，过不到一块大不了离婚。父亲吼道，你说的这是人话吗？不到万不得已谁离婚？与其离婚为什么当初不找个好的？母亲道，真要离婚，你的一辈子可就毁了，爸妈是过来人，都是为了你好，你怎么听不进去呢？李爱学哭丧着脸，求求你们，就这一件事，让我自己做回主吧，以后不管怎样，我绝不怪你们，就算我自作自受还不行吗？父亲太阳穴和脖子上的青筋突突直跳，这么说，你是铁了心要嫁给他？李爱学脖子一梗道，对，非他不嫁！父亲的眼珠子快要努出来了，指着女儿的鼻子，今天我也把话撂这儿，你要嫁给他，就别认我这个爹，出了这门再也别回来！李爱学没想到父亲如此绝情，而且根本不试着理解她，一时不知该说什么，只是不停抹着眼泪。母亲见女儿哭，老公怒，自己的泪水也跟着下来了，抓着闺女的手说，你咋这么没良心啊，养了你这么多年，你不能为了一个外人就抛下我们啊，是男人重要还是爸妈重要啊……

在李爱学和父母的僵持中，韩志杰——准确地说是曹桂莲，却没闲着，儿子像个牵线木偶被她尽情操控，对李爱学及其家庭发起了猛烈但又分寸得当的进攻。得知儿子搞上对象后，曹桂莲照例一番调查，从儿子的口吻、神态和话语中，判定他这次动了真格的，也不知是什么样的姑娘让他如此神魂颠倒，奋不顾身。她既有几分不屑，同时又为他感到高兴，想到像他这般大的男人早已老婆孩子热炕头，不免替他心酸，再联想到儿子混到这步田地的主要原因在于自己声名狼藉，又稍微感到愧疚，于是决定为了儿子把这门亲事搞定，哪怕暂时假装一个称职合格的长辈也在所不惜。她先让儿子主动造访李家,每次皆备厚礼,一副打不还手骂不还口的架势。伸手不打笑脸人,何况韩志杰本身着实挑不出致命缺点,几次三番后,倒给李爱学的父母、哥哥以及其他亲戚留下了好印象,李父和李母也不再像韩志杰初次登门时那般冷淡,脸上渐渐有了笑,吃饭时还会喝酒聊天。起初,韩志杰也没谈到结婚的事,只是采取循序渐进的策略,让李家父母答应了他和李爱学交往,如此一来,李爱学就能被带到韩志杰家与曹桂莲会面。不得不说,曹桂莲的演技很棒,几乎不露痕迹,就像发现贾琏偷娶尤二姐时的凤姐一般,和人们嘴中的她完全不是一个样,就连韩志杰也差点儿以为母亲为了他的终身大事彻底改掉了身上那些讨嫌的缺点,变成了通情达理的"好人"。两家的孩子和长辈就这样交往了大概三个月,曹桂莲找到一个媒人带着韩志杰前来正式提亲,媒人传达了曹桂莲的意思,她对李爱学非常满意,想尽快成全两个孩子,但她一个妇道人家将两个孩子带大不容易,前几年新盖了房,手头并不宽裕,希望亲家们能够酌情少要一点儿彩礼,若还有其他条件,她自当尽力满足,只要在她的能力范围之内。既然对方表现得如此诚意十足,李家父母也没有刻意为难,所提的要求皆十分人性化,毕竟嫁女儿不是卖女儿,不为赚钱,而是让女儿过得幸福。一番商量后,婚礼定在了农历九月初九。

当年的婚礼尚比较简单,新娘子还不讲究穿婚纱,亦无高级轿车,只用天津大发。李爱学身着红色中式礼服,青丝绾髻,略施粉黛,鞭炮声过后,她被韩志杰抱进了新房。没有典礼,院中摆着十来张桌子,只等开席。按照风俗,进门后,李爱学披上了婆婆曹桂莲的外套,一股洗衣粉的气味钻进鼻腔。韩志杰那边的亲戚自从他爸从这个家消失后便自动断了,好在他有不少年纪相当的狐朋狗友以及同学之类的来给他撑场面,杨秀美等服装厂的女工们也都来了,一群年轻人围着新娘子插科打诨,倒也热闹。曹桂莲靠在贴着喜字的门板上,嘴里嗑着瓜子,静静地观望,一副置身事外的样子。直到村支书杨永勤喊她,她才像条鱼似的扭着身子凑过来。曹桂莲的脸瘦而干,骨头上绷着皮,似乎没什么表情,让人猜不透她的心思。李爱学与其对视几秒便将目光下移,落在对方如枯枝般的一双手上,递过早已备好的茶,叫了一声妈。杨永勤道,大声点儿!李爱学只得提高声音,按捺住心中的别扭,再叫了一遍。曹桂莲依旧淡淡的,接过茶,没有喝,随手放在一旁,嘴唇动了动,似乎在答应李爱学,但李爱学没有听清她说的是什么。曹桂莲从兜里掏出红包递给李爱学,李爱学接了过去,指尖碰到对方干冷的手指时,浑身不由得震了一震——多半是静电导致。

三朝回门那日,李爱学老早起来,做好饭,直到韩志杰梳洗完,曹桂莲那屋还没动静。他朝东屋喊了两声妈,随后传来曹桂莲虚弱的声音,门帘被掀开,她佝偻着身子坐到凳子上,瞟了一眼满桌子剩饭剩菜(这几日吃的一直是婚宴剩下的),捂着肚子道,胃疼,成天吃剩饭,就算是山珍海味也烦了!韩志杰赔着小心道，马上吃完了，晚上做新的。曹桂莲不接儿子的茬儿，对李爱学道，儿媳，我想喝小米粥，你帮我煮点儿。李爱学看了一眼新熬的棒子面粥，不太确定地问，现在？说完，朝韩志杰露出求助的目光。韩志杰对曹桂莲道，妈，晚上再喝吧，爱学做了棒子粥。曹桂莲道，小米养胃，棒子面粥喝了胃更疼。韩志杰道，吃完饭还要去那头——曹桂莲身子一正道，半个钟头足够了，着哪家子急？给我煮碗粥的工夫都没有？你七岁那年冬天感冒发烧想吃橘子，我还不是冒着大雪走到镇上给你买？你个白眼狼！说完，她又去捂着肚子，身体再次弯成虾米的形状，犹如受到了欺侮。他还想说什么，李爱学连忙起身道，我这就去。当时还没有煤气灶和电饭锅之类的玩意，做饭只能铁锅烧柴火。李爱学刷锅，淘米，韩志杰抱来一堆麦秸秆，插一把进灶膛，点着，对板着脸的李爱学说，你没生气吧？她道，我还不能生气？你妈这是明摆着折腾人。他道，算啦，别跟她一般见识。李爱学哼了一声，心想自己才过门，即便人人都知道曹桂莲不是玩意，但刚过门就吵架，还是对自己不好，姑且忍忍，以后若还这样，一定不跟她客气。再说，这还不是冲着韩志杰，于是她露出笑容。韩志杰从背后抱住她，像孩子撒娇一般道，我老婆真懂事。只听曹桂莲在屋里喊着，小杰！小杰！他问，干啥？曹桂莲道，过来，有事儿。他小声抱怨道，能有啥事？李爱学道，快去吧，等她过来看见不好。他道，怕啥？我亲我媳妇儿还犯法？

终于吃过早饭，曹桂莲借口胃疼撂下筷子一抹嘴便进了东屋，不时传出哎哟哎哟的呻吟声。李爱学收拾饭桌，韩志杰要帮她，她说，你去把摩托车和东西准备好，我收拾就行。堂屋门后堆着办婚宴剩下的白酒、啤酒和一些菜蔬，酒都是没开封的。韩志杰道，把这两箱啤酒都带上吧，让爸慢慢喝，反正我不爱喝。李爱学道，那么多放不下。韩志杰道，放我脚底下就行，我技术超牛。话音刚落，曹桂莲掀开门帘，探出半拉身子道，小杰，那啤酒回头给你永勤大叔送一箱，你结婚他忙里忙外，饭都没吃好。韩志杰道，行，明儿再去。她又道，剩下的白酒退给"二布谷"，都是从他那拿的，当时他说用不完可以退，五十多块一瓶呢，你又不喝，倒糟蹋了。韩志杰道，知道了。李爱学默默洗着碗，等曹桂莲说完，她道，您胃不疼了吧？要不要去买点药？曹桂莲抬起眼皮翻了儿媳一眼道，老毛病，躺会儿就好。说完，悻悻地进了屋。李爱学让韩志杰留一箱啤酒送给村支书，剩下的全退掉。韩志杰问，不给爸带了？李爱学道，从镇上过时再买，现在拿着不方便。路过镇上的商店时，她给父亲买了七十多块钱一瓶的白酒，又称了几斤店里最好的点心和水果，像在跟谁赌气似的。

3

没用多久，李爱学便发现过门前曹桂莲表现出来的"好"和"贤"都是假的，是在做样子给老李家的亲戚看，让他们觉得她并非传说中的那般难以相处，而是个让他们能够放心将女儿嫁到老韩家做儿媳的好婆婆。目的达到以后,曹桂莲便迫不及待地暴露本性,甚至变本加厉,好像要将之前苦心孤诣装好人的那一段不堪从李爱学身上加倍讨还。李爱学一直自诩为有文化的人,虽然她没能考上大学,可这么多年来的知识没有白学,她习惯用分析课文和解答数学题的方式面对生活中的人和事,诸多文学作品中千奇百怪的形象她早已深谙于心,再加上一点初级心理学,她自认为已把曹桂莲看了个透。用文绉绉的话来形容,婆婆就是那种损人不利己,可怜又可恨,没有受过教育,粗鄙而不自知的农村妇女,在她心中自有一套生存法则,这套法则是经过多年生活实践检验得出的"真理",和弱肉强食的自然法则如出一辙。用曹桂莲自己的话来说,作为外来者半路落户到庞各庄,村里人见他家孤儿寡妇,便不把他们当回事,不仅她在村里受到排挤和歧视,就连孩子也因为带着一点儿口音在学校里被同学欺负,被老师轻视。

这话倒并非无稽之谈,李爱学从韩志杰那儿听过不少他们遭受到的不公平,令她印象深刻的是有一年重新丈量土地时,村会计给他家少量了差不多半垄,这导致来到庞各庄第二年的曹桂莲首次爆发,从此一举成名。这个事实在第二天才被下地干活的曹桂莲发现,地头上右边的木橛子比原先往左靠了半尺多,而左边挨着沟渠,就像坐在靠窗的乘客被旁边的人往里挤占了位置。曹桂莲扛着锄头直接去了会计家,得知村干部正在开会,又转去村委会。村里人大多势利眼,会计亦如此,见是曹桂莲,便敷衍道,没给你少量,是上任会计量多了,现在纠正过来。村支书和村主任也都说，村里新添了不少人口，分到个人头上的地自然比以前少。曹桂莲不信，她认定这是因为自家没男人撑腰而被欺负，她说昨天自己不在现场不作数，非要求村干部当着她的面重新量。会计说，凭啥？你是质疑我的技术还是质疑尺子？他断然拒绝这种无理要求，我没工夫。曹桂莲道，非去不可，你不去就是心虚，不给我重新量我就死给你们看。她没有自杀，只是马上瘫坐在门槛上哭天抢地，诉说自己拉扯两个孩子如何如何苦，村里人又是怎么欺负他们，起初没有泪水，一味地"大嗓门"，不知是谁忘了关掉刚才播放通知的扩音器，结果搞得全村人都听见了，一些好事者皆赶来看热闹，把小小的村委会围得水泄不通。人越多，曹桂莲越来劲儿，不由带了表演成分，许是勾出了伤心事，一开始的干号竟然渐渐变得梨花带雨，似真有万般委屈。无奈之下，村干部们只得带着她前往地头重新丈量，原来会计把左边通水的主垄沟也算在内，这才导致橛子往左靠。曹桂莲叫道，谁家垄沟上能种庄稼？你咋不把你家炕头也算里面啊？有你们这么办事的吗？会计道，你想怎么着？大家都这样。曹桂莲道，我不管，必须给我补上，不然我就天天堵在你们家门口号丧，再不行我就闹到镇里。会计认为和这种泼妇没有道理可讲，哼了一声道，有本事你就闹去，看人家吃不吃你那套。支书永勤觉得让她闹到镇上不太好，便劝道，你先回去，我们商量商量，回头给你答复。曹桂莲觉得他这是敷衍，仍不依，非要他给她个明确的说法。支书小声道，这儿人多，万一答应你，别人都学你，我们咋办？你先回去，我保证不让你吃亏，这总行吧？曹桂莲这才收声，但没有回家，而是接着锄草。重新划分是不可能了，村委会经过商量，将河套没人种的一块三角形地块给了她。这块地就是位置差，浇水不方便，土壤倒不错，细算起来比原来还能多打些粮食，曹桂莲还算满意，没有再闹，从此对支书永勤存了几分好感，有了解决不了的事都要找他。

当然，曹桂莲对李爱学的"坏"还不至于明朗化，她采取的多是阴招，让李爱学吃的尽是哑巴亏，加上李爱学的晚辈身份以及顾全大局要面子的心理，因此多数时候有苦说不出。在家务分配上，自从李爱学嫁过来，很多曹桂莲以前做的事就不再做了，理直气壮摆起了婆婆的款儿，将洗衣服做饭刷锅洗碗的活全部甩给李爱学，还在外面说，我家媳妇太懂事，心疼我，啥活儿都不让我干，怕我累着……我做的饭不合人家胃口，必须她自己做，我倒没什么，苦日子过来的人，谁做的都能吃饱。这样一来，倒搞得李爱学不好推掉这些杂事，好在韩志杰没工作，会经常代劳，才使得李爱学能够维持在服装厂的工作，否则经常加班到很晚才回家的她连口现成的热乎饭都吃不上。

韩志杰不喜欢上班，他喜欢养动物。他家右边原是一片苇子坑，后来周围都盖了房，坑里渐渐没了水，苇子不再生长，曹桂莲便让儿子拉了几车土，把坑垫平据为己有。周围的人对此不满，明明是公家的地方，凭什么曹桂莲垫了土就成了自家的？明里暗里说什么的都有，还有人故意往这儿倒垃圾，曹桂莲自然不怕，一旦被她得知便站在那块地上转着圈大骂，什么难听骂什么，嚷嚷得半个村庄都能听见。有一次把个新媳妇骂得抱头痛哭，还有一次骂得不过瘾，非要扛着镐头掘人家的坟，吓得对方差点跪下叫她祖宗，而村干部对她占地的事亦睁只眼闭只眼。起初这块地上只种些菜蔬或庄稼，韩志杰从职教中心毕业后，便垒起简单的围墙，开始养动物：鸡鸭鹅基本每年都有，猪牛羊则根据行情来定，其次还有狗、兔子、鸽子等。韩志杰养动物委实有一招，甭管哪一种，都能跟他混得很好，通人性的狗就甭提了，就连最笨的猪到了他手里，用不了多久也能成为他的宠物，不知是他能听懂猪的哼哼，还是猪能听懂他的哨音。那些年，村民们经常能看见韩志杰领着它们到兰泉河边或田野里遛弯，有时是几只狗，有时是浩浩荡荡的一群鸡鸭鹅，有时还可能是几头摇头晃脑的肥猪，而那些在天空中盘旋的灰鸽子，只要听见他吹口哨便会循声而至，落到他的肩上。

　　平心而论，持家过日子上，曹桂莲是一把好手，吃得了苦，受得了罪。不干家务活不等于闲着，地里的活她干得很卖力，无论割麦子还是收玉米，她一个人能顶俩。地里没活时就在家打苇帘，庞各庄的人普遍勤劳，就连冬天也不闲着，因为本地芦苇多，家家户户都备有帘子机，一到秋后，整个村子便响起"嗒嗒嗒"的响声，从清晨到日暮，有时甚至响到半夜。每次听到这种声音，李爱学就会想起那两句古文：唧唧复唧唧，木兰当户织。打苇帘的机器占地很大，只能放在户外，饶是戴着手套，半个冬天下来，手指也会被冻坏。曹桂莲的十根指头被冻了一年又一年，每次吃饭时，望着她那粗糙红肿的手指以及手背上皲裂的小伤口，李爱学都会想，算了，婆婆也不容易，自己多干点就多干点吧，还不都是为了这个家。在家务的分配上，她最终决定不计较，但有些事，李爱学觉得不能妥协。

不是自己过于敏感，而是确有其事，李爱学觉得很多时候曹桂莲都在吃她和韩志杰的醋，一旦她和韩志杰过分亲密，曹桂莲便一脸别人欠了她钱的表情，总要想办法搞破坏，仿佛她们俩是情敌，而非婆媳，一把年纪的人了，难不成还把自己当成小姑娘？虽说同住一个屋檐下，低头不见抬头见，可你做婆婆的就该有点儿长辈样儿，撞见不该看的悄悄躲出去有那么难吗？就算再辣眼睛也属正常，毕竟人家新婚宴尔，你插一杠子算什么？可曹桂莲偏要做个不识趣的。有一次，李爱学正在厨房洗草莓，韩志杰跑进来，张嘴让她喂，她捏起一颗送进他嘴巴，到第三颗，韩志杰只咬住一半，朝她噘着嘴。李爱学会意，去咬另一半，咬着咬着两人便亲到一处，吃完一颗还不够，又来一次，边笑边亲边嚼着草莓。正嬉闹时，李爱学发现玻璃窗后闪过一张脸，正是婆婆，似乎她已看了多时。李爱学立刻打住，曹桂莲推门而入，对韩志杰说，小杰，门灯坏了，我买了新的，换上去。韩志杰道，等会儿再换。曹桂莲道，你现在不没事儿吗？韩志杰道，着啥急？离天黑还早呢，不耽误点就行了。他的语气里透着不耐烦，潜台词很明显，那就是让母亲赶紧出去，他还要和媳妇继续甜蜜的游戏。曹桂莲道，咋？我碍你们事了？李爱学怕母子俩吵起来，便推了韩志杰一把道，去吧。韩志杰哼了一声，却没动地方。曹桂莲道，青天白日，别腻歪了，我都替你们害臊。李爱学的脸顿时红了，韩志杰却不当回事，朝母亲长出一口气道，你有啥资格这么说？我们合法夫妻，光明正大，总比某些人偷偷摸摸的强。曹桂莲气得浑身乱颤，扶住门框道，你个王八崽子，没大没小，你今天给我说清楚！你说谁？韩志杰道，自己做的事自己清楚，你有脸做，我还没脸说呢！说完，他气呼呼地出了门，经过母亲时，顺带丢下一个复杂的眼神，让她自己体会。当着儿媳的面丢大了脸，曹桂莲气得不敢看李爱学，跑出门，追儿子到堂屋门口道，王八羔子，娶了媳妇忘了娘，我辛辛苦苦把你拉扯大，敢揭老娘的短？不是吃我奶朝我要钱花的时候啦？喜新厌旧，跟你那个死鬼爹一个德性。起初她的声音很高，但后来似乎意识到家丑不可外扬，渐渐住了口，跌坐在门槛上，犹如最后一颗顽固的大门牙，哀声连连。

李爱学感到很自豪，显然，在老婆和老妈之间，韩志杰的心是向着她的。到了晚上，她得了便宜便卖乖，对韩志杰道，不要再像今天那样跟你妈说话啦，说得那么重，她还以为是我在背后离间你们母子呢。韩志杰道，不会的，我说的是什么，她心里明镜儿似的。尽管李爱学对老公的那番话颇为好奇，但还是忍住没问，继续劝道，她生咱俩的气说明她在乎你，养了你这么多年，却看着你和另外一个女人那么亲那么好，她一时半会儿肯定难以接受。韩志杰道,你真以为她在乎我?我哥要是不死,肯定轮不到我,在她心里,我永远比不上他。李爱学听他提过他曾经有个哥哥,在他二年级那年暑假时出了意外。她好奇道,为什么,你哥比你招人喜欢吗?韩志杰下炕,从抽屉里翻出一张照片扔给她,又跳上来道,搂着我的就是他。照片里有两个少年,稍高一些的搂着矮的,背景是一棵大槐树,都在微微笑着,从面相上看,韩志杰比他哥更为清秀。韩志杰接着道,他比我学习好,懂事,孝顺,听话,不像我那么淘气,我爸和我妈都更喜欢他,二年级暑假的一个晌午,我们俩到水库洗澡,下水后没多久我抽了筋,他费了好大劲儿把我推到水浅的地方,自己却没劲儿再上来,我妈哭得像个疯子,当她得知我哥是为了救我才被淹死,你知道她说了什么吗?我永远都忘不了,她的脸都变形了,像个妖怪,吓得我好长一段时间都不敢面对她。李爱学望着他,韩志杰继续道,她说,为什么死的不是你?李爱学心头一震,她想安慰他,却不知该说什么,只是抓住他的手。他道,我哥死后没多久,我爸就离开了家,跟村里的几个人到城里打工,开始还有音信,之后便彻底断了联系,是死是活都不知道。她道,你妈说的也是气话,她肯定早就后悔了,母子之间还记仇?而且,她现在对你不是很好吗?韩志杰道,她那是没办法,不对我好又能怎样?将来还不得靠我,我哥的灵魂能给她养老吗?我能感觉我哥在她心里的地位,反正,不管我怎么努力也没法取代他。李爱学道,手心手背都是肉,过去了这么久,你就别计较了,再说,你干吗要取代他，做你自己，问心无愧就行了。韩志杰道，我媳妇真善良，以后咱们有了孩子，不管是男孩女孩，不管几个，我保证没偏没向，对他们一样好。

4

李爱学和婆婆之间几乎没什么共同语言，每天能说上几句关乎家常琐事的话已是不错，比如做什么饭，新收上来的土豆储藏在哪里，晚上有没有雨，要不要将刚打下的秋麦用塑料布盖好等。难得之处在于两人有着共同的爱好——养花种菜。刚嫁过来时，李爱学就特别喜欢这个比娘家庭院大了两三倍的院子。曹桂莲种了不少菜，一到夏秋季节，家里根本用不着买菜，有时吃都吃不完，每次李爱学回娘家都要摘上许多带着。院子左边种菜蔬，右边则是花草，多是北方农村常见的月季、金银花、锦葵、蜀葵、半枝莲、节节高、醉蝶花、草茉莉、一串红等；不管什么花到了婆婆手里都被养得枝繁叶茂，逢花期便千朵万朵压枝低。尤其是墙根旁的那株刺玫，李爱学第一次见到它开花时真的有被震撼到，据说是他们刚搬到这里时栽下的，如今已高过墙头，到了五月份便花团锦簇，七月还会再开一茬，有时花骨朵太多，婆婆会剪下含苞待放的，或是放些白糖腌渍成玫瑰糖，想吃糖饼时烙几个，甜蜜中夹杂着淡淡的花香，很是美味；或是晒干了，存在罐头瓶中，泡水喝。

那年四月中旬，预产期前一个月，李爱学在家安心养胎。

前一年门口的草茉莉开得很热闹，一到傍晚便暗香浮动，红、黄、白、紫都有，唯独少了粉色，这种花就是要各种颜色种在一起才好看。刚好李爱学娘家有粉色的，前一年秋天她已收集了种子，等到这一年谷雨前两天便种在了大门外。四五天后，破土发芽，钻出两片嫩绿的叶子。待到第二天再去看，却发现叶子不见了，只剩一根光秃秃的嫩秆。不仅草茉莉不见了，就连曹桂莲种的黄瓜、南瓜和苋菜等也遭到了不同程度的破坏。曹桂莲看了一眼说，鸡吃的，鸡嘴臭，它们吃过就不能再长了，只能重新种。李爱学非常失望地说，我没花种了，谁家鸡吃的？婆婆道，明儿就知道了。李爱学当时没多想，等到次日上午八点多，斜对门那个烫着卷发的女人提着两只死鸡找上门来，她才明白婆婆说那句话时便有了主意，在她心里已把老鼠药撒在了家门口。

卷发女人家的五只母鸡和两只公鸡吃了老鼠药导致全军覆没，她让曹桂莲赔钱。那女人说，牲口玩意知道啥？街坊四邻住着，吃你点儿菜至于下那么毒的手？曹桂莲只说她是用来毒老鼠的，这完全属于误伤。卷发女人自然没那么好骗，两人讲不通道理，便相互谩骂，招来很多人围观，也有劝的，但无济于事，反而让这两个人来疯吵得更厉害。直到韩志杰被李爱学叫来，才将事态平息，他对卷发女人说，大妈，您去我家后院，鸡鸭鹅随你挑。曹桂莲不依，韩志杰一副当家做主的架势，将撒娇耍赖的母亲连抱带拖弄进房里说，您还不嫌丢人？都要当奶奶了，想让您孙子也遭村里人白眼？本来是与外人的战争，一时间变成了内部矛盾。曹桂莲气道，你现在翅膀硬了，知道要脸了，嫌我给你丢人了是吧？你当我爱闹吗？要不是我厚着脸皮闹，咱娘俩早被欺负死了！韩志杰道，那是以前，从现在开始，您就消停消停吧，您再这样，只能搞得我和爱学在村里没人缘。曹桂莲求证似的看了李爱学一眼，后者只得帮着婆婆道，这事儿不能全怪妈，是她家的鸡先吃了咱家的菜。曹桂莲神气道，听听，还不如你媳妇懂事。韩志杰道，那也不至于下药给毒死，菜吃了再种，怕被糟蹋就围个篱笆。曹桂莲道，你懂个屁，你媳妇种的花也被吃了，我这是为了给她出口气。韩志杰道，你这么做，只会让别人误以为爱学也和您一样，以后让她怎么在村里立足？你知道自从她嫁过来，服装厂的很多小姐妹都不愿搭理她了吗？曹桂莲转向李爱学道，真有这回事？是谁？我倒要去问问她。李爱学道，没那么夸张，本来关系就一般。韩志杰道，妈，就当我求您，收起那一套吧，这个家有我和爱学就够了，您少操点儿心，别总抛头露面了。曹桂莲望着儿子，仿佛他离她很远，似乎不相信这是从儿子嘴里说出的话，她坐在地上，若有所悟，心灰意冷，脑袋渐渐垂下，凌乱的头发支棱着，从侧面看上去宛如一只秃鹫。

　　五月下旬，李爱学产下一女，取名韩紫妍。婴儿体重六斤四两，望着这个皱巴巴的、浑身通红之中夹杂着青紫的小生命，李爱学一开始竟有些不知所措，她只是长长地出了一口气。顺产，问题不大，住了两天院后便回了家。婆婆和老公一直在医院陪护着，不过当女孩这个事实被揭晓后，李爱学能明显看出婆婆脸上的失望和冷淡。没想到还是个重男轻女的老封建，李爱学暗想。虽然曹桂莲的脸上看不出太多的喜悦，但她还是尽职尽责地照顾着儿媳和孙女，为她做饭，给孩子换洗尿布等，毕竟李爱学没什么经验。从医院回来后，李爱学的父母、哥嫂都来看望了她和孩子，并给韩紫妍包了红包。在没有第三者在场的情况下，妈妈悄声对女儿道，我瞅着你婆婆挺不高兴，那脸拉得老丝瓜一样。李爱学不语，妈妈又道，你别往心里去，过两年再生一胎，反正还年轻。李爱学道，生二胎要罚款。妈妈道，你婆婆肯定不在乎那点儿钱。李爱学带着几分戏谑道，要还是女孩呢？妈妈怔了怔道，那也只能认了，我倒是无所谓，就是怕你婆婆给你难堪。李爱学道，她又能怎样？想让我生二胎也得我先同意，她还得求我呢！妈妈望着女儿，心头升起一股怜爱，眼眶发热，强忍着才让眼泪退了回去，她觉得女儿比以前做姑娘时成熟、独立、果敢、坚强了许多，和曹桂莲这样的婆婆一起过日子，想来受过的委屈一定不少，但她从没和家里人提过……

韩紫妍两周岁那年，李爱学生了个男孩，取名韩子轩。为了生二胎，交了八千多元的罚款，全是曹桂莲出的。不仅出了罚款，满月时，曹桂莲还给宝贝孙子买了金麒麟和一对金镯子，而韩紫妍，她只送过一对银镯子。李爱学坐月子期间亦是被伺候得无微不至，天天问她有没有特别想吃的，一周内的菜蔬几乎没重样，就连三十多块钱一斤的草莓也能让她吃个够。而生韩紫妍时，每天婆婆做的就是家常菜，别说草莓，连香蕉、苹果买的也是次品。给韩紫妍办满月酒时只请了三桌，韩子轩的满月酒规格几乎赶上了李爱学的婚礼。这种鲜明的差别着实让李爱学替女儿抱屈，本想遵照韩志杰的嘱咐忍一忍，可那天婆婆从韩紫妍手里抢过毛绒玩具去逗弄韩子轩，惹得韩紫妍大哭后，她到底没忍住，对婆婆道，妈，您重男轻女我理解，老脑筋一时改不了，但能别这么明显吗？紫妍也还是孩子，您怎么能这么对她？

曹桂莲若无其事道，我可没想过要改，我就是喜欢男孩，女孩归根结底是别人家的，你看韩志英（韩志杰的姐姐）一年能回来几趟？我倒不是指望她，我有儿子呢！这么一想，你就会觉得养女儿没意思。至于祖孙之间，我更没指望得他们的济，等这俩孩子长大赚钱我早该死了，所以，喜欢就是喜欢，不爱就是不爱，用不着装，那多别扭。

女孩就那么不受您待见？李爱学道，别忘了您也是女人。

正因为我是女人，我才这么说。曹桂莲道，我家六个孩子，我最大，一天学都没上过，七八岁就开始带弟弟，然后是妹妹，等到他们能带更小的了，我就跟着爸妈挣工分，好东西一口没吃过，就连过年也没吃过饱饭，那时候都苦都穷，能活下来就不错了，好不容易长到十八岁，出了嫁，又得伺候老爷们和孩子，还有公公婆婆，等熬到那两个老不死的归西，日子好过了，我也老了。自从嫁到老韩家，一年也就回一两趟娘家，我妈死之前那几年都不认得我了，只认得她儿子和孙子，孩子一多，老大顶不吃香，我知道他们对我感情浅，不过他们没了时，我哭得挺厉害，其实心里倒不怎么难过，根本没梦见过他们。说到这里，曹桂莲叹了一口气道，做女人太累啦，生来好像就是受罪的，一辈子都在为别人活。

您说的这些只是个例，人家都说闺女是妈的小棉袄，有些话还是母女之间更说得通，儿子到底是男人，有些事情他们理解不了，更不可能感同身受。李爱学据理力争。

所以说男和女的区别天生就存在，有些事女人注定做不了，比如力气活，比如当皇帝、做商人，还有传宗接代，她再怎么能耐也不行，孩子也是给别人家生，又不跟自己姓。曹桂莲略微得意，像是抓住了儿媳的破绽。

那可不一定，您看看武则天。李爱学有意唱反调道，而且，姓什么有那么重要吗？不管怎么样，孩子身上还不是流着自己的血，您可真够封建的！

从古至今，不就一个武则天吗？就像你说的，那是个例，不算数。曹桂莲道，再说，姓什么当然重要，你看那些倒插门的，生个孩子也没见跟女方的姓。

那男人自己能传宗接代吗？还不得靠女人？李爱学道，您也说女人不容易，既然明白这个道理，干吗还站在男人那边，您自轻自贱也就算了，为什么还要瞧不起女人？

别跟我掰扯了。曹桂莲不耐烦道，我承认我重男轻女，行了吧？你能拿我咋样？

我没想拿您怎么样，我又能拿您怎么样？就是跟您说这个理儿。李爱学道，时代不同了，您说的那些多半是您那代人没赶上好时候，现在这个时代，女人一样可以活得很好，我是脑子笨，考了两次都没考上大学，不然早到城里了。

哎呦……曹桂莲道，真是可惜呀，小姐身子丫鬟命，得亏你没考上，要不然我家小杰现在还打光棍呢！她轻抚韩子轩肉嘟嘟的脸蛋，对婴儿道，可能现在还没抱上我的大孙子哪，是不是啊？我的大乖孙，以后一定能考上大学，赚大钱孝敬奶奶，是不？

时过境迁，重提当年的遗憾，李爱学已是风轻云淡，但婆婆如此奚落还是让她略感失落和窘迫，毕竟自嘲和他人嘲讽是两回事，但她没有还嘴，继续用纸巾擦拭女儿脸上的眼泪，与其委屈的大眼睛茫然对视，女儿的眼神格外专注，仿佛看透了妈妈的伤心。

5

韩子轩出生时被罚了八千多，曹桂莲当然心疼得很，毕竟那些钱几乎是她两三个冬天打苇帘的收入。可是，人和钱比起来，自然人更加重要，人是无价的，钱没了可以再赚，孙子却并非想什么时候要都能有。自从当了妈，李爱学就没再上班，韩志杰养动物赚的钱也就刚够日常零花，一年到头所剩无几。三个大人意识到这样下去不是办法，尤其孩子一天天长大，花钱的日子还在后头，李爱学便让韩志杰外出打工，但曹桂莲不同意，她担心儿子到了外面会受苦，觉得他的身板不适合干力气活。李爱学并没有一再坚持,她担心的是老公一旦外出,只剩她和婆婆在家,磕磕绊绊更多,难免吵架。

麦秋过后,按照曹桂莲的规划,五亩麦地和两亩白地都没像往年一样播种玉米,而是等到立秋过后,两亩地栽大葱,五亩地种白菜。不种粮食而改种经济作物并非他们首创,前两年庞各庄已有人这么做,尽管第一批吃螃蟹的人嘴上说着不赚钱不如种庄稼,可到了第二年他们照做不误。曹桂莲明白他们在撒谎,不知从何时开始,周围的人渐渐不再像以前那么老实,开始变得自私,总担心别人赚了钱,曹桂莲记得以前不是这样的,当然那时候大家过得都差不多,现在人与人之间的贫富差距已渐渐拉开,隔阂也就产生了。可赚钱是瞒不住的,如果没赚钱,那些人如何翻盖新房,有的甚至买上了汽车——虽然只是天津大发或者五菱。于是从这一年开始,曹桂莲家的七亩地再没种过玉米,除了白菜大葱,还种过土豆、芥菜、萝卜等。到了初冬时节,便有人开着大卡车到地里收购菜蔬,据说它们会被发往京津两地的菜市场,供城里人享用。这一年的白菜和大葱全都卖了好价钱,比种玉米强了不是一星半点儿。兴奋的曹桂莲打起苇帘来更加卖力,还不时哼着小曲。

但苇帘市场却持续低迷,不仅价格下跌,出手也比以前困难。苇帘的下游用户多是砖窑和蔬菜大棚的农户,这两年来,附近的砖窑陆续关停,很多大棚农户改用稻草帘,卖方市场逐渐变为买方市场,以前一进腊月基本就能清仓,而如今往往等到过了春节才能出手。如果不是家里承包了两片芦苇荡,收了苇子没用处，曹桂莲也不会继续打。这一年，直到小年，上门询问的买家也不过两三个，且出价都不高，最终没有谈拢，苇帘依旧垛在门口。曹桂莲想，反正也不急着用钱，等到年后再看吧。像她这样想的人家有不少，其中就包括东西两边的邻居。可让她以及许多人都没想到的是除夕午夜，一场大火将他们这一冬的辛劳顷刻间化为乌有。事后猜测，造成那场大火的罪魁祸首是附近人家放烟花落下的火星。如果能预知这种结局，想来再便宜，他们也会全部处理掉了。

大火被发现时，辞旧迎新的鞭炮声已归于寂然，春晚已进入尾声，很多人家关了灯准备睡觉。两个孩子被鞭炮声吵醒，哭闹一阵才重新入睡，韩志杰已钻进被窝，李爱学才拉灭灯，习惯性地瞟了一眼窗户。窗帘不算厚，外面一片隐约的火红在颤动，这让她心生疑窦，于是走出房间，才到堂屋，便望见大门之外的火舌正肆意舔舐着夜空。她的心跳陡然加速，这一刻她想到的不是财产损失，因为还不知道外面是何情况，只是担心会威胁到家人安危，遂大声叫喊，着火啦，着火啦！返回房间开灯，韩志杰赶紧穿衣服，随即跑到院中查看，这才确认是自家的帘子垛失了火，不只她家，包括左邻右舍全都起了火。西北风不算大，但火势早已失控，火苗撕裂着夜空，犹如凶猛的怪兽，发出狞厉、尖锐的喧闹，无数灰烬从空中如雪花般落下，在地上铺了一层。韩志杰试图打开大门，可那两扇镀锌大门被火烤得滚烫，根本下不去手，他们只得朝着大门泼了几桶水才得以下手。当他们出去时，苇帘已燃烧殆尽，只剩厚厚的灰烬，一阵风吹来，便冒出白色浓烟，显出红隐隐的肌理，继而燃起颤巍巍的火苗。早已睡下的曹桂莲披衣出来，直愣愣地望着眼前的一切，傻了似的，一句话也没有，微弱的火光照亮了她的脸庞，李爱学觉得她的皱纹似乎比前一年多了几道。

上完初中后，韩志杰在职教中心学了三年的数控，谁知这个专业在当时比较冷门，毕业后在附近根本找不到工作，很多招聘广告都在大城市，加之他本来就不敢去大地方，干脆回老家混日子。火灾过后，韩志杰觉得自己不能再这样下去，作为两个孩子的父亲，该担起养家的责任，一番打听和谋求后，终于找到一份和专业对口的工作，离家也不算远，就在唐山丰润区，一个多小时的车程，只是需要先到镇上再换乘。起初工资不算高，但总比待在家里养动物赚得多，每个月休息两天，一放假他便回家和老婆孩子团聚。一年多后，工资较之前翻了将近一倍，这使得他工作起来更加卖力，转年又升了职，薪水自然水涨船高。有了较为稳定的经济回报，李爱学安心做起了家庭主妇，不再想着上班，而是一门心思带孩子，顺便操持家务和农活。以曹桂莲的身体状况，带孩子完全能胜任，但李爱学不想把孩子交给她，只在自己实在分身无术时才会将孩子暂时让她看一下，婆婆毕竟年纪大了，很多方面都不够讲究，比如卫生、安全、启蒙教育等。小孩子最喜欢有样学样，有一次竟然从女儿嘴里蹦出骂人的脏话，那语气和曹桂莲简直如出一辙，气得李爱学猛拍了几下她的屁股，女儿大哭，李爱学心疼不已，等到女儿不哭了，她才好言好语跟女儿讲了一番道理，让她不要跟奶奶学。

近墨者黑,为儿女的未来着想,李爱学尽量减少孩子们和曹桂莲的接触,不让他们去曹桂莲的房间,但效果不大。有些时候,孩子们很喜欢和奶奶在一起,因为曹桂莲总带他们去小卖部,买一些李爱学不给孩子们买的零食,比如可乐、雪碧、辣条、糖块等,在李爱学看来那都是垃圾食品。因为这类问题,李爱学不止一次严肃地叮嘱过婆婆,让她不要再买,并与其讲明这些零食的危害,曹桂莲表面上答应得好好的,然而过不了几天,孩子手里就又有了这些玩意。看来婆婆将她的话当成了耳旁风,既然好好讲道理行不通,那只好来硬的。她当着婆婆的面,将孩子手里的零食抢过来,粗暴地扔到地上,对儿女道,说过多少次了,这些东西不能吃不能吃,怎么就不听?没长耳朵吗?见妈妈发了脾气,儿女吓得直哭。不得不说,李爱学的话是说给婆婆听的,曹桂莲连忙去哄孩子,并将责任往自己身上揽,还说,偶尔吃一次没啥大事,值得发那么大火吗?看把孩子吓的。李爱学道,等有事就晚了,您以为您是为了他们好,其实是害了他们。曹桂莲道,行啦,养个孩子哪有那么讲究,以后我不给他们买就是了。说着,曹桂莲拉起孩子的手,往自己的房间走,李爱学手疾眼快,连忙拽过孩子,老鹰抓小鸡一样将他们拉进房间,并将门摔得山响。曹桂莲望着窗户里的人影道,以后别想我给你看孩子!话虽如此,用不了两三天,她又领着孩子出门了。

若是家里没有农活,比如暑热时节,李爱学便会带上孩子到娘家住几天。可一旦超过六天，妈妈就会生疑，问她是不是和婆婆吵架了。李爱学一旦否认，妈妈就说，那就回去吧，总在娘家住着干吗？李爱学故作生气道，我想妈了还不行？妈妈道，这不看见了吗？快回去吧，想了再来。因此顶多住上十来天，李爱学还得回去。说实话，让她长期住在娘家根本受不了，尽管父母没有和哥嫂一起过，她住过的房间里还残留着青春期的痕迹，但睡起觉来却不踏实，仿佛在内心深处很清楚自己已不属于这里。盯着镜子里逐渐有了细纹的脸，她意识到自己早已不是爱做梦的小女孩，而是两个孩子的妈，已然奔四而去，她必须务实地活着，努力奋斗，把自己的小家经营好，保证孩子们健康快乐地长大，只在某些时刻，比如偶然翻到抽屉里高中时期的日记本，看到相册里的毕业照时才允许自己稍微松懈，暂时忆当年。

后杨庄和庞各庄距离并不远，七八公里而已。那天下午，李爱学开着电动三轮车带着两个孩子从娘家返回。到家门口，只见大门紧闭，推不开，想来是从里面插上了门闩。大白天的，关门干吗？也许婆婆在睡午觉。李爱学拍了几下门，没人回应，又拍了几下，这才听到婆婆道，来啦，来啦，谁呀？孩子便喊奶奶，接着便听见曹桂莲的脚步声由远及近，并兴奋地说，大孙子回来啦？奶奶马上开门。曹桂莲将两扇门开到最大，以便让李爱学将三轮车直接开进院中。曹桂莲并不看李爱学，似乎有意闪避她的目光，只拽着孙子孙女，问他们想不想奶奶。李爱学心想，难道婆婆嫌自己在娘家住得太久了？李爱学没当回事，停好车拿了妈妈让她带的东西往屋里走，无意间瞥了婆婆一眼，发现后者的衣服扣子系错了位置。进了堂屋，只见后大门敞着，李爱学心想定是婆婆到后头喂猪忘了关，便来到后院，打算关门，走到门口，很自然地抬脚出了门，想起那几棵玉米，便看看有没有抽穗。正是三伏天，热浪炙烤着大地，后街上很空，只在尽头有个背影，虽然一转弯已不见，但李爱学还是认了出来，那是支书杨永勤——不，应该说是上一届支书，自从去年开始，村主任和村支书都换了新的。

6

"日子过得真快，尤其对于中年以后的人，十年八年都好像是指缝间的事。"上高中时，李爱学算得上文学青年，初读这句话时并无感觉，如今想来却感触良多，她渐渐悟出人生确实是条不归路，在时间洪流的裹挟之下，每个人都显得渺小而脆弱，只能逆来顺受，被推搡着前行，没有任何选择的余地，唯有后知后觉地慨叹与追悔，并无奈地看开。之所以会这么想是因为孩子不断长大，社会在科技和经济的推动下日新月异，不知从何时起，周围的一切都变了模样。在李爱学上小学和初中时，她绝对不会想到水泥路能够修到乡间；不会想到直达县城的公交车每天准时经过村头两次；不会想到有一天手机能普及到人手一部，连儿女都会迷上它；不会想到村里有很多人能开上小汽车，其中便包括韩志杰。

近些年，韩志杰在工作上愈发得心应手，步步高升，虽然没有单干，拿的还是死工资，但一年下来也有近二十万，买一辆十多万的车自然是小意思。有了钱，韩志杰将房子翻盖一新，并添置了很多家具和高档电器，比如液晶电视、洗衣机、空调、电冰箱等。翻盖房子是两个人一直以来的心愿，因老屋格局过于传统，除了堂屋，只有两个房间，厨房也是后来加盖的抱厦，之前只是苦于经济不允许。随着两个孩子渐渐长大，迫切需要拥有独立的房间，于是说干就干。在原有的地基上，房子向右延长三丈，原有的抱厦被拆除，改成平房与主房连通。这样一来，厨房和储藏室、洗澡间都移到了后方，前面的住房分成五个房间：韩志杰和李爱学依然住在最西边，往东数依次为儿子的房间、女儿的房间、客厅和曹桂莲的房间。曹桂莲和儿子儿媳之间一下子隔了老远，再也不能像以前那样站在堂屋喊话，如果有什么事找对方必须穿过三道门，或者直接从自己的房间出来到院子里，再走到对方的门口喊一声。李爱学再也听不见婆婆看电视的声音，打呼噜的声音，或是她的自言自语，有时候两个人只在吃饭或是出门时才会遇见，这让她感到从未有过的自在与惬意，可以尽情放大音量，听想听的歌，看想看的节目，不必担心婆婆随意掀开门帘，像个刺探隐私的闯入者一般。

曹桂莲的房间虽然比以前小了些，但更显得布局合理，依旧是她喜欢睡的火炕，墙边还加了两组暖气，使得冬天里亦温暖如春；窗户改成了大块玻璃的，日头一旦跃过墙头，阳光便会充满半个屋子。儿子还给她新买了一台液晶电视，装了卫星天线，能看到很多节目。起初，曹桂莲是欣慰而满意的，可住了一段时间，她渐渐觉得住在这间屋子里，时间好像被拉长了，世界变得清静了不少。隔壁是客厅，放着茶几和春秋椅，来客人才会使用。待在房间里，将门一关，仿佛与外界失去了联系，再也听不见孙子和孙女争吵的声音，听不见孙女的唱歌声，听不见孙子玩手游时兵器发出的声音，也听不见儿媳在厨房剁菜馅儿的声音。虽然每天都会和他们见面，孙子孙女放了学也会到她的房间点个卯，但耳畔没有了那些声响，曹桂莲觉得自己像是被隔离了，一种深深的孤寂感从脚底贯穿头顶，在体内回荡。

有段时间，曹桂莲的肠胃不好，一到深夜胃部便有灼热之感，辗转反侧直到后半夜两三点才能睡着。到镇上卫生院开了药，多少有点儿效果，但不够明显，后来她发现只要晚上不吃饭，夜里就不会胃疼，便戒掉了晚饭。那是个周六，韩志杰回来的日子。晚上，曹桂莲在房间内看电视，一阵香味悄然飘进了房间。真香啊，曹桂莲吸吸鼻子，闭上眼睛闻着，随后下炕穿上鞋，她想去看看儿子一家在吃什么。穿过客厅，她发现香味来自厨房，而且夹杂着欢声笑语。她停住了，想返回。她觉得这么进去倒有些不好意思了，儿子他们又没叫她，她干吗要进去呢？可是好奇心仍然驱使她往前走，门楣的玻璃上都是哈气，他们吃什么吃得这么欢乐呢！一推开厨房的门，看到众人的表情，曹桂莲便后悔自己的莽撞了。一家四口正围着热气腾腾的盆子吃得满面红光，至于盆子里是什么，她看不清楚。见到她，交谈戛然而止，就像突然停电的电视一样。众人转而对她行着注目礼，让她尴尬不已，她觉得自己破坏了人家的气氛，另外一只尚未迈进门槛的脚不知该进还是放在原地。到底是孙子没白疼，韩子轩喊道，奶奶来和我们一起吃火锅！曹桂莲赶紧道，不了，我就是闻着香，晚上不敢吃东西，你们慢慢吃。说罢，曹桂莲转身，羞愧地往回走。刚进屋，孙子便端着一只碗进来了，里面有涮好的肥牛和几样菜蔬，非要让她吃，她只好吃了一片肉，肉又嫩又香，确实好吃，可她心里却不是滋味。

打从孩子还在咿呀学语时，曹桂莲对孙子的喜爱便明目张胆地多过孙女的，不仅好东西留给韩子轩，就连给韩子轩的压岁钱也更多。韩紫妍上二年级的那个春节，弟弟得了两百块压岁钱，而奶奶只给了她一百块，气得她当面质问奶奶为什么如此。曹桂莲直言不讳，还是她那套执迷不悟的老生常谈，说她长大之后，尤其是结了婚，连父母都不可能惦记，又怎么会记得奶奶？韩紫妍不服气，觉得伤到了自尊，便将一百块丢给奶奶，并强忍泪水道，以后我再也不要你的钱。她说到做到，此后不仅再也没要过曹桂莲的钱，就连其他东西亦断然拒绝，甚至得有半年多都没和曹桂莲说话，没去过她的房间，后来祖孙俩虽然恢复正常交谈，但也仅限于一些客套话、场面话，交谈时双方几乎都在躲避着彼此的目光。韩紫妍的学习成绩一直不错，初中毕业后考上了县城里最好的高中，从此住校，两个星期才回家一次,和奶奶见面、说话的次数更少。韩紫妍上到高三那年,韩子轩也考进了县一中,随后韩紫妍考上了南方的一所大学,每年只在春节时才会回家几天,暑假不是和同学出去玩,就是兼职做家教,赚零花钱。这样一来,家里只剩下李爱学和曹桂莲,面对着越来越寡淡、单调的乡村生活。

除了河套上那块多出来的地还在按部就班种植玉米,其余地块早就改种了经济作物,收获时李爱学会雇上十来个人帮忙,用不了几个小时就能装上车,当场支付现金。忙完了要紧的活,李爱学才会开着带车斗的电动三轮车去河套上收玉米,此时玉米早已熟过头,只需将果实直接从秧子上掰下装车即可。每次掰玉米,曹桂莲都跟着去,尽管她看上去还算硬朗,但从河岸爬到河埝上那段短距离的坡路每每都让她气喘吁吁。李爱学便让婆婆只管掰,运上车则由她一人负责。这一年的玉米长势特别好,运了三趟还没运完,而天已擦黑。李爱学想要明天上午再拉一趟,但曹桂莲说,晚点就晚点吧,弄完了省心。将第三车玉米送回家又返回河套时,西天徒留一抹残红,地头上坐着曹桂莲,暮色中她的剪影显得单薄而落寞,恍惚间李爱学愣住了,在她一贯的记忆中,婆婆虽然瘦弱,但还不至于干瘪成二维的一般。婆婆正出神地望着河面,旁边放着一堆剥了皮的玉米。李爱学走过去,曹桂莲拍拍旁边的玉米皮道,坐这儿歇会儿吧,最后一车,不着急。李爱学只得坐下,循着婆婆的视线望向河面,河水无比平静,似乎睡着了,隐约的微光仿若呼吸。

太安静了，连个蛐蛐叫都没有。曹桂莲道。

蛐蛐该冻死了吧。李爱学漫不经心地应答。

没那么早，况且今年又暖和。曹桂莲道，不光蛐蛐，你发现没，别的昆虫和鸟也越来越少，都是农药弄的，我记得以前种麦子时我一个人浇水，夜里打着手电筒，坐在地头上，耳边充满各种各样的声音，有鸟叫，蝈蝈叫，拉拉蛄叫，青蛙叫，还有水流声，风吹树梢声，庄稼的拔节声，有时还有蚂蚱、青虫和大蛾子落在我身上……

一个人在野地里不害怕吗？李爱学问，万一碰到蛇、蝎子这些玩意怎么办？

不怕，那些东西躲着人走，你不惹它们，它们不会伤害你。曹桂莲道，咱们那块地不远处就是一片坟地，有时还会传来夜猫子叫，可我还真就没怕过，年轻，火力旺，一心想的就是把麦子浇足水，多打些粮食，有各种各样的声音陪着我，倒热闹，反而是现在，人越活越懒，越来越自私，为了多赚钱，搞得其他活物越来越少，野地里变得一点儿生气都没有，静得瘆人。

小时候确实快乐，虽然有点儿苦。李爱学望着东方冉冉升起的一轮皎月道。

志强要活着，现在也是个中年人了。曹桂莲突然道。

婆婆又想起了她那早夭的儿子，李爱学不知该说什么，尽管想安慰她一两句。

昨晚我梦见他了，他跟我要东西，说他没有钱，太穷了，连衣裳都穿不起。曹桂莲道,其实每年清明、鬼节、过年还有忌日我都有给他烧纸,他怎么没收到呢?我刚想解释,他气得一甩手就不见了,我急得叫出了声,接着就醒了,后来又逼着自己睡着,可再没做梦。

您在哪儿烧的纸?李爱学问。

路口,烧的时候我也会念叨着,烧完还用水圈起来,他为啥收不到呢?曹桂莲充满疑惑,难道非要我回老家,到他坟上看一看?哎,自从搬迁后我就没回去过,他一定在怪我。

李爱学是个彻底的无神论者,但她想起了《红楼梦》中贾宝玉祭奠金钏结果被林黛玉打趣的情节,便道,在路口他肯定收不到,您应该在河边,池塘边,有水的地方,毕竟他是在水里……

有水的地方就行吗?曹桂莲的眼睛在黑暗中闪了一闪。

行。李爱学继续照搬曹公的理论,天下的水总归一源,江河湖海都是相连的。

有道理,读书人懂的就是多,我怎么就没想到呢!曹桂莲释然地长出一口气道,再过半个月就是立冬,该送寒衣了,到时我就来河边烧纸……她喃喃自语。

回家时,月亮已爬上树梢,曹桂莲的目光滑过月亮,突然惊奇地说,那是啥东西?怎么还在飞?李爱学暂时停下车,望着婆婆手指的方向,只见一盏孔明灯正在徐徐飞升,便道,那是天灯。婆婆问,干啥用的?李爱学道,又叫许愿灯,把愿望写在灯上,放飞。婆婆哦了一声道,没见过。李爱学道,古时候就有，只是咱们这边很少有人放，不知道为什么这几年又流行起来了。婆婆问，管用吗？李爱学道，心诚则灵。婆婆问她，哪有卖的？李爱学道，集市上可能有，您要许愿吗？婆婆道，我想试试。李爱学问，您有什么愿望？婆婆不好意思道，这辈子不可能了。李爱学问，为什么？婆婆仰头望着苍穹道，就算我再活上二十年，又能改变啥？我只希望下辈子能托生成男的，最好是有钱人家的，知识分子家庭也行，反正要不愁生计，从小接受良好教育，上好大学，有好工作，娶一个长得好、性情又好、学历又高的媳妇，生几个孩子，过一辈子体面的生活。她的双臂交叠抱在胸前，口吻虔诚且充满期待，月光在她脸上栖息、流淌，她看上去像个信徒。

7

韩子轩考上大学那一年的秋天，李爱学发现韩志杰有了外遇。

韩志杰的第一辆汽车是雪佛兰，几年后换成了奥迪，换车后，他回家的次数明显减少。起初，这并未引起李爱学怀疑，随着职务的不断升高，老公的应酬越来越多，休息时间自然被挤压，难得放假，没必要每个月都回家，对此，她理解并支持，每次当他带着歉意在电话里说他不回来时她都会劝他工作要紧，更要注意身体。她明白，韩志杰已逐渐适应城里的生活方式和节奏，虽然嘴上嫌弃城里人多，可回到农村，他又无聊

天灯 | 317

到原地打转，分分钟想回城。其次，他们已是奔五十的人，性需求虽然有，却早不像当年那般强烈，即使他回来，也很少再做，即使做，也不像以前那么热情、饱满，不过是例行公事、匆匆而就，惹得她渐渐不再热衷此事，想来天下夫妻大概都这样。韩子轩收到大学录取通知书的那天，李爱学激动万分地给老公打了电话，可韩志杰并不像她想象中的那般兴奋，只简单鼓励两句，也没有说要回来为儿子庆祝，只在几天后给儿子汇了一笔钱当作奖励。给钱——这是他近些年来表达感情的主要甚至是唯一方式，似乎钱就能代表他。不仅整个暑假没回，直到儿子到南京上大学，他也以工作忙为借口没有出现，李爱学为此在电话里跟他吵了几句。事后，李爱学越想越觉得不对劲，韩志杰的口吻和话语中有一种事不关己的冷漠，对这个家和家里的人没有任何牵挂，以前他不是这样的，也许他有什么难言之隐吧。与此同时，曹桂莲在对儿子的惦念中也觉出了异样，叮嘱儿媳务必到城里一探究竟。

在韩志杰刚买上车那两年，他曾带着老婆孩子到自己工作的县城玩过几次，当时尚在租房，直到去年才在唐山市里按揭买了房。李爱学去过两次新房，很宽敞，她也曾想住过去，但剩曹桂莲一个人在家，她和韩志杰又不放心，而曹桂莲又住不惯城里，因此这件事便不了了之，虽然谁都没表态，但大家都明白这要等到曹桂莲百年之后再议。李爱学没跟韩志杰打招呼，直接坐班车到唐山，随后打的到韩志杰的住处。她有钥匙，却插不进锁孔，鼓捣半天也不行，再次确认地址无误后，她意识到韩志杰换了门锁。她只得往电梯口走,打算离开,这时刚好从电梯里走出一个女人。这个女人年轻、漂亮、打扮入时,散发着妖娆的气息。李爱学不禁多看了两眼,却见那女人朝着韩志杰家的门口走去,她心生疑窦,遂悄然紧跟,只见女人拿出钥匙开了门。女人发现李爱学盯着她看,便问,瞅啥瞅?李爱学问,这是你的房子?女人理直气壮,废话,不是我的还是你的?李爱学道,韩志杰是你什么人?女人打量几眼李爱学,哂笑道,你是他的乡下老婆吧?李爱学道,什么乡下城里?我就是他老婆。女人嗤了一声,没说什么,便要关门,李爱学眼疾手快,冲到门口,仗着力气大,硬是挤了进去。女人气得大骂,扬言要报警。李爱学不为所动,鞋都没脱便躺在了客厅的沙发上,从液晶屏幕中端详着自己的姿势,竟然酷似曹桂莲撒泼耍赖的样子。

难怪韩志杰一直不回家,原来他真有了外遇。李爱学不是没想过这种情况,但她马上否定了自己的胡思乱想,在她心中,韩志杰尽管早已不再是当年那个单纯得甚至有点儿傻的乡下小伙子,可也不至于做出对不起老婆孩子的事,因为他有责任感、有忠心,而且他舍不得在女人身上和这方面花钱,就连足疗都不做(当然,那是他自己说的)。然而,她错了,韩志杰到底是个男人,男人与生俱来的劣根性他自然不少,只是以前日子简单、拮据、闭塞,没有给他提供机会;而现在条件充分、时机成熟,再也不用约束膨胀的欲望,他有足够的资本支撑他冲破道德的束缚,做他想做的事。人是会变的,这无可厚非，用一句渣男的话来概括，他只是犯了大多数男人都会犯的错误。可李爱学还是愤怒、委屈、伤心，没想到自己会碰上如此棘手而又狗血的事。

在见到韩志杰以前，李爱学尚对他怀着较大的期望，她认为他不过是难耐寂寞，寻求新鲜和刺激，偶尔玩火，既然东窗事发，他应该就会跟她认错道歉，祈求她原谅，然后和这个女人彻底断绝往来，并像从前一样做个称职的好人。可当得到消息的韩志杰回到住处后，她才意识到自己是多么天真和不切实际。韩志杰从未对她如此冷淡，他的语气和表情陌生到让她难以置信。没错，他承认了他和那个女人的关系，却没有丝毫愧疚，反而一副理所当然的架势。他还面无表情地对她说，离婚吧，反正孩子都大了，你想要多少钱，回去想想，想好了联系我，我尽可能满足你。李爱学气得浑身乱颤，下巴抖得要脱落似的，这种出乎意料让她心寒不已，好不容易她才稍微定下心神，一字一顿地对他说，我——不——离——婚。韩志杰像是早就料到她会这样，若无其事道，随便，不过看在夫妻这么多年，你又给我生儿育女的分上，我劝你还是识时务点儿，闹僵了你得不到任何好处。那女人在一旁得意地望着李爱学，随即走到韩志杰身后，下巴抵住他的肩膀，挑衅道，大婶儿，你现在配不上他了，早点放手吧。李爱学抬起胳膊，照着女人的脸就是一巴掌，打得她错愕不已，继而哭哭啼啼，梨花带雨，跟韩志杰撒起娇来。他一边安慰女人，一边对李爱学吼道，滚！你怎么变得和我妈一样粗鲁？竟然打人？李爱学扬起手还想再打,却被他抓住,并将她推出门外,关上了门。李爱学此刻亦顾不得形象,大吵大闹,惹得对门的住户开门察看,她在门上踢了满满的脚印,直到脚掌生疼,韩志杰也没有开门。想了想,她下了楼。

回到老家,禁不住曹桂莲的一再追问,李爱学将事实告诉了婆婆。曹桂莲气得一蹦三尺高,大骂道,牲口玩意,反了天啦,不要脸,明儿带我去找他,我非得当面问个清楚。见婆婆如此动怒,李爱学只得劝道,您先别生气,这也不能全怪他,他一个人在外面,又是灯红酒绿的地方,难免控制不住。曹桂莲道,甭替他说话,错就是错,马上给他打电话,我跟他说。李爱学道,不用了,我想晾晾他再说。曹桂莲道,不中,你还不了解他,别看他现在赚了大钱,长了见识,其实还是傻,根本分不清好坏人,脸皮薄,耳根子软,人家给他两句好话就飘上天了,也不看看自己啥岁数了,那么年轻好看的能看上他?还不是为了钱。李爱学道,您就别管了,我自有打算。婆婆问,你咋打算的?可不能这么放过他,便宜了那女的。李爱学实在不想婆婆插手这件事,她觉得就算韩志杰在婆婆的压力下回到她身边,那又能怎样?他的心已经不在她身上,犹如手里的沙,与其紧紧握住倒不如扬了它,非要把他拴在身边,得到一个灵魂缺失的人有什么意义?于是她道出真实想法,并说,反正孩子大了,只要他给我钱,够我生活,就行了。婆婆叹气道,你呀,根本不知道一个女人独自活着有多难!有个男人,就算他不经常在你身边,可心里到底踏实。李爱学不语。过了一会儿，曹桂莲又道，这样吧，我把他劝好，以后你就住到城里，在他跟前，看他还敢不敢搞用不着的。李爱学道，那除非，您也一块过去。曹桂莲道，我不去，我在乡下住惯了，自在，住楼太憋闷，到那儿肯定活不长。李爱学道，那我也不去。婆婆脸上绽放出诧异的光彩道，随你便。她起身，走了几步又驻足，回头对儿媳道，过三天吧，给他打电话。

三天后，韩志杰却先给李爱学打来了电话，当时她正和曹桂莲在厨房择韭菜。曹桂莲听出是儿子的电话，便示意儿媳将手机给她。李爱学只得道，等下，妈有话说。韩志杰没想到母亲在身边，听到对方的喘息声，便叫了一声"妈"。曹桂莲拉着脸道，你还有脸喊妈？我没你这种儿子。韩志杰道，您听我解释，我跟爱学聚少离多，已经没有感情了，但凡能挽回我也不至于出此下策，您以为我愿意离婚？曹桂莲道，甭跟我胡扯，你以后要是还想认我这个妈，就赶紧道歉，我们也能原谅你，就当什么事都没发生过，你还是我儿子。韩志杰道，您别逼我，感情的事自己也做不了主，我现在不像以前了，我有更高的追求，苏眉跟我才合适。曹桂莲道，那种臭女人，只要是有钱的男人就合适。韩志杰道，我不允许您诋毁她。曹桂莲道，照你这么说，你是铁了心要离婚？韩志杰嗯了一声。曹桂莲道，那你可以答应爱学提出的任何条件？韩志杰道，我只能尽量满足。曹桂莲道，那行，你给她两百万，家里的一切也都给她，我就让她跟你离婚。李爱学和韩志杰都没想到曹桂莲竟然如此狮子大开口，李爱学连忙摆手制止。曹桂莲瞪了她一眼，示意她别管。韩志杰道，您在开玩笑吗？我到哪里弄两百万？这么多年的工资加起来能够两百万就不错了。曹桂莲道，我不管，你不是有钱吗？你不是学那些大款不走正道吗？那就要付出代价。韩志杰道，您这是故意刁难！曹桂莲道，儿啊，做人不能没良心，我给你算算这笔账。曹桂莲换了个坐姿，将胳膊肘支在腿上，许是累了，接着道，真要离了婚，我跟谁过去？你肯定不要我吧？就算你要，我也不想面对那种女人。爱学跟你结婚这么多年，为你生儿育女，照顾老妈，还把家里的事打理得井井有条，让你安心上班赚钱，这一块你得给她多少钱？她现在还不到五十，将来还有几十年要过，一年要多少钱？我不跟你过，那她还要照顾我，你又得付她多少工资？这么一算，两百万一点儿都不多，你跟那个女人要是真格的，那为了在一块就应该共同面对，你没钱，那你问问她有钱吗？她没有的话，能不能为你去借，要是她借不来，我觉得那她对你就不是真心的。韩志杰泄气道，您这是强人所难。曹桂莲道，别跟我废话，给你两个月，筹到钱再说。曹桂莲将手机递给李爱学道，不准心软。韩志杰道，是你让我妈这么做的吧？李爱学连忙否认，我没有，你听我——韩志杰哼了一声道，别以为把我妈搬出来我就会怕你，等着瞧！

自此，韩志杰没再提过离婚，回家的次数更少了，只有春节和中秋才回，每次待上四五天便返城。平时亦不会主动和家里联系，不给李爱学打电话，但会和孩子们联系，以前每个月都要给她的生活费也免了，改成直接给儿女打钱。而苏眉，在得知短期内不会有结果后便另觅新欢,离开了韩志杰,这在一定程度上给了他不小的打击,让他痛心不已,并将造成这种局面的责任全部归到了李爱学身上,是她让他失去了此生获得幸福的最后机会。李爱学明白他恨她,他误会了她,以为曹桂莲对他的管控是她在背后使坏,他这是在蓄意报复她、惩罚她。她曾试图跟他解释,但他不给她机会,对她的冷暴力持续了若干年,直到儿女们相继毕业参加工作才稍有缓和。可多年来的横眉冷对、冷言冷语早已使得夫妻感情出现了几近无法弥合的裂痕,甚至他们已习惯带着距离感相处,彼此都已失去修补感情的念头和信心,倒不如这般相安无事地过下去。为此,曹桂莲愧疚不已,几次三番替儿媳跟儿子解释,韩志杰表面上一一应承,其实是懒得和母亲废话,他觉得母亲根本不理解他,从未真正喜欢过他,不考虑他的社会身份,不尊重他的个人意愿,只把他当成私有物品,只知道从他这儿索取爱和生活保障,希望他做一个言听计从的乖儿子。他不明白为什么自己反倒成为这个家的外人,难道就因为自私了一回?这有错吗?因此他对李爱学更加冷淡和反感。李爱学明白婆婆的心思,为了不让她再操心乃至插手此事,她只得在曹桂莲面前假装一切安好。而她确信,婆婆看出了她的佯装却没有点破,仿佛有着同谋般的默契。

8

那年冬天,老支书杨永勤因为脑出血没能抢救过来,发病当天便咽了气。曹桂莲让李爱学去烧点纸。按照风俗,除了同族的人,邻居以及村里和支书走得近的人家都要派一个人(多是死者的晚辈)过去悼念,还会有人帮忙烧火做饭、买东西、挖墓、抬棺(当然,现在挖墓都靠挖掘机,棺材也都是农用车直接送)等。烧纸归来,恰好碰到刘婶,她道,呵,烧纸去啦?你婆婆让去的吧?李爱学嗯了一声。刘婶意味深长地说,我猜就是,她不好意思,肯定让你去。李爱学不明白她的言外之意,但能感觉到她眼神中的复杂和八卦。刘婶又道,回去看着点儿曹桂莲,别让她伤心过度。这一次,李爱学听出了弦外之音,继而联想到一些传闻,难道婆婆和杨永勤真的有一腿?以前她隐约听别人说过,大多是那些和婆婆不对劲儿的爱嚼老婆舌的女人。她是不信的,认为那些人是故意中伤。不过,早年间,婆婆和杨永勤之间走得的确有点儿近,杨永勤对韩志杰家明显比较照顾,但这些情况在他不做支书后便不复存在了。

回到家,李爱学直接去了婆婆的房间。电视像往常一样开着,正在播放搞笑综艺,曹桂莲盯着屏幕,目光呆滞。李爱学坐到一旁,曹桂莲这才转过头,问她,去过了?李爱学点头,她发现婆婆眼圈泛红,且躲着她的视线。接下来的几天,婆婆一直心不在焉,尤其是杨永勤下葬那日,整个村子上空飘荡着吹吹打打声,时刻提醒着有一个人离开了人世,曹桂莲犹如惊弓之鸟，不时出神地望向窗外或是虚无之处。起初，李爱学以为婆婆这是兔死狐悲，毕竟村里和她年纪相仿的人逐渐被死神领走，这预示着属于她的那一天也在逼近。但某个瞬间，一件往事袭上心头，就是那次从娘家回来时，在后门口发现支书杨永勤的背影，而婆婆的上衣扣子居然张三和李四系到了一处，难道——传闻是真的？如此一想，李爱学豁然开朗，所有的疑问都有了合理的解释，包括有一次韩志杰和婆婆吵架，说曹桂莲不要脸，原来指的正是这件事啊！哎呦！李爱学望着一脸悲戚之色的曹桂莲，内心哑然，真是没想到，婆婆竟然……都那么大岁数了，难道还有需求吗？再说，杨永勤不是有老婆吗？而且现在还活得好好的。李爱学刷着碗，偷偷地白了婆婆一眼。她以为婆婆没看见，尽管婆婆的脑袋好像歪了歪。

　　下午三点多，当刺耳的唢呐声响起时，曹桂莲出了门，她知道是该出殡了。她站在街口，目送着白色的队伍朝着她走来，那些披麻戴孝的人从她面前一一经过，随后朝着坟地走去。张望了半日，队伍早已不见，她才转过身，只见儿媳站在她身后，关切的目光中带着询问和好奇。曹桂莲抬起布满老人斑的手，将额头灰白的乱发往后拢了拢，朝儿媳露出一个宽容的微笑。她明白李爱学在想什么，哎，他们不会懂，所有自以为年轻的人都不会懂，除非他们到了这个年纪，否则他们永远也不会理解，那些苍老、松弛、布满皱纹的躯体其实和年轻时候一样，充满着渴望，虽然时间已经剥夺了太多东西，让他们变得千疮百孔，可这并不代表他们就甘心离开这个世界。

从广州的大学毕业后，韩紫妍在深圳找到了工作，两年后有了男友，没多久便结了婚。因为离家远，假期又少，她很少回家，有时甚至连春节也只是回婆家，奶奶去世时她没有回来，因为当时已怀了五个多月的身孕。韩子轩毕业后，在北京找到了工作，他学的是软件开发，辛苦些，经常加班，收入还不错。因为离家近，得空他便能回家，奶奶去世前一个多月，他已有预感，因此后来接到妈妈的电话时并不觉得多么意外，马上请假去了车站。从小到大，奶奶一直很疼他，有什么好吃的宁可自己不吃也要留给他，小时候他没少惹爸妈生气，如果不是奶奶从中阻拦，他的屁股早被打开了花。奶奶即使心情再不好，看见韩子轩也会多云转晴，在他的记忆中，奶奶对他只发过一次火，甚至亲手打了他。那是二年级时的暑假，他和伙伴们在兰泉河洗澡，结果被到河边给牛割草的奶奶逮个正着。奶奶一改往日的慈祥和善，暴跳如雷，对他大喊大叫，仿佛晚一秒他就会溺水而死。等他上了岸，奶奶一把扯过他，连衣服都没容他穿，照着屁股一通乱揍，与其说是因为疼痛而哭泣，倒不如说是被奶奶那凶神恶煞的样子吓坏了。韩子轩一哭，奶奶停了手，旋即跟着哭，一边哭，还一边抚摸他的"猴屁股"，泣不成声道，以后别玩水了，听奶的话，只要不玩水，要啥我就给你买啥。韩子轩不明所以，只得连连答应。直到他上初二，得知爸爸有一个因为溺水而死的哥哥，他才明白奶奶当时为何如此动怒。

曹桂莲是在杨永勤去世后才一点点垮掉的，先是腿脚不再灵便，以前五分钟能走完的路程现在需要十分钟；力气也随着饭量的减小而越来越小，以前提得动满满一桶水，后来提半桶水都要呼哧带喘；她越来越懒得动，躺在炕上的时间明显比出去多了，呆着呆着就会睡着，却睡不沉，稍有动静便惊醒，然后接着睡；再后来，她开始头晕目眩，稍微受凉就会感冒，身体的各个部位轮流发病，有时一个一个来，有时则三五个同时发难。在家人的多次劝说下，她终于同意到医院做了全面体检。结果显示，她有高血压、轻微动脉硬化、心律失常、室颤、胃溃疡以及风湿等老年人常有的疾病，程度都不算严重，并不需要手术，但这些小毛病却会大大降低生活质量和身体素质，这是衰老的特征，是自然规律，除了用药物控制恶化以及注意饮食和休息，别无办法。医生开了很多药，并嘱咐李爱学和韩志杰一定要让老人按时服用，不能觉得症状好了就断药，尤其是治疗高血压和心脏病的药物一旦开始服用就要长期坚持，擅自断药很可能引起耐药，为以后的治疗带来困难。自此直到六年后去世，曹桂莲没有一天是不需要吃药的。

工作两年后，韩子轩打算在北京买房子。韩志杰卖掉了丰润区的那套房，为儿子凑够了首付，自己则重新租了个一居室。韩子轩不想让父亲这么干，但自己又实在缺钱，只得说，等我的房子下来，您和我妈都去跟我住吧。韩志杰笑道，你有这份心就够了，再过七八年，我也该退了，到时我就回老家，你不用惦着我们，我有退休金，养老钱也攒得差不多了，包括你妈那份。住进新房后半年多，韩子轩就和大学时谈的女朋友结了婚。在老家办的酒席,挺热闹,连他一些要好的同学同事也来了,摆了二十来桌。新娘子长得既不好看也不难看,她给李爱学的感觉不太好,不够亲切,似乎很难交心。在李爱学看来,她配不上儿子,但儿子喜欢,不仅对她顺从、殷勤,甚至有点儿怵她,时刻顾忌着她对他家里人的看法。一旦李爱学或曹桂莲说了某些不合时宜的话,韩子轩总在第一时间给女孩丢过一个眼神,或是悄悄捅她一下,仿佛在表示歉意和不安,那样的眼神和动作,是在告诉女孩,他很在乎她、感激她,暗示她要对眼前这两个被时代抛弃的女人给予体谅和宽容,不要苛责这个家庭,不要表露嘲讽,但背地里尽可以大肆跟他吐槽。典礼进行到一半时已没有李爱学什么事,她从椅子上起身,拍拍微麻的腿,来到临时为一对新人布置的新房。他们只在这里住一夜,次日便回北京,因此只换了新的衣柜和被褥、衣物、洗漱及化妆用品等。宾客们全在院子里看典礼,不时发出笑声和掌声,没有人注意到李爱学的离席。一种怅然若失的感觉在她心头盘旋,尤其是新娘子抬头望向韩子轩的眼神,朝他微笑的方式,让李爱学非常不舒服,犹如被人抢走了心爱之物。她有什么可神气的?她以为这个男人从此就被她攥在手心里了?她真的懂他吗?她知道他小时候对妈妈有多么依恋吗?见过他考试得了第一名时飞奔着跑回家扑进妈妈怀里的样子吗?她以为和一个男人吃了几顿饭,看了几场电影,同居了一年多就能了解他吗?可是这些话,李爱学只能闷在心里,不能跟任何人说。她打开衣柜,目光缓缓地从一件件新衣上滑过,她知道她应该为儿子感到高兴，可是她为什么就不能呢？当她转过身，却见曹桂莲正站在门口，拄着拐杖（两年前她已经开始拄拐杖了）望着她。四目相对的那一刻，李爱学忽然有点儿理解当初刚嫁给韩志杰时，曹桂莲为何会对她充满敌意了。日光之下并无新事，只是发生在不同人的身上而已。李爱学想，一个轮回又要开始了，好在她不会和儿子他们住在一块。曹桂莲说，出去吧，你应该高兴点儿。李爱学没说什么，从婆婆身边出了门。

曹桂莲是在孙子婚后的第二年春天去世的。像是某种预兆，直到阳春三月，墙根旁那株刺玫没有新芽，枝干亦没有泛出绿意，反而比冬天时更加干枯，轻轻一掰即断，并随之迸发出一小片烟尘，如同一个幻梦。死前一个多月，曹桂莲已下不来炕，除了吃饭，其他事都得李爱学帮忙。她的女儿韩志英来看过她两次，一宿都没住，吃过午饭便说家里事多，赶紧回去了，像是担心走晚了要派给她什么活计。李爱学每天给曹桂莲端屎端尿，擦身子，洗头，梳头，变着花样做饭，尽量满足她的要求，她的生活里似乎只剩伺候婆婆这一件事。起初，曹桂莲有些不好意思，她是独立惯了的人，要不是到了这份上，绝不会同意别人碰她的身体，目睹她排泄。她像个婴儿一样毫无保留地将隐私和软弱暴露在儿媳面前，这让她极度难为情，因此很多时候她都闭着眼，直到李爱学离去才睁开。

有一次，李爱学给她擦身子，她说，爱学啊，我快了。李爱学道，您别这么说。曹桂莲道，真的，我能感觉到，其实你也这么觉得，是不？李爱学没言语。曹桂莲又道，别着急，你再忍几天，我就不会麻烦你了。李爱学放慢动作道，别乱想了。曹桂莲一把抓住李爱学的手道，孩子，你恨过我吧？我以前做过很多对不住你的事，我要强惯了，也独惯了，尤其是你刚嫁过来那阵，我看着你就不顺眼，总觉得你和志杰过不长，看你就像个外来者，没办法把你当成一家人。另外，你一个农村人，读那么多书有啥用？可能因为我不识字吧，就排斥有文化的人。再有，你的脾气我也不喜欢，其实我喜欢开朗的，大大咧咧的那种人，你这人吧，表面上不言不语，甚至顺从我，其实你主意大着呢！因为这些，我总是故意为难你，给你难堪，你肯定恨过我，嫌弃过我吧？可到头来我只能靠着你，你说，我这不是自己打自己脸吗？李爱学道，都是过去的事了。曹桂莲叹道，是啊，没想到竟就这么疙疙瘩瘩地相处下来了，没办法，合该咱们娘俩有这么一遭，后来我也就认了，认了以后就看出你的好来了，才发现其实谁都有好的地方，只要你跟她相处，处不来也要处，往死里处。李爱学被婆婆的话逗笑了，她道，可能家人就是这样吧。

　　曹桂莲嘱咐道，等我死了，把我的骨灰撒在河里吧，你跟我说过天下的水都是相连的，后来我在河边给志强烧纸，他果然收到了，给我托了梦，这下子我就能见到他了。李爱学道，这……曹桂莲接着道，就照我说的办吧，我本来就是个外来户，不想和这个村的人埋在一起，活着受他们欺负、排挤，难道死了还这样？李爱学意识到婆婆是极其认真地在交代后事,便点了点头。曹桂莲把李爱学的手抓得更紧,眼角溢出混浊的泪。她又道,等我死了,你跟志杰要真过不到一块了就分开吧,这也是没办法的事,反正孩子大了,子轩知道疼你,你又不像我那么霸道、爱管事,肯定招人待见,跟志杰离婚后,就去跟儿子过,帮他们照看孩子,你要不想呢,就在这里继续待着,不过,一个人太难了,我真不放心。李爱学觉得眼角发痒,伸手摸了摸,湿湿的,她道,放心吧,我们不离婚,志杰打算让我去城里,再过几年,等他退了就回来住。曹桂莲道,那就好,都奔六十了,弄那些幺蛾子干啥!

那天下午,下了一场春雨,地皮湿漉漉的,空气里弥漫着清新的泥土气息。接近傍晚时雨才停,夕阳点燃了玻璃。曹桂莲刚刚喝完一碗小米粥,蘸酱吃了一棵新长出来的羊角葱。她看着窗外说,晴天了是不?李爱学道,对。曹桂莲道,我想出去待会儿,闻闻春天的味儿。李爱学道,行。收拾了碗筷,她将韩志杰弄回来的老板椅拖到院中,垫了一床被子,之后将曹桂莲背到院中,放到椅子上,又在她身上盖了棉被。正是麦子拔节、桃花盛开、野菜遍地、万物生长的季节,不时有莫名的阵阵野香飘过。曹桂莲贪婪地呼吸着,像个濒死之人。她闭着眼,睡着了一般安详。李爱学喊了她两声,她没睁眼,只用微弱的声音说,别担心,还没死呢。说完,又睡了过去。

天渐渐黑了,在浅眠中,曹桂莲被儿媳妇推醒。她睁开眼,只见自己的手中放着一个打火机,儿媳妇则托着一盏大红色的天灯站在她面前,红纸上用黑笔写着一行字。曹桂莲只认得自己的名字，便问儿媳妇写的什么，李爱学念道：愿曹桂莲下辈子做个高富帅。曹桂莲笑得咳嗽连连，泪花泛滥，半晌才平静下来，对儿媳道，谢谢你，孩子。李爱学让她点燃天灯中间的那块固体燃料，说那是石蜡。曹桂莲抓起打火机，努力了几次，终于点燃，火苗闪烁，夜色随之微微颤动。石蜡引燃，火苗渐旺，灯体鼓胀，李爱学松了手，天灯摇摇晃晃，犹如一颗自由的灵魂，越升越高，最终融于漫天星斗之间。

吴焦氏

1

有时我会梦到我的奶奶，在梦里她一直是我记忆中的模样，依然住在那座老房子里，即便晴天白日，屋内也是昏暗的，仿佛沉浸在幽冥的暮色里。我很惊讶地发现她还活着，像以前那样坐在堂屋门口的一张木凳上，手里摇着蒲扇，身着月白短袖，黑绸裤，黑色发夹将她的灰白短发拢向脑后，露出宽大的额头，充满渴望的目光幽怨地盯着紧闭的大门，期待某个儿孙忽然将它推开。在梦中她很少说话，像是知道自己已经作古。事实上活着时她话多且爱管闲事儿，凡是看不顺眼的总要发表意见，尽管说不出什么新鲜理论，没人拿它当回事，她却非要不吐不快。但在最近的一次梦中，她居然开了口，在那栋老房的东屋，时间是我结婚前夕，但我却能感觉到自己并非那时的自己，而是如今的我。想起那座老房子，我就会不由自主地在脑子里将每个房间走上一遍，其实也才三间，不过是东屋、西屋和堂屋。我正站在靠墙的那口笨重而老旧的漆柜前收拾包袱，正对着一面破旧的靠山镜，因年代久远，映出的影像模糊而残缺。奶奶坐在炕沿，两腿耷拉着，问我婚礼事宜有没有准备好，什么时候出发。我略微敷衍地说一切都好，不用她操心。她又问我能不能多待几天，还有何时回娘家，我说我也不知道。她说，没事儿，我等着。说完，我从镜子里看见她露出了得逞般的诡异笑容。

我的奶奶，一九二四年生于蓟县（今蓟州区）最南端的下仓镇，该镇与我爷爷家所在的玉田县接壤，以兰泉河为界，河东属于玉田县，河西属于蓟县，两家相距大约二十里。那时我爷爷的父亲在下仓镇上开着卖布料的铺子，我奶奶的父亲则在对街卖中药，我爷爷成年后到铺子里帮忙，我奶奶的父亲见我爷爷老实、厚道，且打得一手好算盘，便有意将自己的大女儿嫁给他。爷爷和奶奶直到结婚那天才算第一次见面，之前就连彼此的照片都没看过（很可能那时当地还没有照相馆），只在各自的父亲口中听说过对方的相貌和人品。"你爷爷长得标致，人是单薄了点儿，话也少，我挺满意的，那时候都是父母之命，摊上啥样的都得认，哪像你们，可以自己搞对象，还能搞上好几次。"日后回忆时，奶奶总会这么说，口吻里有一丝被命运眷顾的感恩和甜蜜。奶奶家姓吴，她没上过学，因此没有学名，在我上到小学三年级时无意中看到她的身份证，那上面写的是"焦吴氏"，这个名字跟随了她大半辈子，就连墓碑上刻的也是这三个字。做姑娘时她有小名，但不管谁问她都不说,有一次被我问急了,她叱责道,小丫子,没大没小,有问你奶小名儿的吗?直到她死后,我才从姨奶奶(奶奶的妹妹)嘴里得知她的小名叫大枝子,寓意开枝散叶。

奶奶这辈子共生了七个孩子,生老幺时她已四十六岁,倒数第二个在四岁时由于痢疾而夭折,活下来三男三女,按长幼排序依次为我的大姑、大伯、二伯、父亲、二姑和小姑。我的大伯出生后没多久,爷爷的父亲和母亲相继因病去世,爷爷因此受到打击,且他本就不擅长交际,导致生意一日不如一日,最后不得不关门,家道一度中落,即便如此,在划成分时,爷爷家也被划为了中农,实际上当时已没有家底儿,与贫农无异。爷爷是根独苗,从小生活在父母的庇护下,几乎称得上娇生惯养,除了识文断字,其他技能皆无,用我奶奶的话说就是"手不能提,肩不能扛,连只鸡都得我杀"。生活上的变故导致他生了一场病,虽没有丢掉命,却更加虚弱,更不可能成为"劳力"。可孩子却一个接一个地出生,张嘴要吃的。在生产队时,一家子人只有我奶奶一个劳力,有时干到半夜才分到一根萝卜。一进门,被筒里伸出三个小脑袋,眼巴巴地望着她,就跟窝里要食儿吃的雏燕一样,她将萝卜削了皮,分成三截,每人一段,萝卜皮撒点盐腌上,留着就粥喝。

再后来,作为家里的老大,我大姑辍了学,成了半个劳力,大伯每天也只上半天学,帮着奶奶挣工分。饶是如此,家里的粮食依然不够吃,奶奶不得不撑着一双小脚往返五十多里到娘家求助,大清早出门,午饭前背着半口袋白面和半口袋棒子面回来。有一年娘家也没富余接济他们,她只好半夜到队上偷公粮,得手后被发现,两三个男人围追堵截,她吓得一通乱跑,慌不择路中扎进麦秸垛,在里面闷了半个多钟头,直到周围再没有脚步声,才敢出来。我们四个兄弟姐妹听说,便问她不怕被抓住吗,她说,咋能不怕?到底做了亏心事,回到家心还突突跳,脚脖子还给崴了,疼了一个多月才好利落。我爷爷在炕沿上磕了一下烟袋锅,说着风凉话,那你还去?丢人。奶奶道,我不去能咋?难道眼瞅着孩子挨饿?人家的老爷们挖河的挖河,下地的下地,就你啥都干不了。奶奶这么说爷爷时,语气中几乎听不出埋怨,似乎早因为时过境迁而不屑于计较,甚至透着一丝母性的娇宠。爷爷去世时,她对儿女慨叹,你爸这辈子可比我享福,好吃好喝都可着他,他吃剩下才给你们,剩不下你们也跟我一样摸不着,干过最重的体力活就是给驴割草,麦子、棒子都没沾过他的手,镐头、铁锹也没咋碰过,那罪都让我受了,人家都说我比个男人还能干,当我愿意?啥也别说了,兴许上辈子欠他的,这辈子合该嫁给他,伺候他,还债来啦。人和人还得一样?有些人生来就是享福的命,有些人生来就是让别人受罪的,有些人生来就要自找罪受,我就是最后那种人。

好不容易将几个孩子拉扯大,儿女们的生活又让她操心不止。三个女儿的婚姻都不省心,我大姑嫁给了我表舅,表舅入伍之前对我大姑还好,复员后就看不上我大姑了,闹离婚,但我大姑不同意,当时她已有了一儿一女,且正怀着老三。表舅从部队回来后在粮库上班,与他的同事一个名叫秋香的老乡好上了,大姑知道了却不敢怎样。奶奶得知后,不仅教训了她的大女婿,还让我爸骑车带着她到镇上找到了秋香,摆事实讲道理,说了许多,具体怎么说的,没有人知道,反正那个女人彻底离开了表舅。表舅虽然没和大姑离婚,可他们的婚姻名存实亡,他不仅对大姑实行冷暴力,还为此记恨奶奶多年,几乎不再登丈母娘的门。我的二姑父年轻时好赌,二姑为此经常和他打架,好在二姑遗传了奶奶的部分性格,基本降伏得住他,两个人动起手来都是真格的,有一次二姑用鞋底将二姑父打晕,但她并不担心,还不忘调侃道,看你还去不去耍钱。虽如此,奶奶也还是惦记着,逢年过节二姑父过来时免不了要被奶奶"教导"一番,搞得他不年不节时几乎不来。而让奶奶最操心的当数我小姑,用她的话说,命不好,属羊,又是腊月生的。小姑终生不孕,奶奶认为这可能与自己有关,怀小姑时她因为生病吃了些中药,她觉得对小姑产生了不良影响。这其实是次要的,在我看来,性格即命运,小姑心比天高,命比纸薄,如果一个人不够安分、踏实,那么贫乏、庸碌的乡下日子很难过下去,第一任丈夫被小姑逼疯,第二任喝农药自杀,第三任在小姑看来依然是烂泥扶不上墙,可她已无力再折腾,终于认命,凑合着,一直过到今天。小姑一旦和丈夫生气吵架就喜欢回娘家,她生活中的每一次变故都会波及娘家人,致使我二妈(二伯的老婆)在背地里称她为扫帚星。有一次奶奶骂了小姑,将她轰了出去,说,以后吵架了别回娘家,我不想看见你哭丧着脸。小姑气得跑了,奶奶日夜悬心,发动我爸和二伯到亲戚家去找,最后在一个八竿子打不着的亲戚那将小姑接了回来。直到奶奶去世前一个多月,小姑还在跟她抱怨现任老公如何懒惰、不争气,奶奶叹气道,路是自己走的。

相较于三个女儿,儿子们则要省心得多。大伯是长子,穷人的孩子早当家,他一直比较"懂事",当兵时学习汽修,转业后去了盘锦油田落户安家,将老婆孩子一并接了过去。我爸入伍后不久给家里来信,说他要回来,只因为想家,爷爷给他回信,其中写道,你妈说你要是回来就别当她儿子,我爸坚持了两年多。而后,赶上战争,我爸上前线,看到伤员和牺牲的战士,吓得不行,又给家里写信要回来,这次回信中,奶奶让爸爸赶紧回家。爸爸做回农民,他昔日的战友都比他混得好,我二姑怪我奶奶,您要不让我三哥回来,现在早是高干了,我也能沾点儿光。我奶奶说,还没准吃枪子呢,该吃哪碗饭就吃哪碗饭。我二伯又憨又直,外号二愣子,小时候常被人说"缺项电",直到将近三十岁才说上媳妇,我二妈嫁给他的条件是住新房,不和公婆住一起。那新房在当时看来是不错的,本来是大伯和大妈结婚后住的,他们搬去盘锦后,爷爷奶奶和小姑住着,为了给二伯娶上媳妇,爷爷奶奶又搬回了老房。二伯娶了媳妇忘了娘,用我奶奶的话来说——"上炕只认媳妇,下炕只认鞋。"刚嫁过来那几年,我二妈对我奶奶意见很大,觉得我奶奶偏向老儿子和闺女,不疼二儿子,因此三天两头寻由头吵架,我二伯凡事只听老婆的,有时也跟他妈对着干,让我奶奶伤心不已。我堂哥小时候在奶奶家玩，被砖头砸了大脚趾，指甲盖差点砸掉。医生包扎后，二妈抱着堂哥站在老屋的前院，隔着窗户叱责我奶奶，你看小冲（我亲哥）时连根汗毛都没掉过，一时一刻都跟在后面，就不拿我们当回事，以后咱们谁也别搭理谁，你就当没生这个儿子！一向刚强的奶奶气得一句话没有，只在背地里和我妈诉苦道，那个混账老婆，手心手背都是肉，从来我都是一碗水端平，她咋能那样冤枉我。我妈对我奶奶其实也有意见，但她高中毕业，性格好，有教养，尽量避免与人发生冲突，从未与奶奶红过脸，她只得宽慰几句，说，她就是在气头上，那些话您别往心里去，就算她不理您，那孩子受得了？过不了几天就得往您那跑。我奶奶道，爱理不理，只要他们自己过得好就行，反正我又不重要。

　　以上所述皆非本人亲眼所见，有些是我奶奶忆往昔时提起的，更多的则来自父母、姑姑等亲戚的闲聊。我出生时，奶奶刚好六十岁，也就是说她已进入老年阶段。我记得我开始有年龄意识时，每当别人问我，我说的是五岁。某一天我心血来潮，问奶奶多大时，她说她六十五。她活到八十六岁，我们俩在这世上的交集只有二十多年，除去婴幼儿时期和离家的时间，事实上我们真正相处的日子只有十多年，且并非天天见面，也很少住在一起。可她这个人却早已深植我的脑子里，想抹也抹不去，尤其是在她死后，并没有随着时光的流逝而模糊，反而历久弥新，焕发出崭新的意义，这可能是因为我年纪渐长，对年轻时的一些经历有了新的认知，对以前和奶奶之间的种种有了更深层次的理解。

2

奶奶从不掩饰她的重男轻女,在她看来,这似乎天经地义,无可厚非。除去我大伯的一双儿女在盘锦,我们这一代在老家的共有兄弟姐妹四个,其中我的亲哥和堂姐一般大,只是他比她早出生十天,堂哥比他们俩小三岁,而我比堂哥小两岁。打我记事起,就知道奶奶只喜欢孙子,尤其喜欢我哥,因为他懂事,听话,学习好。一旦别人送了她好吃的,如果东西多的话,她会让我们四个都尝尝,要是很少,则只留给我哥,再多一些会分给堂哥,而堂姐和我只能靠边站。女儿是给别人养的,疼也白疼,老了得不到济。奶奶说,将来我死了,孙子给我打灯笼照亮,你们俩早不知成了谁家的媳妇,来不来送葬都说不准,我对你们好有啥用?每当我质疑她不喜欢女孩时,她就会搬出这套说辞,仿佛她活着时所行的事只是为了将来的葬礼做准备。这从一个侧面表现出她是个老封建,脑子里装了不少陈谷子烂芝麻的皇历,在我看来纯属无稽之谈的糟粕。比如晚上不能梳头照镜子;不能在屋里打伞;烧火时不能拿火棍捅灶门,那是对灶王爷不敬,会受到惩罚;吃饭时不能敲碗,食不言寝不语,嘴里有东西要说话时必须咽下去再开口;筷子掉在地上是肉皮子刺挠,找打;筷子攥得太靠上表示将来嫁得很远;女孩要有女孩样儿,坐着时不要岔开两腿,不要当着外人大声说笑，除了过年，其他时候不需要打扮得花红柳绿，尽量穿旧衣服——我在外的堂姐和大姑家的表姐会给我们一些穿过的衣裳。这主要是为了节俭——奶奶说，孩子年年长，今年买的明年就穿不下了，浪费，你姑你爸小时候一年就一两套衣裳，春天了把棉里子卸了，天冷了再絮上，你二姑穿剩下你小姑穿，你二大爷穿剩下你爸穿，不也都长大了。

她说她的，我做我的，女孩哪有不爱美的呢？如果我们这一代还像父亲和姑姑们那样生活，岂不被人笑掉大牙，难道时代没有进步吗？我妈喜欢打扮我，除了衣裳，还给我买各种头饰，比如绸子条、蝴蝶结、纱堆的花、塑料珠子的项链和耳坠等。为了能戴上那些好看的头饰，我从五岁就开始留头发，到七八岁时，已是瀑布般的一头长发。奶奶尤其看不惯这头长发，她说孩子小，头发太长会压着脑袋，影响身高，另外梳头打扮要花费很多时间，耽误学习，不如剪短，容易打理。我的头发我做主，才不管她怎么说呢！她这是嫉妒，因为她的头发不仅稀疏，且几乎失去了生长速度，还夹杂着白发。可倒霉的是上学之后我被同学传染了头虱，这一头浓密的长发成了它们肆意繁殖的温床，不光有虱子，还有虱卵粘在发间。抹药水、上药粉、用篦子刮，妈妈使用了很多办法都没能彻底清除。奶奶道，趁早剪掉，难道想让脑袋成虱子窝？我一开始极其抗拒，可其他人也觉得这是唯一选择，反正头发还能再长，也就难看一段时间。妈妈下不去手，奶奶道，我来。她手执剪刀，毫无怜香惜玉之情，咔嚓咔嚓几下，长发飘满地，我不争气地掉了眼泪。接着她又用削发器削短，再撒上药，用头巾裹得严严实实，让我坚持一宿。等到次日揭开头巾，拿篦子刮下许多虱子的尸体和卵，接着连续梳刮、清洗几天，总算彻底清除。当我望着镜子里那个看起来陌生又难看的假小子时，心底再次涌起对奶奶的恨意，尽管她除掉了虱子，可我并不感激。

衡量起男孩和女孩的行为，奶奶自有双重标准，比如同样做错了事，男孩就能得到宽恕，女孩则必须受到训诫；男孩淘气、顶嘴、闯了祸是机灵、有出息，有可能得到夸奖，女孩一旦出格，任性，大大咧咧，则是不守规矩，不成体统，会遭到奶奶的训斥和白眼。在学习上，奶奶认为男孩就该好好读书，将来做大事，女孩则无所谓，反正将来要嫁人，她依然迂腐地秉承着"女子无才便是德"的规范。我记得很清楚，那时我上小学二年级，期末时好不容易得了一张"三好学生"的奖状，放学后兴冲冲地直奔老宅，想要在爷爷奶奶（主要是奶奶）面前炫耀。因为我哥每次考试都名列前茅，每个学期都能得到奖状，而我这是第一次，我想要让奶奶意识到我并不像她说的那样比哥笨。当我把奖状铺在炕上，指着我的名字让奶奶看时，她只瞟了一眼，一声不吭，便将目光重新落到菜板上，若无其事地切着姜蒜，并对朝我笑眯眯以示鼓励的爷爷道，去后院拿根葱。如果是我哥，她早就喜形于色，眼中含笑，用皱巴巴的手抚摸着奖状，不住地夸奖，我大孙子真能耐。她的无视让我无地自容，恨不得马上钻进地缝，我感到深深的委屈，我那时才真正意识到她是打心眼里不喜欢我，而且不拿我当回事，不管我做得多么好，都得不到她的欣赏。既然如此，我又何必要热脸贴冷屁股呢？可我那时过于弱小，没有任何资本与她抗衡，只能卷起奖状，灰溜溜地回家。不过我没有忘记那次耻辱，一直等待着机会给予反击，终于在大年初一那天让她见识到了我的脾气。

每年正月初一早饭后，我们四个都要给爷爷奶奶拜年，其实也就一句"过年好"，并不需要任何繁文缛节，然后奶奶会象征性地给我们压岁钱。爷爷奶奶并无收入，只靠着仨儿子供养，大伯长年在外，无法尽孝，给的钱多一些，二伯和父亲则多是给粮食或其他农产品，三个女儿有时也会给他们点零花钱。所以，奶奶给的压岁钱并不多，最初每个人只有五块钱，后来随着物价上涨才升至十块。在给压岁钱上，奶奶倒一视同仁，没有男女之别。那年，她将一张五块钱递给我时，我没有像往年那样接下，而是缩着手道，我不要。她果然感到意外，用略微惊讶的语气问，为啥？这让我感到解气，我说，我爸妈给了。奶奶道，那是他们的，这是我给的。其实我需要这五块钱，爸妈给的压岁钱过了初五就会收回去，奶奶给的他们则不会跟我要。但我不想为五斗米折腰，固执道，不用了，留着给你孙子吧。这时她才领会到我在跟她置气，便道，人儿不大，心倒挺重，不要就不要，我还省了呢！说着，她将钱转手塞给我哥，嘱咐道，你们仨花了它，爱买啥就买啥，反正别给她。后来，我哥用这钱买了瓜子、糖块等零食，分给我时我坚决不吃。

奶奶不喜欢我还因为我的性格不讨喜，不是她所谓的那种"淑女"，从小就"咋咋呼呼""掐尖抢上""风风火火""像个假小子"。在我稍微有了自我意识时便经常与她顶撞，甚至针尖对麦芒，故意与她对着干，她让我往东，我偏往西。小学五年级时，我和数学老师吵了一架。那个老师偏向学习好的男生，明明是那个男生先动手我们才打起来，她却只让我到外面罚站，还说我这么大的丫头，不知羞耻。这话和我奶奶说的很像，于是我气不打一处来，不仅跟她顶了嘴，还把她的三角板扔到门外摔散了架。她下不来台，非要叫家长来学校，之后又让我当面和她道歉才算了事。

奶奶得知后，连连叹息，将来怎么找婆家？什么样的男人受得了你？我说，没人要就不嫁。她道，就算你愿意当老姑娘，我们家也丢不起这脸，将来有了嫂子，小姑子还在家里，叫个什么事！我知道她这是担心我影响了我哥以后的日子，便道，放心吧，我会离家远远的。其实我想说的是离她远远的，但想想，等我长大了，也许她早死了。她道，你学习又不好，出不去。我哼了一声，发狠道，甭看不起人，走着瞧。我妈解围道，您不用担心，等她长成大姑娘兴许就温柔了，现在还小。我爸也道，那个老师也有问题，小玲做得不算过分，人善被人欺，厉害点儿好，就算混到社会上也吃得开。我奶奶不以为然，甩过一个不屑的眼神。我爸笑着对她道，我记得您年轻时也经常和村里人打架，有一次把村长逼得都跟您说好话。奶奶道，我那是没法儿，但凡你爸扛得起来，用得着我吗？还不是为了你们才当了泼妇。

3

我和奶奶之间虽然有点互相看不上，但并不妨碍我每天往老宅跑，尤其是不上学的日子里，当然，我很少独自前往，都是和大哥、堂哥、堂姐等人一起去的。对于小时候的我们而言，奶奶的家似乎拥有一股无形的魔力，吸引着我们，召唤着我们，即便上了学，每天也要抽空去点个卯。许多年后回想起来，我觉得奶奶私藏的那些零食并非我们总往那里跑的主因，而是它不同于自己家的那种氛围，房间窄小，聚气，显得亲热，充满宽松、静谧、溺爱和幸福，还有两个老年人不知不觉间营造出来的家常气息。很多年后，我才意识到那是我一生中最快乐的时光。我愿意放弃世上的一切，只为换取那样的一刻。我这一生如果说有幸福，那就是童年，在奶奶的老宅里。我怀念那些日子。我看见那些日子长出翅膀，飞了起来，乘风而去。

奶奶是个闲不住的人，不管什么季节，她都能找到活儿干，很少见她待着，直到她实在老得不行，眼花得认不了针，手脚不再灵便，连走路都困难时才不情愿地做了一个她顶瞧不上的吃闲饭的人。她觉得活着就得干点什么，否则就会感到空虚、惭愧，仿佛虚度了时光。到了老年，在她的体力允许范围之内，做饭、做家务，伺候我爷爷的日常起居是她的主要"内容"，偶尔也会帮两个儿子看看家，在大秋忙月时给他们做饭、喂牲口、打扫院子等。每当玉米收上来，她会帮我们两家剥玉米，今天给我们剥，明天就去给二妈家剥，直到两家的都剥完。看见粮食，她特别亲，不忍浪费一粒，见我们喂狗吃剩的烙饼和馒头，她就说我们不会过日子，看到当街掉的玉米粒或者豆粒会一粒一粒捡起。当我们说那几颗玉米粒没啥用时，她便会说起那个讲了很多遍的故事：我爸爸和二伯小时候到地里捡玉米粒，我二伯捡一粒吃一粒，我爸则放在兜里留着，回到家慢慢吃，我二伯就会央求我爸分给他几粒吃，就像一口吞下人参果的猪八戒乞求孙悟空和沙和尚再给他尝尝味儿一样。

儿时的我们特别喜欢吃奶奶做的饭菜，同样的东西到了她手里，就比妈妈做的香。她和爷爷的牙口不好，她喜欢烙发面饼、蒸馒头或是粘菜馅卷子，有时爷爷从兰泉河弄了杂鱼，她会泡发黄豆，再切上半个咸菜疙瘩，熬小鱼贴饼子。后院养着十来只鸡，长着榆树、桑树、刺槐和香椿树；前院种着菜，还有一棵梨树。每年春天，她做榆钱炒疙瘩、香椿炒鸡蛋、槐花蒸饭、荠菜馅饺子、猪肉香椿馅盒子。每当我们在外面跑累了、饿了，就到她这里掰开发面饼，夹上中午剩下的炒菜，狼吞虎咽。奶奶打趣道，下个月得跟你爸多要几斤面。

只有数九寒天，当人们都躲在家里猫冬时，奶奶才会稍微闲下来。外面北风呼啸，或是大雪纷飞，屋子里生着暖暖的炉火，爷爷歪在被垛上，怀里抱着狸花猫闭目养神，奶奶盘腿坐着纳鞋底，腿边放着一把钳子，鞋底太厚，针抽不动时她就会借助钳子或者中指上戴的顶针。那枚顶针在我结婚当天被扔在了路边,因为路上遇到了好几拨结婚的,按照当地的习俗,只要扔出一枚顶针,就能把对方的喜气顶回去,不至于影响我的运气。屋子里暖融融的,匣子里放着单田芳的《封神演义》《童林传》等,窗台上的旱金莲开得娇艳,树影遮窗棂,木窗在风中发出嘎吱嘎吱的声响。评书说完,爷爷关掉匣子。奶奶往往会就故事情节评论两句,比如《白眉大侠》里的龙云凤被郭长达从背后一剑穿心时,她义愤填膺,这个郭长达忒小人了,背后下手算什么能耐?等着吧,肯定不得好死。爷爷附和两声,起身拿起烟袋,往锅里添满烟丝,这时堂哥就会抢着点火,爷爷深深吸上一口,笑眯眯地望着奶奶,将一口浓烟喷向她。她夸张地咳嗽着,身体随之抖动,待到咳嗽结束,她对我们道,看你爷,有点老不正经,是不是?当时的我还小,却也没傻到以为爷爷在欺负奶奶,只觉得温馨中有一点点暧昧,等我上了初中,蓦然想起,才明白爷爷和奶奶在调情,用他们特有的方式。

大多数时候,爷爷和奶奶总是各干各的,并不怎么交谈,只有在谈到儿女或是其他两人都熟悉的人时才会你来我往地聊着。我们在一边听着,不时打岔,问上几句。爷爷喜欢抽烟、养猫、养花、做一些手工活,家常用的笤帚、簸箕、笼筐等都是他编织的。拉车、拉耢子的小毛驴拴在后院,每到夏天,睡醒午觉,爷爷会磨镰刀,随后骑上破旧的自行车到野地里给驴割草,割回来的草一部分给驴吃,剩下的晒干,铡碎,储于仓里，留待冬春两季给驴吃。母鸡会到草仓下蛋，爷爷捡回鸡蛋，放在鞋盒里，每天晚上炒一个当作下酒菜。很多事他都做得井井有条，专心致志，沉浸其中，他扎的篱笆笔直紧实，调的菜畦整齐划一，养的花虽然没什么珍稀品种，却生机盎然，比别人养的艳丽、壮实、硕大，仿佛活出了作为植物的尊严。

有时候，爷爷也会给奶奶打下手，她炒菜做饭时，他就烧火；她洗衣服时，他帮她舀水、倒水，遇到床单、被罩这些大件会帮她拧干；她给我们家剥玉米皮时，他会把系好的玉米棒子围着一根竖起的木头码放成"棒子人"，顺便挑一些玉米粒很少的棒子拿回去给驴吃。两个人协作时多半相对无言，通常一个手势、一个眼神或是一声"哎"，就能领会彼此的意思，这是多年在一起生活养成的默契。大多数时候，他是安静的，平和的，很少发脾气，但并不代表他没有脾气。在我的记忆中，他只对奶奶发过两次火，有一次因为我奶奶把饺子馅儿和咸了，因为没记清，她加了两次盐，爷爷气得一口都吃不下，把碗一推，筷子一摔，就像个孩子一样，转身下了炕。奶奶白了他的背影一眼，对我们说，惯的，都是我把他惯坏了。她对我和堂姐说，以后结了婚，起头就不能惯着男人，先把他的威风灭了，不然受气的是自己。我和堂姐并不太懂，但见她如此严肃，便点了点头。她又道，甭理他，过会儿就好了。说着，她自己吃起饺子，却发现确实太咸。叹了口气，她下炕，煮了两碗面，随后让堂哥（因为爷爷最喜欢堂哥）去西屋将爷爷叫过来吃面。

还有一次，两个人吵得很厉害，可谓剑拔弩张，针锋相对，谁也不让谁，甚至为此冷战了三五天。当时我还小，不过五六岁，不清楚也早已不记得他们吵的是什么，更无从得知因何而吵，只记得那天爷爷和奶奶去了二姑家才回来，一进门就吵得不可开交。他们的身体还不错时，爷爷偶尔会骑车载着奶奶到我二姑或小姑家串门，二姑和小姑家都不远，不过六七里地，但后来随着腿脚不便就不再去了。两个人在后门口吵得面红耳赤，不成样子，当然，大门是关着的，外人看不见。我们兄弟姐妹几个从没见过他们如此，吓得愣怔着，走也不是，劝也不是，只能像围观群众般看热闹，还有点隐隐的担心，想着要不要告诉父母去。我爷爷争辩时并没有耽误手上的活，他将车子靠在墙根，从篮子里往外拿二姑给他们的点心、水果以及中午的炖肉等。奶奶还在一旁喋喋不休，爷爷忽然举起手里的空篮子，威胁道，你再说！爷爷声色俱厉，青筋暴突，他的样子看起来让我们害怕。我哥以为爷爷会动手，他自然向着奶奶，一步挡到她前面对爷爷横眉立目道，你敢打我奶，我就打你！爷爷僵了几秒，放下篮子，像个投了降的将军，往屋里走去。奶奶一把搂住我哥，像是遇到了知心人般道，奶奶没白疼你。后来，奶奶和我的父母、姑姑们多次提起此事，当然她隐去了和爷爷吵架的缘由和战况，只夸我哥是个好孩子，不仅因为对她好，而是她觉得我哥长大后准是个对女人一心一意、懂得疼女人、拿媳妇当宝贝、不会让媳妇伤心的好男人，不会像他的爷爷、父亲、二伯等父辈那样根本不懂得女人心。她说，将来谁嫁给他，都是上辈子修来的福气。

初中毕业后我没再上学，而是去了邻镇的服装厂打工，我堂姐已在那儿干了好几年。在我干到第三年时的那个冬天，爷爷去世了。他得了急性白血病，从发现、确诊到病逝还不到两个月。当时他已七十八岁，要是化疗效果好的话兴许能多活三四年，不好的话顶多撑上一年半载。儿女们商量着要不要给他化疗，一开始，爷爷是拒绝的，他说，不用啦，我都这个年纪了，何苦遭那个罪，我觉得对我来说最好的选择就是回家，好好休息，等待。爷爷给人的印象一直是独立，自足，怕麻烦别人——这个别人指的是除他自己以外的任何人，包括亲人在内，因此他这么说并不奇怪。其实，我觉得大伯、二伯、爸爸以及三个姑姑也这么想，但又不愿承认，放弃治疗在他们看来基本相当于"不孝"，且会因此而内疚，于是他们劝爷爷先化疗试一试。爷爷似乎被说动了，他的求生欲占了上风，犹豫道，不然就试试？身体受不了就算了。这时奶奶道，试啥试？你知道得花多少钱吗？孩子们赚钱那么容易？你这个当爹的给过他们啥？哪一样不是他们自己蹦跶来的，你有啥脸要他们为你花钱，钱少倒罢了，抄起来就得几万、几十万，除了大儿子，都是土里刨食的，哪有那么多钱给你糟蹋？你把钱都给造了，多活两年有啥意思？孩子们还得过日子哪！我爸道，妈，别这么说，钱花了可以再赚。奶奶铁着脸道，不行，你们有多大能耐我还不知道，这事我说了算。爷爷道，算了，算了，你妈说得没错。子女们不再说什么，只得听天由命。

在爷爷生命的最后两个月里，老宅比以往热闹得多，小姑和二姑几乎天天过来，大姑离得远，每周来上两三次，业已退休的大伯和大妈干脆住了下来。大家轮流照顾他，看望他，守着他。奶奶家地方小，一般不是在我家就是在二妈家做饭。有一次我和小姑正在包饺子，奶奶擀饺子皮，小姑对奶奶道，妈，您那天的话太重了，我爸听了心里得多难受，他本来心缝就窄。奶奶道，我说的是事实，谁不是为后人活着，他都将近八十了，活够本儿了。小姑道，我记得年轻时您不这样，每次家里做了好饭，都是先可着我爸吃，等他吃剩下才让我们吃，他就跟您最疼爱的一个孩子似的。奶奶道，他是一家之主，身体又弱。小姑道，做了一辈子夫妻，您就舍得，眼瞅着他……奶奶手里的擀面杖停住了，眼里闪着泪花，见我看着她，便仰头望向屋顶，硬憋回去，慢悠悠地说，正因为做了一辈子夫妻才舍得啊，知足了。

按照当地的风俗，配偶不能出现在另一方的葬礼上，在爷爷弥留之际，家人便把奶奶弄到了我家，由我和堂姐陪着。奶奶像一尊泥塑坐在炕沿，闭着眼一动不动，一句话也不说，直到十一点多，她突然睁开眼说，你爷走了。堂姐来到当街，竖起耳朵，并没有从老宅的方向听到哭声，回屋后道，还没有，您睡吧。奶奶道，快了，我刚才做了个梦，梦见一个妇女正在生孩子。我问，那跟我爷有什么关系？她说，他就要投胎了。我和堂姐哭笑不得，心想真是个老迷信，就算真有轮回也没那么快吧。这时，从一百多米外的老宅方向传来哭声，我和堂姐来到院中，哭声更加清晰，能听出撕心裂肺的来自我小姑，高亢的来自我二姑——我们这里讲究的是亲人咽气时后人必须恸哭，声音越大说明后人越多，死者越受尊敬，有时这些哭声甚至能把死者唤回阳间多停留片刻。回到房间，只见奶奶已躺下，眼泪披了满脸。

4

爷爷去世后，我和堂姐每年冬天都要陪奶奶睡觉，一是为了照顾她，二是怕她寂寞。那时候，我哥已从师范毕业，在北京工作，堂哥初中毕业后在县城开出租。我和堂姐在镇上的服装厂打工，陪伴奶奶的任务自然落在了两个孙女的身上，尽管我们并不情愿，几乎每天都要等到临睡前，父母催促好几次才慢腾腾地前往老宅。我们的不情愿含着两层意思，一层是不喜欢住在老宅，另一层是不想陪奶奶睡。随着时间的流逝，儿时老宅对我们的那种吸引力早已消失殆尽，甚至变得令人嫌弃、憋闷，就连多待一会儿都觉得压抑。事实上，它和以前没有太大改变，只是少了爷爷，少了猫和花，其他的都还在——在不可避免地走向衰败，而我们却疾速成长，心里装的东西越来越多，吸引我们的都在外面。而这里只有一台黑白电视机，且收不到几个台，当时亦没有智能手机、网络等其他娱乐消遣，我和堂姐又不爱看书，因此觉得无聊至极，翻来覆去睡不着，这时奶奶就会说，睡吧，别打把式了，明儿还要早起。实际上奶奶也睡不着，她的睡眠又短又少，似乎由一个个梦连缀而成。天还没亮，当我们睡得正香甜时，就会被奶奶弄出的声响吵醒。当我睁开眼，往往会看见奶奶坐在炕上，披着衣服，望着窗外发呆，仿佛在梦游状态等着被唤醒。

自从爷爷去世，她经常呈现出这种心不在焉的状态，对很多事情都失去了兴趣，就连自身形象也不怎么在意了，有时连头发也是乱的，胸前的衣服上十有八九会粘着饭粒子或油渍。她很少出门，一般只在中午和晚上到我家或二妈家吃饭才出去，剩下的时间里就是一个人发呆。儿女们劝她多出去转转，晒晒太阳，哪怕在当街的槐树下和老头老太太们唠唠嗑也好，她总是答应着，却很少出去。总之，她不再关心生活，她将余下的时间视为等待进入天堂的过渡期。她愈发热衷谈论死亡，以及她的身后事。她经常念叨的一句话是"女管男三年里，男管女整三年"，意思是说一对夫妻，女人若先死，那男人不出三年便会随她而去；若是男人先走，那他走后第三年，女人必然随他而去。她的脑子里装满了迷信，即使你让她理屈词穷哑口无言，她依旧冥顽不灵只信自己。依靠她的那些理论，这么多年都走了过来，即使是谬论，对她来说也早已成了真理，任谁都无法动摇。

那天我们刚发了工资，正好赶上集日，于是我买了一件在当时看来风格比较前卫的皮裙，堂姐那件棉外套则相对保守，但在奶奶看来依然显得招摇。自从我们俩住进来后，就把原来那盏二十五瓦的白炽灯换成了四十瓦的日光灯，为此奶奶还抱怨过费电——夏天的晚上她和爷爷几乎不点灯,一直在院外乘凉到困了才摸黑进入房间睡觉。晚上临睡前,我和堂姐在灯下换上新衣服,互相欣赏、吹捧。奶奶鄙夷道,小丫子,冷天呵地的穿哪家子裙儿?我不屑与她争论,只当没听见,而堂姐道,现在时兴这样穿,美丽又"冻"人。奶奶问,花了多少钱?堂姐道,不贵,九十多,还不到一百。奶奶道,败家子儿。我还击道,又没花您的钱,我自己赚的钱乐意咋花就咋花。奶奶道,看把你厉害的,你的钱也不是大风刮来的,真不会过日子,以后有你发愁的时候。我反唇相讥,我愁我的,关你什么事,反正不管我干啥你都看不顺眼,你心里只有宝贝孙子。被我抢白一番,她气道,没错,你算是说对了,你哥就是比你有出息。我没忍住,撑她道,可惜啊,到头来还得我们这两个没出息的陪着你,他连你的门朝哪儿开怕是都忘了。奶奶哼了一声道,那我也愿意,他混得越好我越高兴。我道,可不是贱骨头吗?奶奶道,小丫子,嘴上不饶人,以后有你吃亏的时候。我懒得理她,她也不说话。

　　为了缓和气氛,堂姐问,奶,你年轻时穿过旗袍吗?奶奶道,上哪偷旗袍穿?我又不是大小姐,再说,那时候农村也没穿的。堂姐又问,那都穿什么?裙子什么样的?这话像是触动了奶奶的记忆,她让我从抽屉里拿出钥匙,然后和堂姐到西屋,打开红色木柜,把里面的包袱拿过来。那个红色柜子看起来就像棺材,以前上面经常放荤油坛子、盐罐、酱油瓶、剩菜等物,现在还残留着油腻的灰尘。我俩开锁,翻开盖子,找到了奶奶说的那个红底黄花的包袱。她带着敝帚自珍的目光解开包袱，里面包着一双皮鞋（多半是革的）和一条纯黑色百褶裙，样式看起来老旧而过时，但又不像奶奶年轻时会有的东西。堂姐问，您以前穿过？奶奶摩挲着道，我哪有机会穿？再说我这双小脚也穿不下皮鞋，这是我以前和你爷爷赶集时买的。我笑道，买来不穿，留着看？奶奶先是不语，一会儿才道，等我死了穿在里面，这辈子没穿过裙，年轻时没钱买，结婚以后更穷。她说得如此坦然、正经，像是做好了赴死的准备。我说，想穿就穿，怕啥？她道，老不正经，那么丑的腿可不敢露给别人看。

在去世之前，爷爷把他最惦记的事情都交代清楚了，首先是那头毛驴，养了这么多年，他对它有了感情，告诉我二伯和我爸，好歹养着它，不到万不得已别卖掉；其次是那只猫，他把它交给了堂姐；再有就是他的几盆花，全部给了我哥，他知道我哥喜欢花，且养得不错；最后他才告诉儿女要好好照顾奶奶，对她好点，说她这辈子不容易，几乎没享过福，他没有尽到做丈夫的义务。

我奶奶酸溜溜地说，你们看看，在他心里，我还没有驴跟猫重要呢。那头驴在第二年就被卖了，没人有空给它割草，而且地里的农活逐渐机械化操作，再也用不着它；猫在几个月后就跑丢了，奶奶说它是只老猫，兴许知道自己大限已到，躲到人看不见的地方等死去了；只有几盆花活得还挺好。爷爷活着时在东窗下种了很多"死不了"（也就是半枝莲），每到端午节前后，各种颜色的小花配上细长的肉质叶子织就一幅鲜艳的锦缎，哩哩啦啦一直开到立秋才败。爷爷是在冬天去世的，次年清明过后，那些死不了仍旧没有发芽的迹象，奶奶浇了很多水也没用。就在我们觉得它们可能不会再长出来时，几场春雨过后，却从西窗根钻出一大片嫩芽，我心想必定是冬天的风把种子刮到了西面。奶奶给它们浇了水，叹道，看你爷多能耐，都给挪到西边来了。我反映几秒才明白奶奶的意思，随即震惊不已，看来她心里一直没有放下爷爷，她甚至觉得这是爷爷的灵魂在跟她沟通。

这一年秋后，堂姐出嫁。婆家不远，不过十多里地的路程，姐夫对堂姐不错，家境虽一般，却是踏踏实实过日子的人。堂姐出嫁的前几天，奶奶把我和堂姐叫到一起，拿出一对金镯子。她说，我的嫁妆大部分都在困难时期换钱换粮食了，只剩下这对镯子，本想给你们二姑和小姑一人一只，但现在我改主意了，给你们俩一人一只吧，要是不喜欢，就熔了重新打，打耳坠、项链应该都够。这对镯子我和堂姐以前见过，奶奶偶尔戴，但从没想过她会给我们，都不敢接，也不知该说什么。奶奶将镯子分别塞到我们手里说，拿着吧。见我们将镯子收好，她露出安心的笑容，像是完成了一个任务。

婚礼当天，热闹非常，堂姐先是被姐夫接到男方家举行典礼，宴席过后再次回到这边。奶奶被安排在我和我妈以及姑姑们等女眷这一桌，姐夫和堂姐回来后首先给奶奶敬酒，奶奶喝的是茶，她脸上带着茫然的笑，看起来心不在焉。我大概能猜到奶奶的心情，虽然儿孙满堂，个个对她尊重、孝敬，在如此隆重的场合将她放在了第一位，可热闹始终是我们的，与奶奶无关，她更像个看热闹的人。儿孙对她再好，也无法代替爷爷，那是她的老伴儿——具有唯一性，有些话她只能和他说，她的一些心情、感受只有与他分享才有意义。

5

堂姐出嫁后，就只剩我和奶奶同住。我和她之间的关系好了些，这主要基于我逐渐长成大人，不光是奶奶，就连父母和其他亲人也拿我当个大人看了，我再不是那个"小丫子"，随便他们批评、指责，就好像一个人的小名在他长大以后自然而然不再被人提起一样。随着年龄的增长，我获得了一种成人应该得到的尊重，尤其是有他人在跟前时，奶奶更加给足我面子，不知情的人还以为我们祖孙俩的关系非常和谐呢。事实上，我和奶奶之间的话越来越少，一是实在没什么可说的，很少有共同语言；二是我们之间的嫌隙依然存在，只不过没人提起罢了。她心里最惦记的还是宝贝孙子，尤其是我大哥——至少我这么觉得。她常常会计算时间，期盼着一些节假日的到来，比如劳动节、国庆节、元旦等，因为每逢这些假日，我哥就会回老家。每次我哥来看她，给她买了好东西，她都会眼里发光，流淌出满满的爱意和幸福——那种真情流露在面对我和堂姐时从来没有过。但我哥一年也就回来四五次，只在国庆和春节时待的时间比较久,更多的时光里,只有我和奶奶相对无言。

  漫漫冬夜,实在无聊时,奶奶也会忍不住跟我闲话家常,话题依旧围绕着我哥。她说我哥从小就孝顺、善良、懂事,而且聪明,每个学期都能得到奖状,有一次她在街上遇到我哥小学时的教师,那老师就是隔壁村的人,他几乎把我哥夸上了天,特别给她长脸;还说我哥上师范时从县城给她和爷爷买回炸鸡排和汉堡,虽然她不怎么喜欢吃,却觉得欣慰……等到我哥的事迹说得差不多了,偶尔她也会回忆我堂哥如何淘气、机灵,堂姐如何温顺,如何胆小。但从不说我。有一次等她说完,我问,我呢?就没有我的吗?奶奶愣了一下道,你呀,能想起来的都不是好的。我说,坏的也行,我不记得自己干过些什么,让我看看有多坏。

  她笑了。说我从小比男孩子都要淘,特别不让大人省心,有一次大雨过后,西坑里的水直漫到岸上,我们兄弟姐妹四个经过时,看见一条大鱼在浅水处嬉游,我当时不过四五岁,一下子便扑进水里去抓鱼,我不断翻腾,越漂越远,我哥等人傻了眼,幸亏我二妈正站在当街和人聊天,她跳入水中把我救了上来。还有一次我掏鸡蛋,不小心打碎了好几个,奶奶训了我几句,我就和她吵起来,等到晚上她和爷爷吃饭,掰开馒头时发现有两个馒头里面扎了好几根针,第二天她找到我"问罪",并告诉了我爸妈,气得我爸上来就要打我,但她到底拦下了。

关于往馒头里扎针这件事我记得很清楚，那并非因为我打碎了鸡蛋，而是缘于姨奶奶来看我奶奶。在徐州的姨奶奶带来了很多好吃的，直到现在我还记得那些包裹巧克力的糖纸，充满了奢华的气息，每次吃完我都舍不得扔。奶奶先是分给了我们几块，她说就这些，都分完了，然而过了很久，感觉应该有两三个月吧，我哥又给了我两块，虽然他没说谁给他的，但我知道，我认得出。我没有纠正奶奶的记忆，一笑置之，对于同一件事，由于当事人的立场不同，记忆也会相应出现偏差，至少她没有把我哥或是堂哥做的坏事安在我头上。

　　我忽然想起那次奶奶和爷爷吵架，便讲出来，问她到底怎么回事。她佯装不记得，有这回事吗？我说，怎么没有，都要动手了，怎么可能不记得。她笑笑，竟有些不好意思，接着叹了口气道，你爷在跟我结婚之前，有过别的女人。这话引起了我的八卦之心，本想随便聊聊，没承想挖到了"宝藏"。便好奇道，是谁啊？我认识吗？她道，你怎么可能认识？那人好几年前就死了，和你二姑住一个村的。我问，爷爷和她怎么认识的？奶奶道，她娘家就在咱们村，和你爷从小就认识，就是村西头老王家，王国栋他爷的妹子。哦，原来如此。我边回想边道，那我可能见过，王国栋是我小学同学。奶奶道，兴许吧，她年轻时经常回娘家，后来就不回了。我问，你什么时候知道这件事的？嫁过来之前？奶奶道，之前要知道，我就不嫁了，你老太爷死那年，我听那些来帮忙办丧事的人瞎聊，才知道，后来问你爷，人家倒痛痛快快地承认了，没把我气死，说要不是我插一杠子，他们俩没准能走到一起。我问，为什么我爷没跟那个人结婚？奶奶道，她比你爷大四岁，关键是你老太爷不喜欢她的父母，人性不好，再有，同一个村的，以后麻烦多。我问，那老太太长得怎么样？和您比，谁好看？

奶奶认真想了想才道，差不多吧，她比我秀气，没我高，我估计你爷更喜欢她那个类型，他总是嫌我宽大。我问，后来她就嫁到我二姑那个村了？奶奶道，嗯，其实你二姑父就是她说给你二姑的，当时我就不太同意，总觉得她憋着坏，是来报仇的，可你二姑和你二姑父看对眼了，我也没辙。我问，我爷和她那会儿到什么程度了？拉手还是身体接触都有了？奶奶露出少女般的惆怅，不甘心道，没问出来啊，你爷这辈子，就这事儿捂得严实，谁问都不说。我说，其实也没什么，谁还没有个情窦初开，两小无猜，很正常。奶奶撇嘴道，现在看是没啥，甚至可以当成笑话，当时我可是伤心死了，我在跟你爷爷之前可从没喜欢过别的男人，给他的都是第一次，他可倒好，心里先就有了别人，我觉得不公平，有一次跟他吵架，都说了很重的话，把我气得够呛，就一个人到河边溜达。

奶奶抬眼望着窗外，继续说道，我实在想不通，觉得太憋屈，嫁给他没过过几天好日子，既养老的，又照顾小的，还得伺候他，这是何苦？我站在桥上，那时候兰泉河的水比现在大得多，一下大雨水就没过桥板，除了冬天冻冰，那水常年哗哗往南流，我望着没边没沿的水，就想着跳下去算了，一了百了。我插嘴道，后来我爷去找你了，跟你道歉了，你就没跳是不是？她哼道，他要有那个心，我还不至于跟他生气打架，后来打桥西边来了一个妇女，牵着小孩，她看见我，对我说，大妹子，看景呢？这有啥好看的？快家去吧。我一看见那孩子，就想起了你大姑、你大伯、你二伯，那时候还没有你爸，你二姑和小姑，我想要是我死了，谁养活他们？弄个后妈可咋办？我冲那妇女笑了笑，转身回了家，照常过日子。

那女的还惦记着我爷？那次从二姑家回来吵架也是因为她？

嗯。奶奶道，你爷一直觉得对不起她，不管啥时候，一提她，就一副心虚样儿，他总觉得那女人嫁得不好，没遇到好男人是因为他。

她嫁得怎么不好了？

那男的年轻时总打她，还爱喝酒，五十多岁时就死了，她没有再走一步，好像也有五六个孩子呢，就跟着儿子们过。你爷爷以前去赶西黄集偶尔能碰见她，每次都给她买东西，这些事之前我都不知道，直到那次去了你二姑家，才从你二姑的婆婆嘴里听说，后来我质问你爷，他一开始支支吾吾，不敢说，后来说他们只是聊聊天，给她买了点儿东西，我心想人家有儿子有闺女，用你惦记着吗？都那么大岁数了，也不嫌寒碜，就跟他吵起来。

我爷又没撒谎，再说，都那么老了，就算有点小心思能干吗？我宽慰她。

有心思也不行，都多少年了，还忘不了，他这不是故意给我难堪吗？尤其是你二姑她婆婆那碎嘴，我估计整个西黄庄都知道他们那点儿破事了。奶奶道，也就是那时候，搁现在这时代，哪个女的忍得了？早跟他离了。

说的也是。我附和道，羡慕我们年轻人吧，赶上了好时候。

不羡慕。奶奶道，时代变了，人其实没多大变化，选择是多了，可男人嘛，很少不花心，遇到一个一辈子对你好的，已经非常不错了，别的事你还先就别要求了，又会赚钱，又懂得疼你，哪有那么十全十美的，不管哪个年代，做女人都比做男人难得多。

那您还重男轻女？我连忙话赶话。

嗯，我希望我还有你妈生的都是男孩，这样他们就不会遭我的罪。

男人也不轻松，只要活着就不轻松。

你说得对。奶奶从未向我露出过那种钦佩的目光，她说，活着挺难，但也挺过瘾的。

我没觉得。

等你七老八十，儿孙满堂，你就会感觉到。奶奶换了个话题道，你哥到底有对象了吗？

我说，不知道，我爸妈都问不出来，他更不会跟我说。

不知道我还能不能看见重孙子。

见到见不到有什么两样？和你又有多大关系？再说，盘锦的大哥不是有儿子了吗？还给你邮来了相片。

那不一样。长年不在身边，疏远了，没啥感觉。奶奶道，你哥打算落北京了吧？

那是肯定，就算不在北京，他也不会回老家的。

是啊，我也这么觉得。她停顿片刻，又嘱咐道，那你别找太远的婆家。

为什么？

你爸妈也老了，万一有病有灾的，你要离得近多少能照顾到他们。

我哼了一声，心想：这时候想起来靠我啦？我偏不，我非要走得远远的。

6

从十八九岁起便不断有人给我说媒，这在乡下很正常，一般而言，都在这个年纪开始张罗、挑拣，相处一两年，以备到了法定婚龄马上结婚，就好像那是一趟末班车，必须抓紧赶上似的。安排过几次相亲，皆不了了之，大多数时候是我看不上人家，即便对方本来对我有意，可时间一长便看出了我的冷淡，随即让媒人跟家长打一声招呼——黄了。奶奶不满道，你想找啥样的？你当自己仙女下凡？长相上看得过去就行了，主要是性情，还有能不能过日子。我觉得我长得还算不错，事实上也是，起码长期在镇子上混的那些男孩里，对我有意思的就不少，但我很少做出明确回应，我觉得我还小，并不想像堂姐等乡下女孩那么早就结婚生娃,开始一眼看得到头的日子。那样的生活里一点惊喜都没有,令人提不起兴趣,我喜欢来点戏剧性——可能因为我当时看了太多的偶像剧和青春小说。但我不屑于和奶奶说明真实想法,只道,总得有感觉才行吧?我得好好挑一挑,那是一辈子的事,总不能像我小姑那样遇人不淑,离了结结了离最后选个老光棍吧。奶奶道,呸,有几个像你小姑那么倒霉,再说,你比她安分得多,肯定比她强,但黄了又黄对女孩的名声也不好,下次你看准了再同意交往,要是觉得不行就一口回绝,对谁都好,明白吗?我点点头,心想奶奶看错了人,我可不是什么安分的人,至少我现在渴望的不是安定,不是婚姻,而是激情。

没过多久,我喜欢上了一个人,他在县城里的一家服装店打工。我和伙伴们经常趁着不工作时到县城瞎逛,在那家店里买过几次衣服,一来二去,眉来眼去,搞到了一起。要了我的手机号之后,他单独约我吃饭,看电影,相处没多久我们就上了床。婚前性行为在我们那里并不算新鲜,不能说百分之百,百分之八十总有的,但那些男孩和女孩发生关系都是经过双方父母默许或心照不宣的。大部分父母都认为孩子们的婚前性行为具有和结婚证同等的约束力,从那一刻开始,他们就要对彼此忠诚,等到法定婚龄再领证,即便中途发生意外,也有父母担着,对孩子的影响不大。能够感觉出来,在恋爱方面他比我有经验,哄女孩子很有一套,其实多年之后回过头来再看,也不过是些陈旧的把戏,只怪当初的我涉世不深,被他弄得五迷三道，本想玩玩而已，结果陷得很深，难以自拔。发现他原来是个脚踩两条甚至几条船的渣男之后，我和他大吵大闹了几次，一开始可能想着挽回这段感情，到最后却只是为了挽回面子。浑浑噩噩一段时日后，我终于熬到人生最初的"梦醒时分"，不再找他，同时对感情也看得淡了，对男人失去了信任，甚至开始效仿他，身边的男人换了一个又一个，有镇上的，也有县里的，却始终不谈结婚——一开始我就不是朝着结婚去的，而是恋爱。新鲜劲儿一过，就和他们分手，我总是先一步抽身，以防自己受伤。有些男人回头找过我，看他们痴情的样子就像看到了当初的自己，觉得可笑，我像个无赖似的说，你真的爱我吗？对方说，真的爱你。我笑道，那给我买套房吧。往往是这句话便终结了这段关系，那时候县城的楼房其实还不算贵，均价不过两三千一平，但对于大多数农村人来说仍是一笔不小的数目，主要是他们觉得没必要——住独门独院的大瓦房或是二层小楼不好吗？你在县城又没工作，住那里干吗？可就在五六年后，楼房几乎成了婚姻的必备品。我也不是非要住到县城，但总觉得那个小村庄已然装不下我，虽说我还住在那里，可心早就飞了出去，却无栖息之地。

　　关于我的流言蜚语像炖肉的香味一样在村里飘来飘去，钻进闲人们的鼻孔，再从她们的嘴巴里添油加醋地吐出来。说什么的都有，比如说我是个疯丫头、傻丫头，不检点，跟了这个跟那个，或是更难听的。父母怎么也没想到我会成为这样的女孩子，被乡邻们说三道四，他们原以为我会像堂姐那样臣服于命运的安排，早早地嫁作他人妇，相夫教子，伺候公婆，不知不觉熬成黄脸婆。父母说了我几次，可我发现自己的叛逆期似乎来得比较晚，可能是因为青春期时太乖巧，其症状延后到了如今才显现。他们的话我一句也听不进去，明知道是为我好，可依然我行我素，好像和不同的男人厮混已成了习惯，刹不住了。

　　风言风语终于传到了奶奶耳朵里。有天晚上，我照例回来很晚，才躺下，她就说，以后你别跟我住了。我一惊又一喜，我巴不得早点搬出去呢，随后意识到她的语气不对劲儿，带着划清界限的意味，便问，为什么？她说，我一辈子行得端坐得正，没遭过人口舌，老了老了不能叫你带累坏了，我还想清清白白地进棺材呢！我顿时明白了，便问，谁跟您嚼舌头了？爱说就让他们说去，嘴长在人家身上，我管不着，他们也管不着我。她道，你敢情天天不着家，来我这儿像住店，一句话也听不见，我可是天天待在村里，你不知道他们说得多难听。我哼了一声道，那些人是嫉妒。她不解道，嫉妒啥？我说，嫉妒我年轻、长得漂亮、招男人喜欢，自古就这样，长得好看的人总会被人说闲话，习惯就好了。她道，你快得了吧，把自己当貂蝉啦？以为男人围着你转是好事？我不屑道，你不明白现在的年轻人，还以为像你们那时候，面都没见过就谈婚论嫁，我们这是自由恋爱，自己做主，我得慢慢选，选个满意的。

　　她道，选也不是那样选，这世上的很多事你不认真对待它，它就不会给你好结果，婚姻更是如此，容不得半点儿戏，我是过来人,虽说我只结过一次婚,可我见得比你多,你这样的人你以为我没见过吗?到头来没一个得到好的,孩子,听奶的话,别玩了,踏实点儿。我怔住,犹豫片刻才道,你以为我不想找个人好好处吗?可是不能够了。她问,因为谁?卖衣服那小子吗?我诧异道,你怎么知道?她叹道,你以为我看不出来?那阵子你的魂儿都没了,他怎么得罪你了?我没好气道,早过去了。她道,要真过去了,你怎么会这么想不开。难怪呢,我就说我孙女不是那种人,指定有人伤了你。我想了想,只得说,他是个渣男,跟好几个女的好。她咳了一声,为那种畜生不如的东西,犯得着糟践自己吗?我一声不吭,只在黑暗中重重地呼吸。奶奶接着道,以后的路长着呢,啥样的人都可能遇见,像这种玩意能躲开就躲开,实在躲不开就一脚踢开,为了他耽误自己不值当。

  我突然有一天才体会到奶奶的话无比正确,当时我正在照镜子,发现自己的脸不仅憔悴,还显得陌生,有一股风尘气弥漫在脸上,这时我才意识到一个人的行为会逐渐改变她的容貌和气质。我不能再这样下去了,我要洗心革面,痛改前非,认真对待感情,考虑婚姻和未来。可在镇子上,我几乎算得上声名狼藉了,已经很久没有人给我介绍对象了,即便父母和奶奶等托别人介绍,即便我不再放浪形骸,也再没有媒人肯登门。奶奶道,看来只能往远处嫁了,都怪你从会用筷子起就攥得那么靠上,果然应验了吧。我啼笑皆非道,这都哪儿跟哪儿啊!家人都着急,怕我年纪越大越找不到好的,可我并不担心,如果非要嫁得远也未尝不可，我觉得一旦我离开家，离开这个镇子，我身上的一切不妥之处都会自动消失。

半年多后，我遇上了一个各方面都比较适合我的人，重点在于他并非本地人。他家在山东某地，来我们县城出了一个较长时间的差，刚好租了大姑家的房子，我去大姑家串门，从而结识。当他在这边跟踪的项目进入尾声时，我们已经发展到了谈婚论嫁的地步，后来每当向他人讲述我们的认识经过时，他开口的第一句话总是：我本来去出差，没承想捡到一个老婆……尽管家里人舍不得且不放心我去那么远的地方（县城没有直达车，要到北京转车，大概要花三个多小时，结婚之前，我和他一同回去过两次，见了他的父母），但他们又担心我错过这段姻缘很可能再也找不到合适的，因此只得放手。在远嫁之前的那些日子里，我沉浸在对崭新未来的憧憬和热烈的恋情中，竟无半点不舍之意，直到出嫁的前三天的晚上——那是我最后一次和奶奶同住，才终于意识到我这一去究竟牵动了多少亲人的挂念。

当时我正坐在房间里唯一的一张旧沙发上，那是我家淘汰不要的，摆在了奶奶这儿。我低着头给未婚夫发短信，奶奶坐在炕沿，两条腿像木偶的腿一样垂着。她问我之前问过我好几次的问题，无非是关于未婚夫、婚礼和他的家庭。我心不在焉地回答着，当她忽然蹭下炕朝着门口走去时，我刚好和他说了再见，于是瞧着奶奶走向柜子，从那只装鸡蛋的鞋盒子下面掏出一沓东西。我没看清，也没在意，只仰脸看着她走到我跟前。她紧盯着我的脸，目光复杂，忽然把手臂送到我跟前，倒把我吓了一跳。她摊开手掌，对我道，拿着。我看清了，是一沓钞票，有几张百元的，还有几张五十和十块的。要是你改变了主意，她说得有些颤抖，有些急迫，仿佛濒死之人在托孤，要是你不想结婚，你需要一点儿钱离开那里，买车票……

当她说到"改变主意"，我以为她在开玩笑，但当她说到"你需要一点儿钱"的时候，我意识到她是认真的。我当下目瞪口呆，望着她那只布满老年斑的手，僵坐着不能动弹。我很少如此近距离地仔细观察她，这时我才发现她已老得不像样子，可那张皱巴巴的脸此刻却带着几分舒展的神色。她的目光渐渐涣散，好像她对自己刚刚说过的话产生了警觉和悔意。接下来的话，她也是用一种警惕的语气说出来的。尽管她的嘴唇开始颤抖，她仍然努力地、一字一句清晰地说了出来，结婚可能并不是你唯一的出路。她以前从未说过如此文绉绉的话，听起来像是从小说或电视中照搬的台词。我摇摇头，把她的手温柔但坚决地推了回去，我绝不能让她看透我的外强中干，淡淡地说，不用，我肯定能适应那边的生活，做个好妻子。那好吧，她收回钱，背对着我道，你想好了就行，我是怕你日后后悔，没有谁规定非要结婚，一辈子不嫁男人也没啥，还落得自在干净呢！

她在关心我，但这种方式令我感到些微不适，像是被人猜透了内心。礼尚往来，过了一会儿我对她说，等我走了，您就在我家和二妈家轮着住吧。她马上说，不用，现在还没到那份上，我能照顾好自己，等挪不动爬不动了再说。我说，你一个人做饭不值当，再说，到了冬天怎么取暖，炉子你一个人又生不来，而且还不安全，每年冬天都有人一氧化碳中毒。她道，到时候再说吧，我喜欢一个人住，不想给他们添麻烦，也不想看你二妈的脸色。我明白她的心思，她独立惯了，即使跟她住了这么久，她也从来没让我帮她倒过尿罐儿，只是有一次她病了，起来得比我晚，于是我帮她倒掉，她还不好意思，嗔怪我多事。我尽量宽慰她，他们伺候您是应该的，谁都有这么一天。她道，知道啦，你不用惦记我，好好过你的日子吧。

7

我和那个山东人的婚姻只维持了不到一年便散了伙。

结婚之前我就知道要和他父母同住，他还有个姐姐，已出嫁多年。和公婆同住我是不大愿意的，日子长了肯定有矛盾，但之前见过他的父母两次，我觉得这两位老人还不错，不像是事儿多的人，况且当时的我被爱情冲昏了头，总以为只要两个人感情好，其他问题都不是问题，因此并没多想。他家的房子很大，是两套回迁房打通了连在一起的。如果不想和公婆见面，甚至可以一天都见不到，但婆婆绝不允许这样的事情发生，一旦我不主动找她，她便会主动找我，并怀疑我嫌弃她，在刻意躲着她。

婆婆比我妈大五六岁，可看起来却年轻七八岁，这主要是她的生活优渥，不需要风吹日晒干农活，不需要操心经济来源，有钱吃得好、穿得好，心里又不装事。随着和她的相处，我逐渐发现她心里不装事不是因为没有事需要她操心，而是她活得自私，凡事只可着自己合适，把责任和担子全推到别人身上。就说做家务和带孩子吧，这两样活儿大多数女人估计都做过，可她没做过。据老公说他和他姐都是他奶奶带大的，婆婆对孩子没耐心，听见孩子哭闹就没好气，有时甚至动手打，就好像不是她亲生的一样。他奶奶觉得孩子摊上这样的妈太可怜，便主动承担了照顾孙女和孙子的责任，一直到他们上幼儿园还是爷爷或奶奶接送。当然，婆婆可能是没时间，她从年轻时就开始上班，而且很忙，即使不忙，家务活也都是公公在做，比如做饭、拖地、洗碗、洗衣服等，婆婆几乎没进过厨房。日子越过越好之后，还请了钟点工，她更可以一切只等着享现成的。公公是个好脾气的男人，对老婆几乎到了唯命是从的地步，正因此，才把婆婆惯成了这副德行。后来才从老公那里得知这是事出有因，婆婆家是县城的，公公当年是个乡下出来的"凤凰男"，靠着岳丈的关系才得以吃商品粮，混进机关，所以他才对婆婆百依百顺。婆婆退休前曾任妇女主任，身上还残留着浓浓的官腔，不仅对我，对她的儿子和老公亦如此，好像我们这些人是她的下属，天生就该被她命令。

我因刚嫁过来，人生地不熟，加之这个地级市的工作机会少，所以一开始并没有找到工作，便承担了一些家务活，比如做饭、洗碗等。有一次，婆婆让我打扫卫生间，我本不想干，因为每隔两三天会有钟点工上门打扫,但她说,你先干一回,小李今天不在。小李是她经常用的一个钟点工。话已至此,我也不好说什么,只得打扫。没承想这一干不要紧,后来小李就总是"不在"了,这差不多成了我的分内事,婆婆却天天打扮得花枝招展,什么活都不干,不是出去跳舞,就是参加各种老年艺术班,回到家还喊累得慌,让公公或是儿子给她捶背,让我端上她喜欢的"大红袍",再配上黑糖饼干和各样坚果,把她伺候得宛如太后。

面试了几次后,我终于得到一个工作——在一个广场的品牌服装店里做导购。导购这活听上去没什么技术含量,其实不然,不仅需要情商和脑力拉单子,还需要体力配合,一站就是十来个小时,搞得腰酸背疼腿抽筋,连脚后跟也跟着疼。回到家只想躺着,连饭都懒得吃,因此根本没空也没体力做家务,小李"只得"继续上门做保洁。时间一长,婆婆便有了意见。

有一天轮到我休息,公公不在家,三个人点了外卖火锅。婆婆问我一个月赚多少钱,我怕她小看,故意多说了点,可她依旧带着显而易见的轻蔑道,累得连家务活都干不了,才赚那么点?还没我退休金多呢!老公替我解围道,慢慢来,以后有了经验和积累肯定会涨钱。婆婆道,那工作能有什么前途,就是干上十年八年还不是一样,不如辞了再找。老公道,不好找,你们的关系又不给她用。婆婆道,你当我们不想帮她?谁让她学历那么低,首先条件就不符合,就算托人走后门,真给她找个正经事儿,她干得来吗?婆婆的话让我终于确定她从骨子里就看不起我,之前我也这么觉得,但一直忍耐着,希望靠自己的努力和温顺得到她的认可,但这显然不太可能,我注视着水汽氤氲中的那张脸,不紧不慢地说,人走茶凉,您以前的关系怕是现在用不上了,还是靠我自己比较好,虽然赚钱不多,但至少能自食其力。婆婆道,哟,你真以为能自食其力?你们的吃穿用度还不都是我提供的,要靠你们自己,能住得这么舒服,吃得这么好?老公捏了我的大腿一把,意思是让我别再犟嘴或是干脆说些软话,可我不想再忍下去,便道,我们又没白吃白喝,没上班时家务活不都是我干的吗?您伸过手吗?就是上了班,每天的晚饭还不是我来做?您就是在家看电视玩手机也没做过饭吧?甚至连菜都没买过,当然了,肯定连菜市场在哪儿都不知道。婆婆气得拍桌子道,你这是什么态度?敢跟长辈这么说话?干点活儿不是应该的吗?真是没教养。说到这儿,她顿了顿,朝她儿子道,都怪你,我早就说过别娶农村的,你就是不听,你是成心要气死我。我还想说什么,但被老公吼道,行了,闭嘴吧你!我脸上挂不住,一气之下,起身回了房间。

  我扑在床上,想着自己离乡背井,千里迢迢追随他而来,把他当成依靠,没想到他却因为一个如此不堪的妈对我大呼小叫,又想起自结婚以来从婆婆那里受到的种种不能言说的憋屈,忽而开始想家,想起了妈妈、爸爸,还有奶奶,于是更觉得委屈难当,哭得更加伤心,眼泪打湿了枕头。屋子里暖气烧得很旺,空气里有一股甜香,像是婴儿房的气味,墙上的石英钟嘀嗒嘀嗒地走动，时间仿佛在这个傍晚突然静止下来，我闭着眼睛，想象着回到了老家，在那里自由自在地活着，想干什么干什么，心里有话就可以说出来，任何时候都不用假装舒服。过了许久，在我对老公已不再抱有期望时，他进了房间。可他并没有安慰我，而是试图让我认识到自己刚才的不妥之处，且让我明天跟他妈道个歉。

我没有理他，说什么我也不会主动给她道歉，我觉得自己没有做错。我和他的关系开始出现裂痕，我们之间的冷战次数越来越多，时间也一次比一次长。在涉及离婚的那一次大吵中，我们彻底说开了。我说我讨厌他妈的做派，讨厌她的腔调，讨厌她大手大脚地花钱，享受生活是没错，可作为父母和长辈，怎么能如此无所顾忌，一点都不为儿女着想呢？老公道，我妈就那样的人，你受不了也得受着。我哼了一声道，长辈不该这个样儿！他反问，那该什么样儿？我的脑海里立马浮现出奶奶的形象，这才意识到在我心目中，奶奶才是一个老人该有的样子——隐忍，善良，节制，慈悲，任劳任怨。我说，算了，你要是不想和他们分开过，那只能咱俩分开，我受不了她。

离婚后，我没有回老家，暂时也没有告诉父母，而是过了半个多月才告知我哥，并让他替我保密。他让我去北京，并给我介绍工作，当时他正在从事和钢材交易相关的电子商务工作，认识不少贸易商，其中还有很多同乡，因此我成为北漂之后的第一个工作是钢材销售，等到有了些许资本和经验后才开始寻找待遇更好、更加适合我的工作。漂在北京这几年，为了谋生，我身上的某些棱角确实在不知不觉中被磨平不少，连家里人都说我脾气变得好了。我心想，不好能行吗？在外面混首先讲究的就是"忍"，谁也不会像家里人那样包容你，即使再委屈也只能受着，或是下班了在出租房里发发牢骚，等到一上班又得笑靥如花，装孙子。大家还不都是这么活吗？我没什么可抱怨的，既然选择独立，就得承受压力。离婚，我一点儿都不后悔，也没有特别想再婚，每当环视房间，认识到一切都是我自己亲手赚来的时候，我都会想起奶奶说过的话，也许婚姻真的不适合我，我有别的出路，那就是靠自己，我相信通过妥善的自我管理和努力踏实的进取，我可以得到想要的生活，能和任何人平起平坐。

8

从北京四惠长途汽车站乘坐一个多小时的大巴便能抵达老家县城。饶是如此方便，我也没有经常回家，只在法定长假和小长假和我哥一起回，有时他会带上女朋友。离婚后半年多，实在无法再瞒下去，我先告诉了父母，没过多久，亲戚们差不多都知道了。奇怪的是并没有人催我再婚或是张罗对象让我回老家相亲，这让我感到纳闷。后来有一次和妈妈聊天，才获知我大姑、二姑等人都曾要给我介绍对象，却被我奶奶拦下了，她说小玲现在过得挺好，她要想找对象早找了，在外面见的男人肯定不少,还用得着你们?再说,你们介绍的那些男人肯定配不上她,让她自己找吧。难怪奶奶从来不问我离婚和再婚的事,就像并不知道我恢复了单身似的。每次回家她只问我工作累不累,过得开心不开心,且非那种笼统的询问,是真正出于关心,比如一些不懂的名词和事物,她会让我给她解释清楚,并竭尽所能去理解和想象外面的世界,次数多了,她好像多少弄清楚了我的工作是怎么回事,总结道,看来还是跟人打交道,难怪嘴皮子比以前厉害多了,你觉得舒心就行,别管别人怎么说。

说这话的时节,奶奶已开始在我家和二妈家轮住,三个月换一次。她的身体逐渐出现各种问题,高血压,高血脂,虽然吃着药,也经常头晕、手脚麻木,走路越来越慢,颤颤巍巍,似乎下一秒就会摔倒,后来不得不拄上拐杖。晚辈们都担心她一个人在老宅里住会出事,便劝她在两个儿子家轮住,可她一开始并不同意,只说到了冬天再议。那个夏天,我堂哥终于找到对象,且议定等到秋后天凉了办婚礼,那女孩也在县城工作,她希望堂哥在县城买套两居室。堂哥没有固定工作,开出租不过是私下里拉活儿,也就是所谓的黑出租,因此无法从银行贷到房款,只能四处借钱。二伯和二妈从各自的亲戚那里东挪西凑了一部分,加上积蓄,刚刚够。买了房就要装修,再加上置办家电等也需要几万块,再想从亲戚们那"搜刮"显然不太可能——凭什么让人家为了你儿子结婚勒紧裤腰带过日子?这时奶奶发了话,她同意轮住,好将老宅卖掉,以便解堂哥的燃眉之急。老房子不值钱，值钱的是宅基地和院子，加之位置不错，因此很快被村里一对年过半百的夫妻买下了，他们的两个儿子都已结婚，急需一套房子安身养老。堂哥靠着这两万多块钱装修了新房，娶上了媳妇。后来我哥跟我说，奶奶曾让他不要计较，说他比堂哥赚钱多，且不着急结婚，让他别怨她。

奶奶不想轮住主要是不想看别人的脸色，儿子不管怎么样都是自己的，怎么着都可以，主要是儿媳妇，更准确地说是担心二妈不待见她，毕竟这对婆媳失和多年，早年间甚至大吵大闹撕破了脸，后来虽然有所缓和，却始终貌合神离。但事已至此，她只得搬了，先搬去了我家，三个月后又搬去了二妈家，就这样轮换着住了两年多，最终在二妈家去世。不管她住在谁家，都是一个人住着大房间，可她的气场似乎撑不起如此宽阔的空间，她一动不动地坐在炕沿，仿佛舞台角落里的道具，她仅有的贴身之物也放在旁边，比如被褥衣服等，她和它们融合在一起，组成一个属于她自己的小旮儿，她不想或是没有能力去占据更多的空间，只在需要出去的时候才走动走动，更多的时候她只是看着房子的主人们（舞台的主演们）在这里行动自如，说说笑笑，而她根本插不上话，这时她又从道具变成了观众。

晚辈们对她都不错，把她照顾得挺好：她喜欢吃软的就给她蒸馒头，做面条，用高压锅炖肉炖鱼，连鱼刺都是软烂的，在她生日时，我哥还给她买生日蛋糕；她怕冷，就让她睡在热炕头，挨着暖气片，不烧炕时就给她插上电褥子；她爱看戏曲节目,她房间的电视机便基本定格在央视戏曲频道。我回家时若是赶上她刚好住在二妈家,自然会去看她,她会跟我说最近有谁来看过她,给她买了什么,若是二妈不在旁边,她会跟我说二妈一些含沙射影的言行,她怀疑那是针对她的。我当然不能附和她,即便真是如此,我也让她装糊涂,她说她知道,她什么都没说,只是跟我唠叨唠叨。其实,就算是我妈,她对奶奶好也只是尽一份孝道和义务,或是单纯觉得奶奶是长辈,理应尊重,婆媳关系再好,也始终存有天然的隔阂,不可能如同真正的母女那般亲密无间。

奶奶后来便不再抱怨,反而说起了二妈的好,那时她已行动不便,吃喝拉撒虽然还能勉强自理,但其他事基本干不了了,甚至连梳头都因为胳膊抬不起来而做不来。二妈把她伺候得很好,不仅为她梳头、洗头,天气热了以后还给她洗澡,使得奶奶的身上不至于有汗味。奶奶生命中的最后两个多月是在炕上度过的,我妈和二妈轮流伺候她,她虽然瘫痪,脑子却清醒,话也说得利索,只是气力比以前小了许多。我妈跟我说,每当她和二妈为奶奶翻身、擦身时,奶奶的眼睛里都会充满感激,还有一丝无奈。她对我妈说,不会麻烦你们太久了,三媳妇啊。我妈自然也知道奶奶的大限将至,但还是宽慰她,让她不要多想。在奶奶去世之前一个多月时我回了一次家,那是我最后一次见到清醒的她,后来再次看见她时,她已被穿戴好停在了门板上,只剩一口气迟迟未咽。那次她还能吃东西,我带了她爱吃的糕点,喂她,她只吃了一口就不再吃了,我让她多吃点，她说，吃得多拉得多，又得麻烦。我说，没事儿。她闭起嘴巴，盯着我，像是有许多话要讲，又像什么都不说也没有关系。她的眼睛已经失去了往日的光彩，她正在痛苦的煎熬中等待死亡的最终降临，等待她的将是无尽的黑暗和虚无。她的人生已经谢幕，只剩最后一个仪式，不仅她，就连我们这些至亲其实也在暗暗等待那一天的到来，因为现在的状况对于她和我们而言都是一种折磨。

半个多小时后，大巴驶出北京城区，高楼大厦和各种建筑逐渐消失，高速公路两边皆为田野，秋收早已完成，空旷的野地在阳光的笼罩下显得稀薄、轻盈，泛着忧郁的光辉，周遭一派非同寻常的静谧。接到我哥的电话时我并不感到意外，因为几天前和家里通话时得知奶奶已米水不进，即将进入弥留状态。我和我哥坐在一起，他闭着眼睛，也许睡着了，不知是否梦见了奶奶。到站后，堂哥已在那里等着，于是三人直奔老家。亲人们都在二妈家，奶奶整个人被套在寿衣中，显得干瘪、无助，假牙已被摘去，嘴角塌陷，嘴唇几乎消失不见，两只眼睛尚睁着，暗淡无光，犹如剥了皮后放置许久的葡萄粒，无法逆转的结局笼罩着她的脸。我们几个在她耳边大声喊了两句，她的嘴唇动了动。我们到家时大概是下午四点，直到晚上九点奶奶才停止呼吸。她在这世上活了八十六年，按照习俗，天一岁，地一岁，因此命纸（类似讣告）上写的是八十八岁，爷爷走了之后，她又活了七年。

次日夜里守灵，我和我哥、堂哥、堂姐四个被安排在上半夜。吃过晚饭,我们便来到灵棚里坐着,不时烧纸添油。不一会儿,堂姐才过两周岁的儿子被姐夫抱了过来,这是老二,老大是女儿,六岁了,在家和她奶奶待着,这个小的离不开妈,就把他带来了。姐夫将孩子放到堂姐腿上说,你哄吧,一个劲儿闹,非要找你。堂姐拍了儿子的屁股两下,吓唬道,你想干啥?你再闹,大马猴抓走你。孩子没有被吓到,但噤了声,扎进他妈怀里撒娇。我哥对我说,小娟刚才那表情,那口吻,就连那句话都跟小时候奶奶吓唬你时差不多。堂姐笑道,那时候咱们赖着不走,奶奶还爱吓唬咱们,说日头没红眼过,让咱们家去。我哥说,上次公司组织出去玩,晚上分组生火烤羊腿,我很快就把火点着生旺了,其他组一直冒烟,有个同事问我怎么弄,我就叫他支起柴,留有空隙,随口说,火心要空人心要公,话一出口我才想起那还是小时候我帮奶奶烧火,她告诉我的。堂姐道,到现在我熬粥都要放碱面,干活戴套袖,都是受奶奶的影响。堂哥道,还说呢,有一次我拉活,见一个老太太摔倒了,本不想扶的,怕她讹上我,后来还是扶了,就因为她长得和奶奶有几分像。我哥说,奶奶虽然死了,可她活在我们每个人身上。堂姐道,呸,这话说的,就好像奶奶的鬼魂要附身了。

我们几个便笑,我明白我哥的意思,他是说奶奶的一些习惯早已注入了我们的日常,某些不经意的瞬间,她就会被记起。对我而言又何尝不是这样呢?比如我的那次婚姻,我觉得换一个城里长大的女孩也许就能和我的前夫过到一块,能够忍受甚至推崇他妈的做派,因为她所崇尚的"生活要有仪式感,要为自己而活"正是目前大多数人追求和信奉的,他们一方面要尽量满足私欲,一方面要活得体面、光鲜,这是给外人看的;他们既要金钱和物质,又要虚荣和面子。可我奶奶那一代人不是这样的,那个时代的人不会刻意追求财富,并不以金钱为标准来衡量生活,在他们看来,人应该将贫穷置之度外,靠自身的天赋和努力而活着,对那些不劳而获、以享乐为人生目标的人表示深深的鄙视和淡淡的羡慕;要自尊自爱,不要靠恭维和谄媚他人而生存,他们为此感到羞耻。在他们看来,人生就是生老病死,就是天气、食物、情感和生命,一代又一代……当生命走到尽头,会有一种收获和丰饶感。

经过一系列程序,终于到了出殡的吉时。墓地在村北的二道渠旁边,我爷爷也埋在那里。

队伍犹如一条白色巨蟒,缓缓前进。墓穴上午已由挖掘机挖好,到达后,吊车提起棺材,徐徐落进方方正正的坑中。众人行礼,奶奶的三个儿子各填了一铁锹土后,便由他人代劳。一座新坟很快落成,花圈盖住坟头。人们脱掉孝服,按照风俗,翻过来,叠好。其他人纷纷回去,只剩我们这些至亲还站在那儿。这时,我爸指着墓碑道,名字怎么刻错了,二哥,你找的哪个人?我们上前查看,只见墓碑右边有一行新刻上去的铭文,本来应该是"焦吴氏"结果刻成了"吴焦氏"。我二伯说,我找的就是上次给咱爸刻字的那人啊,我都让小川(我堂哥)把要刻的字发到他手机上了,怎么还弄错了?我爸说,他准是让他儿子来的，赶紧打电话问问。二伯让堂哥打电话，这时我哥阻止道，算了。我爸道，不能算。我哥道，这要改的话，肯定把墓碑弄得很乱，我奶奶本来就姓吴，跟着我爷姓了这么多年焦，临了就让她回归本姓也没什么。我爸道，可她到底是老焦家的人，让人看见像什么话。我二姑道，谁吃饱了撑的来瞅这个？我哥道，没有我奶，就没有咱们，是她养活了一大家子人，我看咱们都跟着姓吴也不过分。我爸道，胡说八道。我大伯道，算了，反正都是那仨字，顺序差了而已。大伯发了话，我爸不再言语，算是默认。一阵秋风吹来，黄叶纷纷落下，当我们转身，眼前是一片露头不久的秋麦，半黄半绿，柔嫩中透着坚韧，在夕照中呈现出蓬勃的生机。